SCHWARZER OBSIDIAN

VICTORIA QUINN

Texte © Victoria Quinn
Titel der Originalausgabe: Black Obsidian
Übersetzung: Chris McHart

Umschlaggestaltung: Predrag Markovic (predra6)

1

Calloway

Ich hob das Glas an meinen Mund und fühlte die Eiswürfel dort drin den ganzen Weg hinuntergleiten, bis sie meine Lippen berührten. Wie Stücke des Winters kühlten sie meinen Mund, kurz bevor das Brennen des Scotchs in meinem Hals ankam und mich von innen nach außen verbrannte.

Ich lebte für dieses Brennen.

Jackson hätte sich vor fast 15 Minuten mit mir treffen sollen, aber der Mistkerl war nicht aufgetaucht. Eine heiße kleine Nummer auf dem Weg hatte wahrscheinlich seine Aufmerksamkeit erweckt und wie immer wurde er abgelenkt.

Kann es ihm nicht verdenken.

Der schwarze Ring an meiner rechten Hand fühlte

sich schwer an vor Verantwortung. Es war das einzige Schmuckstück, außer meiner Uhr, das ich trug, und es war durchaus gewöhnungsbedürftig. Für alle anderen war es nur ein Ring. Er hatte keine Bedeutung und keine Stimme.

Aber in meiner Welt war seine Bedeutung ganz klar.

Immer, wenn ich in der normalen Welt unterwegs war, fragte ich mich, ob jemand mich als das erkannte, was ich wirklich war — ein dunkles und verdorbenes Arschloch. Das, was mich anmachte, verjagte die meisten Frauen. Diejenigen, die mutig genug waren zu bleiben, änderten immer ihre Meinung. Mein Geschmack war zu speziell, und er würde sich nie ändern, weshalb ich in meiner Welt blieb und mich nicht mit der realen Welt abmühte.

Wenn dies wirklich die reale Welt war.

Die Tür zur Bar öffnete sich, begleitet von einem eiskalten Luftzug. Ich spürte ihn an meinem Nacken, wie er die fast unsichtbaren Härchen streichelte, die sich unter meinem Kragen herauswagten. Der schwarze Anzug und die Krawatte waren meine Favoriten – und passten perfekt. Ich arbeitete an diesem Abend – und sah auch so aus.

Warum auch immer, und ohne ersichtlichen Grund, wandte ich meine Aufmerksamkeit der offenen Tür zu. Zwei Frauen traten herein, eine blonde und eine brünette. Beide zierlich und hübsch in ihrer einzigartigen Weise, wandten sie die Köpfe, als sie eintraten.

Ich blickte zu der Brünetten.

Ich hatte eine Schwäche für Brünette. Schon immer und für immer.

Sie trug einen schwarzen Bleistiftrock, der ihre weiblichen Hüften betonte. Kurven, die mir die Kehle trocken werden ließen, erregten meine Aufmerksamkeit, und ich phantasierte sofort darüber, ihre Schenkel zu greifen, dann meine Hände langsam nach oben wandern zu lassen, ihren Rock hochzuziehen, bis ihr Höschen meiner Gnade — oder Grausamkeit — ausgesetzt war.

Es war nicht leicht, mich zu beeindrucken, wenn es um Frauen ging, und das nicht, weil ich wählerisch oder oberflächlich war, sondern weil ich jeden Tag und jede Nacht genug Befriedigung bekam, um meine Lust in Schach zu halten. Meine Fantasien waren Realität, und ich hatte kein Interesse an einer Frau, die sie nicht erfüllen konnte.

Aber sie erregte trotzdem meine Aufmerksamkeit.

Sie hatte eine Sanduhr-Figur, perfekt, um meinen Schaft darin nach oben und unten zu führen, während ich meine Hände auf ihren Hüften hatte. Knackige Titten drückten fest gegen ihre rosa Bluse, und sie hatte einen schlanken Hals mit einer ausgeprägten Kuhle — perfekt, um sie mit meiner Zunge zu erkunden.

Sie trug Sieben-Zentimeter-Absätze und beherrschte sie, als wären sie Sandalen. Ihre schlanken und gebräunten Beine waren durch den Schnitt ihres Kleides gut sichtbar. Sie waren so lang, als gingen sie ihr fast bis zum Hals. Jede Frau hatte andere Eigenschaften, die sie sexy machten. Manche hatten einen schönen Körper oder Arsch. Manche hatten eine schlanke Taille, um die ich meine Arme zweimal schlingen konnte. Manche hatten Beine, so wie ich sie mir um meine Taille herumgeschlungen vorstellte.

Aber diese Frau hatte alles.

Ich verlor sie nicht aus den Augen, beobachtete sie wie ein Falke, mein Kopf besessen und mein Schwanz hart. Als sie durch die Menge ging, teilte sie den Weg mit ihrer natürlichen Ausstrahlung. Sie beherrschte den Raum, den Kopf mit der Eleganz einer Königin getragen. Aber ihr Lächeln war unschuldig wie das einer Prinzessin.

Meine Beine wollten in ihre Richtung gehen und Anspruch auf sie erheben, bevor es ein anderer tun konnte. Ich wollte ihr meinen Namen sagen und im Gegenzug den ihren hören. Sie hatte wahrscheinlich eine sexy Stimme, genauso nobel wie der Rest ihres Körpers.

Aber ich konnte es nicht.

Meine Hände waren gefesselt.

Ich hatte eine Verpflichtung gegenüber jemand

anderem. Unsere Verbindung basierte nicht auf Liebe, Freundschaft oder irgendetwas anderem bedeutungsvollen. Aber wenn ich jemandem mein Wort gab, hielt ich es. Wenn ein Wort für einen Mann nichts zählte, dann verlor er automatisch seinen Selbstwert. Das war eine Lektion, die mein Vater mich gelehrt hatte, und es war die einzige, die ich respektierte.

So wandte ich mich ab und warf einen Blick auf die Uhr.

Wo bleibt er?

Eine Frauenstimme ertönte hinter mir, und nach ihrer Schönheit und Kraft zu urteilen, konnte sie nur zu einer Person gehören. Ohne mich umzudrehen und dadurch sicherzustellen, ob meine Vermutung richtig war, wusste ich, sie gehörte zu der Frau, die mich härter als Stahl werden ließ.

»Der Kerl ist so ein verdammtes Arschloch. Ich kann nicht glauben, dass er ihr das angetan hat.«

Ich grinste angesichts der Art, wie sie fluchte. Sie meinte jedes Wort ernst und sagte es mit Haltung, aber ihre Statur machte es schwer, sie ernst zu nehmen. Sie sah einfach zu weich aus, als dass sie so einen schmutzigen Mund haben könnte.

Ihre Freundin seufzte, bevor sie antwortete: »Ich weiß ... Ich bin nach Hause gegangen und habe geheult, und ich habe mich gehasst, weil ich das tat. Er ist meine Tränen nicht wert. Er ist überhaupt nichts wert.«

»Verdammt richtig.«

Ich trank meinen Scotch und konzentrierte mich auf den Klang ihrer Stimme. Ihr Aussehen machte mich hart und ihre No-Bullshit-Attitüde machte mich noch härter. Ich fand normalerweise ruhige Frauen attraktiv, die weichen, die jemanden suchten, der sie führte. Aber ihre Stärke war seltsam erregend.

Ein Mann schob sich neben mich an die Bar und streifte meine Schulter. Als es nicht Jackson war, warf ich ihm einen bösen Blick zu. Ich hasste es, von jemandem berührt zu werden, der nicht meine ausdrückliche Erlaubnis hatte, egal wie unschuldig seine Absicht war.

Er rutschte schnell weg, und ließ einen angemessenen Abstand zwischen uns. Er bestellte sich ein Bier— ein Weichei-Getränk. Er trug einen schlecht geschnitten schwarzen Anzug, der seine schwachen Schultern und seine lächerliche Haltung nicht kaschierte. Dieser Kerl hatte mir nichts getan, aber ich verachtete ihn für diese unschuldige Berührung.

Die Frauen setzten ihr Gespräch fort.

»Oh mein Gott.« Ihre Freundin keuchte leise, aber sie konnte es trotz des ständigen Gemurmels der Menge nicht überdecken.

»Was?« Ihre Stimme blieb stark und klang nicht besorgt. Auch hier führte sie das Gespräch nur mit ihrem Tonfall. Ich hatte noch nie so eine Frau getroffen.

»Das ist Dave.« Ihre Freundin senkte die Stimme, damit niemand sie belauschen konnte. Ich musste meine Ohren anstrengen und drehte diskret meinen Kopf, damit ich hören konnte, was sie sagten. Das Gespräch hatte nichts mit mir zu tun und ehrlich gesagt war es nicht wirklich interessant. Aber ich liebte es, die Stimme der Frau zu hören. »Ich kann nicht glauben, dass er hier ist. Wahrscheinlich trifft er sich hier mit jemandem, während seine Frau zu Hause sitzt.«

»Meinst du das verdammt noch mal ernst?« Sie machte sich nicht mal die Mühe, ihre Stimme zu senken. »Das betrügende Arschloch ist hier?«

»An der Bar.«

Ihr Gespräch stoppte für nahezu zehn Sekunden.

»Wo?«, fragte sie. »Welcher?«

»Der da vorne, im schwarzen Anzug.«

Meine Augen fielen unauffällig auf den Mann neben mir, wohl wissend, dass er derjenige sein musste, über den sie sprachen. Er trug keinen Ehering, und seine Augen wanderten über die Bar hinweg zu einer Gruppe von Frauen, die am Ende standen. Er war heute Nacht auf der Pirsch— zweifellos.

Ich fühlte mich wirklich schlecht wegen seiner betrogenen Frau.

Und ich fühlte mich schlecht für das, was auch immer meine neue Besessenheit mit ihm tun würde.

»Was hast du vor?«, fragte ihre Freundin.

»Ich sage dem Arschloch meine Meinung.«

Ich grinste, erregt davon, sie in Aktion zu sehen. Wahrscheinlich würde sie den Mann an der Schulter packen, ihn herumdrehen und ihm ihr Getränk ins Gesicht schütten. Vielleicht würde ich einen Hauch von ihrem Duft abbekommen. Vielleicht würde sie ihre verführerische Hüfte gegen meine drücken.

»Nein, tu das—«

Ihre Absätze klapperten hinter mir und ich wusste, dass sie nun nur einen Fuß von mir entfernt stand. Diesem Typen würde von einer Frau, die halb so groß war wie er, in den Arsch getreten werden. Und er hatte es verdient. Ich würde für diese Show hierbleiben. Nun war es mir auch egal, dass Jackson schon fast eine halbe Stunde zu spät dran war.

»Hey, Arschloch.« Sie packte mich am Arm und zerrte ungeduldig, dass ich sie ansehen sollte.

Gestört durch die ungebetene Berührung, drehte ich mich sofort um und sah nach unten in ihr Gesicht. Grüne Augen, blitzend und feurig, starrten mich an und ihre Lippen waren so fest zusammengedrückt, dass sie fast unsichtbar waren. Ihre Wangen waren vor Wut gerötet und ihre langen braunen Haare fielen über die Schulter und über ihre Titten. Ihre Bluse hatte einen V-Ausschnitt an der Vorderseite und ich konnte jetzt die kleinen Sommersprossen sehen, die ich vorher nicht erkennen konnte. Statt ihr zu sagen, dass sie den falschen Mann am Ärmel gepackt hatte, starrte ich sie mit purer Faszination an. Ganz aus der Nähe betrachtet, war sie noch schöner—

absolut fickbar.

Sie zog ihre Hand zurück und blitzschnell schlug sie mir so hart ins Gesicht, dass sich mein Kopf zur Seite drehte. Mein Hals kippte nach rechts und meine Haut kribbelte von der Kollision ihrer Handfläche mit meinem Gesicht. Unmittelbar danach brannte meine Haut von der Hitze des Schlages und das Geräusch, das entstand, als unsere Haut zusammentraf, hallte durch die Bar. Meine Nachbarn wurden leise, um das Spektakel, das wie ein Straßenkampf aussah, zu beobachten, und wie diese Frau wie ein Stier auf mich losging.

Ich drehte mich wieder zu ihr zurück, aber während die Wut langsam in meiner Brust zu brennen anfing, fühlte ich noch etwas anderes. Mein ganzer Körper spannte sich durch die unbestreitbare Erregung an, die durch meine Adern rann. Sie schlug mich und sie schlug mich hart. Dieser Hass und die Brutalität brachten meinen Motor zum Laufen, als ob ich ein Rennen starten würde. Mein Schwanz war jetzt härter als je zuvor und ich konnte nicht aufhören, mir sie unter mir vorzustellen, wie ich sie fickte, bis sie schrie. Sie würde mir ins Gesicht schlagen, während ich sie in die Matratze fickte, und den Kampf verlieren, von dem wir beide wissen würden, dass nur ich in gewinnen konnte.

Fuck, ich war hart.

Ihre Augen weiteten sich vor Feindseligkeit, bevor mir ihr süßer, kleiner Mund die Meinung geigte: »Sie sind absolut verabscheuungswürdig und eine traurige Erscheinung für einen Mann. Sie sollten sich schämen, dass Sie Ihre Frau betrügen und Spiele mit meiner Freundin spielen. Es gibt einen speziellen Platz in der Hölle für Arschlöcher wie Sie.« Sie zog ihre Hand zurück und schlug mich wieder, legte ihr ganzes Gewicht in die Bewegung. Ein weiterer Schlag hallte durch die Bar, klingelte laut in meinen Ohren. Jeder um uns herum atmete hörbar ein, als sie es mir gab.

Mein Rücken prickelte, als Lust mich wie ein verdammter Tsunami durchfuhr. Ich wollte sie auf die Bar werfen und dann und dort ficken. Ich wollte alle Knöpfe von ihrer Bluse sprengen und ihr Höschen zerreißen, bevor ich ihren Rock über ihre Titten schob. Vor allen hier in der Bar würde ich sie ficken, bis sie mit so viel von meinem Samen gefüllt wäre, dass sie nicht in der Lage sein würde zu laufen, ohne über den ganzen Boden zu tropfen.

Alles, was ich tun musste, war ihr Handgelenk zu packen und ihre Hand zu stoppen, damit sie mich nicht wieder schlagen konnte, aber ich tat es nicht. Alles, was ich tun musste, war ihr zu sagen, dass sie den falschen

Mann erwischt hatte, aber auch das tat ich nicht. Ich fühlte mich niemals lebendiger, erregter, als in diesem Moment.

Und ich wollte, dass sie nie aufhörte, mich zu schlagen.

»Halt!« Ihre blonde Freundin trat hinter sie und packte sie am Arm. »Nicht er!«

Sie hörte kein Wort, das ihre Freundin sagte, weil sie mich jetzt hart gegen die Brust stieß. Wie ein Berg rührte ich mich nicht vom Fleck, während sie von mir abprallte. »Doch nicht so ein harter Kerl, hmm? Wie wäre es, wenn ich deine Frau anrufe und ihr sage, wo sich dein Schwanz überall herumtreibt?«

Ich starrte auf ihren Mund, ohne sie wirklich zu hören. Wenn sie sauer war, fand ich sie sogar noch schärfer. Ihre Wangen hatten einen wunderschönen Hauch von Rosé und ihre Augen waren grüner als Weinreben an einem heißen Sommertag. Ich wollte, dass sie genau so blieb, mich wie einen Boxsack verprügelte, bis mein Schwanz nicht mehr in meiner Hose bleiben konnte.

Sie schlug mich wieder, traf die gleiche Wange zum dritten Mal in Folge. Jetzt wusste ich, dass mein Gesicht knallrot und glühend heiß war. Ich wusste, dass ich ihren Handabdruck für die nächsten paar Stunden auf der Haut haben würde. »Das ist es, was Leuten passiert, die mit meiner besten Freundin Scheiße treiben.« Sie fuchtelte mit dem Finger vor meinem Gesicht herum, als ob das irgendwie bedrohlich wäre. »Sie dachten, Sie würden damit davon ko—«

»Es ist nicht der Kerl!« Ihre Freundin schrie jetzt so laut und übertönte die Gespräche in der Bar, sodass alle innehielten und sie ansahen. »Hör auf ihn zu schlagen!«

Auch ihre Freundin hörte sie schließlich und sah sie an, ihr Gesicht plötzlich schlaff vor Angst. »Was?«

Der Mann im schwarzen Anzug stand nicht mehr neben mir. Sobald der Tumult begonnen hatte, musste er seine Ex bemerkt haben und verschwunden sein. Schlauer Mann. Er hätte die Schläge, die mein Gesicht gerade eingesteckt hatte, sicher nicht genossen.

»Ich habe dir fünfzehn Mal gesagt, dass das der falsche Kerl ist. Dave ist sofort verschwunden, nachdem du diesen Kerl das erste Mal geschlagen hast.«

Ihre Wangen waren weiß geworden, die blassrosa Farbe verschwand. Ihre grünen Augen verloren ihre Lebhaftigkeit, wurden ein stumpfes Grau, das ich nicht annähernd so attraktiv fand. Nicht imstande, mich anzusehen, hielt sie Blickkontakt mit ihrer Freundin. Ungläubige Fassungslosigkeit kam in Wellen zu mir herüber, die mich wie ein eiskalter Ozean überflutete. Auch Selbsthass und Hass fühlte ich darin.

Sie stemmte ihre Hände in die Hüften und nahm ein paar tiefe Atemzüge, bevor sie sich schließlich wieder zu mir drehte. Ihre Augen waren auf dem Boden gerichtet, irgendwie ähnlich einer Sub, bevor sie einen weiteren Atemzug nahm und schließlich den Mut fand, mir in die Augen zu schauen. »Gott ... Es tut mir leid. Ich dachte, Sie wären jemand anderes. Ich ... das ist so peinlich.«

Ich sah mir ihren neuen Gesichtsausdruck an, studierte all die kleinen Details, die ich vorher gar nicht bemerkt hatte. Sie hatte eine Sommersprosse direkt am Mundwinkel, so klein und unauffällig, dass ich sie kaum bemerkte. Wie ein entfernter Stern tief im All, war sie ein Kontrast zu ihrem hellen Teint. Meine Zunge bewegte sich in meinem Mund, wollte ihre Sommersprosse und alles andere an ihrem Körper erkunden.

Sie hatte eine zierliche kleine Nase, schlank und schön geformt. Sie passte perfekt in ihr schönes Gesicht, als ob ein bekannter Künstler ihre Züge geformt hätte, bis sie genau richtig waren. Ihre Augen waren groß und hell, geformt wie Mandeln. Ihre Wangenknochen waren hoch und gebogen, was ihnen ein schlankes Aussehen verlieh, das zu ihrem perfekten Körper passte. Aufgrund meiner Größe könnte ich direkt in ihren Ausschnitt sehen, nur, dass ich nicht hineinblickte.

Als ich nichts sagte, warf sie mir den gleichen reuigen Blick nochmals zu, bat verzweifelt um Entschuldigung. »Ich schwöre, ich bin normalerweise nicht so. Dieser Mann hat meine Freundin verletzt und ich habe mich gehen lassen. Ich dachte, Sie wären er.«

Der einzige Grund, warum ich noch nichts gesagt hatte, war der, dass ich das Gespräch so lange wie möglich herauszögern wollte, sodass ich sie so lange wie möglich anstarren konnte. Ihre Lippen waren prall und feucht. Wenn sie nervös war, saugte sie an ihrer Oberlippe. Sie hatte es zweimal getan, seit unser »Gespräch« begonnen hatte. Ich wollte diese Oberlippe in meinen Mund ziehen und das Saugen für sie übernehmen. »Das kann vorkommen. Ich verstehe das.«

Ihre Augen wanderten nervös hin und her, als sie mich ansah. »Es tut mir wirklich leid.« Ihre Augen glitten über meine rote Wange und ihre Hand bewegte sich leicht von ihrer Taille weg, als ob sie sie berühren wollte. »Wenn es etwas gibt, das ich für Sie tun kann, lassen Sie es mich bitte wissen.« Sie zog ihre Hand zurück an ihre Seite, brach den Versuch ab, mein Gesicht nochmals zu berühren.

Ihre Freundin packte sie am Handgelenk. »Lass ihn einfach in Ruhe. Ich denke, du hast genug getan ...« Sie zog ihre Freundin unsanft weg.

Ich verlor sie, und ich hatte keine andere Wahl, als sie gehen zu lassen. Der Ring an meiner rechten Hand fühlte sich unnatürlich schwer an.

Aber dann plötzlich fühlte ich ihn gar nicht mehr. Das Gewicht löste sich in Luft auf, als ob es nie da gewesen wäre. »Es gibt etwas, das Sie tun können.«

Sie blieb stehen und erlaubte ihrer Freundin nicht, sie weiter zu ziehen. »Alles, was Sie wollen.«

»Sag mir deinen Namen.« Ich ging einen Schritt auf sie zu, wollte nicht verpassen, was sie sagte. Ich lebte für diese Antwort, wollte sie mit meinen Ohren hören und auf meiner Zunge schmecken. Wenn ich mir dann später einen runterholte, wollte ich genau wissen, wen ich mir dabei vorstellte.

»Sie wollen meinen Namen wissen?« Ihre Stimme war kaum mehr als ein Flüstern. »Das ist alles?«

»Ja.« Meine Augen starrten in ihr Gesicht, ich brauchte diese Antwort mehr als alles andere auf der Welt.

Sie stockte einen Augenblick, nicht sicher, ob sie ihn mir sagen sollte, weil sie mein Motiv nicht kannte. Vielleicht wollte ich ihn ja deshalb wissen, um Anzeige erstatten zu können. Und selbst wenn das der Fall wäre, wäre das ja mein gutes Recht und sie müsste kooperieren. Ihre Lippen waren leicht geöffnet, bevor sie sprach, und schließlich antwortete sie: »Rome Moretti.«

2

Ich betrat die *Ruine* und schob mich auf dem Weg zur Bar durch die Menschenmenge. Männer in schwarzem Leder hielten ihre Subs an Leinen und Ketten. Die meisten von ihnen knieten auf dem Boden und blickten zu ihren Herren mit grotesker Faszination auf. Der durch Verstärker hallende dunkle Bass wummerte laut, passend zu den dunklen Farben der schwarzen Lichter.

Eine Sub warf mir interessierte Blicke zu, sie hatte keinem Dom zu gehorchen. Aber in der Sekunde, in der ihre Augen meinen schwarzen Ring wahrnahmen, wand sie schnell ihren Blick ab und tat, als hätte sie mich nicht gesehen.

Ich ging zur Bar und sah dort Isabella. Sie trug den schwarzen Ring an der rechten Hand und nippte an einem Drink, während sie dort saß. Gekleidet mit einem engen schwarzen Kleid, die Haare zu einem Zopf geflochten, stach sie aus der Menge der anderen Frauen heraus. Schön, dunkel und verführerisch, war sie die bemerkenswerteste Frau im Club. Keiner der Männer starrte sie an, weil sie wussten, dass sie tabu war.

Jeder respektierte das.

Als ich ihre Seite erreichte, richtete sie sofort ihre braunen Augen auf mich. Sie blickte mich fasziniert an, und, gehorsame Sub, die sie war, wandte schnell ihren Blick nach unten und neigte ihr Kinn, um sich vor mir zu verneigen, ohne ihren Rücken zu verbiegen. »Master.«

»Komm mit mir.« Ich bellte meinen Befehl und ging weg, ohne mich umzublicken. Ich wusste, dass sie das tat, mir folgte, die gute, unterwürfige Sub, die sie war. Ich brauchte keine Leine für sie, weil es nicht notwendig war. Diese Frau war gut ausgebildet. Mit einem Fingerschnipsen tat sie genau das, was ich befahl— und sie tat es ohne Wiederrede.

Sie war die beste Sub, die ich je gehabt hatte.

Wir gingen auf die andere Seite des Gebäudes, in die oberste Etage und traten in mein Büro. Die Möbel waren schwarz und das große Fenster hinter meinem Schreibtisch war getönt, sodass die Außenstehenden nicht hineinsehen konnten. Sie würden Leute wie uns nie verstehen. Sie würden niemals unsere Wünsche und unsere Bedürfnisse verstehen. Für sie waren wir nur Freaks.

Und ich dachte das gleiche über sie.

Mein Schreibtisch bestand aus gefärbtem Kirschholz und die Bücherregale an den Wänden waren aus dem gleichen Material. Eine einsame Lampe stand darauf, und sobald ich sie eingeschaltet hatte, waren wir nicht länger im Schatten verborgen.

Isabella fiel vor meinem Schreibtisch auf die Knie und nahm die Position ein, die von ihr erwartet wurde, wenn sie sich in meiner Gegenwart befand. Ihr Zopf fiel auf der Mitte ihres Rückens herunter, bereit, um meine Faust gewickelt werden, in dem Augenblick, in dem ich sie wollte.

Ich lehnte mich an den Tisch und verschränkte die Arme vor der Brust. Ich brauchte einen Moment, um sie anzusehen, ihre letzten Momente als meine Sub zu genießen. Im letzten Jahr war ich ihr exklusiver Dom gewesen, was uns zu einem der seltenen monogamen Paare in unserer Welt gemacht hatte. Sie gefiel mir außerordentlich gut und sie benötigte keine Ausbildung mehr. Perfekt in der Art, wie sie war, war sie in mein Leben gekommen und hatte mir die Befriedigung gegeben, nach der ich mich sehnte. Ich hatte sie nie geliebt und ihr gesagt, dass ich es niemals tun würde, und sie hatte das so akzeptiert. »Steh auf.«

Sie erhob sich auf ihre Füße, ihre schlanke Gestalt

bewegte sich aus der unbequemen Position auf dem Boden. Einmal hatte sie fast fünf Stunden so verharrt, während ich Gäste zum Abendessen hatte. Sie hatte sich nicht einen Millimeter bewegt— nicht einmal, um sich an der Nase zu kratzen. Jetzt sah sie mich mit ihren großen hellbraunen Augen an und wartete auf einen Befehl, den sie erfüllen konnte. Ihr Universum drehte sich nur um mich, den Mann, dem sie gehorchte.

Ich zog mir den schwarzen Ring vom Finger. Er war eng an meinem Knöchel, und ich musste ihn etwas drehen, bis er locker wurde und ich ihn neben mir auf den Schreibtisch legen konnte. Eine schwache Linie markierte die Haut, die so lange bedeckt worden war. Nun kamen endlich wieder Licht und Luft an diese Stelle.

Ihre Augen weiteten sich, als sie mich dabei beobachtete, denn sie wusste genau, was es bedeutete.

»Ich bin nicht mehr dein Dom, Isabella. Und du bist nicht mehr meine Sub.« Unser Arrangement hatte ein Verfallsdatum und wir beide hatten das von Anfang an gewusst. Egal, wie lange es hielt, wir wussten, dass dieser Tag kommen würde. So, wie die Sonne über den Horizont stieg, war es unabänderlich.

Trotz ihres Schocks behielt sie den gleichen Gesichtsausdruck bei. Jeder Außenstehende hätte keine Ahnung, was sie dachte. Ihre Gefühle waren wie vergrabene Schätze tief unter ihrer ständigen Maske verborgen.

Ich trat auf sie zu und nahm ihre rechte Hand. Ich zog den Ring vom Finger, fühlte die Enge, bevor er schließlich abging. Der Ring war einfach und schwarz, und entsprach, mit Ausnahme seiner Breite, genau meinem. Ich legte ihn in meinen Ring und vereinte sie so zu einem Paar. »Du kannst frei sprechen.« Sie war nicht mehr mein, also konnte sie tun und sagen, was sie wollte. Es war nicht die Art von Freiheit, die sie wollte, aber sie hatte es zu akzeptieren.

Ihre Augen schwenkten zu den Ringen, bevor ihr Blick auf mein Gesicht zurückkehrte. Groß wie der Mond, waren ihre Augen leuchtende Kugeln, die mystische Kraft ausstrahlten. Es war diese Eigenschaft, die mich in erster Linie zu ihr hingezogen hatte. Aber jetzt reflektierten sie ihre Enttäuschung– und ihren Schmerz. »Ich verstehe nicht…«

Ich hatte gehofft, sie würde diese Trennung genauso emotionslos hinnehmen wie ich es tat. Schon am Anfang hatte ich klargemacht, was für ein Mann ich war und dass ich mich nie ändern würde. Sie behauptete, sie glaubte mir, aber vielleicht hatte sie es doch nicht ganz getan. »Es hat nichts mit dir zu tun, Isabella. Du bist genauso perfekt, wie du es warst, als ich dich zum ersten Mal sah. Aber ich habe erkannt, dass ich noch andere Sachen mag.«

Ihre Hände fanden sich vor ihrer Taille und langsam begannen ihre Finger zu beben. Ihre Schultern waren nicht so gerade wie sonst und die Eleganz, die sie einst besessen hatte, war komplett verschwunden.

Ich wollte ihr befehlen, doch noch so zu bleiben, aber ich konnte nicht. Ich hatte meine Privilegien verloren.

»Gestern war alles in Ordnung. Das ist so plötzlich ... Ich dachte ... dass du mich willst.«

Diese Art von Verzweiflung war erbärmlich und ärgerte mich. Aber sie war ein Jahr lang mit mir zusammen gewesen, hatte mir ein ganzes Jahr lang vertraut und ich musste geduldig mit ihr sein. Ich schuldete es ihr. »Es tut mir leid, dass es so unerwartet ist. Aber ehrlich gesagt, ist meine Entscheidung ebenso unerwartet gefallen. Ich denke immer noch, dass du wunderschön bist und alle Männer im Erdgeschoss werden sich um dich streiten, wenn sie merken, dass du nicht mehr mein bist. Aber ich werde meine Meinung nicht ändern.«

Ihre Daumen rieben weiterhin ängstlich aneinander und tief in ihren Augen bildeten sich Tränen. Langsam liefen sie über ihr Gesicht, bis sie meine kalte Erscheinung reflektierten.

»Nicht.« Ich musste es stoppen, bevor es wirklich anfing.

Sie atmete tief ein, versuchte, sich zu beruhigen, aber in dem Moment, in dem sie mein Büro verlassen hatte, würde sie auf der Toilette losheulen. Ich brauchte kein Hellseher sein, um das vorherzusehen. »Cal, hast du jemand anderen?«

Ich wusste, dass diese Frage kommen würde, aber ich wusste nicht, wie ich sie beantworten sollte. Ich war nicht einmal sicher, was meine Antwort sein würde. Als Rome mir ihren Namen gesagt hatte, hatten sich meine Eier an meinen Körper gezogen und ich wäre fast auf der Stelle gekommen. Keine Frau hatte je mein sexuelles Verlangen so gesteigert wie sie. Diese drei Schläge waren besser als jeder Blowjob, den ich je bekommen hatte. Statt davon verärgert zu sein, sehnte ich mich danach. Ich wollte sie erobern und ich wollte, dass sie mich eroberte. »Ja.«

Sie nahm noch einen tiefen Atemzug und ihre Augen wurden schon wieder feucht.

»Ich habe sie nicht berührt. Mach dir keine Sorgen.« Isabella war die einzige Sub, mit der ich monogam war, weil ich ihr versprochen hatte, ihr treu zu bleiben. Ich hielt meine Versprechen immer ein, egal, wie sehr ich sie manchmal brechen wollte. In unserer Beziehung gab es Respekt und Freundschaft. Ich würde sie nie betrügen, obwohl mein Schwanz begierig danach war, untreu zu werden.

»Wann ist das passiert?«

In der Nacht zuvor, aber es fühlte sich an, wie ein Leben lang. Ich hatte keine Ahnung, was ich tat oder warum ich es tat. In der Sekunde, als ich Rome erblickt hatte, hatte sich meine ganze Welt verändert. Ich hätte mich nicht als glücklich beschrieben, aber ich war sicherlich zufrieden. In der Sekunde jedoch, in der sie mich schlug, fühlte ich mich verwirrt von dem, was ich nicht hatte— sie. »Letzte Nacht.«

»Oh ...« Sie rieb sich die Hände, aber ihr Zittern hörte nicht auf. »Wenn du sie nicht einmal berührt hast, warum beendest du das hier?«

Ich war mir ja selbst nicht sicher. Alles, was ich wusste, war, dass ich nicht mehr mit Isabella zusammen sein könnte, nicht, wenn mein Schwanz so hart und mein Geist so besessen war. Jetzt wollte ich nur noch eine Frau unter mir haben, diese Kreatur mit den intensiven, grünen Augen— und das war nicht Isabella. Ich wollte, dass sie mit mir kämpfte, bis ihr Rücken auf dem Laken landete. Dann wollte ich, dass sie ihre Beine um meine Taille schlang, während sie um mehr bat. Obwohl es keine Liebe in unserer Beziehung gab, respektierte ich Isabella zu sehr, um sie zu belügen. Wir hatten eine Beziehung, die auf Vertrauen basierte— und das war etwas, was ich nie opfern würde. »Weil ich nicht aufhören kann, an sie zu denken.«

3

Ich betrat das Büro in der 155. Straße. Die Lobby war makellos, mit ihrer Granitplatte an der Rückseite und der Rezeptionistin, die die Besucher in die richtige Etage leitete. Ein Brunnen stand in der Mitte und verbreitete das beruhigende Geräusch von fließendem Wasser zu jeder Stunde des Tages— sogar, wenn die Türen geschlossen waren. Ich knöpfte meinem Anzug zu, begrüßte das Mädchen hinter der Theke und nahm dann den Aufzug zu meinem Büro.

Die Türen öffneten sich und ich ging in mein Büro, das in einer Ecke versteckt war. Meine Assistentin gab mir eine kurze Zusammenfassung, zusammen mit meinen Nachrichten, bevor sie mir meinen Morgenkaffee reichte— schwarz und bitter.

Sobald ich in meinem Ledersessel saß und meinen

schwarzen Laptop vor mir hatte, suchte ich die Nachrichten durch, in der Hoffnung, etwas von jemandem bestimmten zu finden— aber da war nichts. Ich öffnete meinen Computer und arbeitete mich durch die unzähligen E-Mails, die meine Aufmerksamkeit erforderten. Manchmal fragte ich mich, ob ich wirklich der Direktor von *Humanitarians United* war, oder nur eine Marionette, die sich durch lästigen Papierkram zu bewegen hatte.

Eine Stunde später meldete sich Shaylen über die Gegensprechanlage: »Charles ist hier, um Sie zu sehen, Sir.«

Wird verdammt noch mal Zeit. »Bitte schicken Sie ihn herein, Shaylen.« Ich schloss meinen Laptop und beobachtete, wie sich die Tür öffnete und Charles eintrat. Er trug die gleiche braune Lederjacke, in der ich ihn jeden Tag sah. Sie war dick und alt, mit Löchern und Flecken überall. Eine dunkle Jeans und schwere Stiefel, um die New Yorker Kälte abzuhalten, rundeten das Bild ab. »Schön, dich zu sehen, Charles. Hast du etwas für mich?«

Er warf einen Ordner auf den Tisch. Seine buschigen Augenbrauen ließen ihn ständig verärgert aussehen.

Ich öffnete den Ordner und sah, dass er leer war. Ich schloss ihn schnell wieder, dann hielt ich ihn hoch. »Es ist offensichtlich, dass du das absichtlich getan hast.

Aber mir ist nicht klar, warum.« Ich warf ihn in den Papierkorb neben meinem Schreibtisch.

»Ich habe nicht viel über dein Mädchen gefunden.« Er stand vor meinem Schreibtisch, setzte sich nie, auch wenn ich ihm einen Platz anbot. In der Ruine kundschaftete er viel aus, um sicherzugehen, dass die Besucher vertrauenswürdig waren. Nicht jeder durfte die *Ruine* betreten und einer von uns sein.

»Was hast du noch ausgegraben?«

»Sie hat ihren Bachelor in Sozialarbeit an der Harvard University gemacht, bevor sie ihren Master in Soziologie abgelegt hat. Sie hat eine kleine Wohnung auf der Westside, und sie betreibt eine kleine gemeinnützige Organisation, *For All* genannt.«

Ich kannte die Organisation. Sie tat eine Menge für Obdachlose und jugendliche Ausreißer in New York. Sie war klein, aber sehr respektabel. »Was sonst?«

»Das ist es.«

»Hat sie einen Freund?« Mehr als alles andere war das die Antwort, die ich brauchte. Wenn sie vergeben war, würde ich das respektieren und Abstand halten. Nichts irritierte mich mehr, als wenn jemand eine Person wollte, die vergeben war. Aber selbst wenn sie jemanden hatte, würde meine Besessenheit bleiben—leider.

»Ich weiß es nicht.«

Ich hob eine Augenbraue. »Wieso weißt du das nicht? Wofür bezahle ich dich?«

»Diese Frau verschleiert ihre Spuren. Außer ihren Zeugnissen konnte ich nichts finden. Ich habe keine Ahnung, wo sie geboren wurde, wann sie geboren wurde, und wer ihre Verwandten sind. Ihre Akte ist gesäubert worden. Diese Frau hat buchstäblich keinen digitalen Fußabdruck.«

Jetzt war ich noch mehr fasziniert. »Wie ist das möglich?«

»Sie muss ihren Namen geändert haben.«

Sie war verheiratet? »Die Leute heiraten ganze Zeit, aber ihre Vergangenheit wird dadurch nicht gelöscht.«

»Nein, das ist nicht das, was ich meine. Sie muss eine neue Identität angenommen haben.«

Ich hatte eine Menge in meinem Leben gesehen, aber davon hatte ich noch nie gehört.

»Sie hat Geheimnisse— Geheimnisse, die sie zu verbergen versucht.«

Was für ein Zufall— ich hatte auch Geheimnisse. »Noch etwas?«

»Sie hat ernsthaft hohe Schulden. Über dreihundert Tausend.«

»Wieso?«

»Studentenkredit und die gemeinnützige Organisation, die sie besitzt. Sie muss viel von ihrem eigenen Geld hineinstecken.«

Allein auf dem Papier faszinierte mich diese Frau. In Anbetracht ihrer natürlichen Kraft, mit der sie durch den Raum gegangen war, nahm ich an, dass sie keine Angst vor irgendetwas hatte— und dass sie keine Leichen in ihrem Keller hatte. Die Tatsache jedoch, dass sie ein Doppelleben führte, eine zweite Existenz hatte, lies mich wundern, was sie wohl versteckte.

»Sie nimmt am Wohltätigkeitsball des Gouverneurs am Samstag teil.«

Diese Party war unendlich langweilig, aber ich musste sie besuchen, weil ich in der Regel den Philanthropen Award erhielt— aber sie sollten wirklich endlich mal jemand anderen ins Rampenlicht rücken. Mein Unternehmen tat freilich eine Menge erstaunliche Dinge, aber es war nicht das Einzige. Aber es war natürlich eine großartige Gelegenheit, um Spenden von anderen wohlhabenden Menschen in der Stadt zu bekommen. Kostenlose Werbung. »Tut sie das?«

»Ja. Und du bist nicht der Empfänger des Philanthropen Award in diesem Jahr.«

Meine Augenbraue hob sich. »Wirklich?«

»Rome Moretti bekommt ihn.«

Es war fast Mitternacht, als ich in die *Ruine* kam und in das Büro trat. Ich hatte Papierkram dabei,

Lohnabrechnungen und eine Reihe von anderem Bullshit, der mich hassen ließ, dass ich selbständiger Unternehmer war. Als ich die Firma übernommen hatte, war es aufregend. Aber in letzter Zeit war ich nur noch wegen einer anderen Sache aufgeregt.

Die Tür öffnete und schloss sich hinter mir. »Arschloch, ich habe den ganzen Tag versucht, dich zu finden.«

Ich drehte mich nicht um, sondern blieb über meinem Schreibtisch gebeugt und sah nach der Post. »Glückwunsch. Du hast es geschafft.«

Jackson ging um den Schreibtisch und ließ sich in den Ledersessel plumpsen— meinen Ledersessel. Er sah mich an, seine blauen Augen identisch mit meinen. Sie waren stechend und kalt, genau wie die Eiszapfen, die im Januar von meinem Dach hingen. »Ich habe gehört, dass du dich von Isabella getrennt hast.«

Ich bin sicher, dass es mittlerweile der ganze verdammte Club weiß. Ich öffnete den ersten Brief, mir dessen bewusst, dass sich sein Blick immer noch wie heiße Lava in mein Gesicht brannte.

»Hast du mich gehört?«

»Ja.« Ich blätterte die Rechnung durch und legte sie zur Seite. Dann nahm ich den nächsten Umschlag vom Stapel.

»Und?«

»Und was? Ist das eine Teerunde?«

»Sag mir einfach, was zum Teufel passiert ist.«

»Ich schulde dir keine Erklärung, Scheißer.«

Er schnappte sich den Brief aus meiner Hand und knallte ihn auf den Schreibtisch. »Was zur Hölle ist passiert? Du warst fast ein Jahr lang ihr Dom.«

»Das ist mir bewusst.« *Ich bin immerhin dabei gewesen.* Ich lehnte mich im Sessel zurück und starrte ihn an. »Alle Dinge enden irgendwann, nicht wahr? Es ist nicht die Rede wert. Ich habe viele Subs in meinem Leben gehabt, und sie wird noch viele Doms haben.«

Sein Blick verengte sich und Verärgerung sickerte aus all seinen Poren. »Sie sagt, dass du jemand anderen hast.«

Warum konnte sie ihren Mund nicht halten? Ich leugnete es nicht, weil lügen nicht meine Stärke war. Wenn ein Mann nicht ehrlich sein konnte, dann war er kein Mann. »Ja, aber ich treffe mich mit niemandem.«

Jackson zeigte mir den besten fragenden Gesichtsausdruck, den ich je gesehen hatte. »Was? Du triffst dich nicht mit ihr?«

»Habe sie vor ein paar Nächte in einer Bar kennengelernt. Habe nicht aufgehört, an sie zu denken.«

»Ist sie eine Sub?«

»Unwahrscheinlich.« Sie hatte viel zu viel Feuer in den Augen und zu viel Kraft in diesen sexy Hüften. Keinesfalls würde sie einem Befehl folgen, ohne sich zu widersetzen. Vielleicht war es das, was ich so attraktiv an ihr fand— obwohl das genau das Gegenteil von dem war, was ich wollte.

»Was ist dann das Problem? Hast du nach ihrer Nummer gefragt oder was?«

»Nein.« *Sie hat mich dreimal wie ein verdammter Profi geschlagen.* »Ich habe nur ihren Namen. Ich habe unmittelbar danach mit Isabella Schluss gemacht. Es fühlte sich nicht mehr richtig an. Isabella vertraut mir und ich will dieses Vertrauens würdig sein.«

Er rieb sich den Nacken und starrte mir in die Augen. »Was bedeutet das? Wirst du sie zu deiner neuen Sub machen?«

Wenn ich Glück habe. »Ich werde sehen, wohin es führt …« Sie würde nicht leicht zu brechen sein. Das war mir klar. Aber ich war immer bereit für eine Herausforderung.

»Alter, Isabella ist das heißeste Geschoss hier. Und du gibst sie einfach auf?«

Schon als ich sie zum ersten Mal gesehen hatte, wollte ich sie. Wir hatten angefangen, miteinander zu ficken und der Sex war explosiv gewesen. Nicht lange danach waren wir ein exklusives Dom-Sub Paar geworden, was alle schockierte, die mich kannten. Isabella hatte alles getan, was ich von ihr verlangte und sie hatte es gut gemacht. Ich war zufrieden mit ihr gewesen, sogar glücklich. Aber als ich Rome gesehen hatte, war es gewesen, als ob das vergangene Jahr nie passiert wäre. Ich hatte die Welt in Technicolor gesehen und nun war sie neongrün. Ich musste sie haben— um jeden Preis. »Ja, Isabella ist perfekt. Aber es ist Zeit für uns beide, einen Schritt weiter zu gehen.«

Jackson drückte die Rückseite seiner Hand auf meine Stirn. »Du musst an Syphilis oder etwas Ähnlichem leiden.«

Ich schlug seine Hand weg. »Halt verdammt noch mal die Klappe, Arschloch.«

»Also stört es dich nicht, wenn ich mich an sie ranmache?«

Wenn er mich das vor einer Woche gefragt hätte, wäre ich mit lautem Brüllen über meinen Schreibtisch gesprungen und hätte ihn bewusstlos geschlagen. Aber ich fühle nichts, nicht ein Hauch von Eifersucht oder eine Unze Wut. Ich war nicht mehr besitzergreifend. Seltsamerweise hatte ich keinerlei Gefühl von Aufmerksamkeit oder Zuneigung Isabella gegenüber. Es war, als hätte sie mir nie etwas bedeutet— irgendetwas. »Nein.«

»Echt?« Seine beiden Augenbrauen stiegen in den Himmel.

Ich hasste es, wenn er wie ein verdammter Teenager sprach. »Echt.«

»Weil ich mache das. Ich werde jede Spur von dir wegwischen.«

»Mach nur.«

Seine Augenbrauen senkten sich wieder und er glaubte mir schließlich. »Verdammt, wer ist diese Frau?«

Charles hatte nicht viel über sie herausgefunden, nur lauter Geheimnisse, also hatte ich keine Ahnung. »Ist noch nicht ganz sicher. Aber ich werde es herausfinden.«

4

Rome

Christian und ich traten in die Lobby des Hotels. Er trug einen schwarzen Anzug mit einer passenden Krawatte und er sah aus, als gehörte er zum Publikum. Er hatte tatsächlich seine Haare frisiert, trug eine wertvolle Uhr und begrüßte die Menschen um uns herum mit einem Lächeln. Wenn ich ihn vorstellte, war er höflich— eine Seltenheit. Wir betraten den Saal, wo die Wohltätigkeitsveranstaltung stattfand. Der schwere Kronleuchter hing von der Decke und funkelte in der schwachen Beleuchtung des Raumes. Runde Tische standen im Raum verteilt, elfenbeinfarbige Tischdecken mit Kerzen und Geschirr waren aufgedeckt.

Christian pfiff leise. »Nobel, nicht wahr?«

»Es sieht wirklich schön aus.«

Sein Kopf drehte sich zu der Bar in der Ecke. »Nun, das sieht wirklich nett aus. Bar ist drin, oder?«

Ich versuchte, nicht mit den Augen zu rollen. »Benimm dich, in Ordnung?«

»Wenn du jemanden gewollt hättest, der sich benimmt, hättest du nicht mich danach fragen sollen, mit dir zu kommen.«

»Wenn du nicht hier sein willst, geh einfach.« Ich ging etwas zur Seite und sah ihm in die Augen, deren Braun im Licht des Kronleuchters reflektiert wurde.

»Und dich hier allein unter lauter Paaren lassen?« fragte er mit einem Lachen. »Ich mag ein Arsch sein, aber das würde ich dir nie antun.«

»Es macht mir nichts aus, allein zu gehen.« Fast alles, was ich tat, tat ich alleine. Keinen Mann an meinem Arm zu haben, das machte mir keine Angst. Ich kümmerte mich nicht darum, dass ich Single war und allein in einer kleinen Wohnung lebte. Wenn die Leute fragten, ob ich plante, bald sesshaft zu werden, als wäre das mein einziges Lebensziel, lächelte ich, entschuldige mich aus dem lächerlichen, banalen Gespräch und hatte immer etwas Besseres zu tun.

»Warum hast du mich dann eingeladen?« Er schob die Hände in die Taschen, während er mich ansah, das

Kinn mit Stoppeln bedeckt und die Augen fast bedrohlich.

»Weil ...« Ich wollte ihm antworten, entschied mich dann aber dagegen. Ich kämpfte gegen emotionale Intimität, und ich vermied sie um jeden Preis. »Ich glaube, ich verbringe einfach gerne Zeit mit dir.«

Christian kannte mich zu gut, um die Anspannung in meinen Augen nicht zu bemerken. Wie in einem Buch, so konnte er jedes Wort und jeden Satz lesen. »Das ist nicht der Grund und wir beide wissen es. Also sei ein Mann und sag es mir.«

»Na ja, ich bin kein Mann.«

»Du sieht aus wie einer.«

Ich kniff die Augen zusammen. »Soll ich antworten oder nicht?«

Er seufzte, bevor er seine Schultern entspannte. »Ja. Bitte.«

»Ich bekomme heute Abend eine Auszeichnung.« Ich trug mein Herz nicht gerade auf der Zunge, damit ich niemandem meine tiefsten Wünsche gestehen würde. Aber heute Abend bedeutete es mir etwas, dass er mit mir hier war. Ich wollte, dass er diesen Moment mit mir teilte, denn ehrlich gesagt wäre ich ohne ihn nicht hier.

Seine Augen wurden sofort weicher, eines der wenigen Male, in denen ich es sah. »Ich hatte keine Ahnung. Wofür ist sie?«

»Philanthropen Award. Sie ist für die Arbeit, die ich in diesem Jahr im Obdachlosenheim getan habe.«

Er starrte mich mit unwissendem Ausdruck an, aber seine Augen verrieten die Zuneigung, die er versuchte zu verstecken. Er räusperte sich und gab mir dann einen unbeholfenen Klaps auf den Rücken. »Das ist großartig. Ich bin so stolz auf dich.«

Ich lächelte, als ich die Aufrichtigkeit in seiner Stimme hörte. »Danke.«

»Jetzt bin ich froh, dass du mich eingeladen hast. Würde es wirklich ungern verpassen wollen.«

»Das ist die Reaktion, auf die ich gehofft habe.«

»In Ordnung. Ich werde den ganzen Abend nett zu dir sein.«

»Wow.« Ich machte kein Hehl aus meinem Sarkasmus. »Glaubst du, dass du das so lange durchhältst?«

»Ich weiß es nicht«, antwortete er. »Ich habe es noch nie versucht.«

Ein Kellner kam mit einem Tablett Champagner vorbei und Christian nahm zwei Gläser, bevor er mir eins übergab. »Lass uns anstoßen.«

»Ja?« Mein Mundwinkel hob sich zu einem Lächeln.

»Ja.« Er stieß sein Glas gegen meines. »Auf die fleißigste und mitfühlendste Frau, die ich kenne.« Er setzte das Glas an die Lippen und kippte den Inhalt hinunter.

Ich lächelte, bevor ich trank und es mit ein paar Schlucken leerte.

Wir stellten unsere Gläser auf ein leeres Tablett, das gerade vorbeigetragen wurde.

»Was jetzt?« sagte er. »Plündern wir die Bar? Oder suchen wir unsere Plätze für das Abendessen? Es gibt Steak, oder?«

Natürlich, das war alles, was ihn interessierte— Alkohol und Essen. »Lass uns unsere Plätze suchen, bevor wir die Bar stürmen und sie plündern.«

»Klingt gut.«

Ich suchte über das Meer von Tischen hinweg nach meiner Nummer. Uns waren die Plätze bereits im Vorfeld zugewiesen worden und nachdem wir die richtige Tischnummer gefunden hatten, wurden unsere Namen auf einer Karte auf den Porzellanteller gelegt. Als ich mich von meinem Platz aus umsah, fühlte ich ein Paar heiße Augen direkt durch meine Haut bis in mein Herz brennen. Sie verbrannten mich von innen nach außen, sodass mir die Haare im Nacken aufstanden. Wie Beute in der Steppe, so fühlte ich mich von einem Räuber beobachtet, bevor er zuschlug.

Meine Augen fanden schließlich den Übeltäter. Auf der anderen Seite des Raumes, in einem maßgeschneiderten schwarzen Anzug, stand der Mann, den ich so oft auf die Wange geschlagen hatte, dass sie sich gerötet hatte. Seine intensiven Augen waren genau so, wie sie in dieser Nacht gewesen waren, sengend und eisblau. Er starrte mich an, als ob er genau wusste, wer ich war— und nicht vergessen hatte, wie sich meine Handfläche in seinem Gesicht angefühlt hatte. Scham überschwemmte mich wie eine Flut und schiere Angst befiel mich. Ich hatte mich noch nie so geschämt in meinem Leben und ich war noch nie so ausgerastet. Bei dem einen Mal, da es mir nun passiert war, hatte ich einen unschuldigen Mann angegriffen. Jetzt bekam ich eine Auszeichnung dafür, dass ich Menschen half, wobei er wahrscheinlich dachte, ich hätte das sicher nicht verdient.

»Verdammte Scheiße«

Christian wandte seinen Blick auf mich, seine Augen hatten die Größe von Melonen. »Whoa ... wo kam das her?«

Ich drehte mich schnell weg von dem Mann, den ich vor wenigen Tagen tätlich angegriffen hatte. »Scheiße. Schaut er zu mir her?«

»Wer?«

»Der Mann im schwarzen Anzug. Er steht in der Nähe der Bühne.«

»Äh ...« Christians Augen wanderten zur gegenüberliegenden Seite des Raumes. »Ich glaube, ein ziemlich gutaussehender Kerl checkt dich ab.«

Ich verdrehte die Augen. »Glaub mir, er checkt mich nicht ab.«

»Ro, bin ich ein Kerl. Ich weiß, wie wir aussehen, wenn wir uns eine Frau nackt vorstellen.«

»So sieht er mich an?«, fragte ich entsetzt.

»Wo ist das Problem? Ich bin total hetero, aber neben diesem Kerl sieht Clint Eastwood wie ein Troll aus.«

Ich erzählte ihm schnell die Geschichte, die vor ein paar Tagen in der Bar passiert war, wandte meinem Raubtier den Rücken zu und versuchte, meine Haltung natürlich aussehen zu lassen.

»Du hast ihn geschlagen? Dreimal?« Seine Stimme erhob sich ungläubig.

»Ich dachte, er wäre Taylors Ex, okay?«

»Und es dauerte drei Schläge, um herauszufinden, dass er es nicht war?«

»Ich war völlig in dem Moment gefangen. Ich war sauer ... Ich habe nicht aufgepasst.«

Christian betrachtete ihn quer durch den Raum. »Na ja, er hat nicht einmal geblinzelt, seit er dich vorhin angeschaut hat. Aber ich denke immer noch, dass er dich abcheckt.«

»Nein. Er stellt sich vor, wie er mich ermorden wird.« Ich steckte meine Haare hinters Ohr und zeigte so zum ersten Mal Schwäche.

Christian schaute auf den Boden und senkte die Stimme. »Er kommt.«

»Scheiße.« Ich straffte meine Schultern und hielt

mich gerade, wohl wissend, dass ich einer Konfrontation nicht ausweichen konnte. Ich war diejenige, die den Mann angegriffen hatte, also würde ich dafür bezahlen. Das Unbehagen senkte sich auf mich wie ein schweres Gewicht und ich verdiente es. Ich wandte mich ihm zu und blickte ihn schließlich an, als er mich erreichte.

Zuerst taxierte er Christian und warf ihm einen schnellen Blick, abschätzenden Blick zu. Seine Überlegenheit durchdrang die Luft und wenn er ihn hätte zur Seite schieben können, hätte er es getan. Seine Feindseligkeit entstand aus dem Nichts. Ich wusste nicht, woher sie kam.

Dann sah er mich an, seine blauen Augen waren hell und kristallklar. Wie eine entlegene Bucht auf Fidschi, die jungfräulich und unberührt war. Seine Seele war eine Leinwand darunter, bemalt mit vielen Schichten und Farben und doch nicht lesbar. Als ob sonst niemand im Raum wäre, starrte er mich an. Wie ein Raubtier, das die Beute sucht, bedrängte er mich und nahm sich auch nicht zurück. Es schien ihn nicht zu kümmern, dass ein erwachsener Mann direkt neben mir stand, gut gebaut und durchtrainiert.

Seine Schultern sahen genauso so breit aus wie beim letzten Mal. Als ich ihn zum ersten Mal gesehen hatte, war ich sofort davon ausgegangen, dass er der Mann sein musste, von dem Taylor gesprochen hatte.

Unverschämt hübsch, mit kurzen Stoppeln im Gesicht, war er so schön gewesen, dass es fast schmerzhaft war. Taylor hatte von ihrem neuen Freund geschwärmt und er war es auf jeden Fall wert, von ihm zu schwärmen. Die Tatsache, dass ich ihn dreimal geschlagen hatte und er nicht einmal seine Stimme erhoben hatte, zeugte von seiner Ritterlichkeit. Jeder andere Mann hätte wahrscheinlich zurückgeschlagen. Aber er hatte sich zurückgehalten und nichts dergleichen getan.

Ich verlor meinen inneren Halt, als ich ihn ansah, auf seinen Hals und den angespannten Kiefer konzentriert. Ein Bild kam mir in den Sinn: Sein Gesicht zwischen meinen Beinen, seine Stoppeln kratzten gegen die Innenseite meiner Oberschenkel, bevor sich sein Mund über meine pochende Klitoris schloss. Ich vergrub meine Finger in seinen Haaren und schrie, weil er mich so hart zum Orgasmus brachte.

Whoa. Wo zum Teufel kommt das her?

Ich wusste, dass ich etwas sagen sollte, aber ich konnte es nicht aussprechen. Stattdessen spürte ich, wie meine Wangen rot und warm wurden. Mein Mund wurde plötzlich feucht von den Küssen, die wir nicht geteilt hatten, und meine Beine sehnten sich danach, um seine Taille geschlungen zu werden.

Er übernahm die Zügel. »Kleine Welt, hm?« Wie beim letzten Mal waren seine Worte ganz natürlich sexy und heiser. Ich fragte mich, ob er absichtlich so klang oder ob er mit einem unnatürlichen, extremen Sex-Appeal gesegnet worden war.

Ich atmete tief ein und richtete mich auf. Ich weigerte mich, meine Antwort als unzusammenhängendes Gefasel herauszulassen. »Zu klein, um ehrlich zu sein.« Ich streckte meine Hand aus, um seine zu schütteln. »Es ist schön, Sie wiederzusehen. Und ich bin froh, dass es diesmal bessere Umstände sind.«

Er betrachtete meine Hand so lange, dass ich schon nicht mehr daran glaubte, dass er sie noch nehmen würde. Dann legte er seine Finger um meine und gab mir einen festen Händedruck, wobei sein Daumen verführerisch über meine Haut strich. Seine Finger wanderten zu meinem Handgelenk und gaben mir einen weiteren subtilen Druck, bevor er seine Hand wegzog. »Das ist umstritten.«

Ich wollte die seltsame Antwort hinterfragen, tat es aber nicht. Dieser Kerl verdiente keine Vermutungen von mir— nicht nach der ersten, die ich gemacht hatte. »Es tut mir so leid wegen der Nacht damals—«

»Entschuldige dich nicht.« Seine Stimme war zwar die gleiche wie vorher, aber es klang fast wie ein Befehl. Er wandte sich an Christian und nickte in meine Richtung. »Deine Partnerin hat einen ganz schönen Schlag.«

»Partnerin?«, platzte Christian heraus. »Igitt.« Er

schüttelte energisch den Kopf, dann hielt er seine Hand vor sein Gesicht. »Oh Gott, nein.«

Ich verengte die Augen angesichts dieser Beleidigung, bevor ich mich dem Mann zuwandte, den ich so aggressiv angegangen war. Seine Augen ruhten wieder auf mir, aber jetzt war der Blick anders. Er starrte mich so direkt an, dass ich dachte, ich würde unter der Hitze seines Blickes schmelzen. Jetzt war die Stimmung völlig gekippt, erst völlig ruhig, und eine Sekunde später so aufgewühlt.

»Sie ist Single und bereit zum Verabreden.« Christian gab mir einen groben Klaps auf den Rücken. »Ro, dieser Kerl ist gutaussehend und verdammt höflich, wenn er so mit deinem Bullshit umgeht. Tue es. Ich werde inzwischen die Bar unsicher machen.« Er gab mir noch einen Klaps, bevor er meinem Besuch zunickte. »Nett, Sie kennenzulernen.«

Dieser ignorierte völlig, dass Christian wegging. Seine Augen ruhten die ganze Zeit auf mir.

Ich war gekränkt von dem, was Christian gesagt hatte, zeigte es aber nicht. »Ignorieren Sie ihn. Er ist seltsam.«

»Wer ist er?«

»Mein Bruder.«

Daraufhin schob er seine Hände in die Taschen und trat näher an mich heran, näher als ein Fremder es tun sollte. Und er füllte den Raum aus, als ob er ihm gehörte. Sein kraftvoller Kiefer war aus der Nähe noch muskulöser und ich fragte mich, wie sich sein Bartschatten an meiner Handfläche anfühlen würde, wenn ich über seine Wange fuhr. Seine Augen waren blau, aber sie funkelten mit eisigem Feuer. »Ich sehe überhaupt keine Ähnlichkeiten.«

Weil es keine gibt. »Wir haben uns gegenseitig adoptiert.« Ich wollte nicht auf mein früheres Leben eingehen. Das würde die ganze Nacht hindurch dauern und ich bezweifelte, dass es ein Fremder hören wollte. Ich war überrascht, dass ich ihm schon so viel erzählt hatte. Normalerweise würde ich irgendeinen einen Witz machen, wenn jemand einen ähnlichen Kommentar abgab.

Er musste verstanden haben, dass weitere Neugier nicht geschätzt wurde, weil er das Thema daraufhin fallen ließ.

»Wir wissen beide, dass Sie meinen Namen kennen. Also, wie ist Ihrer?«

Seine Augen blickten schnell auf meine Lippen, als ob er sehen wollte, wie sie sich bewegten, wenn ich sprach.

Eine sanfte Kräuselung bewegte sich entlang meiner Wirbelsäule bis zum Hals. Alle Härchen meines Körpers standen auf und meine Brustwarzen härteten sich zu Dolchgriffen. Mit einem einfachen Blick brachte er meinen Körper zum Leben, verzweifelt nach körperlicher Zuneigung suchend. Ich konnte mich nicht an mein letztes Date erinnern und ich konnte mich an keinen einzigen Mann erinnern, von dem ich so angezogen wurde. Aber natürlich hatte ich alles vermasselt, als ich ihn schlug.

Gute Arbeit, Rome.

Er presste seine weichen Lippen fest zusammen, als ob er nicht antworten wollte. »Calloway Owens.«

Mein Kiefer fiel herunter. Ich kannte diesen Namen, weil er sehr bekannt in der Wohltätigkeitswelt war. Der Gründer und Direktor der größten gemeinnützigen Organisation Manhattans stand direkt vor mir— und ich hatte ihn geschlagen. »Natürlich sind Sie ...« Jetzt war ich noch verlegener als zuvor. Warum konnte er nicht einfach ein Niemand sein? Ich würde meine erste Auszeichnung von der Akademie erhalten, und ich würde sie von dem Mann, den ich tätlich angegriffen hatte, erhalten. Ich hatte ihn noch nie persönlich getroffen und hatte nicht gewusst, wie er aussah. Alles, was ich je gehört hatte, waren Gerüchte darüber, wie gut er aussah. Und dieser Name war unverwechselbar.

Sein Mundwinkel hob sich zu einem kleinen Lächeln. Auch seine Augen leuchteten amüsiert. Er trat näher zu mir, der Abstand zwischen uns war so klein, dass er mich küssen konnte— wenn er es denn wollte. »Dein Geheimnis ist bei mir absolut sicher.« Als er seine Stimme senkte, floss sein Tonfall über meine Haut wie ein perfektes Schaumbad. Es entspannte und erregte mich gleichzeitig. Versuchte er absichtlich, sexy zu wirken? Oder war er einfach so?

»Sie sind viel netter zu mir, als ich es zu Ihnen war.« Wenn mich ein Typ in einer Bar schlug, würde ich ihm vor allen Leuten in den Arsch treten. Ich hätte mich definitiv nicht geduldig zurückgehalten. Dieser Kerl hatte die Ruhe eines Gottes.

»Glaube mir, ich bin kein netter Kerl.«

Ich hatte keine Ahnung, was das bedeutete, aber es versengte meinen Körper. Sein warmer Atem floss über mein Gesicht, und ich konnte sein Eau de Cologne riechen— subtil und männlich. Oder vielleicht war das nur er selbst. Ich wäre nicht überrascht, wenn es so wäre.

»Aber ich werde nett zu dir sein - zumindest im Moment.«

Nachdem ich meine Auszeichnung erhalten hatte, setzte ich mich neben meinen Bruder. Die Metall-Skulptur lag in meiner Hand, mein Name auf der Unterseite eingraviert. Sie hatte die Gestalt eines Baumes, der Quelle allen Lebens. Ich stellte sie neben mein Weinglas und bewunderte sie.

Christian betrachtete sie einen Moment, bevor er mich ansah. »Hast du gut gemacht, Ro.«

»Danke ...« Es bedeutete mir wirklich viel, dass er hier war, auch wenn ich es nicht so zeigte. Er war das einzige Familienmitglied, das ich auf der Welt hatte— obwohl wir nicht verwandt waren. Niemand verstand besser als er, was ich durchgemacht hatte, weil er auch dort gewesen war.

»Du weißt ...« Er nahm den Preis und stellte ihn neben seinen Teller. »Ich denke, er würde auf meinem Schreibtisch recht gut aussehen.«

»Mit einem anderem Namen drauf?«, fragte ich ungläubig.

»Ich kann das wegkratzen.« Er lächelte, bevor er ihn mir zurückgab. »Wo kommt das Schmuckstück hin?«

»Ich denke in mein Büro bei *For All.*«

»Es gibt kein anderes Büro, nachdem du in einem Rattenloch wohnst.«

Ich war es gewohnt, dass er Witze über meine winzige Wohnung machte, aber es ärgerte mich trotzdem. Sie war nicht groß und ich hatte ein paar Kakerlaken als Mitbewohner, aber sie war besser als das, was die meisten Leute hatten. Also war ich dankbar. »Dein Gesicht ist ein Rattenloch.«

»Der war gut ...« Seine Stimme war voller Sarkasmus.

Wir beendeten das Abendessen und die Leute an

unserem Tisch begannen damit, an die Bar und den Desserttisch zu wandern. Es fand eine stille Auktion an der Rückseite statt und die Leute gaben ihre Gebote auf Reisen nach Paris und für Zeit auf Yachten ab. Ich wollte zu Calloway blicken, aber ich ließ es sein. Ich wusste, dass er nur zwei Tische weiter saß.

»Also ...« Christian schaute in die Richtung, in der Calloway saß, bevor er mich wieder ansah. »Der Kerl ist heiß.«

Als ich Christian ansah, verengte ich meine Augen. »Willst du mir damit etwas sagen? Es ist jetzt schon das dritte Mal, dass du das betonst.«

»Auf keinen Fall. Glaube mir, es geht nichts über Titten und Muschis.«

Ich zuckte zusammen, weil ich mich übergeben wollte.

»Aber auch ich weiß, dass der Typ gut aussieht. Also, wirst du ihn fragen, ob er mit dir ausgeht?«

Wir sprachen nicht oft über mein Liebesleben, aber manchmal fragte Christian, weil er sich sorgte. Ich hatte seit Jahren keine Beziehung mehr gehabt, weil ich weder die Zeit noch die Energie dafür hatte. Die meisten Männer waren Idioten und ich hatte wichtigere Dinge zu tun. »Hast du schon vergessen, dass ich ihn geschlagen habe?«

»Er steht auf dich. Mach es einfach.«

»Er ist der bekannteste Mann in diesem Raum.

Dieser Kerl hat mehr für diese Stadt getan als jeder andere.«

Er behielt den ausdruckslosen Ausdruck bei. »Und dein Punkt?«

»Er ist zu gut für mich. Ich habe alles bereits beim ersten Eindruck vermasselt.«

Jetzt sah er nur genervt aus. »Ro, komm. Das ist nicht die Frau, die ich kenne. Du arbeitest für das, was du willst und du nimmst es dir. Wenn du diesen Kerl willst, tu es. Wenn er nein sagt, macht es auch nichts. Dein Selbstvertrauen hat nie gelitten. Wenn überhaupt, ist es sexy, ihn zu fragen. Er wird deinen Willen, einen Schritt auf ihn zuzumachen, anerkennen, nachdem du dich selbst so gedemütigt hast. Ich weiß, dass ich es jedenfalls tun würde. «

»Aber wir arbeiten zusammen. Wenn es nicht funktioniert, wird es nur peinlich sein.«

»Heute Nacht ist das erste Mal, dass du ihn jemals getroffen hast, also bezweifle ich, dass du ihm oft über den Weg läufst.«

Ich konnte nicht dagegen argumentieren, weil er recht hatte.

»Beweg deinen Arsch und geh rüber.«

»Warum bemühst du dich so sehr darum?«

»Weil du einen Mann in deinem Leben brauchst.«

Meine Augen verengten sich und brannten vor Feindseligkeit. »Wie bitte?« Es gab keine größere

Beleidigung, als anzunehmen, dass eine Frau einen Mann braucht, um glücklich zu sein. Ich kam alleine sehr gut zurecht und brauchte keinen Mann für irgendwas.

»Beruhig' dich. Du weißt, wie ich es gemeint habe.«

Mein Bruder meinte es immer gut, also ließ auch ich es gut sein.

»Und jetzt geh und schleppe ihn ab.« Er klopfte mir mit einem harten Schlag auf den Rücken.

»Ich will ihn nicht so.«

Nun verengte er die Augen. »Gibt es etwas, was du mir sagen willst? Jede Frau in diesem Raum will ihn abschleppen.«

»Ich will mehr als das.«

»Dann hol es dir. Frag ihn, ob er mit dir zum Essen geht.«

»Hör auf mich zu coachen. Wenn ich ihn fragen will, werde ich es schon tun.«

Christians Augen wanderten zu einer Frau, die gerade vorbeikam. Sie trug ein enges schwarzes Kleid, das die sexy Schwellung ihrer Brüste und ihre wunderschönen, langen Beine betonte. Sie steuerte auf Calloway zu. »Du solltest dich jetzt besser bewegen. Denn diese feine Dame macht sich gerade ran.«

Eifersucht raste durch mich durch und ich war überrascht, sie zu fühlen, weil ich diesen Kerl ja kaum kannte. Aber ich wusste, dass diese Frau schön war und wenn sie zuerst bei ihm sein würde, wäre meine Chance verpasst. Er würde mit ihr nach Hause gehen und sie würden die Nacht zusammen verbringen, während ich wieder in meine Wohnung zurückkehrte. Ich warf meine Serviette auf den Tisch und strich mir das Haar zurück. »Lenk sie ab!«

Christian grinste von einem Ohr zum anderen. «Alles klar.«

Ich ging zu Calloways Tisch, Kopf erhoben und Schultern gestrafft. Es war durchaus nicht normal für mich, einen Kerl zu jagen, aber er war der erste Kerl, der mir Gänsehaut verursachte, also machte ich eine Ausnahme. Sein Blick war nicht das Einzige, was mich anzog. Er beherrschte den Raum allein durch sein Schweigen, er war ritterlich und er leistete mehr Arbeit auf dem Wohltätigkeitssektor, als ich es schaffte. Er war ein guter Fang— und ich wusste es.

Er saß am Tisch neben der Bühne, seine Augen ruhten die ganze Zeit auf mir, während ich auf ihn zuging. Er hatte keinen Blick für die andere Frau, die gerade auf ihn zugegangen war, übrig. Jetzt sprach sie angeregt mit Christian, und, nach der Dauer ihrer Konversation zu urteilen, interessierte sie sich überhaupt nicht mehr für Calloway.

Sogar im Sitzen sah er sehr sexy aus. Sein Kopf war leicht nach links geneigt und in seinen blauen Augen spiegelten sich die Juwelen des Kronleuchters über seinem Kopf. Eine Hand ruhte auf dem Tisch neben seinem leeren Weinglas, und eine schwarze Uhr lag um sein Handgelenk. Ohne den Kopf zu bewegen beobachtete er, wie ich näherkam.

Mein Herz schlug schnell, aber ich versteckte meine Angst. Ich trug die Maske, die ich immer trug, und trat gleichgültig auf, trotz der Anspannung tief in mir.

Er drehte den Stuhl neben sich und stellte ihn so hin, dass ich mich setzen konnte— direkt neben ihn. Die Stühle waren nur einige Zentimeter auseinander und unsere Beine würden unter dem Tisch gegeneinanderstoßen. »Ich habe den Platz für dich aufgehoben.«

Ich setze mich, behielt den stoischen Ausdruck bei, reagierte gleichmütig auf das, was er gerade sagte. »Sie wussten, dass ich kommen würde?«

»Ich trage meine Glückskrawatte, das Ding funktioniert immer.« Er schenkte mir ein leichtes Lächeln, welches seine Augen erreichte und ihm ein jungenhaftes Aussehen gab. Er überkreuzte ein Bein und legte den Knöchel auf das entgegengesetzte Knie. Seine Brust und Schultern waren breit und bedeckten den Stuhl, der seinen Rücken stützte. Obwohl er bekleidet war, konnte ich die Konturen seines Körpers erkennen, da sie vom Stoff umspannt wurden. Er hatte eine große und mächtige Brust, muskulöse Arme und Schultern, die sicherlich einen Berg anheben konnten.

»Kann ich mir die irgendwann mal ausleihen?«

»Nicht, wenn du sie dann für einen anderen Kerl benutzt.« Seine Hand ruhte auf seinem Oberschenkel und der obere Teil war von blauen Venen überzogen. Seine Unterarme waren wahrscheinlich genauso, männlich, mit starken Muskeln. »Aber ich tue es gern, wenn du sie bei mir benutzt.«

»Da brauche ich keine Krawatte.« Ich überschlug meine Beine unter dem Tisch und schenkte etwas Wein in sein leeres Glas. Ich führte es an meine Lippen und nahm einen Schluck.

Er beobachtete mich und seine Augen wurden dunkler.

Ich war noch nie so kokett mit jemandem gewesen und ich war nicht sicher, was mit mir eigentlich los war. Meine Hormone übernahmen die Herrschaft und mein Verstand wurde ausgeblendet.

»Herzlichen Glückwunsch zu deiner Auszeichnung.«

»Danke. Es tut mir leid, dass ich sie dir weggenommen habe.«

Wieder lächelte er auf diese Art, die auch seine Augen mit einbezog. »Mir bestimmt nicht. Du hast sie dir redlich verdient.«

»Es ist nett, dass du das sagst.«

»Und aufrichtig.« Er nahm das Weinglas aus meiner

Hand und trank einen Schluck. »Wohin wirst du die Statue stellen?«

»In mein Büro an meinen Arbeitsplatz. Ich denke, das wird gut aussehen.«

»Ich bin sicher, dass es das wird.«

»Wo hast du deine hingestellt?«

»In meinem Büro auf das Bücherregal.«

»Soll ich dir mal was sagen?«

Er lehnte sich näher zu mir, viel zu nah für eine Arbeitsveranstaltung. »Wenn es mit dir zu tun hat— immer.«

Ich fragte mich, ob er mit allen so flirtete. Selbst wenn er es tat, bei mir funktionierte es. Ich zerfloss geradezu. »Ich habe mich vor ein paar Jahren zweimal in deinem Unternehmen beworben. Bekam aber nicht mal ein Vorstellungsgespräch.«

Überrascht verengten sich seine Augen. »Das ist eine Schande. Da haben wir aber etwas verpasst.«

»Danach habe ich *For All* geöffnet, also ist alles gut. Aber ich war schon sehr enttäuscht, dass ich den Job nicht bekommen habe. Es war der Erste, auf den ich mich vom College aus bewarb. Ich bewundere deine Arbeit wirklich sehr. Du tust so viel für andere Menschen und erwartest doch nie etwas als Gegenleistung.«

»Wenn du noch interessiert bist, könnte ich etwas für dich finden.«

Ich lächelte über seine Großzügigkeit. »Das ist sehr nett von dir, aber das braucht es nicht. Ich liebe mein kleines Unternehmen. Ich bin froh, dass die Dinge so gekommen sind. Ich schätze es, die Kontrolle über das, was wir tun, zu haben.«

»Es ist eine großartige Organisation. Ich habe deine Arbeit schon seit Jahren mit Respekt verfolgt.«

Er könnte das einfach nur so sagen, aber ich vermutete, dass es nicht so war. »Danke. Das bedeutet mir sehr viel.«

Seine Augen wanderten über mein Gesicht, studierten meine Augen und meinen Mund, als ob ich mehr Kunstwerk denn Person wäre. Er zögerte nicht, mich anzustarren und es kümmerte ihn nicht, wer es sonst noch bemerkte. »Ich werde dir etwas sagen und ich möchte, dass du es akzeptierst, ohne zu antworten.«

»Okay ...« Seine Intensität war erschreckend, aber sie zog mich an. Ich spürte seine nahezu magnetische Anziehungskraft auf meinen Körper. Dieser Mann verwandelte mich in ein schwaches Reh, das sich kaum auf den Beinen halten konnte.

»Seit du mich geschlagen hast, habe ich nicht aufgehört, an dich zu denken. Du bist die schönste Frau, die ich je gesehen habe— und deine Handfläche ist noch schöner.«

Ich atmete tief durch und presste meine Lippen aufeinander, obwohl es ein paar Dinge gab, die ich sagen wollte. Stattdessen hielt ich seinem Blick stand und fühlte, wie mir heiß wurde, bis sogar meine Ohren glühten. Meine Handflächen fühlten sich plötzlich verschwitzt an und meine Oberschenkel pressten sich unter dem Tisch aneinander.

Er hatte nicht einmal geblinzelt, seit er diese Worte gesagt hatte. Er starrte mich mit seinem durchdringenden Blick an, geradewegs durch mich und meine Erwiderung hindurch. Seine Augen wanderten langsam über meine Züge: Meine Lippen, meinen Hals und dann zu meinen Augen.

Die Luft fühlte sich plötzlich schwer an, die Gespräche um uns herum verebbten und es fühlte sich an, als wären wir die beiden einzigen Menschen auf der ganzen Welt. Seine natürliche männliche Kraft machten mich in seiner Gegenwart angespannt. Ich hatte noch nie einen Mann getroffen, bei dem ich mich so sehr als Frau fühlte. Ich wollte seine Hände auf meinem Körper fühlen, seine Lippen gegen meinen Mund gedrückt und seinen Schwanz tief in mir vergraben haben. Ich wollte alles von ihm— heute Abend. »Kann ich dich irgendwann mal auf einen Drink einladen?«

Seine Augen verengten sich als Antwort und konzentrierten sich auf meine. »Nein.«

Ich starrte ihn verwirrt an und nahm an, dass ich ihn falsch verstanden hatte.

»*Ich* kaufe deine Getränke - für eine sehr lange Zeit.«

Er bot an, mich nach Hause zu bringen und ich nahm sein Angebot an, damit ich noch eine Zeit lang bei ihm sein konnte. Wir saßen auf dem Rücksitz des Autos, während sein Fahrer uns zu mir nach Hause brachte. Ich saß auf der einen Seite des Autos und er auf der anderen.

Es gab keine Berührung— aber es gab Hitze.

Kurz bevor wir meine Wohnung erreichten, erinnerte ich mich plötzlich an Christian. Ich hatte ihm nicht gesagt, dass ich ging und jetzt fühlte ich mich schlecht, weil ich einfach verschwunden war. Ich zog mein Handy heraus und schickte ihm eine kurze Nachricht. *Tut mir leid, ich bin schon gegangen. Calloway hat mich nach Hause gebracht.*

Er antwortete sofort. *Gut. Wird Zeit, dass du mal wieder einen Schwanz abbekommst.*

Ich verdrehte die Augen und tippte zurück. *Hast du was mit der Frau?*

Schon auf der Toilette.

Ich krümmte mich, bevor ich mein Telefon einsteckte.

»Dein Bruder scheint ein netter Kerl zu sein.« Sein Blick schweifte aus dem Fenster, sodass er nicht auf mein Handy spähen konnte, während ich tippte. Es war wohl nur eine Vermutung.

»Ist er.«

»Ich mag ihn.«

»Jeder tut es.« Alle fanden seinen Humor charmant und sogar seine Beleidigungen liebenswert. »Hast du Geschwister?«

»Einen Bruder. Jackson.«

Ich hielt meine Hände in meinen Schoß fest und starrte aus dem Fenster. Meine Finger rieben aneinander, aber ich zwang mich aufzuhören, damit er nicht bemerkte, wie nervös ich war. Er behielt seine ruhige und gleichgültige Fassade und ich wollte gerne auch so cool erscheinen.

Als wir bei meinem Zuhause ankamen, gingen wir auf meine Etage und hielten vor meiner Tür. Der Flur war mit zerrissenem Teppich belegt und mit Flecken übersäht. Die meisten Leuchten waren kaputt, sodass alles irgendwie düster war. Es roch feucht, als ob ein paar Rohre in den Wänden geplatzt wären und sich ganze Kolonien von Schimmel ausbreiteten. Ich wusste, dass er sehr wohlhabend war, also musste dieser Ort hier definitiv wie Müll in seinen Augen erscheinen.

Aber er benahm sich nicht so.

Ich steckte meinen Schlüssel mit klopfendem Herzen in die Tür, bereit ihn nach drinnen zu bitten. Aber die Vernunft machte sich bemerkbar und ich wusste, dass ich das aus den falschen Gründen tat. Ich fand endlich einen Mann, auf den ich mich freute, also wollte ich alles überstürzen. Aber in Wirklichkeit wusste ich ja nichts von ihm, außer dass er auf dem Wohltätigkeitssektor tätig war, und sah nur seine äußeren Reize. Ich musste langsam machen, bevor etwas passierte, das ich vielleicht bereute.

Ich drehte mich um und stand mit dem Rücken zur Tür. »Danke, dass du mich nach Hause gebracht hast.«

Er versteckte seine Enttäuschung so gut, dass ich ihm wirklich glaubte. Er musste angenommen haben, dass ich ihn heute Nacht hereinbitten würde, aber er hatte diese Erwartung nicht ausgesprochen. Ein Kerl wie er musste doch links und rechts eine Frau abbekommen—

ohne dafür einen Finger zu rühren. »Es war mir eine Freude. Ich bin froh, dass ich dich getroffen habe.«

»Ich auch.«

Er kam näher, bis ich mit dem Rücken zur Wand stand. Mein Rücken drückte gegen das alte Holz und ich spürte, wie sich seine Brust gegen meine presste. Seine Hände stemmte er auf beiden Seiten meines Kopfes gegen die Tür. Ich war gefangen, wie ein Tier ohne Fluchtweg. Er betrachtete meine Lippen, bevor er sich nach vorne lehnte und einen Kuss auf meinen Mund drückte. Er war weich, ein Widerspruch zu dem, wie hart er war, und er benutzte seine Zunge nicht. Er küsste mich langsam, bevor er meiner Unterlippe besondere Aufmerksamkeit zukommen ließ. Er zog sie in den Mund, bevor er mich losließ. Seine Augen trafen meine und er starrte mich an, während die Adern an seinem Hals noch stärker hervortraten. Er nahm einen tiefen Atemzug, um sich selbst zurückzuhalten, da er den Kuss genauso intensiv spürte. »Ich weiß, dass du nicht die Art von Frau bist, die beim ersten Date mit einem Mann schläft. Also werde ich mich nicht durch diese Tür drängen, sodass wir sofort im Bett landen.« Er betrachtete meine Lippen, als ob er mich wieder küssen wollte. »Aber du solltest wissen, dass ich es will.«

5

CALLOWAY

Ich wichste zweimal, als ich nach Hause kam.

Seit ich diese Frau gesehen hatte, hatte ich mir schon fünfmal einen runtergeholt. Und ich holte mir sonst nie einen runter. Ich bevorzugte die Realität, nicht meine Fantasie und meine Hand. Ich wollte ihre enge Muschi um meinen Schwanz fühlen— zusammen mit ihrem Arsch und ihrem Mund.

Ich wollte alles von ihr— genau in diesem Augenblick.

Alleine schon zu beobachten, wie sie lief, machte mich an. Sie hielt sich gerade wie eine Königin, den

Kopf erhoben und die Schultern zurückgenommen. Es war egal, wie hoch ihre Absätze waren. Sie konnte immer noch laufen, als ob sie barfuß ging.

Als ich zum ersten Mal auf Christian getroffen war, hatte ich schon das Schlimmste befürchtet, nämlich dass er ihr Mann war. Als ich die beiden zusammen gesehen hatte, war mir ernsthaft in den Sinn gekommen, ihn zu töten. Wer er auch sein mochte, er würde sie nicht verdient haben. Er war nicht Manns genug, um solch eine Frau zu haben— nur ich war es. Zum Glück war Christian für sie wie ein Bruder— also überhaupt keine Gefahr.

Ich war an meinem Tisch geblieben, weil ich sie einfach hatte beobachten wollte. Während unserer Unterhaltung hatte ich die Erregung in ihren Augen entdeckt. Ihre Brust und ihr Hals waren zart gerötet gewesen und ihre hübschen Lippen feucht, da sie sie ständig befeuchtet hatte. Sie versteckte ihre Lust besser, als die meisten Frauen, aber ich konnte sie sehen, wenn ich genau genug hinschaute.

Also überließ ich ihr den Ball.

Und wie ich gehofft hatte, war sie zu mir gekommen. Sobald sie bemerkt hatte, dass Patricia auf mich zugekommen war, war sie aufgestanden und dazwischen gegangen. Sie setzte sich auf den Stuhl, den ich für sie bereitgehalten hatte und machte ihren Besitzanspruch deutlich.

Sie wollte mich.

Dem Himmel sei Dank.

Denn auch wenn sie es nicht wollte, würde ich sie trotzdem zu meiner Geliebten machen.

Ich hatte meine Karten auf den Tisch gelegt und ihr gesagt, was ich wollte— nämlich sie. Und als ich sie nach Hause gebracht hatte, war ich wirklich davon ausgegangen, dass ich mich gleich in ihr versenken und tief in ihr kommen würde. Als sie sich dann anders entschieden hatte, war ich selbst überrascht davon gewesen, dass ich nicht weiter irritiert war. Ich hatte ihre Entscheidung akzeptiert, denn ich hätte sie durchaus verführen können, bis ich bekam, was ich wollte. Sie fühlte sich zu mir hingezogen und wollte mich, das war klar, aber es war nicht der Weg, den ich nehmen wollte. Ich wollte, dass sie mich wollte, dass sie bettelte, bevor ich sie schließlich nahm. Ich respektierte sie zu sehr, als mir etwas zu nehmen, was mir nicht freiwillig gegeben wurde.

Was überhaupt nicht nach mir klang.

Ich stellte sie mir vor, gefesselt in meinem Spielzimmer, ihre Handgelenke an ihre Knöchel gebunden, mit ihrem Arsch in der Luft. Ich stellte mir vor, wie ich meinen großen Schwanz in ihrem kleinen Arsch versenkte und wir beide zur gleichen Zeit kamen. Ich wollte sie knebeln, damit sie lauter schreien musste, um gehört zu werden. Ich wollte ihren Arsch so fest schlagen, wie sie mich geschlagen hatte. Ich wollte sie brechen, bis nichts mehr von ihrem Willen übrig war.

Aber das würde dauern.

Ich war nicht sicher, ob sie sich in diesem Lifestyle bewegte, nachdem ich noch keine Informationen über sie finden konnte. Gemessen an ihrem extremen Selbstvertrauen, hatte ich das Gefühl, dass es etwas war, was sie noch nie ausprobiert hatte. Aber sie hatte den Mut, neue Erfahrungen zu machen und so gab es Hoffnung. Vielleicht würde sie zustimmen, meine Sub zu sein, nachdem sie mich besser kennengelernt hatte. Ich wäre nicht der Einzige, der etwas davon haben würde. Sie würde noch mehr davon haben.

Ich wartete ein paar Tage, bevor ich sie kontaktierte, weil ich mich etwas zurückhalten wollte. Wenn ich sie zu sehr drängte, würde ich sie vielleicht verjagen. Es war okay, ihr zu sagen, dass ich sie wollte, aber wenn ich ihr zeigte, wie besessen ich wirklich war, würde es sie sicherlich abturnen.

Das würde jede Frau erschrecken.

Es war an einem Dienstagnachmittag, als ich in ihr Büro in der 10. Straße ging. Es war ein kleines Gebäude mit zwei Stockwerken. Oben gab es einen Wahrsager und Handleser und unten war ihre gemeinnützige Organisation *For All*. Ein kleines Schild hing neben der Tür. Irgendetwas an dem kleinen Häuschen war charmant– im Gegensatz zu ihrer Wohnung. Denn dieser Ort war eine Müllhalde und es kostete mich meine ganze Kraft, ihr nicht sofort eine andere Wohnung zu kaufen.

Ich ging hinein. Das Büro war etwa 45 Quadratmeter groß. Es gab einen kleinen Wartebereich, eine Toilette und einen großen weißen Schreibtisch vor dem Fenster. Eine Vase mit frischen Blumen stand in seiner einen Ecke, ein weißes MacBook lag in der Mitte und ein Stapel Büromaterial thronte auf der gegenüberliegenden Seite.

Ihre Stimme kam aus dem Pausenraum. »Oh mein Gott, Tay. Dieser Typ ist von einem anderen Planeten. Er ist so wunderschön, das ist Wahnsinn.«

»Er ist der Direktor und Gründer der gemeinnützigen Organisation, von der ich dir erzählt habe. Er ist ein Gentleman–«

Ich wollte bei diesem Wort laut auflachen.

»Er ist lustig und süß. Und er ist einfach so ... heiß. Ich kann das nicht besser beschreiben. Ich habe seit ... Ich kann mich nicht einmal erinnern, wann ich so für einen Mann empfunden habe.«

Nun grinste ich wie ein Idiot.

Ihre Stimme wurde düster, nachdem Taylor etwas sagte. »Nein, er ist ganz anders als dieses Arschloch. Ich kenne den Unterschied.«

Mein Lächeln verschwand sofort.

»Tay, ich muss los. Ich habe heute so viel zu tun, dass ich mir wünschte, ich hätte das Geld für einen Assistenten.« Sie legte auf und dann kam dann zurück ins Büro, einen dampfenden Becher in der Hand. Sie bemerkte mich nicht sofort. Als sie ihren Schreibtisch erreichte, erschrak sie und verschüttete fast ihr heißes Getränk. »Oh Gott ... wie lange sitzt du schon da?«

Ich grinste als Antwort.

Sie stellte ihre Tasse ab und seufzte deprimiert. »Werde ich mich jemals in deiner Anwesenheit nicht selbst in Verlegenheit bringen?«

»Ich hoffe nicht.« Ich stand auf und ging um ihren Schreibtisch herum, kam ihr schneller nahe, als ich es normalerweise tun würde. Nachdem ich das Gespräch gehört hatte, wusste ich, dass sie ernsthaft an mir interessiert war. Das gab mir eine gewisse Sicherheit.

Ihre Wangen begannen sich vor Verlegenheit rosa zu färben. Sie fuhr sich nervös mit den Fingern durchs Haar und ihre grünen Augen besaßen nicht mehr ihr übliches Feuer.

»Ich kann das übertreffen. Nachdem ich dich abgesetzt habe, bin ich nach Hause gefahren und habe mir zweimal einen runtergeholt— und habe dabei an dich gedacht.« Das war ganz persönlich und die Wahrheit und für die meisten Menschen wahrscheinlich ein wenig peinlich. Ich hätte gehen sollen, bevor ich ihr

Gespräch belauschte und jetzt fühlte ich mich tatsächlich ein wenig schuldig. »Hilft das?«

Sie schluckte den Kloß in ihrem Hals hinunter und ihre Wangen nahmen einen dunkleren Farbton an. Anstatt verlegen zu sein, war sie jetzt erregt. Das war besser. »Ja ... glaube ich.«

»Und nachdem wir uns in der Bar getroffen hatten, habe ich das gleiche getan.« Ich legte noch mehr Karten auf den Tisch, wollte, dass sie wusste, woran sie mit mir war. Ihre charmante Persönlichkeit und ihre geröteten Wangen ließen mich sie noch mehr verehren. Anders als die meisten anderen Frauen war sie aufrichtig. Sie war direkt und ehrlich und sie war nicht zu stolz, es zuzugeben, wenn sie verwundbar war. Nur eine wirklich selbstbewusste Frau konnte so sein.

»Es wird besser.«

»Und ich habe noch nie so für eine Frau empfunden.« Das war keine platte Lüge, um sie dazu zu bringen, die Beine zu spreizen. Das war die Wahrheit und ich selbst ich verstand es kaum. Als ich sie in der Bar gesehen hatte, hatte ich mich verliebt, und als sie mich geschlagen hatte, hatte ich mich noch mehr verliebt. Meine Faszination ging über ihr Aussehen und ihre Kühnheit hinaus. Sie ging tiefer als das, aber ich konnte es immer noch nicht erklären. Ich wollte sie als meine Sub, aber da sie sich überhaupt nicht wie eine Sub verhielt, konnte ich nicht herausfinden, warum ich sie so sehr wollte. Vielleicht, weil sie eine Herausforderung war— die größte, mit der ich je konfrontiert wurde.

Ihre Augen wurden weich und ihre Wangen kehrten endlich wieder zu ihrer natürlichen Farbe zurück. Die Sommersprosse an ihrem Mundwinkel kontrastierte mit der blassen Haut und ihre hellen Augen erinnerten mich an Sterne. »Wir sind quitt.«

Ich lud sie zum Mittagessen ein in ein mediterranes Restaurant, das ein Stück die Straße hinunter lag. Zu meiner Verwunderung bestellte sie nur einen Salat, statt irgendeines von den Hauptgerichten. Vielleicht hatte sie viel zum Frühstück gegessen und war noch nicht sehr hungrig, sodass ich es nicht weiter kommentierte. Sie war sehr schlank, aber kurvig, und ich hoffte, dass sie nicht hungerte, um so auszusehen.

Tageslicht fiel durch das Fenster und ließ sie gut aussehen. Ihre Augen reflektierten die Wintersonne und ihr braunes Haar sah fast rot aus bei dem hellen Licht. Sie glühte wie ein Engel mit einem Heiligenschein.

»Was ist das nächste Projekt, an dem du gerade arbeitest?«

Sie fragte mich über die Arbeit aus, unsere größte Gemeinsamkeit. »Die Feiertage stehen vor der Tür, deshalb sind wir dabei, eine Geschenke-Fahrt zu organisieren. Wir sammeln Geld für Weihnachtsgeschenke für zehntausend Arbeiterfamilien in Manhattan.«

Ihre Augen glänzten. »Das ist wunderbar. Sammelt ihr also hauptsächlich Spielzeug?«

»Nein, wir sammeln auch Geschenke für Erwachsene. So hat die ganze Familie am Weihnachtsmorgen etwas zum Aufmachen. Sie kommen zusammen mit einem Baum, Schmuck, Kerzen und einem Abendessen.«

Ihre Augen leuchteten noch mehr. »Das ist ja eine großartige Idee. So wird dieser Tag ihnen unvergesslich werden.«

»Ihr seid mehr als willkommen, euch zu beteiligen.« Ich wusste, dass ihre Organisation ihre eigenen Projekte hatte, aber es tat keinem weh, sich zusammen zu tun. Schließlich standen wir alle auf derselben Seite.

»Würde ich gerne.«

Ich wusste, dass sie zustimmen würde und ich hatte es aus ganz egoistischen Gründen gehofft. »Und woran arbeitest du?«

»Küchen für Obdachlose. Sie bekommen in der Regel Konserven von der Heilsarmee, aber wir versuchen, sie das ganze Jahr über mit mehr nahrhaften Lebensmitteln zu versorgen. Während der Feiertage geben sich alle Freiwilligen große Mühe, um zu helfen, aber im Januar sind die Obdachlosen wieder alleine auf sich selbst gestellt. Ich will das ändern.« Sie nahm ein paar Bissen von ihrem kleinen Salat und nippte dann an ihrem Eistee.

»Das klingt gut.«

»Ich habe ein gutes Team, das mir hilft. Ich kann nicht überall gleichzeitig sein, sodass meine Leute meine Augen, Ohren und Hände sind.«

»Machst du das in Vollzeit?« Ich kannte die Antwort bereits von Charles, aber ich wollte die Antwort von ihr hören.

»Ja. Ich gründete dieses Unternehmen direkt nach dem College, seitdem mache ich das. Manchmal biete ich Familientherapie an, um etwas Geld zu verdienen, aber mein Kalender ist in der Regel so voll, dass ich das nicht sehr oft tun kann.«

Ich startete meine Organisation durch eine Erbschaft und nachdem wir viel Anerkennung für unsere Idee erhalten hatten, bekamen wir regelmäßige Spenden aus der ganzen Stadt. Wir waren eine gemeinnützige Organisation, aber jeder Mitarbeiter wurde für seine Arbeit bezahlt. Wir konnten uns glücklich schätzen, was das betraf, weil es keine leichte Aufgabe war. Mein persönliches Gehalt reichte aus, um jeden neidisch zu machen. Es kam aber ausschließlich aus meinen Investitionen in Immobilien. Immerhin hatte ich eine Menge Geld hineingesteckt, um das Unternehmen erst mal zu starten. »Sehr edel.«

»Wo bist du eigentlich zur Schule gegangen?«, fragte sie mich dann.

Ich zog ein Stückchen Huhn aus dem Kebab und steckte es mir in den Mund. »Ich bin nie ins College gegangen.«

»Oh ...« Sie schien zu erkennen, dass dies ein Fettnäpfchen war, denn sie sagte: »Ich sollte das nicht fragen. Denn es spielt wirklich keine Rolle, ob du aufs College gegangen bist oder nicht.« Reue spiegelte sich in ihren Augen, sie war besorgt, dass sie mich beleidigt hatte und manche Leute mochten das auch durchaus sein. »Es tut mir leid.«

»Nicht nötig, sich zu entschuldigen. Ich bin nicht aufs College gegangen, weil mich die Schule nie interessierte. Ich brachte mir alles bei, was ich wissen musste und machte von dort aus weiter.«

Sie starrte mich mit einer Mischung aus Ehrfurcht und Überraschung an. »Das ist erstaunlich.«

»Danke.«

»Und dann hast du eines Tages beschlossen, *Humanitarians United* zu eröffnen?«

»Ich erhielt ein großes Erbe von meinem Vater und wollte es für einen guten Zweck verwenden.«

Ihre Augen wurden weich. »Das ist so großzügig…«

Aber es war nicht so großzügig, wie sie dachte. Ich

hatte ein gutes Einkommen durch die Ruine. Mein BDSM Club war der größte in der Stadt und wir mussten in der Regel neue Mitglieder abweisen, da wir an unsere Kapazitätsgrenze stießen. Jackson und ich sprachen über Erweiterung, verfolgten es aber nie. Niemand wusste, dass ich der Besitzer war. Die reichen und wohlhabenden Menschen, mit denen ich täglich zu tun hatte, würden sich nie an einem Ort wie diesem zeigen. »Schmeckt dir dein Salat?«

»Er ist lecker.« Sie aß alles auf und hinterließ ihren Teller so sauber wie er war, bevor sie den Salat darauflegten. Sie war entweder wirklich hungrig oder mochte es nicht, Essen zu verschwenden. »Hat dir dein Essen geschmeckt?«

»Es war sehr gut. Dies hier ist mein liebstes mediterranes Restaurant.«

»Meins auch. Warum glaubst du, dass ich *For All* gleich daneben eröffnet habe?« Ihre Augen lächelten, wobei sie ein klein wenig mit mir flirtete.

Und ich mochte es sehr, wenn sie mit mir flirtete. »Hast du am Freitagabend Zeit?«

»Hängt davon ab.«

»Wovon?«

»Ob du mich fragst, ob wir miteinander ausgehen.«

»Und was ist, wenn ich dich frage?«

»Dann habe ich alle Zeit der Welt für dich.« Ihr

Grinsen wurde breiter, als sie den begeisterten Blick in meinen Augen sah.

»Komm vorbei und ich koche für uns ein Abendessen.«

Sofort verschwand ihr Lächeln und sie war wieder auf der Hut. Man hätte annehmen können, dass ich sie gerade gefragt hatte, ob wir zusammen ein Verbrechen begehen wollten oder Ähnliches. »Wie wäre es denn, wenn wir in das neue Thai gehen würden? Ich wollte es schon lange mal ausprobieren.«

Ich ließ mir die Abfuhr nicht anmerken, als ob nichts gewesen wäre. »Thai ist einer meiner Favoriten. Hört sich gut an.«

»Toll. Wir treffen uns dort um sieben.«

Okay, jetzt stimmte aber etwas nicht. Sie wollte nicht zu mir kommen und sie wollte auch nicht, dass ich sie abhole. Ich wollte sie nicht so früh zu unserer Beziehung befragen, also ignorierte ich ihr seltsames Verhalten. Aber sobald wir etwas besser miteinander bekannt waren, würde ich ihr nichts durchgehen lassen ... außer meinem Schwanz zwischen ihren Lippen.

Ich beendete gerade ein Treffen mit einem speziellen VIP. Er war berühmt und es war deutlich erkennbar, dass er Gewissheit darüber haben wollte, dass sein

Verhalten in der *Ruine* unter Verschluss gehalten würde. Obwohl ich nichts garantieren konnte, konnte ich aber behaupten, dass es sehr wahrscheinlich war. Mitglieder behielten Informationen stets für sich. Sie sprachen nie über das, was sie dort sahen oder was dort geschah.

Niemand sprach darüber.

Aber das Tragen einer Maske war immer eine gute Idee. Ich persönlich trug sie nie, aber ich kannte Personen, die ohne sie gar nicht ficken konnten.

Sobald das Treffen vorbei und der Papierkram unterzeichnet war, ging unser neues Mitglied hinaus und genoss die Szene direkt vor meiner Tür. Der Bass der Musik drang in mein Büro, sobald die Tür offenstand und ich konnte gedämpftes Licht durch die Dunkelheit sehen.

Es war eine schöne Welt.

Jackson kam einen Moment später hinein, in schwarzen Jeans und schwarzem T-Shirt. »Fertig?«

Ich nickte.

»Genial.« Er setzte sich auf den Stuhl mir gegenüber, den mein Gast gerade verlassen hatte. »Ich denke, wir sollten ernsthaft über Expansion nachdenken. Wir sind jeden Abend rappelvoll und es gibt nicht genug Betten für die ganze verdammte Fickerei, die an diesem Ort vor sich geht.«

Ich war mit anderen Dingen beschäftigt und wollte meine Zeit nicht damit verbringen, mich um die

Eröffnung eines neuen Geschäfts zu kümmern. »Es ist eine Menge Arbeit und es ist riskant. Wenn solche Unternehmen expandieren, geht das so eigentlich nie gut. Sie teilen die Mitglieder zwischen den beiden Standorten auf und dann zahlen sie mehr Geld für die gleiche Anzahl von Besuchern.«

»Nicht, wenn wir keine Verbindung zwischen den beiden haben. Was, wenn es ein völlig anderer Club wäre? Niemand muss wissen, dass wir involviert sind. Er wird neue Mitglieder von einer anderen Seite der Stadt anziehen. Wir können ihn unter anderem Namen eröffnen und einen Manager für den Rest einsetzen.«

Ich war ein Kontrollfreak und jemand anderem mein Geschäft führen zu lassen, kam gar nicht in Frage. »Nein. Wir müssen die Show machen.«

»In Ordnung. Ich werde mich darum kümmern.«

Als ob ich ihm jemals zutrauen würde, erwachsen zu sein. »Wir beide.«

Er rollte mit den Augen. »Wann zum Teufel wirst du mir endlich vertrauen?«

Nie. »Ich habe momentan nicht die Zeit, Jackson. Zwischen diesem Club und *Humanitarians* bin ich am Ende.«

»Und der Jagd nach der kleinen Schlampe.«

Meine Augen verengten sich und ich drohte ihm, ohne ein einziges Wort zu sagen. Rome war mein Besitz

— im wahrsten Sinne des Wortes und niemand sprach so über sie— nicht einmal ich.

Jackson bemerkte meine Feindseligkeit und lehnte sich zurück. »Was ist das Besondere an dieser Frau? Isabella ist ein heißeres Geschoss.«

Es war mir egal, was er über sie sagte. Sie gehörte nicht mehr mir, ich verteidigte sie nicht mehr. »Ich sage es dir, wenn ich es herausgefunden habe.«

»Wann wirst du sie hierherbringen?«

»Ich weiß es nicht.« Wahrscheinlich nie. Ich wollte nicht, dass sie irgendjemand ansah und darüber fantasierte, sie anstatt eines realen Partners zu ficken. Ich wollte sie auf meinem eigenen Bett haben, ihre Handgelenke an das Kopfteil gebunden. Wie ein Bär, so wollte ich sie in meine Höhle schleifen und sie dann nie mehr gehen lassen.

»Ich bin schon sehr darauf gespannt, diese sexy Dame zu treffen. Ich werde schon hart, wenn ich nur an sie denke.«

Ich streifte ihn mit dem gleichen harten Blick, um ihn zu warnen, dass ich ihn diesmal tatsächlich töten würde.

»Scheiße, beruhig dich. Ich habe nur Spaß gemacht.«

»Hast du nicht, Arschloch.«

»Ja, ja ...« Er zuckte mit den Schultern. »Habe ich nicht. Aber du weißt, dass ich sie nie berühren würde.

Das ist eine Grenze, die ich noch nie überschritten habe.«

Aber er könnte es versuchen, sobald er sie sah.

Plötzlich wurde er ernst, verschränkte die Arme vor der Brust und warf mir den gleichen kalten Blick zu, den ich allen anderen gab. »Ich mache mir Sorgen um Isabella. Ich denke, du solltest nach ihr sehen.«

»Was meinst du?«

»Ich habe sie seitdem nicht mehr hier gesehen und als ich sie angerufen habe, hat sie nicht geantwortet. Marie hat mir gesagt, dass sie nichts isst und sich auch nicht bewegt. Sie hat wirklich Probleme, Mann. Die Trennung war sehr schwer für sie.«

Schuld überschwemmte mich, aber gleich darauf wurde sie von Wut ersetzt. »Sie war nur meine Sub und ich habe ihr nie irgendwelche Hoffnungen gemacht. Ich machte von vornherein klar, dass unsere Verbindung ein Ablaufdatum hatte. Ich sagte ihr nie, dass ich sie liebte und ich übernachtete nie bei ihr. Ich behandelte sie, wie ich alle anderen behandelte. Es ist nicht meine Schuld, dass sie sich mehr erhoffte.«

Jackson starrte mich weiter an und das bohrte die Schuld tief in mich hinein.

Trotz meiner Wut fühlte ich mich schlecht dabei, Isabella zu verletzen. Sie wurde anhänglich, obwohl sie es nicht sein sollte, aber ich fühlte mich dafür irgendwie verantwortlich. Vielleicht hätte ich unsere Vereinbarung nicht so lange dauern lassen sollen, wie ich es getan habe. Vielleicht sollte ich einen Timer stellen und dadurch sichergehen, dass eine Beziehung nie zu lange dauerte, egal wie gut sie auch war.

Jackson stand auf und schob die Hände in die Taschen. »Ich wollte dir nur ein Update geben. Mach was du willst.« Er ging zur Tür.

»Ich sehe nicht nach ihr. Das ist ihr Problem, nicht meins.«

Er sah mich über die Schulter an, bevor er ging.

Nachdem ich schon zweimal an die Tür geklopft hatte, kam noch immer keine Antwort. »Isabella, ich bin es.«

Ich hörte schließlich doch Geräusche in der Wohnung und einen Moment später wurde die Tür aufgesperrt. Die Haare zu einem unordentlichen Knoten gebunden und eine Decke über die Schultern gehängt, öffnete sie die Tür. Ihre Wangen waren hohl und die Augen eingesunken. Schwere Tränensäcke unter ihren Augen sprachen von Erschöpfung. Sie starrte mich überrascht an, als ob sie nicht glauben konnte, dass ich wirklich da war.

»Kann ich reinkommen?«

Sie trat einen Schritt von der Tür weg und erlaubte

mir, hereinzukommen, bevor sie die Tür wieder hinter mir schloss.

Ich drehte mich zu ihr und hoffte, dass mir etwas einfallen möge, was ich sagen könnte. Aber meine Lippen waren unbeweglich und mein Gehirn funktionierte nicht. Wir hatten uns erst vor ein paar Wochen getrennt, aber es fühlte sich wie ein Leben lang an. Mein Körper und mein Geist waren an einem ganz anderen Ort; besessen von einer anderen Frau. »Isabella, ich—«

Sie warf sich an meine Brust und schlang ihre Arme um meine Taille. Sie drückte mich so fest, als ob sie mich nie mehr gehen lassen wollte. Ein tiefer Seufzer begleitete diese Handlung.

Gerne wollte ich sie mich halten lassen, um sich besser zu fühlen, aber ich hatte das Gefühl, damit die Frau zu verraten, die ich so sehr wollte. Wenn ihr Ex sie umarmen würde, würde ich verdammt noch mal ausflippen. Also konnte auch ich meine Ex mich nicht halten lassen.

Ich zog sanft ihre Hände von meiner Taille weg und schob sie an ihre Brust zurück. Dann ging ich einen Schritt zurück. »Das ist es nicht, weshalb ich hier bin. Jackson hat mir gesagt, dass es dir sehr schwerfällt und ich wollte nur sehen, wie es dir geht.«

Sie ließ die Hände schlaff herunterfallen. »Ich bin

nicht in Ordnung, Cal. Und ich glaube nicht, dass ich jemals wieder in Ordnung sein werde.«

Sympathie und Ärger gleichzeitig brannten in mir. Ich könnte einfach dieselben Worte verwenden, die sie vor einem Jahr zu mir gesagt hatte, aber das würde mich zu einem Arsch machen, der ich nicht war. »Gibt es etwas, was ich tun kann, um es dir einfacher zu machen?«

Sie verschränkte die Arme vor der Brust. Sie sah unnatürlich dünn aus. »Nein.«

Ich blieb an meinem Platz an der Tür, wohl wissend, dass das noch nicht das Ende war, obwohl ich mich gerade entschuldigt hatte. »Ich werde eine Weile aus der *Ruine* wegbleiben, sodass wir uns nicht über den Weg laufen.«

»Ich werde sowieso nicht dorthin gehen.«

»Ich kann dich mit jemandem verabreden. Mit einem Dom, der dir gibt, was du brauchst.«

»Cal, ich will niemand anderes. Verstehst du das nicht?«

»Nun, mich kannst du nicht haben.« Ich wollte sie nicht verhätscheln, das würde es nicht einfacher für sie machen. Sie hatte zu verstehen, dass es keine Hoffnung für uns gab, wieder zusammenzukommen. Wenn ich diesen winzigen Hoffnungsschimmer jetzt nicht zerquetschen würde, würde sie es weiter versuchen.

Ihre Augen weiteten sich angesichts meiner Härte.

»Wir waren uns von Anfang darüber einig, wie es zwischen uns sein würde. Es ist nicht meine Schuld, dass du mehr wolltest. Es ist nicht meine Schuld, dass du dachtest, dass es sich in etwas anderes verwandeln würde. Es tut mir leid, wenn ich dich verletzt habe. Wirklich. Aber ehrlich gesagt, du musst darüber hinwegzukommen.«

»Du wärst nicht hier, wenn ich dir egal wäre.«

»Egal sein ist eine Sache. Jemanden zu lieben ist eine andere. Ich liebe dich nicht, Isabella. Nicht dich oder jemand anderen auf diesem Planeten.« Sie musste meine Küsse und Berührungen missverstanden haben. Ich war nie zärtlich zu ihr, außer wenn wir fertig waren. Vielleicht hätte ich sie mehr brechen, sie mehr zerschmettern sollen.

»Nicht einmal deine neue Hure?« Sie betonte das letzte Wort so sehr sie konnte, um jemanden zu beleidigen, den sie nicht einmal kannte.

»Sei nicht hässlich, Isabella. Du kannst tun und lassen, was du willst, aber das wird nichts ändern. Dieses Verhalten wird mich nur noch mehr wegstoßen. Wenn du klar bei Verstand wärst, würdest du das verstehen.«

»Das ist schwer für mich, okay? Wie würdest du dich fühlen, wenn ich dich verlassen würde, weil ich einen anderen Dom gefunden habe, den ich mehr wollte?«

»Ich würde dich gehen lassen.« Wenn sie ihre

Freiheit gewollt hätte, hätte ich sie ihr gegeben. Ich hätte überhaupt nichts getan, um sie zurückhalten. Ich würde meinen Stolz schlucken und sie gehen lassen. »Nach unserem gemeinsamen Jahr dachte ich, du würdest genauso handeln. Ich liebte dich nie, aber ich habe dir vertraut. Du warst mein Freund. Ich verstehe nicht, warum du jetzt versuchst, mir ein schlechtes Gewissen zu machen.«

»Du hast mein Vertrauen gebrochen, als du mich wegen einer anderen Frau verlassen hast.«

»Ich sagte, ich würde dich nicht betrügen. Und ich habe mein Wort gehalten.«

»Das sagst du jetzt«, höhnte sie.

»Warum sollte ich lügen?«, fragte ich. »Wenn ich jemand anderes gefickt hätte, würde ich es dir sagen. Ich habe nichts zu verbergen und schon gar keinen Grund zu lügen. Ich sah diese Frau, verliebte mich und machte sofort reinen Tisch. Ich weiß nicht, woran es liegt, dass ich so besessen bin, aber es ist so. Ich werde nicht so tun, als ob es nicht so wäre und als ob ich nicht an sie denken würde, während ich bei dir bin. Es ist passiert, okay? Ich kann die Vergangenheit nicht ändern und ich kann es nicht ignorieren. Es ist wie es ist. Jetzt sei ein großes Mädchen und komm darüber hinweg.«

Meine Rede erhöhte nur ihre Wut. »Unterm Strich ist es doch so, dass wir immer noch zusammen wären, wenn sie nicht in die Bar gegangen wäre— und wir beide wissen das.«

»Du hast recht. Aber es hätte trotzdem irgendwann geendet, Isabella. Eines Tages wäre ich deiner überdrüssig geworden und wäre gegangen. Das ist die kalte, harte Wahrheit und du weißt es. Also mache ihr keinen Vorwurf deswegen. Ich bin derjenige, der sich entschieden hat, zu gehen— gib mir die Schuld daran.«

6

ICH KAM EINE HALBE STUNDE ZU FRÜH IM RESTAURANT AN und reservierte einen ruhigen Tisch im hinteren Teil. Kleine Kerzen brannten auf dem Tisch und eine kleine Vase mit Rosen stand in der Mitte. Ich machte normalerweise das Abendessenspielchen nicht, mit Romantik und Blumen, aber ich würde es für sie tun.

Es würde einige Zeit dauern, bis sie mir vertrauen würde und ich sie dazu zu bringen würde, mein Angebot in Betracht zu ziehen. Da ich eine bekannte Figur in der Gemeinde war, konnte ich es mir nicht leisten, dass sie die Wahrheit über mich in der Öffentlichkeit ausplauderte. Es würde meinen Ruf ruinieren und ein schlechtes Licht auf die Organisation werfen, mit deren Aufbau ich die letzten sieben Jahre beschäftigt war. Die Menschen, die am meisten leiden würden, waren Menschen in Not— einschließlich meiner Mitarbeiter.

Sie kam pünktlich und fand mich im hinteren Bereich auf sie wartend. Ich stand auf, um sie zu begrüßen. Heute trug ich Hosen und ein dunkelblaues Hemd. Ich verzichtete auf die Krawatte und das Jackett, weil ich das als viel zu formal empfand. Ich vermied einen Anzug so oft wie möglich— viel zu steif und unbequem für mich.

Sie trug ein kurzes, schwarzes Kleid mit einem tiefen Ausschnitt. Als sie nahe genug war, konnte ich einen Blick auf ihren Busen werfen. Als ich sie zum ersten Mal in der Bar sah, tat ich das nicht, weil ich versuchte, höflich zu sein. Aber jetzt, da sie zum zweiten Mal so angezogen war, nahm ich ihre Einladung an und schaute — und machte mir gar nicht erst die Mühe, es zu verbergen. »Du siehst wunderschön aus.«

»Danke.« Sie zog ihren schwarzen Mantel aus und legte ihn über den Rücken ihres Stuhls.

Ich zog ihr den Stuhl heran und behandelte sie genau so, wie sie behandelt werden wollte. Ohne viel über sie zu wissen, konnte ich sagen, dass sie ein gutes Mädchen war. Sie wollte den Respekt, den sie verdiente und erwartet einen Mann, der sie wie eine Königin behandelte.

Ich konnte sie wie eine Göttin behandeln.

Aber ich wollte etwas zurück.

Ich setzte mich ihr gegenüber und bewunderte ihre Locken. Ihr Haar war offen und lang, sodass die Strähnen ihr Gesicht umrahmten und ihre natürlich perfekten Eigenschaften hervorhoben. Ihre kleine Nase saß perfekt in der Mitte, und sie hatte dunkles Augen Make-up aufgelegt, was sie noch mehr sexy aussehen ließ, als sie es ohnehin schon war. Ich stellte mir diese Haare um meine Faust gewickelt vor. Diese dicken Locken wären ideal dafür, sie um meine Hand zu wickeln, damit ich ihren Kopf abrupt zurückreißen konnte, während ich sie hart in den Arsch fickte.

Mein Schwanz erwachte in Rekordzeit zum Leben.

Sie hatte runde Schultern und schlanke Arme. Ihr Hals war eine ihrer auffallendsten Eigenschaften. Er war gebogen und lang, was ihr etwas Edles gab. Sie hatte eine goldene Halskette umgelegt, mit einem kreisförmigen Anhänger daran.

Ich merkte, dass ich seit einiger Zeit starrte, ohne ein Wort zu sagen. »Ich liebe deine Frisur.«

»Oh, danke.« Sie schob eine Strähne hinter ihr Ohr. »Und ich mag, wie du deines gestylt hast.«

Ich hatte gar nichts damit getan. »Danke.« Schon wieder stellte ich mir vor, meine Hand um ihr Haar zu wickeln, bis ich mich schließlich zwang, mich zu beruhigen. »Ich habe Wein bestellt. Möchtest du auch?« Ich nahm die Flasche und ihr Glas und schenkte ihr ein, ohne auf eine Antwort zu warten.

Sie antwortete, als ich fast fertig war. »Ich hätte gerne welchen.« Sie nahm einen Schluck, bevor sie das Menü ansah. Ihre Brust hob und senkte sich gleichmäßig und ihre Wangen waren nicht gerötet wie beim letzten Mal, als ich sie gesehen hatte. Sie war ruhig und kontrolliert, so wie sie in der Bar gewesen war. Ihre Verlegenheit wegen des Telefongespräches mit ihrer Freundin war offenbar vergessen. »Alles sieht gut aus.«

»Dann bestelle alles. Ich hoffe nur, sie haben genug Kartons zum Mitnehmen.«

Sie kicherte, bevor sie die Speisekarte zur Seite legte. »Ich könnte beim Obdachlosenheim anhalten und jedem einen besonderen Leckerbissen abgeben.«

»Sie würden Pad Thai lieben.«

Wir bestellten unser Essen und der Kellner verschwand wieder und ließ uns in der Privatsphäre unserer Ecke allein. Ich wünschte, der Tisch wäre nicht so groß und sie nicht so weit weg. Ich wollte meine Finger um ihr Handgelenk legen und sie still so halten. Aber selbst wenn ich könnte, würde das nie passieren— weil sie mich dann als das sehen würde, was ich wirklich war.

Sie sah so schön aus bei Kerzenschein, dass ich ihr befehlen wollte, sich zu berühren, ihre Finger unter ihrem Kleid in ihr Höschen zu schieben. Ich wollte, dass sie ihre Finger auf ihre Klitoris drückte und mein Gesicht beobachtete, als sie es sich besorgte— während sie an mich dachte. Die Worte lagen schwer auf meiner Zunge, aber ich hielt sie zurück. Ich musste meine Dominanz unter Kontrolle bekommen, bevor ich etwas tat, was ich nicht zurücknehmen konnte. »Wie war dein Tag?«

»Gut. Ich hatte im Büro viel Arbeit. Morgen helfe ich in der Suppenküche.«

Ich war absolut dafür, Menschen zu helfen, aber ich gab meine Wochenenden für nichts auf— außer für sie. »Kann ich mitmachen?«

»Wirklich?« Ihr Mund verzog sich zu einem Lächeln.

»Natürlich. Wir können danach Mittagessen gehen.«

»Das würde Spaß machen. Hast du dort schon mal ausgeholfen?«

»Kann nicht sagen, dass ich das getan habe.«

»Nun, bring alte Klamotten mit. Du wirst wahrscheinlich schmutzig.«

Ihre Wortwahl machte mich hart. Meine Augen starrten auf ihr Gesicht und ich stellte mir vor, wie ich sie fest auf den Mund küsste.

Sie sah meine Reaktion, aber errötete nicht. »Und ich werde auch schmutzig werden.«

Jetzt spielte sie mit mir.

Der Kellner kam mit unserem Essen und es irritierte mich zu sehen, dass sie schon wieder nur einen Salat bestellt hatte. Er war nicht groß genug, um eine Mahlzeit zu ersetzen und sah kaum sättigend aus. Wäre sie meine Sub, dürfte sie nie wieder einen Salat bestellen. Sie würde bekommen, was ich ihr bestellte— und sie würde den ganzen verdammten Teller leer essen. »Bist du in New York geboren?«

»Ja. In Manhattan.«

Sie log mich also gerade an. Wenn sie hier geboren wäre, würde Charles davon wissen. Da ich aber nicht sagen konnte, dass ich ein Stalker war und einen Background-Check gemacht hatte, konnte ich ihr natürlich nicht sagen, dass ich sie durchschaut hatte.

»Was ist mit dir?«

»Hier geboren und aufgewachsen.« Ich studierte ihr Gesicht wie ein Wissenschaftler, der in ein Mikroskop blickt. Ich wollte all ihre Reaktionen studieren, damit ich sie später lesen konnte. Zum Beispiel kannte ich jetzt das Gesicht, das sie machte, wenn sie log— weil sie mich belogen hatte. »Christian auch?«

»Er wurde in Kansas geboren. Wir trafen uns erst ein paar Jahre später.«

Sie waren nicht verwandt. Das bedeutete, dass einer von ihnen in einer Pflegefamilie aufgenommen worden war. Oder es gab eine andere Erklärung. Ich wollte sie unverblümt fragen, aber das schien zu direkt. Wenn sie mir zu persönliche Fragen stellte, würde ich es auch nicht schätzen. »Hatte er Spaß mit Patricia?«

»Er sagte, sie hätten etwas auf der Toilette gehabt.«

Sie war einfach. Zu einfach, um genau zu sein. »Treffen sie sich wieder?«

»Ich bezweifle das. Christian ist nicht wirklich der Datingtyp.«

War er der gleiche Typ wie ich? Ich konnte keine Dominanz in ihm erkennen, aber ich könnte auch verkehrt liegen. Es gab keinen Grund für ihn, seine Schwester auf diese Art und Weise zu behandeln. »Gut für ihn. Schön, dass er bei der Gala etwas Spaß hatte.«

»Sie hat ja eigentlich versucht, mit dir Spaß zu haben.«

Ich gab vor, nicht zu wissen, was sie meinte. Denn wenn wir so weitermachten, würde ich zugeben müssen, dass ich Patricia schon einmal gefickt hatte. Und ich wollte nicht über andere Frauen sprechen, wenn ich mit Rome zusammen war. »Was macht Christian?«

»Er managt Investmentfonds.«

»Gut für ihn.«

»Er scheint es sogar zu mögen, obwohl es für mich schmerzhaft langweilig klingt.«

»Manche Menschen mögen das— mit Zahlen jonglieren.«

»Machst du noch irgendetwas anderes, als *Humanitarians United* zu leiten?«

Ich hasste es zu lügen und vermied es um jeden Preis. Ich fühlte mich dann weniger als richtiger Mann.

Wenn man verbergen musste, wer man wirklich ist, dann war man schwach. Aber ich konnte Rome nicht die Wahrheit sagen— nicht jetzt schon. »Ich habe ein paar Hobbys.«

»Welche denn?«

»Lesen, Radfahren, Wandern, Wein und klassische Musik.«

»Dann haben wir ein paar Dinge gemeinsam. Ich liebe es zu lesen und Klavier zu spielen.«

Bei dieser Antwort krampften sich meine Finger um mein Glas. Allein die Vorstellung davon, wie sie am Klavier saß und die Tasten mit ihren schlanken Fingern anschlug, brachte meinen Körper zum Brennen. Zu wissen, dass sie etwas so Schönes mit ihrem Körper machte, war einer der größten Turn-Ons, die ich je erlebt hatte. Ich wollte sie auf ihren Flügel werfen und zusammen mit ihr Musik machen. »Ich würde dich gerne einmal spielen hören.«

»Klar. Irgendwann.«

Ich bemerkte wieder diese Distanz. Sie sagte Taylor, wie sehr sie mich wollte, aber plötzlich trat sie auf die Bremse und hielt Abstand zwischen uns. Ich hatte noch nicht herausgefunden warum, aber ich würde es irgendwann erfahren. Das Geheimnis, das sie umgab, zog mich an. Ich grub immer Informationen über meine Partnerinnen aus, bevor ich etwas mit ihnen anfing. Einige hatten eine Vergangenheit, die ich nicht akzeptieren konnte, und einige hatten Angewohnheiten, die mir sagten, dass sie emotional instabil waren. Isabellas Datei war zwar sauber, aber sie endete trotzdem als emotionales Wrack. Bei Rome hingegen war ich fast blind, aber gerade deshalb war ich nur umso mehr daran interessiert, ihre Geheimnisse zu entdecken.

»Wie ist dein Bruder?«

Ein Scheißer. »Wir sehen uns sehr ähnlich. Wer uns zusammen sieht, weiß, dass wir Brüder sind. Ich bin kühl und rational, und er ist der Unreife. Und natürlich sehe ich einfach besser aus. Das ist der größte Unterschied zwischen uns.«

Sie lächelte über meinen großspurigen Kommentar. »Ich habe das Gefühl, dass du recht hast. Kann mir nicht vorstellen, dass jemand besser aussieht als du.«

Bei diesem Kompliment zog sich mein Magen zusammen. Es war von einer Art, die ich noch nie zuvor erhalten hatte. Viele Frauen sagten mir, dass ich sie ficken und kommen lassen sollte, aber niemals hatte mir eine etwas so Offenherziges gesagt, während sie mir an einem öffentlichen Ort gegenübersaß. »Dann hast du all die Unterwäsche-Models auf den Plakaten hier in der Stadt noch nie gesehen.«

Sie zuckte mit den Achseln. »Sie sehen für mich alle gleich aus— Photoshop lässt grüßen.«

Gott, ich wollte sie ficken. »Danke für das Kompliment.«

Wir aßen weiter, während wir uns unterhielten. Wenn wir bei so sinnlosen Themen wie Musik und Filmen blieben, verhielt sich mein Schwanz ruhig und blieb weich in meiner Hose. Manchmal musste ich direkt in den Zen-Modus gehen, damit ich sie nicht am Hals packte und über den Tisch zog. Es erforderte ernsthafte Konzentration von mir, Kontrolle über meinen Verstand zu behalten. Diese Frau verwandelte mich in ein wildes Tier, einen Höhlenmenschen. Alles, was ich wollte, war, sie endlich zu ficken.

»Gibt es eigentlich eine Geschichte hinter deiner Wohltätigkeit?«

Ich verstand ihre Frage nicht gleich und brauchte einen Moment, um es herauszufinden. »Ich bin nicht sicher, was du meinst.«

»Kanntest du jemanden, der ums Überleben kämpfte, als du aufgewachsen bist? Oder hast du hautnah mitgekriegt, wie es ist, in Not zu sein? Ich habe das Gefühl, dass diejenigen Menschen, die anderen am meisten helfen, früher selbst auch gelitten haben.«

Ich hatte meine Erfahrungen mit Missbrauch, aber das war nicht der Grund für mein Verhalten. Ich war verwandt mit dem kältesten und grausamsten Mann, den ich je getroffen hatte und es war meine Aufgabe, die schrecklichen Dinge, die er getan hatte, auszulöschen. Jackson hasste mich dafür, dass ich den größten Teil der Erbschaft bekommen hatte und als er bemerkte, dass ich viel davon für wohltätige Zwecke ausgab, war er nicht glücklich. Aber wenn er wüsste, warum ich das Geld bekommen hatte, würde er seinen Mund halten. »Nein. Aber das Erbe, das ich damals erhielt, war mehr, als eine einzelne Person jemals aufbrauchen könnte. Ich wollte nicht alles für mich alleine behalten. Das ist alles.«

Sie nickte. »Das ist sehr großzügig von dir.«

»Und wie ist das mit dir?« Das war eine Antwort, auf die ich begierig war. Ich wusste nichts über ihre Jahre vor dem College. Sie änderte ganz plötzlich ihren Namen und war nicht mehr auffindbar. Es war fast so, als ob sie im Zeugenschutzprogramm wäre— einfach abgetaucht.

»Ich hatte keine gute Kindheit. Meine Eltern waren drogenabhängig und ich wuchs in einer Pflegefamilie auf. Dort traf ich Christian.« Sie sagte diese Worte einfach so, als ob sie über das Wetter spräche, während sie den Strand besuchte. Der Ausdruck in ihren Augen veränderte sich nicht und auch ihre Stimme zitterte nicht.

»Das tut mir leid.« Die Worte flogen aus meinem Mund, bevor ich sie stoppen konnte. Mitleid stieg in meinem Herzen auf, und ich wollte am liebsten alles für sie wiedergutmachen. Ich wollte die Zeit zurückdrehen und sie dort herausholen. Ich wollte sie vor den schrecklichen Dingen schützen, die sie gesehen haben musste.

»Tu das nicht.«

»Was?«

»Fühle dich nicht schlecht wegen mir.« Die gleiche Kraft, die ich in der Bar in dieser ersten Nacht gesehen hatte, kam in ihre Züge zurück. Sie war ein Feuerball, der nicht mit Wasser gelöscht werden konnte. Sie brannte so hell, dass alles andere im Vergleich dazu dunkel aussah. »Bemitleide mich nicht. Christian und ich kamen aus dieser Lage heraus und bekamen unser Leben in den Griff. Wir haben vielleicht keine Eltern, aber wir haben einander— und das war immer schon genug für uns beide. Wir haben einen Platz, um nach Hause zu kommen und wir haben etwas zu essen auf dem Tisch. Ich bin die letzte Person, wegen der du dich schlecht fühlen solltest.«

Ihre Entschlossenheit ließ mich sie nur noch mehr wollen. Sie weigerte sich, Mitleid mit sich selbst zu haben und als sie von ihrer Vergangenheit sprach, machte es ihr nichts aus. Ihr Rückgrat schien aus Stahl zu sein, das machte sie mächtig und stark. Wenn das Leben sie hinunterstieß, kam sie gestärkt wieder auf die Beine. Und diese Resilienz machte sie mehr sexy als jede Sub, die ich je gehabt hatte— auch die mit all ihren Daddy-Kinks. Diese Frau hier war wie gemischt aus Feuer und Eis. Sie war geradezu schmerzhaft schön. »Tue ich nicht. Ich bewundere dich.«

Ihr harter Ausdruck wurde weich. »Danke.«

Jetzt wollte ich sie noch mehr ficken. Wir mussten nur noch dieses Abendessen durchstehen, dann würde ich ihr anbieten, sie nach Hause zu bringen. Sobald wir vor ihrer Tür ständen, würde ich sie küssen, bis sie mich einlud. Ich musste diese Frau nackt vor mir haben und sie die ganze Nacht hindurch ficken. Mein Schwanz wollte in ihr sein— gestern schon.

Wir tanzten den Scheck-Tanz, bis schließlich der Kellner zum Bezahlen kam. Ich vermutete, dass sie versuchen würde, für ihre Mahlzeit zu bezahlen, weil sie die Art von Frau war, die darauf bestand. Und ich hatte recht. Sie kämpfte, bis sie schließlich doch verlor, aber wenn sie meine Sub gewesen wäre, hätte der Kampf überhaupt nicht stattgefunden.

Wir gingen nach draußen und ich ging zu meinem an der Straße geparkten Auto. Als ich merkte, dass sie nicht hinter mir herkam, drehte ich mich zu ihr um. »Lass mich dich nach Hause fahren. Diese Absätze müssen die Hölle sein.« Sie trug sie wie Sandalen, aber ich wusste, dass ihr die Fußballen weh tun mussten.

»Ich werde ein Taxi nehmen. Danke für das Abendessen.« Sie sah mich mit ihren auffallenden grünen Augen an; sie verbargen etwas unter der Oberfläche.

»Ich habe nichts dagegen, dich nach Hause zu bringen. Es ist das Mindeste, was ich tun kann, nachdem ich dich schon nicht abgeholt habe.« Gut, ich hatte sie nicht abholen dürfen.

»Wirklich, es ist in Ordnung.«

Meine linke Hand bildete eine Faust und ich musste um meine Beherrschung ringen. Ich wollte ihr sagen, dass sie den Mund halten und in den Wagen steigen sollte, aber das würde mich nicht weiterbringen. Sie war noch nicht bereit, meine dunkle Seite zu sehen, obwohl ich längst bereit war, sie zu entfesseln. »Rome.«

Sie richtete sich auf, als ich ihren Namen in diesem Tonfall sagte.

»Was ist los?«

»Ich weiß nicht, was du meinst.«

Plötzlich konnte ich mich nicht mehr zurückhalten. Ich schnappte nach Luft. »Du weißt genau, was ich meine. Vergeude nicht meine Zeit, indem du mich wie einen Idioten behandelst.«

Sie blieb ganz ruhig bei meinem Ausbruch und statt beleidigt zu sein, schien sie verlegen zu sein. »Ich hätte es gerne, wenn du mich nach Hause brächtest. Aber ich traue mir selbst nicht in deiner Gegenwart. Ich weiß, dass ich in dem Moment, in dem wir vor meiner Tür stehen, in deine Arme springen und meine Beine um deine Hüften schlingen werde.«

»Und was ist daran falsch?« Das war ein verdammt verführerisches Bild für mich.

»Ich will das nicht überstürzen.«

»Warum?« Direkt zu den guten Sachen zu kommen, das war mein bevorzugter Weg.

»Weil ich dich mag, Calloway.« Sie blickte mir in Augen und sah in ihrer Verletzlichkeit aus, wie ein wahr gewordener Traum. Sie hatte mich nur angelogen, um sich selbst zu schützen und in dem Moment, in dem sie wieder ehrlich war, war sie wunderschön. Ich liebte es, diesen Ausdruck auf ihrem Gesicht zu sehen— wie sie mir die Wahrheit anvertraute.

»Ich mag dich auch, Rome.« *Mögen* war überhaupt kein passendes Wort für meine Gefühle. *Besessen* traf es besser. Ich wollte seit der Sekunde, in der ich sie zum ersten Mal gesehen hatte, unter ihren Rock. Das war alles, woran ich gedacht hatte, während ich die Hand an meinem harten Schwanz hatte. Aber ich wollte die wahre Sache und ich war es müde, noch länger zu warten. Sie wollte mich, ich wollte sie— Ende der Geschichte.

»Ich will aber nichts tun, was ich bereuen würde.« Ihre Stimme wurde leiser, mehr von ihrer Verwundbarkeit kam an die Oberfläche. »Ich habe in meinem Leben leider schon einige schlechte Entscheidungen getroffen. Ich versuche, sie nicht zu wiederholen.«

Sie spielte auf ihren Ex an, das Arschloch, das ihr etwas Unverzeihliches angetan haben musste. Ich wollte nachfragen, aber ich wusste, dass es mich nichts anging. Wenn sie wollte, dass ich es wusste, würde sie es mir irgendwann sagen. »Du wirst es nicht bereuen, Rome.« Wenn wir uns auf dem Bett wälzten und sie die ganze Nacht hindurch kam, würde sie sich selbst dafür hassen, dass sie so lange gewartet hatte. Sie war die ideale Frau und ich war der einzige Mann, der Manns genug war, um sie richtig zu behandeln. Und ich war der einzige Mann, der sie verdiente. Aber ich konnte sie nicht dazu bringen, das so zu sehen. Sie musste das selbst herausfinden. »Lass mich dich nach Hause bringen. Ich werde dich zu deiner Tür bringen, dich küssen und dann gehen wie ein Gentleman.« Obwohl ich nichts dergleichen war.

Ihre Augen suchten meine, um sich zu vergewissern. Das gelang ihr aber offenbar nicht, denn sie sagte: »Kannst du mir etwas versprechen?«

Ich hatte keinen blassen Schimmer davon, was sie fragen würde, aber wegen ihrer waldgrünen Augen war es mir völlig egal, worum es ihr ging. Ich war wie hypnotisiert von ihr, wie ich es schon tausendmal zuvor war. Diese Frau ließ mich nur mit ihrem Ausdruck auf die Knie sinken— und das tat sie oft genug. »Alles.«

»Können wir noch eine Weile warten? Auch wenn

ich dich darum bitte, versprich mir, dass wir nicht miteinander schlafen.«

Wo war da der Spaß? Wie sollte ich sie an mein Kopfteil ketten, wenn ich sie nicht einmal auf den Rücken zu liegen bekam? Diese Frau war so stark und in sich ruhend, warum also sollte ich ihr so etwas versprechen? Bei jeder anderen würde ich dieses hoffnungslose Vorhaben aufgeben und mich weiter umschauen. »Wie lange?«

Sie räusperte sich, bevor sie antwortete. »Vier Wochen.«

Was. Zur. Hölle?

Vier verdammte Wochen?

Ist sie verrückt?

Ein ganzer Monat?

Auf keinen Fall.

Vergiss das.

Niemand war vier Wochen wert. Ich würde jemand anderen finden.

Ich würde sterben, wenn ich so lange wartete.

Absolut nicht.

Ihre Augen blickten zwischen meinen hin und her und zitterten, weil sie sich so schnell bewegten. Sie versuchte, meine Gedanken zu lesen, aber sie waren tief in meiner Brust versteckt. Sie musste meine Ablehnung erwartet haben, weil sie danach offenbar suchte.

Bald würde sie sie finden.

Vier Wochen waren nicht akzeptabel. Es war schon zwei Wochen her, seit ich zuletzt Sex hatte und ich hatte mir noch nie so oft in meinem Leben einen runtergeholt. Weitere vier Wochen würden mich umbringen. Mein Schwanz würde mir das niemals verzeihen und der Groll würde im Laufe der Zeit nur noch wachsen.

Aber ich konnte nicht gehen. Das würde ich noch mehr bereuen.

Ich wollte, dass sie mir genug vertraute, um mir zu erlauben, einige verdorbene und dunkle Dinge zu tun. Ich wollte, dass sie mir vertraute, sie zu knebeln, sie zu fesseln und sie zu den höchsten Ebenen der Lust zu bringen. Ich wollte, dass sie mir vertraute, sie zu verletzen, sie zu verbiegen, bis sie fast in zwei Hälften brach. Wie würde ich dieses bedingungslose Vertrauen verdienen, wenn ich ihr keinen Grund gab, mir zu vertrauen? Diese Frau war nicht wie die anderen und ich nahm das von Anfang an in Kauf. Wenn ich sie wirklich wollte, musste ich dafür arbeiten. Und ich war immer für eine Herausforderung zu haben. »Okay.«

Die Anspannung in ihren Augen ließ schließlich nach. Sie hatte offensichtlich erwartet, dass ich mit ihrer Bitte nicht einverstanden sein würde, was ja normal wäre und es überraschte sie, dass es nicht so war. Aber meine Augen ruhten auf meinem Preis— der besten Sub, die ich je haben würde. »Danke.«

»Aber wie definierst du Sex?« Ich hatte viele verschiedene Definitionen davon.

»Was meinst du?«

»Ich werde vier Wochen lang nicht mit dir schlafen — auch wenn du mich darum bittest. Aber du musst es besser definieren. Darf ich dich küssen? Darf ich dich berühren? Darf ich dich fingern?«

Sie verbarg ihre Überraschung in Anbetracht meiner vulgären Fragen nicht. »Ich habe nicht darüber nachgedacht.«

»Dann tu es jetzt.«

»Alles außer direkten Sex.«

Gott sei Dank. Damit konnte ich leben. »In Ordnung. Ich schlafe für vier Wochen nicht mit dir— ab heute.«

»Auch, wenn ich meine Meinung in ein paar Wochen ändere.« Sie war besessen davon, meinen Schwanz aus ihrer Pussy zu halten, aber warum war es ihr so wichtig? Nur aus Prinzip keinen Sex zu haben war dumm wie die Hölle. Es sollte keine zeitliche Schwelle für guten Sex geben. Als ich sie zum ersten Mal traf, dachte ich, sie sei anders als die anderen. Ich nahm an, sie bestimmte für sich selbst und lebte nach ihren eigenen Regeln. Sie lebte im Moment und kümmerte sich nicht darum, was andere über sie dachten. Vielleicht lag ich damit falsch. Oder vielleicht fehlte mir einfach noch ein wichtiges Puzzleteil in der jetzigen Situation.

»Auch, wenn du deine Meinung änderst.« Wenn ich

nicht meine eigene Agenda hätte, würde ich einfach mein Versprechen in der Sekunde, in der sie mich bat, sie zu ficken, brechen. Aber wenn ich diese Art von Zurückhaltung zeigen konnte, wenn eine nackte Frau unter mir lag, dann musste sie auch damit einverstanden sein, sich aufhängen zu lassen, während ich ihre Beine um meine Taille schlang und sie fickte.

Sie bekam, was sie wollte. Und ich bekam, was ich wollte. Sie entspannte sich schließlich, jetzt, da das dümmste Gespräch der Welt endlich zu Ende war. »Ich hätte gerne eine Fahrt, wenn du sie noch anbietest.«

»Baby, ich biete sie immer an.«

Ich brachte sie an ihre Tür und tat so, als würde ich mich in diesem Haus nicht extrem unbehaglich fühlen. Gerade ging ein tätowierter Gangster den Gang hinunter, mit zu weiten Hosen und einer überdimensionierten Jacke darüber, in der er vermutlich eine Cracklieferung versteckte. Er warf mir einen drohenden Blick zu, bevor er weiterging— und er lebte nur ein paar Türen von ihr entfernt.

Ich konnte sie dort nicht wohnen lassen.

Ich wollte ihr eine Wohnung in Manhattan kaufen, sodass sie nicht zur Arbeit pendeln musste. Ich dachte sogar darüber nach, sie zu fragen, ob sie bei mir einziehen wollte. Sie konnte ihre Miete bezahlen, indem sie mich von der Sekunde an fickte, in der ich nach Hause kam, bis zu der Sekunde, in der ich nachts einschlief.

Ich sprach meine Bedenken aber nicht aus, denn ich wusste, wie sie sie auffassen würde. Sie war stur und würde meine Rechthaberei nicht zu schätzen wissen— noch nicht. Aber ich konnte diese Seite in mir nur eine gewisse Zeit lang in Schach halten. Sie war der Großteil dessen, wer ich war— ein Dom, der immer bekam, was er wollte.

Sie schloss die Tür auf und lud mich nach drinnen ein. Die Wohnung war kleiner als ihr Büro, Schlafzimmer, Küche und Wohnzimmer waren zu einem Einzelzimmer zusammengefasst. Die einzige Tür führte ins Bad. »Möchtest du etwas? Ein Glas Wein?«

Aber ich wollte eigentlich nur herummachen. »Nein danke.« Ich schloss die Tür hinter mir und testete sie unauffällig, während Rome nicht hersah. Zumindest war die Tür sicher. Der Gedanke an irgendein Arschloch, das sie belästigen könnte, verärgerte mich so sehr, dass ich fast daran dachte, sie zu entführen.

Sie ging zur Wand und packte ein kleines Seil, das daran hing. Sobald sie es heruntergezogen hatte, tauchte ein King-Size-Bett auf, mit Bettwäsche, Decken und Kissen oben drauf. Das einzige Möbelstück, das sie hatte, war ein kleiner Sessel und wir konnten uns dort nicht beide draufsetzen— es sei denn, sie saß auf meinem Schoß.

Und das hätte mir nichts ausgemacht.

»Ich weiß, es ist klein, aber es ist gemütlich.« Sie zog einen Tisch aus dem Nichts und hervor und ordnete dann die Bilder darauf neu an. Eines zeigte sie und ein paar Freundinnen, auf einem anderen waren sie und Christian. Sie setzte sich an das Fußende des Bettes und sah mich erwartungsvoll an. »Willst du ein Wasser?«

»Nein.« Es gab nur eine Sache, die ich jetzt wollte. Ich war schon eine ganze Weile um sie herumgetanzt und jetzt, nachdem die Grundlage fertig war, wollte ich zur Sache kommen. Diese Lippen waren meine— beide Paare.

Als ich das Bett erreichte, packte ich sie an der Taille und warf sie darauf, sodass ihr Kopf auf das Kissen schlug. Ihre Augen weiteten sich, als hätte sie nicht erwartet, dass ich sie wie eine Puppe herumwarf. Ich schob mich auf ihrem Körper nach oben und trennte dabei ihre Schenkel mit den Meinen. Ihr Kleid rutschte über ihre Hüften, aber ich sah nicht auf ihr Höschen— obwohl ich es wollte.

Ich packte ihre Handgelenke und hielt sie über ihren Kopf. Sie wehrte sich nicht, sondern sah mich mit der gleichen Erregung in ihren Augen an. Ihre grünen Augen glänzten in einem helleren Farbton und sahen aus wie große Blätter im Dschungel. Sie wurden schwerer, als sie auf meinen Mund starrte, ihre Lippen suchten verzweifelt nach meinen.

Es gab so viele Dinge, die ich mit ihr machen wollte, aber ich wusste nicht, wo ich anfangen sollte. Also begann ich mit ihrem Mund. Ich drückte meine Lippen an ihre und küsste sie so fest, dass ihr Mund am nächsten Tag geschwollen sein musste. Ihre weichen Lippen fühlten sich erstaunlich an im Gegensatz zu meinem Mund, und als sie sich mit demselben Hunger bewegten, versteifte sich meine Wirbelsäule. Mein Schwanz wurde sofort steif in meiner Hose und ich drückte ihn gegen ihre Klitoris, um sie wissen zu lassen, wie sehr ich sie wollte.

Ich wollte sie so sehr.

Sie versuchte, ihre Handgelenke aus meinem Griff zu befreien, aber ich hielt sie fest, gegen das Bettzeug gedrückt. Sie war mein und sie wusste es nicht einmal. Wenn ich wollte, dass sie mich anfasste, würde ich loslassen. Aber jetzt hatte ich das Sagen.

Unsere Lippen tanzten zusammen und wurden schneller. Zum ersten Mal gab ich ihr meine Zunge und ihre begrüßte sie sofort. Ihr Mund schmeckte süß, wie der Wein, den wir beim Abendessen getrunken hatten. Unsere Umarmung wuchs in der Intensität und ich bemerkte meine Hüften, wie sie gegen sie stießen, sich trocken an ihr rieben wie ein verdammter Teenager.

Warum habe ich das verfluchte Versprechen gegeben?

Ihre Hüften rieben sich langsam gegen meine, ihre Lust bestimmte ihren Körper. Ihre Beine schlangen sich um meine Taille, aber das half bei dieser Sache überhaupt nicht.

Jetzt wollte ich sie noch drängender ficken. »Ich will dich so sehr.« Mein harter Schwanz fuhr fort, direkt an ihrem Höschen zu reiben und ich wünschte, wir wären Haut-an-Haut. Aber ich könnte sie auch so kommen lassen. Ich könnte sie auf viele unterschiedliche Arten kommen lassen.

Sie atmete in meinen Mund, als sie in unserem Kuss innehielt. »Ich will dich auch, Calloway.«

Meine Wirbelsäule zitterte, als sie meinen Namen sagte und ich stellte mir vor, wie sie ihn schrie, wenn ich sie hart in die Matratze fickte. Ich zog es vor, Cal genannt zu werden, aber ich liebte es, meinen ganzen Namen von ihren Lippen zu hören. Ihre natürlich belegte Stimme machte es so verdammt sexy. Niemand sonst konnte das ebenso.

Ich rieb mich härter gegen sie und drückte gegen den empfindlichsten Teil ihrer Klit. Ich legte ihre Handgelenke aneinander, sodass ich sie mit einer Hand greifen konnte, bevor ich meine andere Hand auf ihren Oberschenkel legte und die seidige, glatte Haut spürte. Meine Finger gruben sich in ihren Oberschenkel und packten härter zu, als ich ihn tiefer in die Matratze drückte.

Dieses jugendliche Vorspiel lag weit unterhalb meines sexuellen Erfahrungsschatzes und das letzte Mal, als ich so rumgemacht hatte, war wohl in der achten Klasse. Danach ging ich dazu über, auf der Pritsche meines Pick-Ups zu ficken. Aber irgendwie fühlte es sich im Moment an wie das heißeste, was ich je gemacht habe. Ich war nicht in ihr, aber es fühlte sich genauso gut an. Ich spannte meinen Arsch an, bevor ich meine Hüften gegen sie stieß und versuchte, die Reibung ihres Geschlechts gegen meinen Schwanz zu fühlen. Je mehr wir uns zusammen bewegten, desto besser fühlte es sich an, und die Unbeholfenheit der Handlung machte mich noch mehr an. Ich würde niemals mit anderen Frauen darauf zurückgreifen. Ich machte es nur mit Rome, weil das alles war, was ich im Moment bekommen konnte. Es fühlte sich so falsch an, dass es sich schon wieder richtig anfühlte— und ich wusste, dass ich in meine Hose kommen würde.

Wie ein verdammter Teenager.

Sie versuchte, ihre Handgelenke wieder frei zu bekommen und diesmal erlaubte ich es. Ich wollte sehen, was sie mit ihren Händen tun würde. Sie umfasste mein Gesicht und küsste mich fest, ihre Fingerspitzen gruben sich in mein Haar. Jetzt war sie verschwitzt und außer Atem und klammerte sich voller Verzweiflung an mich. Sie war am Rande eines Orgasmus— ein Geschenk von mir.

Schweiß, der sich auf meinem Rücken unter dem Hemd bildete, rann herunter. Ich könnte erst meine Kleidung ausziehen und ihr dann die ihre, aber das hier fühlte sich so viel schmutziger an. Wir waren so heiß aufeinander, dass es auch so funktionierte und wir genossen es mindestens so sehr, wie wir tatsächlichen Sex genossen hätten. Das alles machte mich nur noch schärfer auf die wirkliche Sache— den Moment, in dem ich sie endlich ficken würde. Jetzt wusste ich, dass sie Wahnsinn im Bett sein würde. Wenn ich ihre Hände hinter dem Rücken gefesselt hatte und sie in den Arsch fickte, würde sie es lieben. Ich konnte mir den Spaß vorstellen, bevor er überhaupt begonnen hatte.

Ihre Hände bewegten sich zu meinen Schultern, und sie vergrub ihre Nägel tief genug darin, dass ich sie durch mein Hemd fühlen konnte. Langsam wanderten sie hinunter zu meinem Arsch, und sie zog mich näher an sich heran und wollte meinen dicken Schwanz fester an sich pressen.

Fuck, das war heiß.

»Du willst meinen Schwanz, Sweetheart?«

Ihr Gesicht war knallrot, und ihre Lippen geöffnet. Sie wusste, dass sie gleich kommen würde und sie brauchte zusätzliche Reibung. »Ja.«

Mein Schwanz zucke bei ihrer Antwort. Ich änderte den Winkel, dann stieß ich hart zu, rammte meinen Schwanz gegen ihre pochende Klitoris. Mein Arsch war schon wund, weil ich ihn so fest zusammendrückte und meine Eier zogen sich an meinem Körper, da ich bereit war zu kommen.

Ich beobachtete, wie sich ihre Titten in ihrem Kleid bewegten, wenn ich mich gegen sie bewegte. Ich stellte mir vor, wie wunderschön sie wären, wenn ihre Klamotten endlich verschwunden wären. Sie hatte eine schöne Brust und ich plante einen Titten-Fick für die nächsten Tage ein. Ihre Wangen röteten sich weiter und ihr Mund öffnete sich, als die Explosion langsam durch ihren Körper strömte. Ihre Augen wurden schwer, als sie mich ansah und das war das Schönste, was ich je gesehen hatte.

Als ich noch bei Isabella gewesen war, hatte ich mich immer sehr wohl gefühlt. Sie hatte alles getan, was ich wollte, auch Dinge, die die meisten Subs nicht mitmachen würden. Aber auch die schmutzigste Sache war nicht zu vergleichen mit dem, was ich jetzt— mit Rome— fühlte. Ich war nicht einmal in ihr, und ich war im Himmel. Ich gab ihr einen letzten Kuss und saugte ihre Unterlippe in meinen Mund. »Komm für mich. Jetzt.« Meine dominante Stimme rutschte mir heraus, bevor ich sie aufhalten konnte, aber ich bereute es nicht.

Weil sie kam. »Oh Gott, Calloway.«

Jetzt würde ich gleich platzen.

Sie grub ihre Nägel in meinen Bizeps und rieb sich gegen mich, ihr Gesicht in einem schönen Rosa und ihren Mund zu dem köstlichen O geformt, das ich sehen wollte, seit ich sie getroffen hatte. »Ja … fuck.« Sie zog mich näher zu sich, als mein Schwanz zwischen ihre Lippen rutschte.

Meine Hand schob sich unter ihren Kopf und ich ergriff ihr Haar wie ein Tyrann. Ich sagte mir, ich sollte das nicht tun, weil es ein untrügliches Zeichen dafür war, wer ich wirklich war— ein Diktator. Aber ich konnte mich nicht zurückhalten. Sie kam gerade und flüsterte meinen Namen und jetzt war ich bereit, meine Boxershorts mit meinem Sperma zu füllen— für sie.

Sie ritt das Hoch, bis es seinen Höhepunkt erreichte, dann kam sie langsam herunter. Ihre Nägel lösten sich langsam von meinen Armen, aber sie stöhnte immer noch leise vor sich hin. Ihre Augen klebten förmlich an meinen und dieser Blick der Zufriedenheit war mehr wert als ein Tresor voller Gold.

Ich rieb mich ein paar weitere Stöße an ihr, bis ich mit einem Stöhnen kam, während ich sie ansah. Ich konnte es kaum erwarten, ihre nackte Pussy mit jedem Tropfen meines Samens zu füllen. Ich konnte es kaum erwarten, sie zu meinem Eigentum zu erklären. Aber momentan war das Füllen meiner Boxershorts gut genug. »Rome … fuck.« Es war der beste Orgasmus, den ich jemals gehabt hatte— und das konnte ich fast nicht glauben.

Ich war dreißig Jahre alt und ich hatte trocken gefickt.

Sie schlang ihre Arme zärtlich um meinen Hals und küsste dann meinen Mundwinkel. Sie war voller Dankbarkeit, dankbar für die Art, wie ich gerade ihre Welt durch meine Hose hindurch durcheinandergebracht hatte. Der Kuss war zart und weich und er brachte mein Inneres sehnsüchtig zum Brennen. »Du bist ein toller Mann.«

Das unerwartete Kompliment erfüllte mich mit Wärme und die Aufrichtigkeit in ihrer Stimme schickte einen warmen Schauer über meinen Rücken. Ich wusste nicht, was genau sie mit ihrem Kompliment meinte, aber ich nahm an, dass sie beeindruckt davon war, dass ich sie so hart kommen ließ, ohne sie direkt zu berühren. Ich ließ sie sich wie die sexyste Frau auf der ganzen Welt fühlen.

Und das würde ich jeden Abend wiederholen.

7

Rome

Ich kam früh dort an und richtete die Küche her, während das dämliche Lächeln auf meinem Gesicht nicht verschwinden wollte. Calloway küsste einfach phänomenal und sein Penis war beeindruckend. Sobald ich ihn an meiner Klitoris gespürt hatte, war es um mich geschehen.

Er hatte mir den besten Orgasmus geschenkt, ich jemals hatte.

Er hatte nicht bei mir geschlafen, wie ich gehofft hatte. Er war nach Hause gegangen und seitdem hatte ich nichts von ihm gehört. Er sollte mir heute helfen, aber er war noch nicht erschienen. Hoffentlich hörte er seinen Wecker.

Das Küchenpersonal kam und bereitete das Essen zu. Wir servierten Hühnchen und Klöße, Reis und Karotten, zusammen mit Baguette. Es war warm und sättigend und es würde die Obdachlosen eine Weile von der Kälte ablenken.

»Hey, schöne Frau.« John kam hinter den Tresen und musterte mich von oben bis unten. »Gestern Nacht Spaß gehabt?« Er trug immer denselben grünen Pullover, der über und über mit Flecken bedeckt war und die schwarze Hose mit Löchern an den Knien. Er lebte seit zehn Jahren auf der Straße und man hatte bei ihm eine extreme bipolare Depression diagnostiziert. Manchmal, wie jetzt, war er bester Laune. Und manchmal konnte ich ihn nicht einmal dazu bringen, mit mir zu sprechen.

Ich lächelte, damit seine gute Stimmung so lange wie möglich anhalten würde. »Ich hatte ein Date.«

»Ooh … das wurde Zeit. Du arbeitest zu viel.«

»Ich weiß. Ich muss mehr raus.«

»Nun, ich bin immer verfügbar, wenn es mit diesem Kerl nicht klappt.«

Ich lächelte, weil ich wusste, dass er scherzte. »Ich werde es mir merken.«

»Ihre Dienste sind unnötig.« Die Drohung füllte den ganzen Raum aus und warf einen Schatten über alle

Anwesenden. Sogar die Jungs, die am hinteren Tisch saßen, fühlten sich bedroht und starrten alle zu uns her. Calloways Stimme nahm einen neuen Ton an, einen, den ich noch nie gehört hatte. Ohne seine Stimme zu heben oder explizite Worte zu benutzen, schaffte er es, alle im Raum zu erschrecken. Er sah zu John hinunter und schickte ihn mit einer Geste weg.

John entfernte sich sofort. Er setzte sich zu einigen Mitgliedern seiner Bande. Ihre Stimmen wurden leiser, sie drängten sich zusammen und offensichtlich sprachen sie über Calloways unangenehme Gegenwart.

Calloway kam auf mich zu. Heute trug er ein graues T-Shirt und dunkle Jeans. Seine Kleider sahen nicht alt aus und ich hoffte, dass er bereit war, sie mit Soße zu versauen. Der irritierte Blick war immer noch auf seinem Gesicht, als er mich ansah, als ob ich irgendwie dafür verantwortlich wäre, was gerade passiert war.

Meine gute Laune verpuffte wie Dampf. »Was zur Hölle war das?«

»Was?« Er behielt seinen ausdruckslosen Gesichtsausdruck bei, als ob es eine legitime Frage wäre.

»Du musst John nicht so blöd behandeln. Er ist ein sehr netter Kerl.«

»Ein Mann, der dich anmacht, ist kein netter Kerl.« Er packte eine Schürze vom Stapel und band sie um seine Taille.

»Du hast mich angemacht.«

»Nicht dasselbe und das weißt du.« Er ging weg, bevor ich noch etwas sagen konnte. Er packte einen Edelstahlbehälter voller Klöße und stellte ihn auf die Essensausgabe.

War das Gespräch jetzt vorbei? Ich trat zu ihm an die Theke, legte eine Hand auf meine Hüfte und warf ihm einen feurigen Blick zu. »Das war nicht in Ordnung und du weißt es. Er hat nur einen Scherz—«

»Nein. Hat er nicht.« Er knallte das Besteck auf das Tablett und wandte sich dann wieder zu mir. Die rote Schürze spannte über seiner breiten und kräftigen Brust. Er brauchte wohl ein paar Größen größer— eine Größe, die wir nicht hatten. »Es ist eine Sache, nett zu jemandem zu sein, aber es ist etwas anderes, ihm so etwas zu erlauben. Das ging zu weit, und wir beide wissen es. Small Talk ist gut, aber romantische Angebote sind es nicht.«

»Aber das war kein romantisches Angebot.«

Er sah sich um, um sicherzugehen, dass wir nicht belauscht wurden. »Ich bin dafür, Menschen in Not zu helfen. Ich mache das seit sieben Jahren. Aber bring dich nicht in eine Position, in der dich Menschen ausnutzen können. Denn ich verspreche dir, das werden sie.«

»John war einfach nett. Jetzt wird er wieder tagelang deprimiert sein.«

»Wenigstens hat er seine Lektion gelernt.« Er ging weg, um ein anderes Tablett zu holen.

Passiert das wirklich? Letzte Nacht hatten wir eine tolle Nacht gehabt. Jetzt stritten wir bereits. Er war eine andere Person als die, an die ich mich erinnerte. Er hatte in einen anderen Modus gewechselt, als ob jemand einen Schalter umgelegt hatte. »Hey, hör auf.« Ich holte ihn ein. »Beleidige nicht die Leute, die ich betreue. Kommandier mich nicht rum und behandle meine Freunde nicht wie Scheiße. Du bist nicht mein fester Freund, Calloway.« Jetzt war ich an der Reihe zu gehen.

Er hielt mich am Handgelenk fest und zog mich mit solcher Kraft an seine Seite, dass ich fast das Gleichgewicht verlor. Er sah mir ins Gesicht, seine blauen Augen dunkel vor Frustration. Er riss mich mit diesem Blick fast entzwei. »Ich bin dein fester Freund.« Er drückte mein Handgelenk härter und zog mich dann enger in seine Brust. »Ich flirte nicht mit anderen Frauen oder erlaube ihnen, mit mir zu flirten. Und du machst dasselbe. Ende der Geschichte.« Er drückte einen harten Kuss auf meine Lippen und ließ mich dann sofort los. Er ging weg, als ob das Gespräch nie stattgefunden hätte und nahm ein Tablett, bevor er es in die Essensausgabe stellte. Kein einziges Mal sah er mich an. Er ignorierte mich, als ob ich gar nicht existierte.

Nachdem wir anfingen, das Essen zu servieren, war

Calloway besserer Stimmung. Er sprach mit jeder einzelnen Person, die an der Ausgabe vorbeikam, fragte, wie ihr Tag war und erzählte ein paar Witze, um sie zum Lachen zu bringen. Der gutmütige Mann, den ich kannte, war an die Oberfläche zurückgekehrt, ein direkter Gegensatz zu dem Mann, den ich vor ein paar Augenblicken erlebt hatte.

Als John an der Reihe war, hielt er den Kopf gesenkt und sah mich nicht mal an.

»Wir haben heute dein Lieblingsgericht, John. Hühnchen und Klöße.«

Er nickte nur und hielt mir wortlos sein Tablett hin.

Ich legte ihm das Essen auf den Teller, beobachtete, wie er weiterging und wünschte, er würde mit mir sprechen. Er ließ Calloway komplett aus und ging zur nächsten Person in der Reihe, um Karotten und Brot zu bekommen.

Ich warf Calloway den dunkelsten Blick, den ich aufbringen konnte, zu und hasste ihn, weil er einen Menschen so erschreckte, der auch nur versuchte, über die Runden zu kommen. John verzichtete auf die Hälfte seiner Mahlzeit, nur um ihn zu umgehen. Der Kerl hatte es schon schwer genug, bevor Calloway ihn so blöd behandelte. Wenn er wirklich glaubte, dass John eine Bedrohung für ihn war, war er verrückt.

Calloway fühlte meinen Blick, denn er blickte mich aus den Augenwinkeln an. Dann ging er die Reihe hinunter, zwängte sich vor den nächsten Helfer und nahm ihm Johns Tablett aus der Hand. Er stapelte das Essen auf das Tablett, lud ihm weit mehr als den anderen auf und gab es dann zurück. »Warum hatte sechs Angst vor sieben?«

John starrte ihn an, immer noch vorsichtig.

Calloway fuhr fort: »Weil sieben ein registrierter sechs Verbrecher ist.«

Johns Mundwinkel stieg in einem Lächeln auf und schließlich kam ein Kichern aus seinem Mund. Bald lachte er auf eine Art, die tief in seinem Hals ausbrach. Er ging weiter und kicherte vor sich hin. »Sechs Verbrecher ... das sage ich den Jungs.« Er nahm noch ein Stück Brot und ging dann an den Tisch zu den anderen.

Mein Zorn verschwand und ich schenkte ihm endlich ein Lächeln.

Calloway kehrte zu seinem Platz neben mir zurück und fuhr fort, die Leute zu bedienen, die bei ihm vorbeikamen.

Ich wandte mich an ihn, als es eine kurze Pause in der Schlange gab, ein Lächeln auf meinen Lippen. »Danke.«

Calloway sagte nichts und tat so, als hätte er mich nicht gehört.

Als der Tag vorbei und die Suppenküche geschlossen war, gingen wir in die eisige Kälte der Stadt hinaus. Unsere Kleidung war dreckig und wir brauchten eine warme Dusche und andere Klamotten.

Anfangs war ich wütend auf Calloway, aber als ich das Gute in ihm sah, war dieser Groll verschwunden. Er hatte sich nicht entschuldigt für das, was er getan hatte, aber er versuchte, es wieder gut zu machen. Und am Ende zählte das.

»Würdest du gerne mitkommen?« Sogar mit Soßenflecken auf seinem T-Shirt sah er heiß aus. Sein braunes Haar war ein bisschen unordentlich, so, als ob er heute Morgen perfekt aussehend aufgewacht wäre, nur ein wenig lässiger. Die Stoppeln auf seinem Gesicht waren verschwunden, weil er sich an diesem Morgen rasiert hatte, aber bis zum Abend waren sie wiedergekommen. »Ich mache uns Abendessen.«

Eine Warnung brannte in meinem Herzen, sobald er die Einladung aussprach. Ich wollte immer noch ins Bett mit ihm und mich Hals über Kopf in einen Mann verlieben, den ich kaum kannte. Mein Bauch und mein Herz sagten mir, ich sollte ohne Vorsicht weitermachen. Aber etwas Stärkeres, mein Gehirn, sagte mir, es sei zu schön um wahr zu sein und es gab etwas, was nicht stimmte. Er war einfach zu perfekt— seinen eifersüchtigen Wutanfall mal beiseitegelassen.

Aber er hatte vier Wochen Abstinenz versprochen

und ich glaubte, dass er sein Wort halten würde. Herummachen war genug für mich, weil er so gut darin war. »Sicher. Ich werde nach Hause gehen und duschen, dann komme ich rüber.«

»Warum gehst du nicht einfach mit zu mir?«

Ich verstand genau, was er andeutete.

»Wir werfen deine Kleider in die Wäsche und du kannst meine Sachen tragen. Ich bin sicher, du wirst in meinen Kleidern besser aussehen als ich.« Er zwinkerte und das kindliche Grinsen zog sich über sein Gesicht.

Wurde er jemals müde darin, so unwiderstehlich zu sein?

»Oder— du würdest noch besser aussehen, wenn du gar nichts tragen würdest.«

Ich stellte ihn mir in einem Penthouse auf der obersten Etage des höchsten Wolkenkratzers in ganz Manhattan vor. Dunkle Möbel, die nach sexuellen Eroberungen rochen, zusammen mit einem Schrank voll vom härtesten Schnaps, den es gab. Sein Bett war vermutlich mit schwarzen Laken überzogen, die das schwache Licht der nächtlichen Gebäude auf der anderen Straßenseite widerspiegelten.

Aber er lebte in einem einzeln stehenden Haus.

Es war drei Stockwerke hoch und alte Eichen

standen im Vorgarten. Ein schwarzes Tor hielt Fußgänger von seinem Besitz fern und Rosensträucher, die mit Dornen bedeckt waren, säumten den Weg. Eine große Garage für drei Autos war mit der Straße hinter dem Haus verbunden. Da wir zu Fuß unterwegs waren, gingen wir durch seine Haustür.

Hartholz aus dunkler Kirsche war für den Fußboden verarbeitet worden und der Tisch am Eingang war genauso dunkel. Ein langer roter Teppich markierte den Weg in die Mitte des Hauses. Eine Holztreppe auf der rechten Seite führte zu den beiden anderen Etagen und ein weitläufiges Wohnzimmer lag direkt vor uns. Die Sofas waren aus grauer Baumwolle und ein großer Flachbildschirm hing an der Wand. Der Eingang allein hatte die Größe meiner ganzen winzigen Wohnung.

Die Küche hatte Granit-Arbeitsplatten, schwarze Einbaugeräte und einen Kühlschrank mit Glastür, die es erlaubte, den Inhalt zu erkennen. Obst, Gemüse, mageres Fleisch und Mandelmilch standen vorne. Seine Diät war eindeutig sehr streng, aber ich war nicht überrascht, wenn ich seinen unglaublichen Körper ansah.

In dem Moment, in dem ich in die Küche trat, war ich verliebt. Nicht in ihn, sondern in den Raum. Er war enorm groß, genug um das Abendessen für zwanzig Gäste vorzubereiten. Es gab eine große Kücheninsel in der Mitte und viel Ablagefläche auf beiden Seiten. Ich konnte mich nicht zurückhalten, mein Herz auf der Zunge zu tragen, und seufzte sehnsüchtig. »Das ist die schönste Küche, die ich je gesehen habe.«

Er lehnte sich an den Tresen, die Arme vor der Brust verschränkt. »Sie gefällt dir?«

»Ich liebe sie. Ich habe immer davon geträumt, eine solche Küche zu haben.«

Er beobachtete, wie ich sein Haus bewundere und seine blauen Augen fixierten ständig mein Gesicht.

»Ich habe nicht einmal einen Herd.« Ich lachte, weil es lustig war, aber es war auch deprimierend. Ich musste meine Speisen in einer Mikrowelle erwärmen und alles andere auswärts essen. Es war ein Lebensstil, den ich wählte, weil er das kleinere von zwei Übeln war. Wenn ich in dieser Welt eine wirkliche Verbesserung erreichen und den Menschen helfen wollte, musste ich ein paar Dinge opfern— wie eine schöne Küche— und schuldfrei sein.

»Du bist herzlich eingeladen zu kommen und zu kochen, wann immer du willst.«

Ich lächelte, als ich sein Motiv erkannte. »Du willst nur, dass jemand für dich kocht.«

»Nackt, natürlich. Das ist Voraussetzung.«

»Ich müsste wenigstens eine Schürze tragen.«

»Ich lasse dich einen Schlüpfer tragen— aber das ist alles.« Er lächelte nicht dabei, um anzudeuten, dass er scherzte. Er sah todernst aus.

Meine Ohren fingen an, sich heiß anzufühlen, also wechselte ich das Thema. »Es ist hier gar nicht so, wie ich mir vorgestellt habe, dass du lebst.«

»Und wo hast du gedacht, dass ich leben würde?«

»In einem Penthouse.«

»Habe ich für eine Weile. Aber ich mag das Gefühl eines Hauses. Keine Nachbarn und keine Aufzüge. Und ich habe gern einen Garten.«

»Hast du einen Hund?«

»Nein. Aber vielleicht eines Tages.«

Ich konnte ihn mir mit einem schwarzen Labrador oder einem Golden Retriever vorstellen. Er wirkte irgendwie wie ein Tiernarr. Aber vielleicht hatte ich ihn da falsch eingeschätzt.

Er stemmte sich mit den Hüften von der Theke ab. »Also, ich könnte das Abendessen machen, während du in der Dusche bist. Oder wir können zusammen duschen und zusammen kochen.« Er kam näher, bis mein Körper gegen die Theke gedrückt wurde. Seine Hände erfassten die Kante rechts und links von mir und er starrte mit einem hungrigen Ausdruck auf mein Gesicht. Er betrachtete meine Lippen, als ob er sich davon abhielt, meine Unterlippe in den Mund zu saugen.

Ich war schon nass.

Ich wollte ihn nackt sehen. Ich wollte diese gemeißelten Muskeln sehen, die ich unter seinem Hemd erkennen konnte. Meine Finger wollten nach unten fliegen und jeden Hügel, jedes Tal fühlen, bis ich mich zwischen dem V seiner Hüften wiederfand. Und ich wollte diesen enormen Schwanz sehen, der mich gestern so gut zum Orgasmus gebracht hatte. Kein anderer Mann in meinem Leben hatte mich so heiß gemacht. Calloway lockte die Lust aus mir heraus, zog sie aus jeder Pore, bis ich wie eine läufige Hündin war. Manchmal konnte ich nicht sagen, ob es seine Schönheit oder sein Charisma war, das mich auf die Knie brachte. Ich hasste es, zu blasen, aber alles, was ich tun wollte, war, diesen großen Schwanz in meinen Mund zu nehmen und ihn auf die Knie zu bringen, wie er es letzte Nacht bei mir getan hatte.

Seine Augen sahen mir ins Gesicht und suchten nach den leichten Hinweisen, die ich nicht verstecken konnte. Er blickte auf meine Lippen, dann meine Augen. Sein Blick wanderte zu meiner Brust und beobachtete, wie sie sich rapide hob und senkte. »Ich will jeden Zentimeter von dir sehen.« Ohne den Blick von mir abzuwenden, bewegte sich seine Hand an die Vorderseite meiner Jeans und knöpfte sie auf, bevor er den Reißverschluss herunterzog. Dann schlüpfte seine Hand nach unten, bis er den Baumwollstoff meines Höschens fand. Seine Finger erforschten sanft meine Lippen und meine Klitoris. Er atmete tief ein, als er mich erforschte und sobald seine Finger an meiner

Klitoris waren, rieb er sie in einer kreisförmigen Bewegung.

Meine Knie zitterten, weil sich seine Finger so gut anfühlten. Mit unermesslicher Erfahrung rieb er mich so, wie ich es selbst machte, wenn ich allein war. Als ob er selbst eine Frau wäre, verstand er genau, wie ich berührt werden wollte. Ich packte seinen Arm und hielt mich fest, während er mich in Brand setzte.

Seine Finger bewegten sich weiter, bis er den feuchten Stoff unter meiner Pussy spürte. Er stöhnte leise tief auf, als er die Feuchtigkeit fühlte, die sich nur für ihn sammelte. Sein Kiefer spannte sich an und die Adern an seinem Hals traten vor Erregung hervor. Sein Atem ging genauso schnell wie meiner, als wir beide uns tief in gegenseitiger Erregung verloren.

Ich wollte, dass er mich fickte.

Ich fragte ihn beinahe.

Seine langen Finger fuhren über mein Höschen, bevor sie direkt gegen meine Klitoris drückten. Seine Fingerspitzen waren rau, aber sie fühlten sich gut gegen meine feuchte Klit an. Er rieb sie mit mehr Druck als vorher und er brachte mich fast an Ort und Stelle zum Orgasmus. »Du bist so schön, wenn ich dich berühre.« Seine Finger glitten weiter, bis er meinen Eingang erreichte. Er presste sie langsam hinein und spürte den Widerstand meines engen Kanals, bevor er sie schließlich hinein quetschte. Er presste den Kiefer vor

Vergnügen zusammen und liebte es, wie feucht ich tief im Inneren war. »Fuck, du bist eng.« Er bewegte seine Finger langsam rein und raus, machte sie mit meinen eigenen Säften feucht.

»Es wird schwer sein, deinen fetten Schwanz dort hinein zu bekommen.«

Er atmete tief durch und zuckte förmlich vor Schmerz zusammen, als seine Finger tiefer in mich stießen. Er drückte sein Gesicht gegen meines, seine Lippen direkt neben meinem Ohr. »Sei vorsichtig, Baby. Mach weiter so und ich kann mein Versprechen nicht halten.«

Ich war kein Freund von Dirty Talk, aber dieser sexy Mann verwandelte mich in eine geile Frau. »Vielleicht will ich das ja gar nicht.«

Er verzog das Gesicht wieder, vergrub sein Gesicht an meiner Haut und biss mich vorsichtig.

Was war los mit mir?

Er hob mich auf und zog meine Beine um seine Taille, als er mich nach oben trug. Wir gingen in den dritten Stock, in sein dunkles Schlafzimmer. Eine graue Decke lag auf dem Kingsize-Bett, und er legte mich darauf, bevor er zurücktrat und sich auszog. Er zog sein graues T-Shirt über den Kopf und warf es quer durch den Raum.

Seine Brust war genau so, wie ich sie mir vorgestellt habe. Seine Brustmuskeln waren getönt und stark, und seine Schultern wölbten sich mit festen Muskeln, die von der Hand Gottes gemeißelt worden waren. Seine Hüften waren schlank und die Haare auf seinem Bauch waren sauber zu einer einzigen Linie nach unten zu seiner Jeans hin rasiert.

Er knöpfte sie auf und zog sie herunter, bis er in seinen Boxershorts dastand. Seine Oberschenkel waren stark und mächtig und sahen wie Baumstämme aus, die stark genug waren, einem Hurrikan standzuhalten. Ein feuchter Fleck war an der Vorderseite seiner Unterwäsche, wo bereits Lusttröpfchen erschienen waren, während er mich gefingert hatte. Er packte den Bund, während er mich anstarrte und dann zog er sie langsam herunter und führte mir praktisch eine Stripshow vor.

Zentimeter um Zentimeter erschien seine Länge. Der Kopf seines Schwanzes war dick und geschwollen, eine Schattierung von Rot und Blau. Er machte langsam weiter und zeigte mir immer mehr von seinem stählernen Schaft, bis seine rasierten Eier zu sehen waren. Über zwanzig Zentimeter absoluter Mann mit einem beeindruckenden Umfang. Er war gebaut für einen Pornofilm.

Mein Mund wurde trocken und ich konnte nicht mehr klar denken. Alles, woran ich denken konnte, war, diesen Schwanz in mich zu bekommen und mich gleichzeitig zu fragen, ob er überhaupt hineinpassen würde. Er würde mich dehnen, bis ich zerriss und während es weh tun würde, würde es sich so verdammt gut anfühlen.

Er legte die Finger um seinen Schaft und rieb seinen Schwanz. »Auf die Knie.«

Ich ließ mich von niemandem herumkommandieren, aber in der Sekunde, in der er den Befehl gab, gehorchte ich. Ich bewegte mich zur Decke und faltete meine Knie unter mir, wohl wissend, dass sein dicker Schwanz im Begriff war, meinen Mund zu ficken, so hart, dass meine Kehle morgen wund sein würde.

»Zieh dein Shirt aus.«

Ich zog es über meinen Kopf und saß, nur noch mit meinem BH bekleidet, da.

Er stellte sich vor mich. »Blas' mir einen. Viel Zunge und viel Hand.« Seine Hand ergriff meine Haare und wickelte sie auf, bis er sie in seiner festen Faust gefangen hatte. Er richtete seinen Schwanz auf mein Gesicht und gab einen weiteren Befehl. »An die Arbeit, Sweetheart.«

Ich öffnete meinen Mund weit und nahm seine Länge tief in meine Kehle auf. Er war der Größte, den ich je hatte, und er schmeckte so salzig und süß. Ich liebte die Art, wie er meinen Mund dehnte und meinen Kiefer praktisch ausrenkte. Der Speichel sammelte sich und tröpfelte aus meinem Mund, weil ich einfach nicht alles drin behalten konnte. Er rann über mein Kinn und den Hals nach unten. Je härter er hineinstieß, desto mehr lief hinaus.

Er stieß in meinen Mund, seine Augen die ganze Zeit starr auf mir. »Genau so.« Seine andere Hand bewegte sich hinter meinem Kopf, und er fuhr fort, hart in mich zu stoßen, nicht ein bisschen Sanftheit in ihm.

Ich schlang meine Hand um seinen Schaft und pumpte ihn, als ich ihn in meinen Mund zog und erregter wurde, je länger ich ihn schmeckte. Seine Lusttröpfchen liefen in meinen Mund und ich konnte sie auf der Rückseite meiner Zunge schmecken.

»Fass meine Eier an.«

Meine Finger wanderten zu seinem Sack und ich massierte die empfindliche Haut, während ich seinen Schwanz mit meinem Mund saugte. Ich holte Luft, wann immer sich die Gelegenheit bot, aber er ließ mir nicht viel Zeit dazu. Sein Schwanz wurde die meiste Zeit tief in mich hineingestoßen und egal wie sehr er sich bemühte, er konnte ihn nicht komplett in meinen Hals bekommen. Er war einfach zu lang und ich war zu klein. Aber das hielt ihn nicht davon ab, gleichzeitig zu stoßen und mich festzuhalten.

Seine Aggressivität sollte mich stören, aber es war genau das Gegenteil. Ich liebte es, wie aggressiv er mich wollte, wie sehr er mich brauchte, um die Lust, die ich in ihm erweckte, abzubauen. Nach den schmutzigen Worten, die ich zu ihm gesagt hatte, konnte ich ihm keine Schuld daran geben, dass er meinen Mund so fickte.

Er starrte die ganze Zeit in meine Augen, seine Oberschenkel spannten sich mit jedem Stoß, den er ausführte. »Schluck.«

Er war im Begriff zu kommen. Meine Pussy zog sich zusammen und ich wollte seinen Samen in meinem Hals und in meinem Bauch. Ich war noch nie besonders scharf auf das Sperma eines Mannes, aber jetzt wollte ich es unbedingt. Als es einen kurzen Moment zum Atmen gab, stöhnte ich: »Gib es mir.«

Seine Finger gruben sich in meine Kopfhaut und er stöhnte laut. »Oh Fuck!« Er schob seinen Schwanz weit in mich und zwang meinen Kopf in seinen Schritt, damit er so viel wie möglich von seiner Länge in mich hineinbrachte. Dann kam er, spritzte seinen heißen Samen bis tief in meine Kehle und erstickte mich fast. Er gab mir so viel und ich spürte, wie es mir durch den Hals und in den Bauch rutschte.

Als er zufrieden war, zog er endlich seinen erschlaffenden Schwanz aus meinem Mund. Er sah mich an, als hätte er mich noch nie gesehen. Ehrfurcht und Verlangen lagen schwer in seinem Blick und es schien, als wollte er mich jetzt noch mehr.

Seine Hände griffen nach oben und drückten meine Titten durch meinen BH, sein Mund saugte und leckte meine Pussy, als würde er verhungern. Er leckte mich, genoss es wie ein Festmahl. Er umkreiste meinen Kitzler fester und mit einem Zungenschlag warf mich über den Rand.

Ich bog meinen Rücken über der Matratze und zog sein Gesicht tiefer in mich hinein. »Ja ... ja.« Meine Finger schnitten fast in seine Kopfhaut und meine Brustwarzen waren schärfer als der Rand eines Messers. Ich sah den Kosmos und den Himmel, als mich Euphorie überkam. Es war so gut, dass ich kaum atmen konnte. Ich schnappte nach Luft, aber es war nie genug. Ich war in einem Moment der reinen Glückseligkeit, konnte nicht denken— nur fühlen.

Calloway zog seinen Mund weg, als ich fertig war, seine Lippen von einem Film meiner Erregung bedeckt. Er bewegte sich über meinen Körper und küsste meinen Bauch und meine Brust, bis er auf mir ruhte und seine Lippen nahe bei meinen waren. »Du bist ein Tier.« Er küsste mich sanft auf die Lippen, im direkten Gegensatz zu der Härte, die er mir gerade gezeigt hatte. »Genau wie ich.«

8

Calloway

Sie musste am Morgen zur Arbeit, also versuchte sie gar nicht erst, hier zu schlafen.

Das war eine Erleichterung.

Ich konnte für vier Wochen auf Sex verzichten, so unmöglich es mir anfangs erschien, aber ich konnte mein Bett nicht mit jemandem teilen. Das war eine harte Grenze, aber es gab keinen Weg dran vorbei. Wenn sie wirklich die Nacht hier verbringen wollte, hatte ich ein Ersatzschlafzimmer für sie. Aber da unsere Beziehung anders war als die üblichen, die ich sonst hatte, würde es ein schwieriges Gespräch werden.

Ich hoffte, dass ich es so lange wie möglich vermeiden konnte.

Ich ging spät in der Nacht in die *Ruine*, um ein paar Dinge zu überprüfen. Ich konnte nicht tagsüber hingehen, weil ich dann bei *Humanitarians United* gebraucht wurde, also war spät abends die beste Zeit dafür. Und wenn ich Rome weiterhin traf, konnte ich mein Geschäft nur betreiben, wenn sie bei sich zu Hause schlief.

Ich fühlte mich unehrlich, weil ich ihr nichts von meinem anderen Geschäft erzählt hatte, aber zur gleichen Zeit ging ich nicht davon aus, dass es sie etwas anging. Sie hatte auch nur wenig von ihrer Vergangenheit preisgegeben, sodass ich mich nicht dazu verpflichtet fühlte, mehr von mir selbst offenzulegen. Außerdem würde sie es nie verstehen.

Als wir letzte Nacht herumgemacht hatten, überraschte sie mich mit ihrer Aggression. Sie sagte die dreckigsten Dinge, die ich je gehört hatte, Worte, die mich so hart machten, dass mein Schwanz tatsächlich weh tat, und sie blies wie ein olympischer Kämpfer. Vielleicht würde sie die *Ruine* doch verstehen, wenn ich ihr eine Chance gab.

Aber jetzt war nicht die Zeit.

Wenn wir endlich anfingen zu ficken, hätte ich eine bessere Vorstellung davon, ob sie dazu passte oder nicht. Sie schien aufgeschlossen, intelligent und sie hatte ein deutliches Talent, wenn es um Vorspiel ging, also könnte es so funktionieren, wie ich es wollte.

Sie wäre so eine unglaubliche Sub.

Ein paar Mal war ich unvorsichtig. Zum Beispiel der Vorfall mit John, als ich sofort wusste, dass ich es kaputt gemacht hatte. Rome war richtig sauer auf mich, bis ich nett zu dem Typen war. Und das zweite Mal war, als ich sie wie eine Sub behandelte und ihr befahl, meinen Schwanz zu lutschen.

Zum Glück folgte sie.

Aber ich musste von nun an vorsichtiger sein. Wenn ich zu stark kam, konnte ich sie ganz vergraulen. Und ich konnte es mir nicht leisten, diese Frau zu verlieren. Sie tat unglaubliche Dinge mit mir. Nur ein einfacher Blick war genug, um mich hart zu machen. Keine Frau hatte jemals diesen Einfluss auf mich. Keine Frau hatte mich jemals für vier Wochen enthaltsam gemacht.

Es war ein Rekord.

Ich bewegte mich durch die Menge der Tänzer auf der Tanzfläche und an der Bar vorbei, bevor ich mein Büro an der Rückseite betrat. Unterwegs sah ich, wie Jackson mit einer Frau mit Gasmaske tanzte. Ich hoffte, er würde mich nicht sehen.

Natürlich tat er es. »Ich habe mich gefragt, wann du dein Gesicht wieder hier zeigen würdest.«

Ich ging ins Büro, ignorierte ihn und knöpfte die Vorderseite meines Anzugs auf, bevor ich mich in meinen Ledersessel setzte. »Ich habe mich gefragt, wann du dich von deiner Freundin da draußen lösen würdest.«

Er ließ sich auf die Couch neben meinem Schreibtisch fallen; wie immer trug er einen marineblauen Anzug mit einer Weste darunter. Schwarz und Blau. Das waren die beiden Farben, die wir gewöhnlich trugen. Wir sahen uns so ähnlich, dass uns die Leute manchmal nicht auseinanderhalten konnten. Aber ich trug immer schwarz und er trug immer blau. Das half den Leuten für gewöhnlich. »Wie geht es ihr?«

Ich nahm an, er sprach über Isabella. »Wir haben geredet. Sie hat mich verärgert. Ende der Geschichte.«

»Was ist mit dem Anfang? Und der Mitte?«

»Nichts Wesentliches«. Isabella *hatte* mich verärgert. Sie wurde anhänglich und jetzt verfolgte sie mich mit ihrer Niedergeschlagenheit. Ich wich nie von unserer Vereinbarung ab. Sie tat es. Aber irgendwie war ich schuld daran. »Sie ist sauer auf mich und sie wird noch lange Zeit verärgert sein.«

»Es ist wegen Rome, nicht wahr?«

Ich mochte es nicht, wenn er ihren Namen sagte. Viel zu besitzergreifend. Ich wollte der einzige Mann sein, der jemals ihren Namen sagen würde, aber natürlich war das lächerlich, bis sie meine Sub wurde. Dann könnte ich ihr einen ganz neuen Namen geben. »Sie macht sie dafür verantwortlich, dass ich wegen ihr unsere Beziehung beendet habe. Ich erklärte ihr, dass das nicht der Fall war. Ich hätte sie auf jeden Fall verlassen. Sie sieht es nicht so.«

»Frauen sind eifersüchtig. Führt kein Weg dran vorbei.«

»Wenn sie erwartet, dass ich mich schlecht fühle: Das werde ich nicht.« Sie konnte drohen, von einem Gebäude zu springen und ich würde trotzdem nicht einlenken. Ich war schon einmal Gefangener und ich würde diesen Weg nicht noch einmal gehen. Das war einer der Gründe, warum ich jetzt ein Leben in Dominanz führte. Niemand konnte ein Tier wie mich einsperren.

»Was jetzt?«

Ich zuckte mit den Schultern. »Ich habe versucht, einen neuen Dom für sie zu finden, aber sie wollte keinen. Sie ist jetzt alleine.«

»Ich frage mich, ob sie hierher zurückkommen wird.«

»Ich hoffe nicht.« Ich hoffte, dass ich sie nie wiedersehen würde. Wenn Isabella unsere Trennung erwachsen gehandhabt hätte, hätten wir gute Freunde bleiben können. Ich hätte sie noch respektiert und gemocht. Aber dieses kindische Verhalten ließ mich die Gesamtheit unserer Beziehung in Frage stellen. Wie ein Nebelschleier lies es mich fragen, was wir aneinander wirklich hatten.

»Also, wie geht es mit Rome?« Er lehnte sich zurück und schlug die Beine über.

Ich besprach keine persönlichen Probleme mit meinem Bruder, aber ich wusste, dass er nicht aufhören würde, mich zu fragen, bis er eine Antwort erhielt. »Es ist in Ordnung. Sie will vier Wochen lang keinen Sex haben.«

»Was?« Sein Kiefer fiel herunter. »Ist das ein schlechter Scherz?«

Ich wünschte es. »Nein.«

»Und du warst einverstanden?«

Weil ich offenbar wahnsinnig war. »Ja.«

Er starrte mich mit einem schockierten Ausdruck an. »Wird diese Frau jemals deine Sub sein? Oder ist sie nur eine ganz normale Frau?«

»Sie wird. Ich brauche nur etwas Zeit mit ihr. Wenn sie langsam machen will, werde ich es tun.«

»Aber warum? Warum warten? Such dir jemand anderen.«

Ich wollte niemand anderen. »Wir machen rum, also ist das okay.«

»Aber warum will sie warten? Worum geht es?«

Ich hatte immer noch keine Antwort darauf. »Bin nicht sicher. Sie ging nicht näher drauf ein.«

Er verschränkte die Arme vor der Brust, seine blauen Augen wirkten konzentriert, als er die Antwort auf seine eigene Frage zu finden versuchte.

Er sollte das Denken mir überlassen.

Er schnippte mit dem Fingern, als er die Antwort fand. »Sie ist noch Jungfrau. Sie muss eine sein.«

Ich hätte fast gelacht, weil es lächerlich war. »Vertrau mir, das ist sie nicht.«

»Wie willst du das wissen, wenn du sie nicht gefickt hast?«

»Glaub mir, sie ist sehr erfahren. Sie hat mir einen geblasen wie noch keine. Und sie macht Dirty Talk wie niemand sonst.«

»Aber was ist, wenn sie es doch ist?«

Ich machte nicht mit Jungfrauen rum. Ich habe ein paar Mädchen entjungfert, als ich noch ein Teenager gewesen war, aber seitdem nicht mehr. Es führte immer zu einer emotionalen Bindung und die Frauen erwarteten, dass es ein großartiges Abenteuer wäre, auf das sie voller Zärtlichkeit zurückblicken würden. Sie dachten, ich wäre der Beginn einer langen Beziehung, vielleicht sogar der zukünftige Ehemann. Keinesfalls würde ich so etwas anfangen. »Ist sie nicht.«

Mit dieser Erklärung zog sich Jackson zurück. »Hmm ... warum dann?«

»Sie sagte, sie will es langsam angehen. Das ist alles, was ich weiß.«

»Klingt fast, als ob sie Liebe und Blumen wollte. Und wir wissen beide, dass das nie funktionieren wird.«

Ich hatte auch den Eindruck. Sie wollte einen Ritter

in glänzender Rüstung, einen charmanten Prinzen. Vielleicht war das der Fall. Aber sobald sie mir vertraute, konnte ich ihr ein neues Leben zeigen, das sie noch nie zuvor in Betracht gezogen hatte. Sie würde es lieben und in die Dunkelheit eintauchen. Gemeinsam könnten wir ein Dom und eine Sub sein, die jede Fantasie auslebten, die uns in den Sinn kam. Aber ich musste geduldig sein und auf den richtigen Zeitpunkt warten. »Sie wird ihre Meinung ändern, wenn ich ihr genug Zeit gebe.«

»Und was ist, wenn sie es nicht tut?«

Die Antwort war einfach. »Dann gehe ich.«

»Du würdest diese Frau wirklich aufgeben?« Er hob zweifelnd eine Augenbraue. »Du hast deine Beziehung mit einer schönen Frau beendet und die neue wie ein Wahnsinniger gestalkt. Ich glaube nicht, dass du sie so leicht aufgeben kannst.«

Ich fühlte etwas Besonderes für diese Frau - daran bestand kein Zweifel. Aber wenn wir uns darüber nicht einigen konnten, würde ich gehen müssen. Es gab keinen anderen Weg. »Ich kann. Und ich werde.«

In meiner Mittagspause besuchte ich sie in ihrem Büro. Ich hatte den ganzen Morgen über sie nachgedacht und konnte sie einfach nicht aus meinem Kopf verbannen.

Obwohl ich hungrig auf Essen war, war eigentlich sie es, auf die ich wirklich hungrig war.

Ich trat ein und sah sie an ihrem weißen Schreibtisch sitzen. Ein Becher stand darauf, über dessen Rand die Schnur eines Teebeutels hing. Ihr Haar war in wundervolle Locken gestylt und ihre grünen Augen starrten auf ihren Laptop. Sie trug ein weißes Kleid und eine dunkle Strumpfhose, um ihre Beine warm zu halten.

Sie sah auf, als hätte sie erwartet, einen Kunden zu sehen. »Ich bin sofort bei Ih—« Sie hielt inne, als sie erkannte, dass ich es war. »Oh, hey. Ich habe dich nicht erwartet.«

Ich wollte die Spannung halten, indem ich immer spontan auftauchte und sie nie wusste, wann ich vorbeikommen würde. Dann konnte ich mir nehmen, was ich wollte. Ich ging zum Schreibtisch, beugte mich darüber und gab ihr einen weichen Kuss auf die Lippen. »Hallo.« Beim letzten Kuss konnte ich mein Sperma auf ihren Lippen schmecken. Jetzt schmeckten sie einfach nach Himbeer-Lippenbalsam.

Sie schmolz sichtbar unter mir dahin, wurde durch meine Berührung genauso elektrisiert wie ich von ihrer. Ihr Blick wirkte lasziv und verliebt, als ob sie mit mir in einem kühlen und abgedunkelten Schlafzimmer allein sein wollte. »Was für eine tolle Überraschung.«

»Ich wollte sehen, ob du Lust auf ein Mittagessen

hast.« Ich warf ihr einen heißen Blick zu, um ihr zu zeigen, welche Art von Mittagessen ich mir dabei eigentlich vorstellte. Es war weder mediterran noch italienisch. Es war die süße und gleichzeitig salzige Delikatesse zwischen ihren Beinen. Ich hatte nichts dagegen, Pussys zu lecken, aber aus irgendeinem Grund liebte ich es besonders, ihre zu schmecken. Sie war so verdammt süß, wie Ananas.

Sie verstand meine Anspielung sofort, denn ihre Wangen erröteten. »So appetitlich das klingt …«

Die Tür öffnete sich, und Christian trat in Designer-Anzug und Krawatte ein. Er sah aus, als gehörte er in die Wall Street, mit seinem perfekt gestylten Haar und dem glatt rasierten Gesicht. Er trug eine dicke Jacke gegen die Kälte und seine schwarzen Schuhe glänzten immer noch, trotz des Matsches in der Stadt. »Beeindruckend. Ich hätte nie gedacht, dass ich mich mal so freuen würde, einen anderen Typen zu sehen.« Er streckte die Hand aus und schüttelte meine. »So, ihr seht euch also?«

Rome sah wegen der Einmischung ihres Bruders peinlich berührt aus.

»Ja.« Ich steckte meine Hand in die Tasche zurück. »Schon seit ein paar Wochen.«

»Das ist ja so verdammt großartig.« Er stieß die Faust in die Luft. »Meine Schwester ist endlich keine Verliererin mehr.«

Nicht, dass ich mich interessieren sollte, aber es

gefiel mir, dass sie nicht in der Dating-Szene aktiv war. Die Tatsache, dass sie eine Ausnahme gemacht hatte, sagte mir, dass ich eine ernsthafte Chance hatte, zu bekommen, was ich wollte. Und ich wollte ihr einziger Dom sein.

»Halt den Mund, Christian.« Rome packte ihren Laptop in ihre Tasche und stand auf. »Ansonsten gehen wir nicht zum Mittagessen.«

Christian drehte sich zu mir. »Willst du mitkommen, Mann?« Der Überschwang in seinen Augen sagte mir, er würde ein Nein nicht als Antwort akzeptieren. Da er nicht mit Rome verwandt war, hätte ich ihn auch als Bedrohung sehen können, aber es war offensichtlich, dass er nichts von ihr wollte. Irgendwie sah er sie wirklich als eine kleine Schwester an— weshalb ich ihn ungeheuer mochte.

»Er kann nicht«, unterbrach Rome. »Er hat Pläne.«

»Pläne mit dir.« Ich drehte mich zu ihr um, meine Mundwinkel von einem Lächeln angehoben. Ich wusste genau, warum sie das sagte. Sie wollte nicht, dass ihr Bruder sie in noch mehr Peinlichkeiten verstrickte, als er es ohnehin schon getan hatte, aber ich wollte jede Information über sie haben, die ich bekommen konnte. Vielleicht würde er während des Mittagessens einige Geheimnisse ausplaudern. Ich konnte mir die Gelegenheit nicht entgehen lassen.

Jetzt starrte sie mich an.

»Dann ist es ausgemacht.« Christian klatschte einmal die Hände und wandte sich zur Tür. »Lass uns zu dem Deli gehen, gerade die Straße hinunter.« Er ging hinaus und wartete draußen auf uns.

Ich sah Rome an und liebte den irritierten Blick in ihren Augen. »Nach dir.« Ich deutete auf die Tür und wartete, dass sie vorausging.

»Ich entschuldige mich im Voraus.« Sie ging an mir vorbei.

»Wofür?«

»Dafür, dass du Zeuge sein wirst, wenn ich meinen Bruder umbringe.«

Ich begann ein Muster zu bemerken.

Genau wie Rome, bestellte sich auch Christian einen Salat. Ein winzig kleiner Salat mit etwas Huhn oben drauf. Rome tat es ihm gleich und sie teilten sich eine einzige Tüte Chips. Sie aßen beide konzentriert jeden einzelnen Bissen von ihrem Teller und wischten ihn sauber.

Was zum Teufel?

Ich bestellte ein großes Hähnchen-Sandwich mit Avocado und allem anderen, was es gab und es war so lecker, dass ich ein schlechtes Gewissen hatte, nachdem die beiden anderen Kaninchenfutter aßen. Christian arbeitete an der Wall Street, also wusste ich, dass seine Ernährungsform nicht von Geldmangel herrührte. Aber woher kam sie dann?

»Also ... es wird ziemlich ernst, nicht wahr?« Christian musterte uns von seinem Platz auf der anderen Seite des Tisches.

»Christian, nicht.« Rome hatte eine deutliche Warnung in ihrer Stimme, aber nicht genug, um ihn zu stoppen.

»Was?«, fragte er in gespielter Beleidigung. »Ich bin nur neugierig. Wenn der Kerl schon so lange mit dir ausgeht, muss er wirklich was von dir wollen. Warum sonst würde er es sonst mit dir aufnehmen?«

Ich mochte diesen Kerl.

Ich dachte immer, Brüder sollten beschützen und fürsorglich sein, aber er war nichts dergleichen. Er brachte Rome dazu, Dinge zu tun, die sie normalerweise nicht tun würde und hatte mich nicht einmal in einer Fragerunde über meine Absichten, mein Einkommen, oder meine Vergangenheit in Punkto Beziehungen ausgefragt. Er hatte mich einfach akzeptiert— genau so, wie ich war.

»Kümmere dich um dein eigenes Zeug, okay?« Rome warf die leere Chipstüte in seine Richtung. Sie flog nur kurz durch die Luft, bevor sie dann harmlos nach unten driftete.

Christian betrachtete sie mit einem süffisanten Blick. »Autsch.«

Sie rollte mit den Augen. »Sei einfach cool, in Ordnung?«

»Bin ich«, argumentierte er. »Das ist der erste Typ, den ich gesehen habe seitdem—«

»Ist das Scarlett Johansson?« Sie deutete über die Schulter zur Tür.

»Oh mein Gott.« Er drehte den Kopf zur Tür und sprang von seinem Stuhl auf. »Wo? Ich muss sie bitten, mich zu heiraten. Ich hatte es vor.«

Ich kicherte leise.

Rome seufzte, als sie dadurch erreicht hatte, was sie sich vorgenommen hatte.

Als Christian erkannte, dass die Schauspielerin nicht da war, drehte er sich um. »Was zum Teufel? War sie wirklich da?«

»Ja«, log Rome. »Sie muss schon gegangen sein. Du weißt, die New Yorker sind schnell.«

»Verdammt.« Er schlug mit der Hand auf den Tisch. »Meine zukünftige Frau flutscht mir aus der Hand …«

»Du hast das Gleiche über Blake Lively und Kate Beckinsale gesagt.«

»Ich bin Mormone«, sagte er. »Ich kann drei Ehefrauen haben.«

Jetzt lachte ich tatsächlich.

»Wenn du Manns genug wärst«, murmelte Rome.

»Oh, ich bin Manns genug.« Christian deutete mit dem Daumen an seine Brust. »Glaub mir das. Patricia ruft mich seit unserem Date im Klo ständig an. Die Damen wollen immer mehr von mir.«

Na ja, Patricia war eine Hure, also war das nicht verwunderlich.

»Lass uns das Thema wechseln, bevor ich kotze«, sagte Rome.

»Gute Idee.« Christian sah mich wieder an. »Also, werden wir uns in Zukunft öfter sehen?«

»Christian!« Rome machte sich bereit, ihn zu schlagen. Sie packte mich am Arm. »Ignoriere ihn einfach. Ich schwöre, er versucht mich in—«

»Ja.« Ich sah ihm in die Augen, während ich sprach. »Ich bleibe so lange hier, wie Rome mich hier haben will.«

Ihre Hand löste sich sofort von meinen Arm, überrascht von dem, was ich sagte.

Christian nickte mit einem Lächeln. »Super. Also, sollten wir mal was zusammen unternehmen? Um uns gegenseitig kennenzulernen?«

Ich hatte noch nie Familienmitglieder getroffen. Aber Christian war mit ihr in der Nacht, in der wir uns getroffen hatten, unterwegs gewesen, und ich mochte den Kerl. Es war nichts dabei und ich hatte nichts dagegen, ihn kennen zu lernen. Eigentlich waren wir uns sehr ähnlich. »Ja.«

»Cool«, sagte Christian. »Willst du heute Abend mit in einen Strip-Club gehen?«

Rome verengte ihre Augen. »Du nimmst Calloway nicht mit in einen Strip-Club.«

»Sowieso nicht mein Ding.« Ich sagte das nicht, um Christian dazu zu bringen, mich zu mögen. Ich bevorzugte wirklich Clubs wie die *Ruine*. Dort tanzten Frauen nicht herum, damit man sie nur anstarrte. Stattdessen ging man hin und nahm sich, welche man wollte und dominierte sie. Das war die Art von Lust, die ich genoss.

»Langweilig«, sagte Christian. »Gerade, als ich dachte, dass ich dich mag.«

Ich schmunzelte.

»Willst du morgen mit mir und ein paar Freunden zum Yankee-Spiel gehen?« fragte er. »Ich habe ein Ticket übrig.«

Ich hielt Sport nicht für eine Religion, aber mochte ihn. »Hört sich cool an.«

»Du musst wirklich nicht mit ihm rumhängen«, sagte Rome. »Es ist keine große Sache—«

»Ich möchte.« Rome wollte uns auseinanderhalten, das war klar, aber ich wollte Christian näherkommen. Der beste Weg, um ihre Vergangenheit auszugraben, war der über jemandem, der sie besser kannte als jeder andere.

Christian nickte zustimmend. »Rome, ich mag

diesen Kerl wirklich. Behalte ihn und gib ihm eine echte Chance.«

Eine echte Chance, hm? Das war interessant. »Sie hat keine andere Wahl. Sie muss mit mir auskommen.« Ich legte meinen Arm um ihre Schultern und hielt sie fest, als ob sie mir persönlich gehörte.

Romes Wangen wurden rot und sie versuchte, ein Lächeln zu verbergen.

Sie sollte meine Worte wörtlich nehmen— denn das war genau das, was ich gemeint hatte.

9

Rome

»Du musst dich entspannen.« Ich brachte die Flasche Wein zu dem kleinen Couchtisch in meiner Wohnung. Ich entfernte den Korken und goss zwei Gläser ein, während ich auf dem Boden saß und Christian auf dem einzigen vorhandenen Stuhl.

»Ich? Nein.« Er schwenkte den Wein, bevor er einen Schluck nahm.

»Es ist mein Ernst. Ich mag diesen Typen.«

»Ich weiß.« Er wackelte mit den Augenbrauen. »Er ist ein Hengst.«

»Hör auf ihn anzugaffen.«

»Mache ich nicht. Ich habe nur einen gesunden

Respekt für gutaussehende Menschen. Wenn er nicht nur Augen für dich hätte, würde ich ihn bitten, mit mir zusammen Mädels aufzureißen. Himmel, wir würden jede Bar in Manhattan beherrschen. Frauen und ihre besten Freundinnen würden Schlange stehen für einen Ritt auf dem Pony Express.«

Erbrochenes stieg in meinen Mund hoch wie Lava in einem Vulkan. »Sei nicht ekelhaft. Ich bin deine Schwester.«

»Ich bin nicht ekelhaft. Ich bin nur ich selbst.«

Christian meinte es gut und ich wusste, dass er ein Herz aus Gold hatte, also war es mir unmöglich, wütend auf ihn zu sein. Seine gesprächige Natur und sein ständiges Bedürfnis, einen Witz zu reißen, das machte ihn liebenswert, obwohl er auch sehr nervig sein konnte. Trotz alldem, was er durchgemacht hatte, sah er die Welt noch immer positiv. Menschen waren von Haus aus gut und er glaubte, sie würden immer das Richtige tun, wenn sie vor einer schwierigen Entscheidung standen. »Rede einfach nicht über mich, wenn du heute Abend mit ihm ausgehst.«

»Wie soll ich das machen?«, fragte er ungläubig. »Der einzige Grund, warum wir Zeit miteinander verbringen, bist doch du.«

»Ich meine nur, erzähl ihm nichts zu persönliches. Wir sind noch ziemlich frisch zusammen und es gibt jede Menge Dinge, die er von mir noch nicht weiß.« Ich wollte nicht gerne über die Vergangenheit reden, weil sie für uns beide düster war, aber ich musste meinen Standpunkt klarmachen.

»Er weiß noch nichts?« Seine Augenbraue hob sich nach oben und er hielt sein Glas nachdenklich in der Hand. Es war schon halb geleert und er würde gleich Nachschub brauchen.

»Nein.«

»Warum?«

»Wir sehen uns erst seit ein paar Wochen. Ich will nicht meinen ganzen emotionalen Mist auf ihn werfen.«

Er starrte in sein Weinglas, dann schwenkte er es, ohne einen Schluck zu nehmen. Als er dann seufzte und das Glas abstellte, wusste ich, dass ein ernstes Gespräch auf mich zukam. »In Ordnung, du kennst mich. Ich mag es nicht, so ernsthaft mit dir zu reden und den ganzen Mist. Aber es gibt ein paar Dinge, die ich dir sagen muss. Zunächst einmal meint es dieser Kerl ernst. Woher ich das weiß? Glaube mir, ich weiß es. Ich bin selbst ein Kerl und ich verstehe Jungs.«

Ich hoffte, dass Calloway es wirklich ernst meinte, weil mir so unendlich viel an ihm lag. Meine Oberschenkel wollten seine Taille umschlingen, während er seinen Schwanz in mich rammte. Mein Körper summte, wann immer mir er nahe war und er ließ mich so hart kommen, dass ich mich wie die heißeste Frau der Welt fühlte. Darüber hinaus war er lieb und nett und hatte sein Herz am rechten Fleck. Es gab wohl nichts attraktiveres, als einen großzügigen Mann, der sein Leben damit verbrachte, anderen Menschen zu helfen. Er war so perfekt, dass ich mich fragte, ob er wirklich Realität war. Es musste doch irgendetwas geben, er musste eine Leiche im Keller haben.

»Zweitens: Du kannst keine Beziehung zu ihm unterhalten, wenn du nicht ganz ehrlich mit ihm bist. Also versteck deine Vergangenheit nicht, als ob du dich dafür schämen würdest. Es ist ein Haufen Mist passiert, aber du bist da rausgekommen. Sieh dich jetzt an. Du bist die stärkste Frau, die ich je getroffen habe. Wenn er es weiß, dann wird es nur dazu führen, dass er dich noch mehr bewundert. Und wenn er es nicht tut ... ist er nicht Manns genug für dich.«

»Er ist auf jeden Fall Manns genug.« Es gab gar keinen Zweifel. Er war der stärkste und selbstbewussteste Mann, dem ich jemals begegnet war. Es war kein Wunder, dass meine Knie schwach wurden wegen ihm. Ich war mein ganzes Leben lang auf der Suche nach jemandem wie ihm gewesen und die Vorstellung, ihn jetzt gefunden zu haben, machte mir plötzlich tief in meinem Innersten Angst.

Denn was war, wenn ich falsch lag?

»Das ist lieb von dir, Christian.« Er ärgerte mich, wie es wohl jeder Bruder auf der Welt tat, aber ab und zu machte er mir Komplimente wie sonst niemand. Er log mich nie an und wenn er also etwas Nettes sagte, kam es von Herzen. »Aber es ist sehr früh in unserer Beziehung und er ist nicht einmal mein fester Freund.«

»Er sieht das wohl anders.«

Er hatte uns so bezeichnet, als wir am vergangenen Wochenende zusammen bei der Essensausgabe gearbeitet hatten. Damals dachte ich, er sei nur eifersüchtig und besitzergreifend. Wir hatten nicht miteinander darüber gesprochen und ich dachte, dass es zu früh sei, anzunehmen, dass wir ein Paar wären. Ich mochte ihn wirklich, aber ich war nicht völlig blind vor Liebe. »Er ist nur ...« Ich suchte nach einer Erklärung, aber ich konnte keine plausible finden. »Sag ihm einfach nichts. Wenn ich so weit bin, werde ich selbst mit ihm sprechen.«

Christian würde meine Wünsche respektieren, auch wenn er sich jetzt darüber lustig machte. Das war sicher. »Wie auch immer, Ro. Prince Charming liegt dir zu Füßen, aber du hast Angst, ihn näherkommen zu lassen.«

Ich wechselte das Thema, weil mir dieses Gespräch zu tiefschürfend war– und sich immer wiederholte. »Willst du *Stirb Langsam* sehen?«

»Ja, Gott sei Dank.« Er drehte sich zum Fernseher. »Ich hasse diese Klatschmädchenabende.«

Gegen Ende des Films klopfte es an der Tür.

»Wer kommt um zehn noch vorbei?«, fragte Christian von seinem Platz auf der Couch aus. »Ist es vielleicht Prince Charming?«

»Nenn ihn nicht so.« Calloway war so männlich, dass Prince Charming im Vergleich zu ihm aussah, wie ein Mädchen. Er war nicht biegsam und zerbrechlich. Er war autoritär und mächtig. Er akzeptierte, dass ich auf mich selbst aufpassen konnte und respektierte es. Er war viel besser als Prince Charming.

»Du hast Recht«, sagte Christian. »Das würde dich zu einer Prinzessin machen. Und du bist viel zu hässlich, um eine Prinzessin zu sein.«

Ich schaute durch das Guckloch und sah Jacob auf der anderen Seite. Ich hatte schon vermutet, dass er es war. Er war der einzige Mensch, der um diese Zeit zu meiner Wohnung kam. Er trug einen ausgebeulten Pullover mit Löchern an den Ärmeln und sein Rucksack hing über seiner Schulter.

Ich öffnete die Tür. »Hey, Honey.« Er kam nur, wenn sein Vater wieder mal trank und die kleine Wohnung, die sie in Brooklyn hatten, verwüstete. Es gab nicht viele Orte für Jacob, wo er sich verstecken konnte, sodass ich ihm gesagt hatte, er könnte immer hierherkommen. Ich lächelte und versuchte, ihn von seinen schweren

Gedanken abzulenken. »Ich habe dich vermisst.« Ich zog ihn an mich und umarmte ihn so, wie seine Mutter es nie tat.

»Hey, Ro«, sagte er leise. »Macht es dir was aus wenn ich—«

»Ich war gerade dabei, eine Pizza zu bestellen. Bist du hungrig?«

»Ja, sicher.«

»Gut.« Ich führte ihn hinein und deckte den Tisch für ihn. »Wir haben gerade einen Film angesehen.«

Christian winkte. »Hey, Jacob. Wie geht's?«

Jacob nickte zurück. »Gut. Ihnen?«

»Ich schaue *Stirb Langsam* und trinke Wein dabei«, antwortete Christian. »Also kann ich mich nicht beklagen.«

Jacob lächelte ein wenig und setzte sich dann an den Tisch.

»Willst du den Film mit uns anschauen?« fragte ich. »Wir haben ihn sicher schon eine Million Mal gesehen, aber er ist Christians Lieblingsfilm.«

Christian stieß seine Faust in die Luft. *»Stirb Langsam!«*

Jacob kicherte. »Nee, es ist okay. Ich muss noch Hausaufgaben machen.«

»In Ordnung. Wir werden versuchen, leise zu sein.« Ich klopfte ihm auf die Schulter, lächelte ihn noch mal an und fühlte, wie meine Brust wegen dieses erstaunlichen Jungen schmerzte. Er arbeitete so hart, und er war so nett, aber sein Vater schätzte ihn überhaupt nicht. Es brach mir jedes Mal das Herz. Ich hatte mich schon öfter mit der Polizei und den Sozialdiensten in Verbindung setzen wollen, aber Jacob hatte mich gebeten, es nicht zu tun. Er hatte gesagt, er würde mir niemals verzeihen, wenn ich es täte. »Die Pizza wird bald hier sein.«

»Danke, Ro.« Er öffnete sein Lehrbuch und die Mappe und begann zu arbeiten.

Ich kehrte auf die Couch neben Christian zurück.

Mein Bruder warf mir ein grimmiges Lächeln zu und legte dann seinen Arm um meine Schulter. Er umarmte mich kurz und sagte mir auf diese Weise alles, was er nicht mit Worten sagen konnte. Dass er stolz war auf mich, weil ich jemandem half, der sich nicht selbst helfen konnte, wohl wissend, dass wir, als wir in diesem Alter waren, nicht so viel Glück gehabt hatten.

10

Calloway

Christian stellte mich den Jungs vor, bevor wir den Park betraten. Jung und wohlhabend, stanken sie nach Wall-Street- Erfahrungen und Geld. In Jeans und Polohemden sahen sie aus, als wären sie in den Hamptons aufgewachsen und erst zum Geld verdienen in die Stadt gezogen. Christian war ihnen in manchem ähnlich, aber alles in allem war er nicht wie die beiden anderen.

Wir schlenderten zum Imbissstand und, nicht überraschend, bestellte Christian sich nur eine Tüte Chips und ein Bier zum Mittagessen. Ich liebte das Essen im Ball Park, sodass ich mir den Chili Hot Dog mit Pommes bestellte, ohne mich dafür zu schämen. Wir nahmen unsere Plätze in der Nähe der Spielerbank ein, beobachteten das Spiel, beschimpften die Spieler der gegnerischen Mannschaft und ließen es uns gut gehen.

Manchmal vergaß ich ganz, dass Christian Romes Bruder war. Er war entspannt und locker und es war nicht schwer, eine echte Männerfreundschaft aufzubauen. Er hatte ein natürliches Charisma, sodass er sich mit jedem verstand und jeder mit ihm befreundet sein wollte. Ich dagegen wirkte nach außen ein wenig abweisend, hatte mir einen so harten Panzer zugelegt, dass es nahezu unmöglich war, ihn zu durchbrechen. Christian aber bemerkte das anscheinend nicht.

Beim fünften Inning erwähnte ich Rome zum ersten Mal. »Was sagt Rome über mich?«

Christian grinste, bevor er einen Schluck von seinem Bier nahm. »Du willst die Exklusivberichterstattung?«

»Ja. Will sie wirklich was von mir? Oder muss ich meine Bemühungen verstärken?«

»Nee, deine Bemühungen sind gut. Sie ist begeistert.«

Super! »Cool.« Rome hatte eine hohe Mauer zwischen uns aufgebaut und hielt mich immer in sicherer Entfernung. Aber wenn wir miteinander rummachten, konnte sie gar nicht genug von mir bekommen. Sie zog mich dann immer näher zu sich heran, entweder meine Hüften oder mein Gesicht. »Manchmal werde ich aus ihr nicht schlau.«

»Du und jeder andere Mann in ganz Amerika.« Er kicherte über seinen eigenen Scherz und griff dann in seine Chipstüte. »Auch ich werde aus ihr manchmal nicht schlau. Sie setzt eine mutige Fassade für die böse Welt da draußen auf, aber sie hat genau solche Ängste, wie alle anderen auch.«

»Angst vor was?«

»Du weißt schon, verletzt zu werden. Fehler zu machen. Solch ein Mist.«

Ich wollte mehr wissen, aber ich wusste, dass ich tief nach Antworten schürfen musste. Ein Gentleman würde auf die Dame warten, bis sie ihre Geheimnisse freiwillig preisgab, aber ich war kein Gentleman. Ich war nur aus einem Grund hinter ihr her— um ihr Dom zu werden. »Schlechte Trennung?«

»Das könnte man so sagen.« Danach verfolgte er das Spiel und gab keine weiteren Informationen preis. Er ignorierte meine Fragen wie ein erfahrener Anwalt, der den Richter von einer belastenden Vernehmung ablenkte. »Rome hatte ein hartes Leben. Sie wirkt nicht nur hart, sie ist es auch, aber unter dieser Rüstung ist sie genauso verwundbar wie jeder andere auch.«

Ich trank mein Bier und plante meinen nächsten Schachzug. Dieser Kerl war seiner Schwester treu ergeben und er würde mir kein Wort erzählen, wenn er es nicht für nötig hielt. »Manchmal kommt es mir so vor, als würde sie mich wegschieben. Ich sagte ihr, dass ich ihr Freund sei und sie schien den Gedanken unbehaglich zu finden. Als ich mit unserer Beziehung vorwärtskommen wollte, trat sie plötzlich auf die Bremse. Ich habe schon lange kein Date mehr gehabt, aber ich weiß, dass das sonst nicht so ist.«

»Warum nicht?« Er zwinkerte. »Bist du ein bekomm-sie-und-verlasse-sie Typ?«

»So ähnlich.« Ich würde meine Zeit mit Isabella nicht als Beziehung bezeichnen, eher als Vereinbarung. Ich hatte schon so lange keine Frau mehr nach einem Date gefragt, dass ich mich an das letzte Mal schon gar nicht mehr erinnern konnte. Dates waren etwas, woran ich kein Interesse hatte, bis dieser Feuerball in mein Leben getreten war und meine ganze Welt auf den Kopf gestellt hatte.

»Ich dachte immer, wenn ich die Richtige treffe, werde ich meinen Schwanz in der Hose behalten.« Er nahm ein Kartoffelchip und zermalmte es zwischen den Zähnen. »Aber das ist mir bisher noch nicht passiert. Ich will eines Tages Kinder und ein Haus außerhalb der Stadt. Aber sie muss heiß sein, verstehst du? So heiß, dass der Sex einfach nicht langweilig wird.«

»Ich verstehe.«

»Ist das bei Rome und dir so?«

Die Frage verunsicherte mich, weil sie so persönlich

war. Ich wollte nicht lügen und so tun, als würde ich nach einer Frau suchen, um mich mit ihr niederzulassen. Monogamie war zwar machbar mit dem richtigen Partner, aber Romantik und Ehe ... das würde mir nie passieren. Christian fragte mich direkt, ob Rome diejenige wäre, nach der ich gesucht hatte. »Ich bin mir nicht sicher. Ich weiß nur, dass ich noch nie jemanden wie sie getroffen habe und ich will mehr von ihr, als das, was sie momentan bereit ist mir zu geben.«

»Nun, ich hoffe, du hast viel Zeit, denn das wird eine Weile dauern. Aber du kannst dich glücklich schätzen, denn sie war zumindest freundlich zu dir. Andere Jungs bekommen vielleicht mal ein Date oder zwei mit ihr, bevor sie wieder den Stecker zieht. Und diese Jungs sind normalerweise auch ziemlich nett.«

Was ist anders bei mir?

»Es ist ziemlich sicher, dass du bessere Chancen als irgendein anderer Kerl in dieser Stadt hast. Was auch immer du tust, mach weiter so.«

Alles, was ich tat, tat ich nur, um sie zu besitzen.

Und sie würde Mein sein— irgendwann.

Als ich am nächsten Morgen an meinem Schreibtisch saß, musste ich ständig an Rome denken. Ich stellte mir vor, wie sie unter mir lag, ihre Handgelenke an das

Kopfende meines Bettes gebunden, ihre Beine um meine Taille geschlungen. Ich stieß in sie hinein und beherrschte diese Pussy und machte sie zu meinem Eigentum. Der Gedanke war so erregend, dass ich hart wurde und ernsthaft versucht war, zu wichsen.

Rummachen war befriedigend, aber es war natürlich nicht mit Ficken zu vergleichen. Ich konnte diesen Moment kaum erwarten, in dem sie endlich ihre Beine spreizte und mir erlaubte, sie zu nehmen— mir alles zu nehmen, bis nichts mehr übrig war.

Unsere Abmachung war schon zwei Wochen her.

Zwei weitere lagen noch vor uns.

Es fühlte sich wie eine verdammt lange Ewigkeit an.

Ich richtete meinen Krawattenknoten, bevor ich mein Telefon nahm und ihr schrieb. *Sweetheart.* Ich bemühte mich um ihre Aufmerksamkeit, bevor ich in Punkto Sex weitermachte, wollte, dass sie nur noch mich wahrnahm— in meiner Eigenschaft als Dom.

Die drei Punkte erschienen. *Sexy.*

Meine Augenbrauen hoben sich sofort an bei diesem Spitznamen. Ich erwarte eine Frage als Antwort, kein neckisches Spielchen. *Du kommst heute zum Abendessen. Sei um 7 da.*

Herrisch oder wie?

Baby, du hast keine Ahnung. Glaube ich zumindest.

Was gibt es?

Als Vorspeise: dich. Und als Hauptgang: mich. Sie ahnte

nicht einen Bruchteil von dem, was ich mit ihr machen wollte. Wenn sie es täte, würde sie schreiend davonlaufen.

Hört sich lecker an.

Ich sehe dich um 7. Ohne Höschen.

Entschuldigung? Ich konnte ihr Befremden durch das Telefon hören. Ich konnte mir sie ganz genau vorstellen — eine Hand in die Hüfte gestützt, in ihren Augen loderndes Feuer.

Du hast mich richtig verstanden. Ohne Höschen.

Die drei Punkte verschwanden. Statt besorgt zu sein, dass ich sie damit vergrault hatte, war ich zuversichtlich, sie dadurch mehr an mich zu binden. Ihre Oberschenkel mussten schon angespannt sein und ihre Pussy feucht, wenn sie nur daran dachte, was mein Mund mit ihr machen würde. In dem Moment, in dem sie über die Schwelle trat, würde ich ihr das Kleid nach oben reißen und ihren Gehorsam inspizieren.

Ich hoffte, dass sie mir nicht gehorchte.

Weil ich es lieben würde, sie zu bestrafen.

Kurz nach sieben kam sie. Sie trug ein schwarzes Kleid, darüber eine dicke Jacke. Ihre Beine steckten in Overknees, einen roten Schal hatte sie um ihren schlanken Hals gewickelt. Sie hielt eine Flasche Wein in der Hand und machte den Versuch, höflich zu sein.

Ich interessierte mich nicht für den Wein.

Ich stellte ihn zur Seite und inspizierte sie weiter. Ihr langes Haar war glatt und voll, umrahmte ihr hübsches Gesicht und betonte die wunderschöne Farbe ihrer Augen. Sie trug keine Strumpfhose mehr, was mir einen bequemen Zugang ermöglichte.

Ich sagte kein Wort zu ihr.

Sie sagte kein Wort zu mir.

Ich schlang meine Arme um ihre Taille und zog sie an mich, fühlte, wie ihre Titten an meine Brust drückten. Ich wollte fühlen, wie ihre Brustwarzen sich an mir rieben, hart und spitz. Ich wollte, dass sie an meine Tür kam, nur in eine Jacke gewickelt und in Stiefeln— sonst nichts darunter. Aber das hier machte mich genauso an.

Ich strich meine Lippen über ihre, ohne ihr einen Kuss zu geben. Ein leises Seufzen entkam ihren Lippen, so gedämpft, dass ich es kaum hörte. Sie roch nach Rosen und Weihnachten, alles zu einem wunderschönen Paket geschnürt. Meine Hand fuhr ihr durchs Haar, sodass ich sie richtig im Griff hatte und bog ihren Kopf nach hinten, bis sie mir ausgeliefert war. Die Tatsache, dass sie mir das erlaubte, machte mich noch mehr an. Sie konnte sich wehren, aber sie tat es nicht.

Ich küsste ihren Mundwinkel und bedeckte ihre

Sommersprosse mit meinen Küssen. Ich liebte das kleine Ding und seinen Kontrast zu ihrer blassen Haut. Natürlich machte es mich an— der einzige Fehler an ihrem ansonsten perfekten Körper. »Ich habe dich vermisst.« Meine Finger verkrampften sich in ihren Haaren und sicherten sie, wie Tau das Boot im Hafen. Sie hatte sich mir noch nicht hingegeben, aber ich nahm sie mir— Stück für Stück. Ich küsste ihren zweiten Mundwinkel, bevor ich endlich meinen Mund gegen ihren presste. Genau in die Mitte.

Gott, ist das gut.

Ihre prallen Lippen fühlten sich himmlisch an meinen an, so weich und glatt. Ich erinnerte mich, wie sich dieser heiße Mund um meinen Schwanz herum angefühlt hatte. So eng und nass. Auch ein einfacher Kuss von ihr war erotisch. Meine Zunge schlüpfte in ihn hinein, und das allein machte meinen Schwanz so hart, dass er fest gegen den Reißverschluss meiner Jeans drückte.

Ich wollte sie an eine Tür lehnen und sie ficken.

Meine Hände glitten über ihren Rücken und folgten den Kurven, bis ich das Tal direkt über ihrem Arsch erreichte. Meine Finger fuhren weiter und spürten ihre knackigen Backen, bevor ich ihre Oberschenkel erreichte. Ich packte den Stoff ihres Kleides, zog es über ihren Bauch, und enthüllte ihren Unterleib.

Meine Finger kehrten zu ihrem Arsch zurück und dann fühlte ich den Stoff ihres Strings.

Sie hatte mir nicht gehorcht.

Ich küsste sie fester. »Was habe ich gesagt?«

»Mir ist egal, was du gesagt hast.«

Ich schob sie an die Tür, bis ihr Rücken an den Rahmen gedrückt wurde. Mein Mund lag immer noch auf ihrem und ihr Haar hatte ich fest um meine Finger gewickelt. »Wenn ich dir sage, dass du etwas tun sollst, dann tust du es. Verstehst du mich?« Ich küsste nochmals ihre Sommersprosse, bevor ich mich schließlich von ihr löste. Ich sah ihr in die Augen und warf ihr böse Blicke zu. Ich wollte, dass sie gehorchte, aber wenn sie nicht gehorchte, machte mich das noch heißer.

»Ich tue nicht, was du mir sagst. Ich tue nicht, was mir irgendjemand sagt.« Ihr Feuer passte zu meinem, ihre Dominanz versuchte, meine in den Schatten zu stellen.

Als ob das jemals passieren wird.

Meine Finger schlüpften vorne in ihr Höschen und fanden sofort ihre Klitoris. Sie pochte schon, erzählte mir, dass sie dieses Spiel mehr liebte, als sie es zeigte. Ich rieb sie kräftig mit kreisförmigen Bewegungen, die sie sofort zum Keuchen brachten.

»Ich bin die Ausnahme.«

Ich drückte meinen Mund an ihr Ohr, meine Finger

immer noch in ihren Haaren verflochten. »Ich bin dein Mann, und du wirst genau das tun, was ich dir sage.«

Sie atmete schwer, als ich ihren Körper mehr und mehr erhitzte. »Du bist nicht mein Mann.«

Nun, das verärgerte mich sehr. Ich rieb sie härter, rieb den Saft ihrer nassen Pussy über ihre Klitoris. »Ich gehöre dir. Und du bist Mein. Punkt.« Mein Schwanz schmerzte so sehr, während er gegen den Reißverschluss drückte. Er wollte Erlösung— in ihrer engen, kleinen Fotze. »Zieh dein Höschen aus.« Meine Finger glitten über ihre nasse Klitoris, benutzten ihre eigene Erregung als Gleitmittel. Ich wusste, dass sie es genoss und jeden Moment durch meine Finger kommen würde. »Jetzt«, knurrte ich in ihr Ohr und bewegte meine Finger plötzlich nicht mehr.

Ihre Hüften stießen rhythmisch weiter zu und wollten, dass ich weitermachte. Ihre Wangen waren gerötet und ihre Augen glänzten verzweifelt.

Ich biss in ihr Ohrläppchen. »Jetzt.«

Sie legte sich mit mir an und wollte meinem Befehl nicht gehorchen, sondern wollte kommen. Der einzige Weg, ihr eigenwilliges Temperament zu überlisten, war ihr sexueller Appetit. Ich war schon mit anderen Frauen diesen Weg gegangen und ich wusste immer, auf welche Weise ich gewinnen würde. Sie zögerte einen Moment, dann zog sie den schwarzen String an ihren Beinen hinunter zu ihren Knöcheln.

Der süße Geschmack des Sieges durchflutete mich.

Ich gewann immer. Jedes Mal. Aber gewinnen gegen einen gleichwertigen Gegner machte den Triumph noch süßer. »Braves Mädchen.«

Ich hakte ihre Beine um meine Taille und trug sie dann in die obere Etage, wo mein Schlafzimmer wartete. Es war abgedunkelt und ich entfernte die Bettdecke, sodass nur die Laken darauf verblieben. Ich wusste, dass wir alles verschmieren würden, und so bereitete ich mich darauf vor.

Ich warf sie aufs Bett, bevor ich ihr Kleid und Stiefel herunterzerrte. Jetzt trug sie nur noch ihren BH, einen sexy schwarzen Push-Up. Diesen ließ ich ihr und entkleidete mich dann vor ihr, ließ endlich meinen Schwanz frei. Er tropfte schon an der Spitze, weil er für diese Pussy bereit war. Als ob er selbst Augen hätte, zeigte er genau in ihre Richtung.

Danach legte ich mich auf sie, ihren Kopf bettete ich auf ein Kissen. Unten stand das Abendessen bereit und es würde kalt werden, aber ab der Sekunde, in der sie gekommen war, musste ich bei ihr sein. Und ich wusste, dass es ihr genauso ging.

Ich rutschte zwischen ihre Schenkel und stieß zwei Finger in sie hinein. Wie beim letzten Mal fühlte ich ihren engen Kanal. Sie war sehr eng, das rosa Fleisch ihrer Muschi feucht und fest. Ich spürte, wie die ihre Säfte meine Finger befeuchteten, bevor ich sie herauszog und sie über meinen Schwanz rieb. Ich bestrich mich selbst mit dem Saft ihrer Muschi, von der Spitze bis zu den Eiern.

Sie beobachtete mich, ihre grünen Augen verdunkelten sich vor Begierde.

Ich strich ein paar Mal an meinem Schaft entlang, testete die Reibung. »Das ist alles für dich, Sweetheart.« Ich schob mich auf sie und drückte meinen harten Schaft direkt gegen ihre pochende Klitoris. Beide waren wir glitschig, und wir rieben uns aneinander.

Sie stöhnte in dem Moment auf, in dem unsere Haut sich berührte. Ihre Hände glitten über meine Arme und gruben sich in meinen Bizeps, als wären sie ihr Anker. Sie schrie immer lauter, als wir trocken auf dem Bett fickten. Jetzt war sie auf dem Höhepunkt der Lust und spürte, wie sich unsere Körper aneinanderschmiegten, als wären sie nur dafür gemacht worden, sich zu vereinigen.

Mein Schwanz liebte das Gefühl ihrer nassen Klitoris. Ihre Lippen öffneten sich jedes Mal, wenn ich mich bewegte, und die Feuchtigkeit erzeugte ein deutlich hörbares Geräusch, wenn wir uns aneinander rieben. Es war nicht mit Sex gleichzusetzen, aber es war trotzdem so verdammt heiß, dass ich kommen wollte. Bei dieser Frau fühlte sich sogar Blümchen-Sex so gut an wie der beste Sex, den ich je gehabt hatte.

»Calloway ...« Ihre Hände lagen an meiner Brust,

ihre Finger spreizten sich, um den großen Muskel zu spüren. »So gut…«

»Ich kann es kaum erwarten, dich zu ficken, Sweetheart.« Sie hatte die feuchteste und engste Pussy, die ich je gefühlt hatte. Mein Schwanz wäre im Himmel, wenn es endlich passierte.

Sie schob ihre Hände in meinen Nacken und fuhr durch mein Haar, ihre Handflächen umschlossen meine Wangen, als sich unsere Körper aneinanderpressten. »Fick mich jetzt, Calloway. Bitte.«

Heilige verdammte Scheiße.

Ich rieb mich weiter an ihr und mein Schwanz zuckte in freudiger Erwartung. Er wartete darauf, tief in ihr zu sein, sich in dieser kleinen Pussy vergraben und sie endlich als sein Eigentum markieren zu können. Er wollte sie mit so viel Sperma füllen, dass es ihr über den Arsch lief.

»Bitte.« Sie sah mir in die Augen, das Grün dabei flackernd wie ein Waldbrand. Ihre Lippen waren leicht geöffnet und suchten verzweifelt nach meinen. Sie war schon am Rande eines Orgasmus'. Sie grub ihre Nägel noch tiefer in mein Fleisch und flehte mich regelrecht an.

Es war nichts heißer als eine Frau, die bettelte.

Oh fuck.

Ich wollte sie ficken— so fest.

Aber sie selbst hatte mir das Versprechen

abgenommen, dass ich das nicht tun würde. Wenn ich mein Wort brach, würde sie es mir nicht übelnehmen. Jeder andere Mann würde, nachdem sie zweimal darum gebettelt hatte. Und ich war auch nur ein Mensch und mein Schwanz hatte nur noch ein Ziel.

Aber ich wollte, dass sie mir vertraute.

Wenn sie es nicht täte, würde ich nie bekommen, was ich wollte.

Und das war wichtiger, als sie jetzt zum ersten Mal zu ficken.

Weil ich sie noch viel öfter ficken wollte.

Ich drückte meinen Mund auf ihren und gab ihr einen derben Kuss, presste meinen Mund gegen ihre weichen Lippen. Meine Zunge tanzte mit ihrer, spielte ein sexy Hockeyspiel. Ich rieb mich an ihr, glitt über ihre weichen, nassen Falten, bis ich nicht mehr konnte.

Aber erst brauchte ich ihren Orgasmus.

»Baby, komm für mich.« Ich packte sie im Nacken und rieb meinen Schwanz hart an ihr, wobei sie so laut stöhnte, dass es in meinem Schlafzimmer widerhallte. Es fühlte sich so gut an und das bekannte Brennen bahnte sich seinen Weg von meinen Eiern zu meinem Schwanz. Ich konnte mich nicht länger zurückhalten, nicht, nachdem sie mich angefleht hatte, aber sie musste zuerst kommen.

Sie gehorchte widerwillig meinem Befehl und kam mit einem lauten Schrei. Ihre Nägel fuhren langsam an meinem Rücken hinunter und dann bis zu meinem Arsch. Ihre Hüften bewegten sich synchron mit meinen, wollten so viel Reibung wie sie nur bekommen konnten.

Mein Schlafzimmer roch nach Sex.

»Calloway.« Sie sah mich mit weit geöffnetem Mund an, ihre Augen drückten die Befriedigung aus, die ich liebte, bei einer Frau zu sehen.

Sie war gekommen und jetzt war ich an der Reihe. Ich explodierte auf ihren Bauch und spritzte ihr bis direkt unters Kinn und in das Tal ihrer Brüste. Ich spritzte ab wie ein Geysir, bis ganz nach unten zu ihrem Bauchnabel. Meine Schwanzspitze zeigte auf ihren Nabel und ich befüllte ihn mit dem Rest.

Schon meine Handarbeit begeisterte mich. Rome war ganz mit meinem Sperma bespritzt, sogar ihr BH war damit dekoriert. Ich wollte, dass sie für immer so blieb, dass ich sie immerzu ansehen konnte. Ich war nicht in ihr gekommen, aber es fühlte sich an, als ob es auf diese Art und Weise sogar noch besser gewesen war.

Und ich wollte es wieder so machen.

Anstatt die Kleidung zu tragen, in der sie angekommen war, lieh sie sich meine Boxer und ein T-Shirt aus. Sie sah so sexy in meinen Sachen aus, besser, als ich es je getan hatte. Sie saß mir gegenüber am Küchentisch und nippte an ihrem Wein.

Ich stellte die Teller vor uns hin und wir begann zu essen. Es gab Hühnchen Caprese, Ravioli und Salat. Es war mehr, als ich normalerweise für mich selbst zubereiten würde, aber da sie sich immer nur einen Salat bestellt hatte, wollte ich, dass sie einige Kalorien abbekam. Sie wollte wohl nicht alles das essen, was ich gekocht hatte, aber ich wusste, dass sie zu höflich war, um es zurückzuweisen.

Sie schnitt ihr Hühnchen in kleine Stücke, aß langsam und nahm sich Zeit, während sie die beiden verschiedenen Beilagen genoss. Sie nippte zwischendurch an ihrem Wein und blieb stumm. Nach dem Sex war ich in der Regel müde oder gar erschöpft. Ihr schien es ebenso zu gehen.

»Schmeckt dir das Abendessen?«

»Es ist sehr gut«, sagte sie. »Du bist ein toller Koch.«

»Ich bin froh, dich mal was Anderes außer Salat essen zu sehen.«

Sie hielt meinem Blick stand, aber hörte auf zu essen. Ihr Blick war undurchschaubar, aber meine Worte berührten sie. Sie wandte sich wieder ihrem Teller zu und aß weiter, ohne wieder Augenkontakt mit mir zu aufzunehmen.

Hatte ich gerade einen Nerv getroffen?

Sie nahm ein paar Bissen von ihren Ravioli und aß

sie so langsam, dass sie mich an ein Faultier erinnerte. Langsam und stetig fuhr sie fort und aß schließlich alles auf von ihrem Teller und ließ kein einziges Krümelchen zurück. Als eine Tomate vom Huhn rutschte, stach sie mit ihrer Gabel hinein und aß sie.

Ich war beeindruckt. »Du musst sehr hungrig gewesen sein.«

»Ich mag es nicht, Essen zu verschwenden.«

»Also warst du nicht hungrig?«

»Ich war. Ich esse nur normalerweise nicht so viel.«

Spannung lag in der Luft, und anstatt sie weiter anwachsen zu lassen, beschloss ich, Rome konkret danach zu fragen. »Gibt es einen Grund, warum du immer so wenig isst?«

Sie richtete ihre Augen auf mich, ging in die Verteidigung. Ich wusste, wann sie sich provoziert fühlte. Es zeigte sich ein metallischer Schimmer in ihren Augen. Akribisch arbeitete ihr Gehirn daran, eine passende Antwort zu finden. Die Frage war klar und eigentlich harmlos, aber sie fasste sie auf, als ob es eine Frage unter Eid wäre. »Ich fühle mich schuldig.«

Ich hatte noch nicht fertig gegessen, aber plötzlich hatte ich keinen Appetit mehr. Ohne zu wissen, was genau sie meinte, wusste ich, dass sie dabei war, sich mir zu öffnen und einen Aspekt von sich selbst preiszugeben, den sie mir bisher verschwiegen hatte. Die sorgfältige

Wortwahl und die Festigkeit in ihrer Stimme sagten mir, dass es eine ernste Sache war. »Warum?« Ich legte meine Gabel hin und schenkte ihr meine volle Aufmerksamkeit.

»Ich fühle mich schuldig, zu essen, während Millionen Menschen hungern.« Sie hielt meinem Blick majestätisch stand und nahm jede einzelne Reaktion wahr, die ich durch meine Mimik verriet. In meinem Haus war es plötzlich gespenstisch still. Der Verkehrslärm wurde völlig absorbiert. Es fühlte sich an, als ob nur wir zwei auf dieser Welt wären.

»Selbst, wenn du verhungerst, wird das nichts ändern.«

»Ich verhungere nicht. Ich esse nur so wenig wie möglich, damit nichts verschwendet wird. Das ist ein Unterschied.«

Das war ein sensibles Thema. Das konnte ich an der Anspannung ihrer Schultern und ihres Kiefers erkennen. Anstatt unbefangen eine Frage zu stellen, musste ich vorsichtig vorgehen. »Du bist hungrig aufgewachsen.« Ich formulierte den Satz absichtlich nicht als Frage, weil sie ihn sonst als Verhör auffassen könnte. Ich würde meine Neugier zügeln, es ihr überlassen, ob sie die Diskussion weiterführen oder beenden wollte. Ihre Geheimnisse und ihr majestätisches Auftreten faszinierten mich, machten mich besessen, aber ich wollte, dass sie mir vertraute, weil sie es selbst wollte, nicht weil sie unter Druck gesetzt wurde.

»Manchmal war ich tagelang in einem Keller eingesperrt ohne Essen und Trinken. Die längste Zeit war einmal fünf Tage.«

Ich hielt ihrem Blick stand, aber spürte, wie meine Wirbelsäule prickelte. Eine Art von Schmerz, wie ich sie noch nie erlebt hatte, überflutete mich, verbrannte mich in höllischem Feuer. Meine Empathie hatte sonst enge Grenzen, aber bei ihr war alles anders. Sie sagte, ich solle sie nicht bedauern, aber ich konnte nicht anders. Ich litt schrecklich mit ihr mit, so sehr, dass ich alles tun wollte, um es wiedergutzumachen. Ich wollte ihr sofort eine neue Wohnung kaufen, ein Auto, damit sie nicht mehr die U-Bahn nehmen musste, und alles, was sich sonst noch wünschen würde.

»Wenn du so lange hungerst, spürst du keinen Hunger mehr. Das ist einerseits eine Erleichterung, aber es ist auch der Moment, in dem dein Körper anfängt, sich von sich selbst zu ernähren, deine Muskeln abzubauen. Du fühlst dich unendlich schwach und kannst nicht mehr denken. Es ist die schrecklichste und demütigendste Erfahrung, die man überhaupt machen kann. Sie zwingt dich dazu, zu akzeptieren, wie zerbrechlich du bist, dass du nichts mehr tun kannst, was sonst selbstverständlich ist.«

Ich hatte nicht einmal geblinzelt. Der Schmerz in

meiner Brust war mir unerklärlich. Ich hatte kein Mitleid mit anderen Leuten, nicht nach all dem, was ich erlebt hatte. Jeder dachte, er hätte das größte Problem, aber ihre Probleme waren immer unwesentlich. Rome jedoch war mir in dieser Beziehung ebenbürtig.

»Du machst es wieder.«

Ich schaute nicht weg. »Was?« Meine Stimme klang belegt, aber ich räusperte mich nicht. Die Schwäche kam einfach, und ich konnte sie nicht verbergen.

»Du hast Mitleid mit mir.«

»Wie könnte ich nicht?« *Ich müsste tot sein, um nichts zu fühlen.*

»Weil ich eine der Glücklichen bin.« Ihre Stimme klang wieder stark, voller Lebensfreude und Lebendigkeit. »Ich bin aus dieser Situation herausgekommen und jetzt bin ich frei. Ich habe Zugang zu Nahrung und Wasser, wann immer ich es brauche, und es gibt keine einzige Person auf der Welt, die mir das verwehren könnte. Die meisten Leute kommen da nicht raus. Die meisten Menschen überleben nicht. Aber ich habe geschafft. Also schau mich nicht mehr so an. Bitte.«

Ich legte meine Hand auf den Tisch, konnte aber meinen Blick nicht abwenden. Und ich konnte schon gar nichts daran ändern, wie ich mich fühlte. »Du bittest mich, etwas zu tun, was ich nicht schaffe. Es tut mir leid.«

»Denk einfach nicht darüber nach.« Sie schob ihren leeren Teller zur Seite und nippte dann an ihrem Wein. Sie brach schließlich den Augenkontakt mit mir ab und starrte auf die Tischplatte.

»War Christian mit dir in diesem Keller?«

»Nein. Er war woanders in einem Keller. Wir trafen uns, als wir in die gleiche Pflegepflege kamen. Ich war fünfzehn, und er war sechzehn. Wir verstanden uns von dem Moment an, als wir uns trafen. Jeder hatte seine eigene einzigartige Vergangenheit, aber wir waren uns irgendwie ähnlich. Wir beschlossen, dass wir aus einer Familie kamen, dass wir Bruder und Schwester waren. Und wenn Leute kamen, um uns zu adoptieren, sagten wir, dass wir ein Paar waren. Wenn du einen von uns wolltest, musstest du beide nehmen.«

Die Geschichte war faszinierend, aber ich wünschte, es wäre nicht wahr. »Ich habe bemerkt, dass er auch nicht viel isst.«

»Er hatte es noch schlimmer als ich. Er war mal eine ganze Woche lang in seinem Keller eingesperrt.«

Wie Christian noch so warm und lebensfroh sein konnte, war mir schleierhaft. Beide waren unnatürlich stark und nett. Ohne über ihre Vergangenheit Bescheid zu wissen, hätte ich es nicht erraten können. Es war ein Wunder, dass sie es geschafft und auch noch ihre geistige Gesundheit behalten hatten. »Danach war aber alles in Ordnung?«

»Nein.« Sie schüttelte den Kopf. »Der Mann, der uns adoptiert hatte, schien am Anfang ganz normal zu sein. Aber sobald die Sozialarbeiter aufgehört hatten, ihn zu überprüfen, weil sie annahmen, dass es uns bei ihm gut ging, zeigte er sein wahres Gesicht. Als wir beide achtzehn waren, hauten wir ab und begannen unser neues Leben.«

Ich konnte es nicht ertragen, mehr von dieser Geschichte zu hören. Zu wissen, dass sie hungrig und allein in einem dunklen Keller eingesperrt worden war, war genug, um mich schier ausrasten zu lassen. Ich konnte nicht damit umgehen. Ich hatte angenommen, ich wäre frei von allem Mitgefühl, frei von Sympathie für irgendjemanden oder irgendetwas, aber sie bewies mir gerade, wie falsch ich lag. »Es tut mir leid wegen meines Verhaltens bei der Essensausgabe.« Jetzt verstand ich, warum sie sich so aufgeregt hatte. Ich verstand, dass ich eine Grenze überschritten hatte, die ich nicht hätte überschreiten dürfen

»Es ist okay«, flüsterte sie. »Du wusstest es ja nicht.«

Jetzt wünschte ich, dass ich es gewusst hätte.

»Ich habe dir das nicht erzählt, weil du mich anders behandeln sollst. Ich habe dir nicht von meiner Vergangenheit erzählt, damit du voller Mitleid mit mir bist. Ich versichere dir, dass ich ein glücklicher Mensch bin, der sich jeden Tag glücklich schätzt, am Leben zu sein. Heb deine Empathie auf für jemandem, der sie wirklich verdient.«

Aber egal, was sie sagte, ich konnte ihrem Wunsch nicht entsprechen. Ich hatte sie nicht für schwach gehalten. Ganz im Gegenteil. Aber der unerklärliche Drang, sie zu beschützen, kam in mir auf. Ich wollte ihr die Welt kaufen, damit sie sich nicht mehr um irgendetwas Sorgen machen musste. »Und dann war da auch noch ein saublöder Freund mit im Spiel?« Wahrscheinlich hätte ich das nicht sagen sollen, aber jetzt brach sich meine Wut Bahn.

Sie betrachtete mich misstrauisch, bis sie darauf kam, woher ich diese Information hatte. Sie war in ihrem Büro am Telefon gewesen, als ich dazukam und ihr gesamtes Gespräch hörte. Doch anstatt ihre Wut zu zeigen, hatte sie sich zurückgehalten. »Du willst nichts von ihm hören.«

»Als dein Partner muss ich es aber wissen.«

»Wann haben wir beschlossen, dass du mein Partner bist?« Der starke Gegner, den ich in der Bar getroffen hatte, starrte mich an. Sie war nicht leicht zu provozieren, aber sie ging schnell zur Verteidigung über, wenn sie in die Enge getrieben wurde.

Ich spielte das Partnerschaftsspiel sonst ja nicht, aber ich musste es jetzt für sie tun, denn nur so konnten wir uns auf etwas anderes zubewegen— etwas Besseres, Größeres. »In dem Moment, in dem ich dich gesehen habe.« Als ich sie in dieser Bar entdeckt hatte, wusste ich sofort, dass ich sie haben musste. Vielleicht hatte sie damals nicht so empfunden, aber schon bei unserem ersten Treffen waren diese Gefühle bei mir da. Der einzige Grund, warum sie sich nicht mit mir eingelassen hatte, war der, dass sie Angst hatte. Wenn sie in der Vergangenheit nicht so gepeinigt worden wäre, wären wir schon an einer ganz anderen Stelle mit unserer Beziehung. »Lass diese Verteidigung fallen und lass mich rein.«

Zum ersten Mal während des Gesprächs wurden ihre Augen milder.

»Baby, lass mich rein.«

11

Calloway

»Wie geht es ihr heute?«

Theresa ging mit mir den Gang hinunter und in den Raum hinein. Weiße Möbel standen auf Holzböden und Vasen voller frischer Blumen dekorierten den Raum. Das war etwas, was ich seit meiner Jugend kannte.

Und es erinnerte mich daran, dass sich manche Dinge nie änderten.

»Es geht ihr gut.« Theresa öffnete die Tür zum Balkon. Die Terrasse ging zum Garten hin. Rosen, Lilien und Löwenzahn badeten in der Sonne und bewegten sich in der leichten Brise. Es war ein ungewöhnlich warmer Tag für Winter, auch in Connecticut. Ich fühlte mich, als würde ich in eine andere Zeit eintreten.

Sie saß in ihrem Schaukelstuhl und strickte einen Schal. Er war von Kätzchen mit verschiedenfarbigen Schleifchen bedeckt. Langsam schaukelte sie hin und her, das Knarren des Holzes auch unter ihrem geringen Gewicht hörbar.

»Laura, Sie haben Besuch.« Theresa sprach mit so fröhlicher Stimme, als ob diese Begegnung die aufregendste des Tages wäre. »Er ist von *Humanitarians United* und er ist gekommen, um ihnen heute vorzulesen.«

Laura wandte sich mir zu, mit ihrem dunklen, lockigen Haar und ihren blauen Augen, die nicht mehr klar, sondern von dichtem Nebel getrübt waren. Sie starrte mich gleichgültig an, ohne mich zu erkennen. Als ob ich ein Fremder und sonst niemand wäre, wandte sie sich ab.

Egal, wie oft ich den Blick auch sah, er tat mir weh.

Ich setzte mich neben sie und öffnete ihr Lieblingsbuch, Harry Potter. »Ich bin Calloway. Nett, Sie kennenzulernen.«

Sie starrte über die Felder, ihre Hände strickten immer noch. »Calloway ... Mir gefällt dieser Name.«

Theresa blickte uns beide an, bevor sie wegging und uns etwas Privatsphäre ließ.

»Vielen Dank.« Ich öffnete das Buch und wandte

mich der ersten Seite zu. »Ich habe ein Buch, das Ihnen vielleicht gefallen könnte.«

»Was ist es?«

»Harry Potter.«

Sie hob eine Augenbraue und wandte ihren Blick zurück zu ihrem Strickzeug. »Habe nie davon gehört.«

Ich wusste, dass diese Antwort kommen würde, aber sie überraschte mich jedes Mal wieder. Die hoffnungsvolle Seite in mir erwartete jedes Mal etwas anderes, wenn ich zu Besuch kam. Ich hoffte, dass sie sich wie durch ein Wunder plötzlich an mehr als nur ihren Namen erinnerte. »Ich denke, Sie werden es mögen.«

Sie hörte endlich auf zu stricken und wandte sich mir zu, ihre Wangenknochen hoch und ihre Lippen abfällig gespitzt. »Sie sind ein gutaussehender junger Mann. Sind Sie verheiratet?«

»Danke. Und, nein, bin ich nicht.«

»Keine Kinder?«

»Nein.« Auch ohne sich an mich zu erinnern, war sie enttäuscht.

»Was für eine Schade.« Sie begann wieder zu stricken. »Was tun Sie bei *Humanitarians United*?«

»Ich bin der Direktor.«

»Beeindruckend. Das ist beeindruckend.«

»Danke ...« Es war das höchste Lob, das ich je von ihr bekommen konnte.

»Warum lesen Sie für eine alte Frau wie mich?«

»Sie sind nicht alt.« In der Tat war sie viel zu jung, um hier zu sein.

Sie lächelte. »Das ist nett von Ihnen, Cal.« Natürlich rief sie mich bei meinem Spitznamen, so wie jeder mich nannte. Sie machte es genauso, wie sie es gewohnt war, ohne sich beirren zu lassen.

»Ich glaube, ich bin ein netter Kerl.«

»Und Sie sind wirklich nicht verheiratet?«

Ich lächelte. »Nein.« *Und ich werde es auch nie sein.*

»Eines Tages werden Sie es sein, und Sie werden Ihre Frau sehr glücklich machen.«

»Ja ... da bin ich mir sicher. Also, soll ich anfangen?«

»Nein. Können wir nicht einfach sitzen und reden? Ich fühle mich, als ob ich hier nie mit jemandem reden könnte.«

Meine Lippen wurden schmal, aber ich versuchte, es zu verbergen. »Natürlich.«

»Erzählen Sie mir etwas über sich. Haben Sie Geschwister?«

Jackson kam nie mit mir zum Wohnheim. Er sagte, unsere Mutter sei vor langer Zeit gestorben. Ihren Geist zu besuchen machte alles nur noch schmerzhafter. »Ich habe einen jüngeren Bruder namens Jackson. Wir sind nur ein Jahr auseinander.«

»Das ist wunderbar. Stehen Sie sich nahe?«

Nicht wirklich. »Ja.«

»Entzückend. Was ist mit Ihren Eltern? Ist Ihr Vater so hübsch wie Sie?«

Jackson und ich sahen beide aus wie unser Vater— es war erschreckend. »Mein Vater starb vor acht Jahren.«

»Oh, tut mir leid«, flüsterte sie. «Und Ihre Mutter?«

Ich starrte auf ihr Haar und sah die grauen Strähnen zwischen den dunklen. Sie hatte kleine Fältchen unter den Augen und auch um die Mundwinkel waren so winzige Falten, dass sie kaum sichtbar waren. In ihrer Jugend war sie schön und ich fand immer noch, dass sie hübsch war. »Sie ist auch schon verstorben.«

»Liebling, es tut mir so leid.« Sie griff nach meiner Hand und nahm sie in ihre, ihre kalten Finger fühlten sich seltsam auf meiner Haut an.

Ich gab den Händedruck zurück und genoss das Minimum an Zuneigung, die ich von ihr bekam. Ich war nur irgendein Mann, der sie besuchte. Sie bemitleidete mich für alles, was ich verloren hatte, aber ich bemitleidete sie, weil sie sich an niemanden erinnern konnte, den sie schon verloren hatte. Es war kein Wettbewerb, aber wenn es einer wäre, hätte ihn keiner von uns gewonnen.

Ich verließ gerade das Büro, als sie mich anrief.

»Hallo Sweetheart.« Meine Stimmung hob sich

sofort, als ich ihren Namen auf dem Bildschirm sah. Nach dem Abendessen neulich erschien es mir fast so, als ob die Stimmung zwischen uns anders wäre, intensiver. Einige ihrer Mauern waren eingestürzt und sie bemühte sich wirklich, mich an sie heranzulassen.

»Hey, Sexy.«

»Ich mag diesen Spitznamen.«

»Ich finde ihn auch passend.«

»Also, was will meine Frau?«

Sie hielt inne, als sie realisierte, wie ich sie nannte. »Fragen, ob du heute Abend etwas machen willst.«

Ich wollte jede Menge Dinge tun heute Abend. »Komm auf Popcorn und einen Film rüber. Und ein bisschen Französisch.«

»Nur ein bisschen?«, neckte sie.

»In Ordnung. Vielleicht auch mehr.« Und es würde auch jede Menge *Pussy lecken* geben.

»Ja. Soll ich auf dem Weg was zu essen holen?«

»Nein, ich mache etwas.« Sie hatte mich noch nie so beiläufig gefragt, ob ich etwas tun sollte. Es schien, als wären wir schon jahrelang Partner, die es vorzogen, sich vor dem Rest der Welt zu verstecken. All dies war neu für mich, aber ich holte ziemlich schnell auf. Ich hatte an der High-School einmal eine Freundin gehabt, aber seitdem nicht mehr. »Bring nur deinen feinen Hintern mit hierher.« *Und gut geschmiert.*

»Okay, das werde ich. Bis dann.«

»Tschüss, Sweetheart.« Ich legte auf und ging dann den Bürgersteig entlang, bis ich mein Auto erreichte. Ich war froh, dass sie mich nicht zu sich eingeladen hatte, weil ich diese verdammte Wohnung hasste. So heruntergekommen, mit üblen Menschen ringsherum. Die Idee, dass sie dort schutzlos wohnte, machte mich verrückt. Ich würde ihr eine Wohnung kaufen, wenn sie mich nur lassen würde. Aber ich wusste, wie dieses Gespräch enden würde.

Wir saßen auf der Couch bei Wein und Popcorn. Der Film lief im Fernsehen, aber keiner beachtete ihn. Sie rutschte auf meinen Schoß, sodass ihre Muschi direkt über meinem harten Schwanz war.

Sie fuhr mit ihren Händen über meine Brust, ihr langes Haar hing ihr seitlich über eine Schulter. »Wie war dein Tag?«

Ich mochte das Gefühl ihrer Nägel auf meinem T-Shirt. Ich liebte den Druck und die Erinnerung daran, wie sie sich das letzte Mal festgeklammert hatte, als sie gekommen war. »Gut. Deiner?«

»Es war ruhig im Büro. Es ist im Moment schwer, Spender zu finden.«

»Willst du meinen Rat?«

»Immer.« Sie neigte den Kopf ein wenig und zeigte mir ihren schlanken Hals.

»Geh zu den Spendern hin.«

»Ich bin kein Verkäufer.«

»Dann benimm dich nicht wie ein Verkäufer. Zeig ihnen, wie ihre Spende sie ins Rampenlicht rücken kann. Manche dieser Leute sind authentisch und wollen anderen helfen. Aber die meisten von ihnen wollen einfach nur Anerkennung. Spiel mit ihrem Ego und du wirst immer bekommen, was du willst.«

»Du bist schlau, nicht wahr?« Ihre Hände glitten zu meinen Schultern und sie massierte sie sanft.

»Sehr.« Ich packte ihre schlanken Oberschenkel und schob dann langsam meine Hände zu ihrem Arsch. Ich liebte diese entzückende Rückseite. Ich konnte es gar nicht mehr erwarten, meinen Schwanz zwischen ihren Backen zu reiben, bevor ich irgendwann meinen dicken Schwanz in ihr kleines, enges Arschloch schob.

Sie veränderte die Lage ihrer Hüften ein wenig und ich fühlte meinen harten Schwanz durch die Jeans. Immer wenn sie mir nahe war, war ich hart, weil mein Verstand von dieser Frau so besessen war— und von niemandem sonst. »Darf ich dich etwas fragen?«

Ich zögerte nicht zu antworten: »Ja.«

»Es ist was Persönliches.«

Sie hatte mir etwas Persönliches über sich selbst

erzählt, also konnte ich ihr auch etwas Persönliches über mich erzählen. »Ist okay.«

»Wenn du sagst, du bist mein Freund, meinst du damit, dass wir zusammen sind?«

»Darauf kannst du deinen Arsch verwetten, dass ich das so gemeint habe.« Wenn sie auch nur einen anderen Mann umarmen würde, wäre ich schon sauer. Ich hatte sie noch nicht gefickt, aber sie war Mein. Ich wünschte, ich könnte ihr den schwarzen Ring geben, den sie an der rechten Hand tragen konnte, damit die Männer von ihr fernblieben.

»Also ... du schaust keine andere an?« Die Hoffnung schwang schwer in ihrer Stimme mit.

Ich schluckte die Beleidigung tief in meinen Bauch. »Nein. Du bist die einzige Frau, die ich berührt, geküsst oder auch nur angesehen habe, seit ich dich in dieser Bar getroffen habe.«

Ihre Augen sahen mich freundlich an und ein kleines Lächeln bildete sich auf ihren Lippen. »Da habe ich mir ja was eingefangen. Ich bin überrascht davon, dass du nicht mehr im Feld spielst. Du weißt schon, deine Samen auszubringen.«

»Es gibt nur ein Feld, in das ich meine Samen säen will.« Mein Schwanz zuckte bei dem Gedanken an ihre Pussy, die von meinem Sperma überfloss. »Ich bin ein Eine-Frau-Typ, wenn ich die richtige Person treffe.« Isabella und ich waren zusammen, weil sie die perfekte

Sub war. Davor hatte ich Kurzzeit- Affären mit anderen. Es ging nie darum, einfach irgendwo herumzuvögeln. Ich war immer auf der Suche nach der perfekten Sub, um meine Fantasien zu erfüllen, wie es sonst niemand je konnte.

»Und du denkst, dass ich die richtige Frau bin?«

»Ja.« Ich packte ihre Schenkel und zog sie näher an mich heran.

»Warum?« Sie legte den Kopf wieder zur Seite und interessierte sich für meine Antwort.

Ich konnte ihr nicht die Wahrheit sagen, nämlich, dass es die ultimative Herausforderung war, sie zu brechen. Sie war stark wie Stahl und ich wollte sie nicht nur beugen, sondern entzweibrechen. Eines Tages würde ich ihr meine Absichten erklären. Aber jetzt konnte ich es noch nicht. »Es ist eine dieser Situationen, in denen man nicht erklären kann, was man sieht und wie man fühlt. Wie bei einem Stein tief in der Magengrube, weißt du nur, dass er da ist. Ich weiß nur, als ich dich in dieser Bar gesehen habe, war ich von den Socken. Und als du mich geschlagen hast, mit diesem Feuer in deinen Augen, wusste ich, dass ich eine Frau getroffen habe, die stark, kraftvoll und widerstandsfähig ist. Und das hat mich angemacht wie nichts zuvor.«

Sie hing an jedem Wort und versuchte zu verstehen, was ich meinte. »Du mochtest es, als ich dich geschlagen habe?«

Sie hatte mich erwischt, also antwortete ich: »Ja. Du hast Mumm. Ich mag das.«

»Auch als ich mir damals nicht die Mühe gemacht habe, um sicherzustellen, dass ich den richtigen Mann vor mir habe?«

Ich suchte ihr Gesicht und konzentrierte mich auf die schönen grünen Augen, die mich immer sehr beruhigten. »Du hast den richtigen Mann gehabt.« Ich zog ihren Arsch näher zu mir, bis ihre Brust in der Höhe meines Gesichtes war. Ich lehnte meinen Kopf an die Rückenlehne der Couch und sah zu ihr auf; ihre dunklen Haare bildeten einen Vorhang um mein Gesicht. Meine Hand packte ihren Hinterkopf und umschlang die Strähnen. Ich sah sie an und hörte ihren Atem und bemerkte, wie unregelmäßig er war. Es war das Romantischste, das ich jemals zu einer Frau gesagt hatte, und Romantik war nie mein Ding gewesen.

Sie drückte ihr Gesicht an meines und küsste mich sanft, ihre Lippen suchten zärtlich nach meinen. Ihre Hände umfingen mein Gesicht, sie vertiefte den Kuss und ihr Arsch rieb über meinen Schwanz.

Es war das erste Mal, dass ich keinen Sex haben wollte. Ich war höllisch erregt und hatte Lust auf sie, aber das war erst mal genug für mich. Schon das Gefühl ihrer Lippen war genug, um mich zu befriedigen. Ich zog sie näher und setzte die zärtliche Umarmung fort. Wenn ich bei ihr war, war ich ein anderer Mann. Ich war nicht so rau und hart. Irgendwie hatte ich ein wohl doch ein Herz, von dem ich angenommen hatte, das es schon vor langer Zeit aufgehört hatte zu schlagen.

Und ich hatte auch eine Seele.

Es war fast Mitternacht und wir mussten beide am Morgen arbeiten. Hinzu kam, dass ich gehen musste, um ein paar Dinge in der *Ruine* zu überprüfen. Jackson war nicht vertrauenswürdig, wenn es um die geschäftliche Seite des Clubs ging. Er versuchte, die Verantwortung zu übernehmen, wurde aber immer vom Geschehen im Club abgelenkt— nicht, dass ich es ihm verdenken konnte. Aber das bedeutete, dass Rome nach Hause gehen musste.

Sie lag auf meiner Brust auf der Couch, ihr Haar über meinem Hemd ausgebreitet. Eine rote Decke bedeckte ihren Körper und hielt sie warm und mein Körper war eine natürliche Heizung, um die Kälte von unten zu bekämpfen. Ich wollte sie nicht bewegen, aber ich wollte auch keinen Übernachtungsgast haben.

Ich war im Zwiespalt.

Ich setzte mich auf und zog sie mit mir hoch, meine Hände umschlangen ihre zierliche Taille. Ich drückte sie an meinen Oberkörper, damit sie nicht umkippen und zurück auf die Couch fallen könnte. Ein Hauch von

Vanille und Lavendel traf meine Nase, ihr eigener Duft vermischt mit dem leichten Parfüm, das sie trug. Jedes Mal, wenn ich sie roch, war es ein wenig anders. Sie änderte es immer wie ihre Outfits. »Es ist spät. Lass uns dich nach Hause bringen.«

Sie stöhnte an meiner Brust. »Ich bin zu müde.«

Meine weiche Seite wollte sie so gern bleiben lassen. Es wäre harmlos, sie die ganze Nacht im Bett neben mir schlafen zu lassen. Am nächsten Morgen würde ich mit dem friedlichen Ausdruck auf ihrem Gesicht aufwachen. Aber die harte Seite von mir herrschte vor und ich wusste, sie bleiben zu lassen war keine Option. »Das ist okay. Ich trage dich.« Ich hob sie von der Couch hoch und trug sie in Richtung Garage.

Es kam mir vor, als wäre sie federleicht, hatte fast kein Gewicht. Aber als sie gegen mich gekämpft hatte, hatte ich die Kraft ihres Körpers spüren können. »Was machst du?« Sie rührte sich ein wenig und kehrte zur Realität zurück.

»Ich bringe dich nach Hause.«

»Wie spät ist es?« Sie blinzelte auf die Uhr an der Mikrowelle, als wir dort vorbeikamen. »Oh, es ist Mitternacht. Ich werde einfach hierbleiben. Hat nicht viel Sinn, jetzt noch nach Hause zu gehen.«

Ich ging weiter, weil sie nicht hierbleiben würde. »Es macht mir nichts aus, Liebling.« Ich nahm meinen Schlüssel von der Theke und ging in die Garage.

Sie strampelte in meinen Armen, bis ich sie auf ihre Füße stellte. Der Blick, den ich abbekam, war wie ein Laserstrahl. Mit Hochspannung und zur vollen Größe aufgerichtet sah sie mich an, als ob sie meine Gedanken lesen könne. »Willst du nicht, dass ich hier schlafe?«

Das war gefährliches Territorium und ich hätte dieses Gespräch lieber vermieden. Die Dinge liefen gut zwischen uns und ich wollte keine Rückschritte provozieren. »Nein. Ich muss morgen früh zeitig aufstehen— früher als sonst. Ich müsste dich um fünf nach Hause bringen und niemand sollte so früh aufstehen müssen.« Ich verließ mich auf mein charmantes Grinsen, um sie zu überreden, verwendete all meine Munition, um aus diesem Minenfeld herauszukommen.

Sie musste etwas Beruhigendes in meinem Blick gesehen haben, weil sie mir meine Geschichte abkaufte. »In Ordnung. Ich bin kein Frühaufsteher, also würde ich das nicht sehr schätzen.«

Krise abgewendet.

Als ich sie zu ihrer Tür brachte, hörte ich den lauten Bass, der von einem der Nachbarn den Flur entlangschepperte. Um Mitternacht an einem Dienstag war das eigentlich unmöglich. Die Musik hallte und verstärkte sich durch die Mauern und musste das ganze Gebäude stören.

Rome benahm sich, als ob sie nichts bemerkte. Sie steckte ihren Schlüssel in die Tür und öffnete sie. »Danke, dass du mich heimgefahren hast.«

Meine Augen wanderten den Flur entlang und landeten auf der nächsten Tür. Ich war mir ziemlich sicher, dass der Lärm aus dieser Wohnung kam. »Ist das normal?«

»Die Musik?« fragte sie. »Ja, ich versuche einfach, es zu ignorieren.« Sie ging hinein und stellte ihre Handtasche auf den Eingangstisch. »Ich habe ein Gerät, das ein Rauschen erzeugt und den größten Teil des Lärms überdeckt.«

Ich wollte ihr an Ort und Stelle einen Scheck ausschreiben, um sie verdammt noch mal aus diesem Ort heraus zu bekommen. Er war voller Drogendealer und Arschlöcher. Ich wollte nicht, dass sie hier allein schlief, nicht, wenn ich nicht wusste, ob sie hier sicher war. Ich könnte ihr sagen, dass sie umziehen sollte, aber ich wusste, dass sie den Vorschlag nicht gut aufnehmen würde. Und ich konnte sie nicht bei mir bleiben lassen, oder ich hätte bald einen Zusammenbruch. Also sah ich auch keinen Ausweg.

»Okay, gute Nacht.« Sie stellte sich auf die Zehenspitzen und gab mir einen sanften Kuss auf die Lippen.

Die Umarmung schwächte meine Wut nicht. Normalerweise brachte mich die Berührung dieses vollen, feuchten Mundes aus dem Häuschen. Aber jetzt war ich zu verärgert, um ihre Schönheit zu schätzen. »Gute Nacht.«

Als sie sich zurückzog, suchte sie meinen Blick. Ihre Augäpfel flackerten hin und her, als sie sich auf meine konzentrierte. Sie spürte meine Stimmung und fühlte sie durch ihre Haut wie Hitzewellen. »Was ist los?«

Meine Augen brachen den Kontakt ab und ich schaute mich in ihrer winzigen Wohnung um. Die Adern an meinen Unterarmen traten hervor und in meiner Schläfe begann eine Migräne zu hämmern. Ich war ein Mann, der immer seinen Willen bekam und die Tatsache, dass ich mir auf die Zunge beißen musste, machte mich krank. »Hast du mal darüber nachgedacht, umzuziehen?« Ich formulierte es so höflich wie möglich.

»Wegen der Musik?« fragte sie. »Er macht sie normalerweise um eins aus, also ist es kein großes Problem.«

Es war ein verdammt großes Problem. Sie lebte praktisch in dem, was sonst ihre Projekte waren, aber ein hübsches Mädchen wie sie sollte nicht an einem Ort schlafen, wo sie ohne ausreichenden Schutz war. Nachdem sie es so lange hier ausgehalten hatte, wusste sie offensichtlich, wie man sich um sich selbst kümmerte, aber das würde meine Alpträume nicht davon abhalten, mich umzubringen. »Wegen allem.«

Sie verschränkte ihre Arme vor der Brust und das Feuer loderte langsam in ihren Augen auf. »Was sagst du da?«

Sie wusste es schon, also warum fragte sie nochmal? »Ich glaube nicht, dass dies ein Ort für eine alleinstehende Frau ist, das ist alles.«

»Es ist in Ordnung.« Ihre Stimme war kalt wie zerstoßenes Eis. »Ich kann es mir leisten und es gibt nicht allzu viel Ungeziefer, also bin ich dankbar dafür. Viel besser als das, wo ich herkomme.« Bloß weil sie den Scheiß gewöhnt war, bedeutete es nicht, dass sie dort weiter wohnen sollte.

»Mach dir keine Sorgen um mich. Ich lebe schon seit einer ganzen Weile hier und ich mag es.«

Nun, ich hasste es.

Sie ignorierte den frustrierten Ausdruck auf meinem Gesicht. »Gute Nacht, Calloway.« Sie küsste meine Wange und griff dann nach dem Türknauf, damit sie die Tür hinter mir schließen konnte.

Ich hatte keine andere Wahl als mich zurückzuziehen. Sie war zu stolz, um einen Scheck von mir anzunehmen. Selbst wenn ich irgendetwas arrangieren würde, würde sie es mir nicht abkaufen. »Gute Nacht, Rome.« Ich trat über die Schwelle und sah sie noch mal an.

»Mach dir keine Sorgen um mich. Ich bin eine harte Frau.«

Das spielte keine Rolle. Egal, wie stark sie war, sie verdiente es, dass für sie gesorgt wurde. Ihr stünde es zu, in einen Palast aus Juwelen umzuziehen. Sie verdiente eine Krone aus allen Sternen des Universums.

Sie schenkte mir ein kleines Lächeln, bevor sie schließlich endgültig die Tür schloss.

Ich starrte ihr schwarzes Holz fast eine Minute lang an, bevor ich mir darüber klar wurde, was als nächstes zu tun war. Ich ging zu der Wohnung, aus der die Musik drang und schlug mit der Faust gegen die Tür, so laut, dass die Schläge mit dem Geräusch des Basses rivalisierten.

Ein Mann öffnete die Tür. Er sah aus wie jemand, der gerade aus dem Gefängnis entlassen worden war, in dem er für einen Doppelmord gesessen hatte. »Was?« Er brüllte gegen die Musik an, aber ich konnte ihn trotzdem kaum hören.

Ich zog mein Scheckbuch heraus. »Wie viel brauchst du, um zu packen und auszuziehen?«

»Was, du Arschloch?«

»Ich will dich morgen aus diesem Gebäude draußen haben. Und ich gebe dir zehn Riesen, wenn das klappt. Was sagst du dazu?« Ich stellte den Scheck aus und hielt ihn hoch. »Der ist echt.«

Er betrachtete den Zettel in seiner Hand und seine

Augen verengten sich. Ohne zu zögern, schnappte er ihn sich und schob ihn in seine Hosentasche.

»Wir haben einen Deal?«

Er nickte, dann schlug er mir die Tür vor der Nase zu.

12

Rome

Ich saß an meinem Schreibtisch und aß einen Becher Joghurt. Ich wurde erst am Freitag bezahlt, also musste ich für ein paar Tage mit dem auskommen, was sich noch in meinem Kühlschrank befand. In diesen Tagen des Monats verlor ich immer ein wenig Gewicht— aber nicht absichtlich.

An diesem Morgen bereitete ich eine Essensausgabe vor, die am folgenden Samstag stattfinden würde. Es sollte ein Frühstück für die Obdachlosen von Brooklyn werden. Nach Polizeiberichten waren viele von ihnen Vietnam-Veteranen, die nie ihren Halt wiedergefunden hatten, nachdem sie nach Hause zurückgekehrt waren. Die Regierung scheuchte zwar immer wieder Obdachlose von einem Ort zum nächsten, um sie von der Straße zu bekommen, aber das löste das Problem nicht. Was wir brauchten, war ein neues System, um diese Leute zu integrieren— es reichte nicht, sie einfach auf einen anderen Bürgersteig zu setzen.

Die Tür öffnete sich und der schärfste Mann von ganz New York kam herein. Sein schwarzer Anzug ließ das Schwarz meines Druckers blass aussehen und in dem Moment, in dem er einen Fuß herein setzte, schien ihm dieser Raum zu gehören, für den ich die Miete bezahlte. Er trug eine silberne Krawatte und ein elfenbeinfarbenes Hemd und sah aus, als würde er sich gerade für den Posten als Präsident der Vereinigten Staaten bewerben.

Jedes Mal, wenn ich ihn sah, wurde ich ein wenig wackelig auf den Beinen.

Er ging zu meinem Schreibtisch, ohne Hallo zu sagen, seine Augen wie ein Raubtier auf der Suche nach Beute auf mein Gesicht fixiert. Als er mich so ansah, fühlte ich mich nicht nur begehrt— er besaß mich komplett, mit Haut und Haar.

»Was für eine tolle Überraschung.« Ich traf mich seit Wochen mit ihm, aber er machte mich immer noch nervös— und ich hatte Schmetterlinge im Bauch.

Bartstoppeln bedeckten seine Wangen, weil er sich an diesem Morgen nicht rasiert hatte und ich stellte mir vor, wie sie sich an meinen Oberschenkeln anfühlen würden. Ich hatte das schon ein paar Mal gefühlt— und es wurde nie langweilig.

»Ich mag es, meine Lady zu überraschen.« Er lehnte sich über den Schreibtisch und küsste mich. Seine Stoppeln fühlten sich gut an meinem Mund an. Es war auch mehr als nur ein »Hallo«-Kuss. Er ließ ihn länger dauern als nötig, denn unsere Lippen aneinander zu spüren, das fühlte sich einfach gut an.

Meine Lady. Ich liebte es, seine Lady zu sein. »Du machst mich zu einer Ballerina.«

Er löste sich von meinen Lippen, aber sein Gesicht blieb ganz nah bei meinem. Er sah mich mit diesen schönen, eisigen Augen an und das brachte mich irgendwie zum Schmelzen. »Wir gehen Mittagessen.« Er warf einen Blick auf meinen halb gegessenen Joghurt. »Echtes Essen.«

Jetzt, nachdem ich den Joghurt angefangen hatte, musste ich ihn fertig essen. Egal was noch kam, ich würde ihn nicht wegwerfen. »Gerne. Lass mich das schnell wegräumen.« Ich steckte ihn in einen kleinen Zip-Lock Beutel und stellte ihn dann zurück in den Kühlschrank im Pausenraum. Als ich zurückkam, neckte mich Calloway nicht deswegen, wie es andere

Leute wahrscheinlich tun würden. Er respektiert meine Überzeugungen und versuchte nicht, sie zu ändern— eine der Eigenschaften, die ich am meisten an ihm mochte.

Er legte seinen Arm um meine Taille, als wir die Straße hinuntergingen. Seine große Hand passte bequem um meine Hüften. Seine Finger waren warm, als sie mich hielten und er presste mich an seine Seite, als ob ich ihm wegfliegen könnte, wenn ich mich zu weit von ihm entfernte. »Hast du Hunger auf etwas Bestimmtes?«

»Nein. Ich esse alles.«

»Wie wäre es mit Pizza?«

Ich nickte. »Pizza ist gut.«

So schlenderten wir zu einer kleinen Pizzeria und gaben unsere Bestellung auf. Ich bestellte mir nur ein einzelnes Stück, weil ich nicht mehr als das essen konnte. Dass mir jemand mein Mittagessen bezahlte, ließ mich schuldig fühlen. Calloway ließ mich nie für etwas bezahlen, wenn wir zusammen ausgingen und während es sicher nett gemeint war, wusste ich manchmal nicht, wie ich mit seiner Großzügigkeit umgehen sollte. Niemals würde ich die Nacht vergessen, die ich auf dem Bürgersteig verbracht hatte, als mir ein völlig fremder, netter Mann hundert Dollar gegeben hatte, damit ich mir etwas zum Essen kaufen konnte. Ich war in Tränen ausgebrochen, als mir klargeworden war, dass es trotz der vielen Habgierigen auch so viele gute Leute gab. Calloway war einer dieser Leute, die selbstlos gaben. Das war es wahrscheinlich, warum ich so begeistert von ihm war … bis über beide Ohren.

Calloway saß mir gegenüber, aß zwei Stücke Pizza und einen Salat. Er äußerte sich nicht zu meinem Mittagessen oder blickte auch nur auf meinen Teller.

»Danke für das Mittagessen.«

Sein Gesichtsausdruck wurde für einen Augenblick ganz weich, aber er versuchte, es zu vertuschen. »Kein Problem, Sweetheart.«

»Ich hoffe, du lässt mich auch irgendwann mal zahlen.«

Er lachte sarkastisch. »Zähle nicht darauf.«

»Nun, eines Tages es wird passieren. Sei gewarnt.«

»Nenn mich altmodisch, aber meine Lady zahlt nicht.«

»Nenn mich fortschrittlich, aber Frauen sind gleichberechtigte Mitglieder der Gesellschaft.«

Er betrachtete mich und sein Mundwinkel hob sich zu einem Grinsen. »Ich hoffe, das wird sich nicht in eine Debatte über den Feminismus verwandeln.«

»Das hoffe ich auch.«

»Weil ich an die Gleichberechtigung glaube. Aber du kannst deinen Arsch darauf verwetten, dass ich jede Tür für dich öffnen und alles für dich bezahlen werde.«

Das war ein direkter Widerspruch zu allem, woran

ich glaubte, aber seine Worte wärmten mich irgendwie. Ich ließ niemanden auf mich aufpassen, weil noch nie jemand auf mich aufgepasst hatte. Alles, was ich wusste, war, wie man überleben konnte und sich auf *sich selbst* zu verlassen, um zu bekommen, was man brauchte. Aber das bedeutete nicht, dass eine andere Fantasie nicht noch tief in meinem Herzen lebte. Calloway war Mann genug, um das zu sein, was ich mein ganzes Leben lang vermisst hatte. Ich wusste es tief in meinem Bauch und deshalb traf ich mich weiter mit ihm. Die meisten Jungs bekamen erst gar kein Date. »Ich mache einen Deal mit dir.«

»Ich höre.«

»Ich lasse dich alles tun, wenn du mich auch etwas tun lässt.«

»Das wäre?« Er hob eine Augenbraue, unsicher, was er zu erwarten hatte.

»Wenn du mich auch einmal das Abendessen zahlen lässt.«

Er schüttelte den Kopf. »Ich will nicht irgendwo hin eingeladen werden.«

»Komm schon, Calloway. Ich denke, das ist fair.«

»Nein.«

»Ich wusste nicht, dass du so stur bist.« Ich wusste, dass ich ihn aufstacheln konnte, indem ich ihn bedrängte. Aber er würde irgendwann nachgeben.

»Ich bin nicht stur.«

»Dann lass mich dich auch einmal ausführen.«

Er murmelte vor sich hin. »Ich kann nicht glauben, dass ich dieses Gespräch mit ...«

»Denk darüber nach. Wenn du das einmal für mich tust, müssen wir den albernen Ich-lade-dich-ein-Tanz nie wieder tanzen. Das klingt doch wie ein gutes Geschäft für mich.«

Seine Augen verengten sich interessiert.

Ich wusste, dass er den Köder annahm.

»In Ordnung, ich tue es. Wenn du niemals wieder versuchst, irgendetwas zu bezahlen.«

»Abgemacht.« Ich streckte meine Hand aus, um seine zu schütteln.

Er schnappte sich mein Handgelenk schneller als eine Viper und drehte es um, sodass es zur Decke zeigte. Er drückte einen feuchten Kuss auf die weiche Haut und fuhr mit seiner Zunge entlang der sensiblen Nerven dort. Seine Augen verließen meine nicht einmal für einen Sekundenbruchteil.

Mein Mund wurde trocken.

Er legte meine Hand zurück auf den Tisch, weil aus mir alles Gefühl gewichen war. Ich konnte mich nicht einmal mehr bewegen. »Abgemacht.«

Wir saßen einander gegenüber an seinem Tisch und aßen die Pasta, die er zubereitet hatte. Er war ein ziemlich guter Koch, besser als die meisten Männer, die ich kannte. Christian sah eine Tüte Doritos als ein gutes Abendessen an und er hatte kaum Lebensmittel in seiner Wohnung. Er behauptete, dass es die Frauen davon abhielt, zu bleiben, aber ich wusste, dass er einfach nur faul war.

»Wo hast du kochen gelernt?«

Er leerte seinen Teller restlos und ließ nur ein paar Saucenspuren darauf zurück. »Meine Mutter hat mir ein paar Dinge beigebracht. Aber vor allem YouTube.« Er warf mir dieses bezaubernde Lächeln über den Tisch hinweg zu, seine Augen konzentriert und verspielt zugleich.

Er sprach nicht viel über private Dinge und ich wusste nicht viel über ihn. »Wann ist sie gestorben?«

»Vor etwa sieben Jahren.« Seine Stimme wurde plötzlich melancholisch, da das Thema ihn offenbar belastete.

Ich beschloss, es zu wechseln. »Letzte Woche, als wir herumgemacht haben ...«

Seine Augen leuchteten interessiert auf, während er mich anstarrte. Das Blau seiner Augen war lebendiger als das tiefste Meer. Er hing an jedem meiner Worte, ohne seine Gedanken preiszugeben. Diese waren immer noch von Geheimnissen umhüllt.

»Es ist mir ein bisschen peinlich, darüber zu sprechen.« Ich brach den Blickkontakt ab, da ich die Röte auf seinem Gesicht bemerkte. Er wusste genau, was ich meinte. Das war durch einen Blick in seine Augen offensichtlich. »Ich habe darum gebettelt, dass du mit mir schläfst, aber du hast es nicht getan. Du bist viel stärker als ich.« Sobald die Dinge heiß und heftig wurden, kümmerte ich mich nicht mehr um meine Prinzipien. Ich wollte nur noch diesen wunderschönen Mann, wollte, dass er mich in seine Matratze fickte und mir das intensivste Hoch meines Lebens schenkte.

»Es war nicht einfach.«

»Ich war überrascht, dass du es nicht getan hat.«

Er lehnte sich zurück an den Holzstuhl und seine breiten Schultern sahen fast bedrohlich aus. »Ich habe dir ein Versprechen gegeben und ich halte immer mein Wort. Ich möchte, dass du mir vertraust und ich weiß, dass ich mir es verdienen muss. Hoffentlich beginnst du schon damit.«

Ich war über das Anfangen längst hinaus. »Ich denke, du bist ein toller Kerl, Calloway. Ehrlich gesagt bin ich mir nicht sicher, was du mit mir willst. Du könntest ganz einfach die schönste Frau dieser Stadt haben.«

Sein Blick verfinsterte sich. »Die habe ich bereits.«

Augenblicklich wurde mein Herz eng in meiner Brust, und Schmetterlinge flatterten auf. »Das ist lieb …«

»Ich meine es ernst.« Das war nicht kitschig und ich wusste, dass er es auch nicht so meinte. Er war ein absolutes Sprachtalent. Er verwendete die einfachsten Worte und ließ sie absolut sexy klingen. Dass ein derart herber und trotzdem einfühlsamer Mann etwas von mir wollte, das war, als ob ein Traum wahr wurde. Ich wusste immer noch nicht, womit ich das verdient hatte. »Willst du ein Dessert?«

Meine Hand bewegte sich unter dem Tisch über meinen Bauch. »Nein, danke. Ich bin schon ziemlich voll.«

Seine Augen verengten sich. »Nicht so ein Dessert.«

Ich blies ihm einen und nahm seinen großen Schwanz ganz tief in meine Kehle. Er war so dick und lang, dass mir Tränen in die Augen traten. Aber auch, wenn ich mir den Kiefer bei dem Versuch ihn aufzunehmen fast ausrenkte, liebte ich jede Sekunde dabei.

Er warf mich zurück auf seine Laken und spreizte meine Oberschenkel. Sein Mund wanderte über meinen Körper bis zu dem Tal zwischen meinen Brüsten. Er verwöhnte diesen Bereich mit zarten Küssen, bevor er jede meiner Brustwarzen in den Mund saugte. Manchmal tat er es so fest, dass ich zusammenzuckte.

Aber aus unerklärlichen Gründen fühlte sich der Schmerz unglaublich gut an.

Sein Mund bewegte sich an meinen Hals und machte sich langsam auf den Weg zu meinem Ohrläppchen. Er knabberte an dem weichen Fleisch, bevor er mit seiner Zunge in meinen Gehörgang fuhr. Sein schwerer Atem strich über mein Ohr, bevor er sprach. »Ich kann es kaum erwarten, dich zu ficken, Sweetheart.«

Meine Hände fuhren über seinen Bizeps und spürten die Kraft und Stärke unter seiner Haut. Er war die Definition des idealen Mannes, groß, schroff, muskulös und autoritär. Ich hatte mein ganzes Leben nach solch einem Mann gesucht und schon angenommen, dass er nicht existierte.

Er hielt sein Gesicht über meinem und küsste mich fest auf den Mund. Unsere Zungen tanzten aggressiv miteinander und wollten mehr voneinander, da wir einfach nicht genug bekommen konnten. Er leckte mich und verrichtete bemerkenswerte Arbeit, die mich kommen ließ. Ich machte das Gleiche mit ihm, aber wir wollten beide mehr.

»Ich kann es kaum erwarten, bis du in mir bist.« Es würde eng werden, aber ich war mir sicher, dass er mich feucht genug machen würde, sodass es dann kein Problem sein würde.

Seine Augen verdunkelten sich in ihrer typischen Art

und Weise, sichtlich erfreut von dem, was ich gerade gesagt hatte. »Nimmst du die Pille?«

»Nein.«

»Dann musst du damit anfangen. Ich ziehe kein Kondom drüber.« Er kommandierte mich herum, als ob ich seine Mitarbeiterin wäre, aber solange wir herummachten, hatte ich nichts dagegen. Eigentlich mochte ich es auch. Manchmal packte er mich hart, presste meine Handgelenke über meinen Kopf oder zerrte mich an seine Seite, wenn ein anderer Mann mir zu nahekam. Das waren alles Dinge, die ich normalerweise verachten würde. Aber mit ihm, so hatte ich den Eindruck, konnte nichts falsch sein.

»Okay.«

Erfreut darüber, dass ich nicht argumentierte, er küsste mich wieder. »Du bläst hervorragend, nebenbei bemerkt.«

»Du leckst auch hervorragend.« Ich konnte nur annehmen, dass er jahrelang geübt hatte.

»Deine Muschi ist so süß, dass ich nicht genug davon bekommen kann.« Er saugte meine Unterlippe in den Mund. »Schmeckt wie Wassermelone.«

Ich schlang meine Arme um seinen Hals und meine Beine um seine Taille. Sein Schwanz drückte hart gegen meinen Bauch, obwohl er vor gerade mal zehn Minuten in meinen Mund gekommen war. Unsere sexuelle Beziehung war richtig heiß und ich hatte mich schon ein paar Mal verbrannt. »Vielleicht sollten wir die vier Wochen vergessen ...« Zwei Wochen waren auch lang genug. Ich hätte nie gedacht, dass ich mich jemals in so etwas Ernstes stürzen würde, aber ich glaubte zuvor ja auch nicht, dass ich jemals jemanden wie Calloway treffen würde. Ich wollte ihm alles geben— alles von mir.

Er knurrte an meinem Mund. »So verführerisch das auch klingt, wir müssen warten.«

»Auch, wenn ich darum bettle?« Ich fuhr mit meinen Händen über seine Brust und über die Täler seiner Bauchmuskeln.

Er knurrte wieder. »Fordere es nicht heraus, Sweetheart.« Er rollte sich von meinem Körper herunter und neben mich auf sein riesiges Bett. Die Laken waren weich wie Rosenblätter, und die Matratze war viel bequemer, als das harte Bett in meiner Wohnung. Wenn ich jetzt hier einschlief, ich würde nie wieder aufwachen. Im Haus war es so ruhig. Der Verkehrslärm von draußen drang nicht durch die schallgedämmten Fenster und die blendenden Strahlen der Straßenlaternen drangen nicht bis ins Schlafzimmer. Es roch immer nach ihm— Minze mit Männlichkeit gemischt. Es fing an, mein Lieblingsplatz auf dieser Welt zu werden.

Er zog mich an seine Seite, legte mein Bein um seine Taille und zog uns aneinander. Sein Schwanz war immer noch hart, aber das schien immer der Fall zu sein. Er legte einen Arm um meinen Nacken und den anderen um meine Taille.

Ich starrte in sein markantes Gesicht und dachte, dass er der perfekteste Mann der Welt war. Ohne darüber nachzudenken, wusste ich, dass ich mich in ihn verliebt hatte. Ich war mir nicht sicher, wann es angefangen hatte, vielleicht schon in der Nacht der Wohltätigkeits-Gala, aber es hatte sofort gefunkt. »Du bist perfekt, weißt du das?«

»Ich?« Sein Mundwinkel hob sich zu einem Lächeln.

»Ja.« Ich legte meine Hand an seinen Oberkörper. »Du.«

»Wie das?«

»Zum einen bist du verdammt sexy.«

Jetzt grinste er von einem Ohr zum anderen. »Ich mag dieses Gespräch wirklich. Weiter, was noch?«

»Du bist barmherzig. Du hilfst bedürftigen Menschen und das ist das Beeindruckendste, das ich je gesehen habe.«

Er sagte nichts dazu.

»Du küsst wirklich gut.«

Er lächelte wieder. »Es braucht immer zwei zum Tango tanzen, Sweetheart. Aber danke.«

»Als ich dich bat, dich nicht schlecht wegen mir zu fühlen, hast du zugehört.«

Sein Lächeln verschwand sofort.

»Ich habe mein ganzes Leben lang jemanden gesucht, der Manns genug für mich ist. Ich hätte nicht gedacht, dass es da draußen noch irgendwelche echten Männer gibt. »

»Ich bin auf jeden Fall Manns genug für dich.« Er packte meine Hüfte, dann glitt seine Hand zu meinem unteren Rücken. Seine Finger gruben sich bestimmend in meine Haut und markierten meinen Körper als sein Eigentum. »Ich werde jeden anderen Mann neben mir blass aussehen lassen.«

Meine Erfolgsbilanz war ziemlich schlecht, also würde es nicht schwer für ihn werden, das zu erreichen. Ich hatte massive Vertrauensprobleme, und so war es mir unmöglich, jemanden an mich heranzulassen. Aber Calloway war anders und ich wusste das. Er trug die gleiche Art von Narben wie ich, auch wenn er sie nicht zeigte. Ich wusste, dass er mich verstand und respektierte und mich nie verletzen würde. »Tust du bereits.«

Er küsste meinen Mundwinkel und verstärkte seinen Griff um meine Taille. »Hast du eigentlich den Mann geschlagen, den du damals eigentlich gemeint hast?«

»Taylors Ex?«

»Ja.«

»Nein. Nachdem ich mich bei dir zum Idioten gemacht habe, habe ich es ganz vergessen. Sie übrigens auch.«

»Er hat sie betrogen.«

»Er war verheiratet, hatte zwei Kinder und hat es ihr nie gesagt— verabscheuungswürdig.«

Er nickte zustimmend. »Wenn du nicht treu sein kannst, habe einfach keine Beziehung. Es ist so einfach.« Er betrachtete meine Lippen, als wollte er mich wieder küssen. »Es tut mir leid für deine Freundin.«

»Sie hat sich erholt. Ich habe mehr Mitleid mit seiner Frau. Sie ist mit einem Arschloch verheiratet und sie weiß es nicht einmal.«

»Taylor hat es ihr nie gesagt?«

»Nein.« Sie wollte seine Familie nicht zerbrechen und dann diese Schuld für den Rest ihres Lebens auf ihren Schultern tragen.

»Ich hoffe, das war eine einmalige Sache«, sagte er. »Und vielleicht schätzt er jetzt seine Familie.«

Ich bezweifelte das sehr. »Aber ich bin richtig froh, dass ich dich an seiner Stelle geschlagen habe. Wir wären jetzt nicht hier, wenn ich nicht ...«

»Dann sind wir schon zu zweit.« Seine Hand bewegte sich meine Wirbelsäule entlang, bis sie sich in die Haare in meinem Nacken grub. Er packte sie wie immer, nahm die Strähnen wie Zügel. »Und du kannst mich wieder schlagen, wann immer du willst.«

Ich kicherte. »Vielleicht, wenn du nicht brav bist.«

Seine Augen verdunkelten sich vor Begierde. »Ich

werde nicht brav sein, wenn du mich dann wieder schlägst.«

Mein Kichern erstarb und die Verwirrung nahm überhand. Ich dachte, er hätte darüber gescherzt, aber jetzt konnte ich es nicht sicher sagen. »Was?«

Er küsste mich langsam auf den Mund und wechselte das Thema, sodass ich mich nur noch darauf konzentrierte, wie sich seine weichen Lippen an meinen anfühlten. Er gab mir einen Teil seiner Zunge, seine Atemzüge waren heiß und feurig. Doch plötzlich zog er sich zurück und legte sich wieder neben mich, als ob gar nichts passiert wäre. »Du hast mich unlängst gefragt, ob es einen Grund gibt, warum ich Menschen helfe. Du hast mich gefragt, ob ich selbst etwas Schlimmes erlitten habe.«

Ich erinnerte mich an das Gespräch. Als er mir gesagt hatte, seine Kindheit wäre ganz normal verlaufen und er würde nicht unter schlimmen Erinnerungen leiden, hatte ich ihm das nicht so recht glauben können. Er war mir damals so dunkel erschienen. »Ich erinnere mich.«

»Nun, es gibt einen Grund. Ich rede einfach nicht gern darüber.«

»Du musst jetzt nicht darüber reden, wenn du nicht willst.« Er hatte mich nie unter Druck gesetzt, meine Vergangenheit preiszugeben. Er nahm nur, was ich ihm erzählte und das schätzte ich. Ich wollte ihn nicht bedrängen.

Er ignorierte meinen letzten Satz. »Mein Vater war drogenabhängig. Hauptsächlich Koks und Alkohol. Wenn er zu viel einnahm, wurde er ein anderer Mensch. Er tat meinem Bruder und mir Dinge an, die wir nie vergessen werden. Und er tat Dinge mit anderen Menschen ... Menschen, die das nicht verdient haben. Ich war geradezu dankbar dafür, dass meine Mutter rechtzeitig starb und so die Ungeheuerlichkeiten, die geschehen waren, nicht erfahren hat.«

Meine Brust schmerzte bei der Antwort, fühlte ich doch genau die gleiche Art von Schmerzen. Was auch immer er fühlte, fühlte ich doppelt so stark. Ich hatte schon eine Menge gelitten in meinem jungen Leben, aber zu wissen, dass ein anderer dasselbe durchgemacht hatte, ließ mich auch nicht besser fühlen. Tatsächlich ging es mir dann immer noch schlechter. »Es tut mir leid.«

»Ist okay. Es ist schon lange her.«

»Es ist egal, wie lange es her ist«, flüsterte ich. »Du vergisst nie.«

Seine Finger glitten sanft durch meine Haare und den Nacken hinunter. »Nein. Aber es wird einfacher.«

Es war das erste Mal, dass er mir etwas Privates von sich erzählte und ich war dankbar, dass er es mit mir teilte. »Danke, dass du es mir gesagt hast.«

»Du kannst mir vertrauen. Und ich kann dir vertrauen.«

»Ja ... es scheint so.«

Er küsste meinen Hals, bevor er sich aufsetzte und auf die Uhr sah. »Es wird schon spät ...« Es war seine Art, mich hinauszukomplimentieren.

Meine Gedanken fuhren Karussell wegen des plötzlichen Umschwunges seiner Gefühle. In einem Augenblick war er zugänglich und offen und teilte mir ein Geheimnis mit, das er noch niemandem erzählt hatte. Und im nächsten Moment warf er mich aus seinem Bett.

Was genau ist sein Problem?

»Ich muss morgen früh arbeiten und ich weiß, dass du es auch musst.« Er zog die Decke zurück und setzte sich auf. »Komm, ich bringe dich nach Hause.«

»Uh, im Ernst?«

»Im Ernst was?« Er drehte sich um und sah mich an, aber auch sein wie gemeißelter Körper würde ihn diesmal nicht retten.

»Schlafen Paare nicht zusammen?«

»Schon. Aber was hat das damit zu tun?«

»Warum willst du nicht, dass ich hier übernachte?« Ich setzte mich auf, zog das Laken über meine Brust und verbarg meine Nacktheit, da nun der süße und zärtliche Moment vorbei war.

»Es ist nicht so, dass ich nicht will, dass du hier schläfst. Es hat nichts mit dir zu tun.«

»Aber warum schmeißt du mich dann raus?«

»Ich schmeiße dich nicht raus«, sagte er. »Es ist nur schon spät und wir sollten uns noch etwas ausruhen.«

»Und wir können das nicht hier tun?« Dieser Kerl war in jeder Hinsicht perfekt, außer in dieser einen. Es schien fast, als hätte er etwas zu verbergen, aber was? »Siehst du jemand anderen?« Ich sagte das, aber ich konnte mich nicht zwingen, es zu glauben. Trotzdem war ich gerade entsetzlich wütend.

Jetzt wurden seine Augen feindlich. Er starrte mich an, als hätte ich gerade eine imaginäre Grenze überschritten. »Beleidige mich nicht noch einmal so.«

»Ich frage nur—«

»Frag' nicht. Ich habe dir gesagt, ich bin Dein und du bist Mein. Zweifle das nie wieder an.

»Dann erkläre mir—«

»Ich schulde dir keine Erklärung. Ich schulde dir überhaupt nichts.« Er stieg aus dem Bett, sein Körper stark und bedrohlich. »Alles, worum ich dich gebeten habe, war, nach Hause zu gehen und du hast ein Drama daraus gemacht. Vielleicht bin ich noch nicht bereit mit dir hier zu schlafen. Du willst mich nicht ficken und das habe ich respektiert, also musst du das andere auch respektieren.« Er packte meine Sachen und warf sie mir zu. »Zieh deinen Arsch an und lass uns gehen.«

Mein Kiefer klappte herunter, weil ich so schockiert war von dem, was er da sagte. Mit einem Fingerschnippen explodierte seine Wut und er schrie mich an, als ob ich ihm etwas Schreckliches angetan hätte. Noch vor einer Sekunde schmerzte mein Herz aus Mitleid mit ihm. Jetzt wollte ich ihm nur eins über die Rübe ziehen. »Rede nicht so mit mir.«

Er zog sein Hemd über den Kopf und stieg in seine Jeans. »Ich werde sagen, was immer ich will. Akzeptiere das einfach.«

Jetzt erreichte meine Wut ihren Höhepunkt. Er verwandelte sich von einer Sekunde zur anderen in eine völlig andere Person und ich mochte das kein bisschen. Meine Wut übernahm die Kontrolle über meinen Körper, ich marschierte zu ihm hin und schlug ihm hart ins Gesicht. Ich legte meine ganze Kraft hinein und schlug so hart zu wie ich nur konnte, sodass meine Handfläche hörbar gegen seine angespannte Wange klatschte.

Er drehte sich mit dem Schlag, sein Gesicht schleuderte nach rechts, als der Schwung meiner Hand seine Haut erreichte. Der Rest seines Körpers blieb stehen, seine breiten und kräftigen Schultern bewegten sich keinen Zentimeter. Sein Oberkörper hob und senkte sich mit schweren Atemzügen, sein Körper zum Zerreißen angespannt.

Er drehte langsam seinen Blick zu mir zurück, seine

blauen Augen plötzlich grau. Seine schwere Atmung setzte sich fort und seine mächtige Brust erhob sich mit jedem Atemzug. Seine Nasenlöcher flackerten, als er mich ansah und wie ein Nashorn, das aus seinem Käfig entkommen war, wollte er mich angreifen.

Ich hielt die Stellung und forderte ihn dazu auf, den ersten Schritt zu machen.

Er griff ganz plötzlich nach mir, packte mich am Hals und zog mich zu sich.

Ich stieß meinen Ellbogen nach unten und löste mich aus seinem Griff, bevor ich nochmals zuschlug.

Seine Augen weiteten sich und sein Körper spannte sich noch weiter an. »Oh Fuck!«

Ich wusste nicht, was zwischen uns passiert war, ich konnte nicht einmal sagen, ob es gut oder schlecht war. Ich sollte mich eigentlich von ihm bedroht fühlen, in Gefahr, aber ich tat es nicht. Eine brennende Hitze floss zwischen uns und ich fühlte, dass sie mich regelrecht verbrannte. Unerklärlich, aber ich wollte ihn wieder schlagen— wieder und wieder.

Er schnappte mich erneut, diesmal bekam er meine Handgelenke zu fassen und kreuzte sie hinter meinem Rücken, bevor er mich auf das Bett warf. Er drückte mich mit seinem ganzen Gewicht nieder und hielt mich in die Matratze gedrückt, ohne eine Chance darauf, zu entkommen.

Er drückte meine Handgelenke so fest, dass sie zu schmerzen begannen.

»Schlag mich nochmal und sieh zu, was passiert.« Er drückte seinen Schwanz in meinen Oberschenkel, gut spürbar durch seine Jeans. Er war härter als je zuvor, hart wie Stahl. »Schlage mich, wenn du so hart gefickt werden willst, dass du nicht mehr gehen kannst. Schlage mich, wenn du in deinen Mund gefickt werden willst, in deine Muschi und in deinen Arsch. Tu es.«

Meine Nippel verhärteten sich so sehr, dass sie richtig wehtaten. Sie wurden wund, als sie sich gegen die Polsterung meines BHs rieben. Sie schmerzten, als ob sie jemand wundgesaugt hätte. Meine Oberschenkel pressten sich zusammen, während ich nass wurde. Anstatt erschrocken und entsetzt zu sein, wurde ich wahnsinnig scharf.

Er fuhr fort, mir mit dem gleichen drohenden Ausdruck in die Augen zu starren und versprach, sein Wort wahr werden zu lassen, wenn ich ihn nicht ernst nahm. Schließlich ließ er meine Handgelenke frei und trat zurück, seine Schultern noch drohend ausgebreitet.

Ich sagte kein weiteres Wort.

Ich wusste nicht, was los war. Ich wusste nicht, was gerade zwischen uns passiert war. Es grenzte an Gewalt und war unentschuldbar, aber zur gleichen Zeit fühlte ich mich noch nie so lebendig. Das Blut in meinen

Adern rauschte, weil es so falsch war, dass es sich so richtig anfühlte.

»Ich werde ein Taxi nehmen.« Ich wollte so schnell wie möglich von ihm weg. Obwohl ich so erregt war, musste ich weg von ihm. Ich musste darüber nachdenken, was hier gerade passiert war.

»Nein. Ich bringe dich nach Hause.« Die ruhige Drohung in seiner Stimme sagte mir, ich solle ihm nicht widersprechen. Wenn ich das tat, würde es ernsthafte Konsequenzen haben.

Und ich glaubte ihm.

13

CALLOWAY

Ich stürmte in das Büro, packte den nächstbesten Tisch, hob ihn hoch und schmetterte ihn auf den Boden. Zwei der Beine brachen ab und die Platte zersprang genau in der Mitte. »Verdammte Scheiße!« Die Lampe fiel auf den Boden, zerbrach aber nicht, also packte ich sie und warf sie gegen die Wand. Das Glas zersprang.

Jackson schloss meine Bürotür hinter sich und starrte mich schockiert an, die Lippen fest zusammengepresst, als ob er sich so davon abhielt, etwas zu sagen, das mich noch mehr verärgern würde. Er verschloss die Tür von innen und fuhr fort, mich zu beobachten. Seine Augen folgten jeder meiner Bewegungen. »Schlechter Tag, hm?«

»Verpiss dich, Jackson. Ich bin nicht in Stimmung.« Ich ging um den Schreibtisch herum und ließ mich in den großen Ledersessel fallen. Nicht ein einziges Bild stand auf meinem Schreibtisch, weil ich niemanden hatte, der zu Hause auf mich wartete— nicht einmal einen Hund.

Ich stellte meine Ellenbogen auf den Schreibtisch und rieb dann meine Schläfen, um meinen Kopf von der Migräne zu befreien, die vor dreißig Minuten wie aus dem nichts erschienen war. Das Blut pochte in meinem Kopf und heizte meinen Zorn noch mehr an. Ich hätte jemanden umbringen können— mit bloßen Händen.

Jackson kam langsam weiter auf mich zu, seine Hände in den Taschen.« Ich vermute, das hat etwas mit dem Vanilla Girl zu tun?«

Vanilla Girl.

Wie genial.

Er ließ sich in den Stuhl fallen, der gegenüber von meinem Schreibtisch stand. »Was ist passiert?«

»Hör auf, mich solchen Scheiß zu fragen, als wären wir Freunde.«

»Wir sind keine Freunde. Wir sind Brüder. Also rede mit mir.«

Ich erzählte niemandem etwas. Ich war mein ganzes

Leben so gewesen. Je mehr andere über dich wussten, desto leichter war es für sie, dich zu zerreißen. Aber Jackson hatte recht. Er war mein letztes Familienmitglied auf der Welt und ich sollte sein Dasein nicht für selbstverständlich halten. Eines Tages könnte ich meinen Verstand verlieren, so wie es meiner Mutter ergangen war und mein Leben hätte absolut keinen Sinn mehr— weil ich mich nicht daran erinnern würde. »Ich habe einen großen Fehler gemacht.«

»Was ist passiert?«

»Wir lagen im Bett und alles war in Ordnung. Dann sagte ich ihr, ich würde sie nach Hause bringen.«

Jackson blieb ruhig, weil er wusste, dass noch mehr kommen würde.

»Sie wollte bleiben, aber ich sagte Nein.«

»Warum hast du Nein gesagt?«

»Ich habe nie jemanden über Nacht da. Hatte ich noch nie und werde ich nie haben.« Isabella hatte es akzeptiert, weil sie meine Sub war. Ich hatte ihr klipp und klar gesagt, dass es eine unverrückbare Grenze für mich war und sie hatte sie niemals überschritten. Sie hatte mir gehorcht, wie es Gesetz war. Warum konnte Rome nicht dasselbe tun?

»Hast du es ihr gesagt?«

»Nein. Ich habe ihr nicht wirklich eine Erklärung gegeben. Ich verlor völlig die Fassung und sagte eine

Menge Mist. Dann schlug sie mich ... und das hat die Sache noch viel schlimmer gemacht.«

»Sie hat dich geschlagen?« Er grinste. »Die hat Eier.«

Das hatte sie. »Sie schlug mich noch ein paar Mal und ich hätte sie fast auf meinem Bett vergewaltigt. Irgendwie fand ich die Kraft, es nicht zu tun. Sofort wechselte ich zu meiner dominanten Seite. Ich sagte ihr, sie solle mir gehorchen, oder ich würde sie mit Gewalt dazu zwingen. Ich verlor völlig die Kontrolle. Und ich bin mir ziemlich sicher, dass ich sie dadurch verloren habe. Sie war noch nicht bereit, diese Seite von mir zu akzeptieren. Ich habe sie nicht vorsichtig herangeführt oder ihr erklärt, was für ein Mann ich bin. Sie sah nur das Tier in mir ohne Vorwarnung herauskommen.«

»Scheiße ...«

»Ja.« Ich rieb meine Schläfe und wünschte, dass diese Nacht nur ein Albtraum wäre.

»Noch mal, warum hast du sie nicht einfach bei dir übernachten lassen?«

»Wie soll ich hierherkommen, wenn sie in meinem Bett liegt? Sie würde wissen wollen, was es bedeutet, wenn ich irgendwann nachts gehe und ich müsste ihr die *Ruine* erklären ... und sie wird es nicht verstehen. Nicht jetzt. Wir sind noch nicht so weit.«

»Ehrlich gesagt, ich glaube nicht, dass du jemals dorthin kommen wirst.«

Mein Blut wurde kalt. »Was soll das heißen?«

»Mach die Augen auf, Mann. Sie wird nie eine Sub sein. Sie ist eine Vanilla und wir beide wissen es. Willst du wirklich verstecken, was du bist? Warum haben wir diesen Club? Hier können wir uns mit Leuten umgeben, die genauso sind wie wir. Bei diesem Chick willst du jemand sein, der du nicht bist. Ist es das, was du wirklich willst?«

Es dauerte nicht lange, bis ich meine Antwort fand: »Nein.«

»Dann lass sie sausen und geh zurück zu Isabella. Sie wird dich sofort wieder nehmen.«

Das war das Problem. »Aber ich will nicht zurück zu Isabella. Ich will Rome.« Ich konnte es nicht leugnen, aber ein neues Gefühl war ganz tief in meinem Bauch. Gerade wegen ihrer Geradlinigkeit sehnte ich mich nach ihr. Ich wollte sie mit mir in die Dunkelheit ziehen und im Schatten verschwinden, bis wir eins mit der Dunkelheit waren. Ich wollte es nicht mit jemand anderem machen— nur mit Rome.

»Nun, du kannst kein Vanilla Girl haben. Du hast es versucht und hast versagt.«

»Ich habe nicht versagt. Wir haben nur ... eine schwierige Stelle getroffen.«

»Nach allem, was passiert ist, wird sie nichts mehr mit dir zu tun haben wollen, Mann.« Er schüttelte den

Kopf, sein Kiefer so angespannt wie meiner. Er hatte den gleichen lauernden Blick, den ich hatte— der gleiche Blick, den auch unser Vater hatte. »Sie wird denken, dass du ein Freak bist. Ein Monster.«

Leider hatte er wohl recht.

14

Rome

»Was geht?« Christian kam zu mir in meine Wohnung und nahm sich ein Bier aus dem Kühlschrank. »Was ist der große Notfall?« Er fiel auf die mottenzerfressene Couch und legte die Füße auf den Couchtisch. Er wandte sein Ohr zur Tür und lauschte. »Es ist furchtbar still hier. Ist jemand ausgezogen? »

»Der Kerl den Gang runter ist weg.«

»Derjenige, der die ganze Nacht lang Musik gespielt hat?«

»Ja.«

Er nickte. »Nicht schade drum.«

Ich setzte mich neben ihn, mit einem Weinglas und

der vollen Flasche in der Hand. »Ich weiß nicht, was ich mit Calloway machen soll. Es könnte sein, dass das mit uns nichts wird.«

Christian spuckte fast sein Bier aus, als er sich verschluckte. »Whoa, stopp.« Er wischte sich den Mund am Hemdkragen ab und stellte das Bier auf den Couchtisch. »Was hast du da gesagt?«

»Wir hatten letzte Nacht einen Streit und es sind seltsame Sachen passiert ...«

Mit erhobenen Augenbrauen starrte er mich an. »Das musst du mir genauer erzählen.«

Christian und ich waren nicht blutsverwandt, aber es war immer noch komisch, mit ihm über mein Liebesleben zu sprechen. Es war etwas, das keiner von uns gerne erwähnte. »Wir waren im Bett und ...« Es fühlte sich seltsam an, auch nur so viel zu sagen. »Und ich wollte bei ihm übernachten, aber er wollte, dass ich gehe.«

Seine Augen verengten sich, während sich sein Blick verfinsterte. »Er hat mit dir geschlafen und hat dich dann rausgeschmissen? Nun, das ist ein Arschloch.«

»Wir haben nicht miteinander geschlafen. Wir haben einfach ... na ja.« Gott, war das peinlich.

»Oh ... verstehe.« Christian würde jetzt normalerweise einen oder zwei Witze machen, aber er riss sich zusammen. »Hat er denn gesagt, warum?«

»Nein. Und dann bin ich irgendwie durchgedreht

und sagte ein paar Dinge, die ich nicht so gemeint habe … dass er ausgehen wollte, um sich mit jemandem zum Vögeln zu treffen. Dann schrie er mich an und sagte mir, ich solle mich um meinen eigenen Kram kümmern. Also schlug ich ihn.« Ich schauderte bei diesem letzten Teil.

»Scheiße. Das klingt wie ein echter Streit.«

»Es ist aus dem Ruder gelaufen.« *Gelinde gesagt.*

»Warum denkst du daran, ihn zu verlassen? Andere Paare streiten auch immer wieder mal.«

»Aber glaubst du nicht, dass irgendwas seltsam ist, weil er mich nicht bei sich übernachten lässt? Es ist schon das zweite Mal, dass er das getan hat.«

Christian nahm sein Bier vom Tisch und trank einen Schluck. »Ehrlich gesagt, ich bin diesmal auf seiner Seite.«

»Was?« Ernsthaft?

»Du kennst ihn noch nicht lange und ihr habt noch nicht miteinander geschlafen. Wenn der Kerl nicht will, dass du bei ihm übernachtest, denke ich, dass er das Recht dazu hat. Ehrlich gesagt, wenn das eine Frau zu einem Mann sagt, würde niemand darüber nachdenken. Er würde das respektieren und gut ist. Das sind zweierlei Maß.«

Mein Kiefer fiel herunter. »Das ist nicht mit zweierlei Maß gemessen.«

»Sorry, Schwesterherz. Ist es.«

»Aber du denkst nicht, dass es seltsam ist, dass er mir nicht sagen will, warum?«

Er zuckte mit den Schultern. »Hast du ihm alles über dich erzählt?«

»Das meiste.«

»Ich weiß nicht ... ich denke, jeder hat Anspruch auf ein wenig Privatsphäre. Wenn ihr euch seit sechs Monaten treffen würdet, würde ich was anderes sagen. Aber im Moment, glaube ich, hat er recht. Und ich denke, du musst dich dafür entschuldigen, dass du ihn geschlagen hast.«

»Er war richtig gemein zu mir.«

»Ja, das war er wohl. Aber er hat nie die Hand gegen dich erhoben, nicht wahr?«

Ich wusste, dass er mich hatte.

»Zweierlei Maß— schon wieder.«

Ich bedeckte mein Gesicht mit den Händen, weil ich wusste, dass er recht hatte.

»Ich glaube nicht, dass du deshalb mit ihm Schluss machen solltest. Aber ich glaube, er wird wahrscheinlich mit dir Schluss machen.«

Mein Magen verkrampfte sich, als mir die Wahrheit bewusstwurde. Christian hatte recht und ich wusste es. Die Situation war völlig verfahren, aber ich war diejenige gewesen, die zuerst die Beherrschung verloren hatte. Wir hatten so friedlich beieinandergelegen, als er mich plötzlich weggeschoben hatte. Tief im Inneren wusste ich, dass das der wahre Grund dafür war, warum ich so sauer geworden war. Ich hatte einfach alles falsch gemacht.

»Zumindest habe ich einen Hengst zum Weiber abschleppen. Die Jungs aus dem Büro sind zu brav für sowas.«

»Christian.« Ich war nicht in der Stimmung für seine Witze.

»Was? Wenn ihr euch trennt, kann ich nicht mehr mit ihm befreundet sein? »

»Du kannst keine Chicks mit ihm aufreißen.«

»Warum?« Er trank den Rest seines Bieres aus und stellte die leere Flasche auf den Tisch. »Ich werde es dir natürlich nicht erzählen.«

Ich verdrehte die Augen, weil er es nicht verstand.

Ein Klopfen ertönte von der Tür her. Es war laut und eindringlich und sagte mir, dass ein Mann auf der anderen Seite stand.

Christians Augen huschten zur Tür. »Ich frage mich, wer das sein könnte?«

Scheiße. Calloway kam auf seinem Heimweg vorbei und er wollte mich loswerden, bevor er mit seinem Leben weitermachte. Das war das Ende, aber das wollte ich nicht akzeptieren. Mein Körper lebte bei ihm auf, in einer Art und Weise, wie er es sonst für niemanden tat. Hatte ich das Beste verloren, was mir je passiert war?

Christian wandte seinen Blick zu mir zurück. »Hab Eier und öffne die Tür.«

Ich würde ihm normalerweise sagen, er könnte mich mal sonst wo, aber in diesem Fall hatte er recht. Ich atmete tief ein, bevor ich den Drehknopf bediente und die Tür öffnete.

Calloway stand auf der anderen Seite und trug einen dunkelblauen Anzug mit einer schwarzen Krawatte. Nach einer Million Dollar aussehend, ließ er den Flur wie einen schmalen Tunnel wirken. Sein dunkles Haar war verstrubbelt, da er mit seinen Fingern hindurchgefahren war und seine Augen hatten ihren typischen eiskalten Blick. Seine Gedanken konnte ich nicht erraten, da er sie tief in seinem Innersten vergraben hatte.

Ich ahnte aber, was kommen würde. »Hallo.«

Er erwiderte den Gruß nicht. Alles was er tat, war ein leichtes Nicken mit dem Kopf.

Christian räusperte sich und ging an mir vorbei, um zur Tür zu gelangen. Er drückte sich ungeschickt an Calloway vorbei und grüßte ihn flüchtig, bevor er im Flur verschwand.

Calloways Augen blieben an mir haften, als hätte er ihn nicht bemerkt.

»Willst du reinkommen?«

Calloway kam herein und brachte eine Schwere mit sich. Er zupfte seine Ärmel aus Gewohnheit zurecht und stand in der Mitte meiner winzigen Wohnung. Diese wirkte durch ihn noch kleiner, wie ein zu kleiner Käfig für ein riesiges Tier. Er schaute sich kurz um, bevor er sich zurück zu mir drehte.

Ich schloss die Tür und als ich so ein paar Meter von ihm entfernt stand, fühlte ich mich plötzlich überaus ängstlich und nervös. Seine Wange war nicht mehr rot von meiner Handfläche, aber er war offensichtlich noch immer sehr wütend. Als er mich letzte Nacht hier abgesetzt hatte, hatte er sich nicht von mir verabschiedet. Er hatte allerdings gewartet, bis ich drinnen war, ehe er davongefahren war.

Er schob seine Hände in die Taschen und verlagerte sein Gewicht auf ein Bein, was garantiert die Fantasie jeder Frau anheizte.

Ich hatte vergessen, wie heiß er war.

Wenn er jetzt Schluss machte, wäre es noch schlimmer.

Er sagte immer noch nichts, als ob er erwartete, dass ich zuerst sprach.

»Ich weiß, warum du hier bist. Und ich denke, wir sollten das so schnell und schmerzlos wie möglich hinter uns bringen.«

»Schmerzlos?« Seine Augenbrauen hoben sich auf eine überaus anregende Art. Niemand sonst konnte das so durchziehen. »Es gibt keine Lust ohne Schmerzen.«

»Was?« Ich verstand nicht, was er meinte, aber es schien, als ob ich es sollte.

Er ging nicht näher darauf ein.

Ich bekam nicht mehr aus ihm heraus, also sprach ich weiter. »Ich weiß, dass du hier bist, um die Sache mit mir zu beenden und das ist okay. Ich verstehe, dass du verärgert bist und ich denke, du hast jedes Recht zu gehen. Aber ich möchte, dass du weißt, dass es mir leidtut. Es tut mir sehr leid, dass ich dich geschlagen—«

»Entschuldige dich nicht dafür.« Völlig unerwartet brach Aggression aus seiner Kehle und traf mich wie ein Blitz. Der Blick, den er mir zuwarf war ein wenig angsteinflößend— und zugleich ein bisschen sexy.

»Aber es war falsch von mir. Ich weiß nicht einmal, warum ich es getan habe ... »

»Weil es dir gefallen hat. Und du wusstest, dass ich es mochte.« Er schloss die Lücke zwischen uns und kam so nah, dass wir uns küssen konnten. »Ich bin nicht hier, um mit dir Schluss zu machen. Tatsächlich bin ich hier, um dich zu bitten, bei mir zu bleiben.«

»Du brauchst nicht zu bitten.«

»Dann werde ich einfach fragen.« Seine Hände bewegten sich zu meinen Hüften, wo sich seine Finger sanft in meine Seiten gruben. »Es tut mir leid, dass ich dich so unsanft angegangen bin. Ich habe nur ... Probleme.«

»Was für Probleme?«

»Aggressionsprobleme.«

Er hatte sie sehr gut versteckt bis zu diesem Punkt.

»Kontrollprobleme.«

Das hatte ich schon gemerkt.

»Und ich werde mich nie ändern. Ich bin, wie ich bin und ich werde mich bremsen, wenn wir zusammen sind. Aber manchmal wird es mir entgleiten. Wenn das in Ordnung ist, würde ich gerne weiter mit dir zusammen sein.«

»Zu deiner Verteidigung: Ich fühle mich, als hätte ich dich provoziert.«

»Nein.« Er zog mich näher an seine Brust. Du hast mir eine Frage gestellt und ich habe dir keine gute Antwort gegeben.«

»Ich war zu hart zu dir ...«

»Ich mag es, wenn du hart zu mir bist. Deshalb bin ich so besessen von dir.« Er lehnte sich an mich und drückte seine Lippen auf meine. Der Kuss war so weich, dass ich dachte, seine Lippen wären aus Rosen gemacht.

Als er sich zurückzog, war mir ein wenig schwindlig. Die ganze Wut, die ich in der Nacht zuvor auf ihn gehabt hatte, verschwand. Jetzt wollte ich nur, dass er für immer bei mir blieb. Ich wollte diesen Kuss eine Million Mal haben, bis die Sonne ausbrannte.

»Es tut mir leid und es tut dir leid.« Er küsste meinen Mundwinkel. »Jetzt können wir weitermachen.«

»Ja…«

Er hielt meine Wange, bevor er mich wieder küsste und mich an sich zog.

Ich schmolz unter der Berührung und fühlte, dass mein ganzer Körper ihm verfiel. Ich war am Ertrinken, aber jeder Moment, in dem ich keine Luft bekam, war der beste Kampf, den ich je erlebt hatte.

Er führte mich zu meinem kleinen Bett in der Ecke und legte mich darauf nieder, wobei sein mächtiger Körper meinen bedeckte. Seine Hände zerrten schon mein Kleid nach oben, bevor er seine Jacke auszog. Er schlang mein Bein um seine Taille, bevor er seinen Mund auf meinen presste und meine Lippen durch die Intensität seines Kusses zum Zerspringen brachte.

Als wäre nichts passiert, wand ich meine Arme um seinen Hals und vertiefte den Kuss, fiel unter den Bann, den er verbreitete. Er hatte eine Macht über mich, die nicht erschüttert werden konnte und sie steckte bis tief in meinen Knochen. Er besaß mich und beanspruchte mich als die Seine und zum ersten Mal in meinem Leben war ich einverstanden damit, von einem Mann beansprucht zu werden.

Nachdem wir dann das Abendessen in seiner Wohnung gegessen hatten, ging ich zur Spüle und begann damit, das schmutzige Geschirr zu schrubben. Eine Gewohnheit, die ich nicht ablegen mochte, war, dass ich alles schmutzige Geschirr in die Spülmaschine stellte, bevor ich ins Bett ging. Wenn ich am Morgen eine saubere Küche vorfand, fühlte ich mich wohl. Und eine so schöne Küche wie seine musste sauber gehalten werden.

»Was machst du?« Er drehte den Wasserhahn ab und nahm den Teller aus meiner Hand.

»Geschirr vorspülen. Hast du das noch nie vorher gemacht?« Mein Mundwinkel hob sich, weil ich es genoss, es besser zu wissen.

»Oft genug.« Er stellte den nassen Teller in die Spüle. »Aber du machst den Abwasch nicht. Ich werde mich später darum kümmern.«

»Aber du kümmerst dich doch immer darum.«

»Weil du mein Gast bist.« Er packte meine beiden Handgelenke und führte mich zur Kücheninsel, wo er meinen Rücken gegen die Theke drückte. Er hielt meine Handgelenke fest und drückte sie leicht. »Verstehst du mich?«

»Nein. Ich werde dich nie verstehen.« Manchmal widersprach ich ihm, nur um ihn aufzuregen. Seine Augen schenkten mir einen schwelenden Blick und er war so sogar noch schöner.

»Ich glaube, ich muss dich dazu zwingen.« Er hob mich auf und setzte mich auf die Kücheninsel. Er wickelte meine Beine um seine Taille und drückte seinen harten Schwanz durch seine Jeans direkt an mich. »Falls es noch nicht klar war, mein Schwanz ist nur hart für dich— für niemanden sonst. Also beschuldige mich nie wieder einer anderen Sache.« Seine Hand packte meine Haare und er fand einen guten Halt in meinem Nacken. »Verstehen wir einander jetzt?«

Dieses Mal gehorchte ich ihm. »Ja.«

»Gut.« In einem Sekundenbruchteil schob er seine Hand unter mein Kleid und in meinen Schlüpfer. Seine Finger fanden meine Klitoris und er rieb mich aggressiv und versuchte mich direkt mitten in seiner Küche zum Kommen zu bringen. Er schaute mir mit dem gleichen stählernen Ausdruck in die Augen und beobachtete mich dabei, wie ich mich für ihn wand. »Ich liebe es, dein Gesicht zu sehen, wenn du kommst.«

Meine Hände bewegten sich zu seinem Bizeps, meinem Anker, und ich hielt mich fest, während er fortfuhr, mich unten zu reiben. Es fühlte sich so erstaunlich an, wie ein Feuer, das weißglühend brannte. Es versengte jeden Zentimeter meiner Haut und verbrannt mich von innen nach außen.

Er drückte seine Lippen an mein Ohr und hielt den Atem an und wartete auf den richtigen Moment.

Ich spürte das Brennen zwischen meinen Beinen anschwellen, bis ich nicht mehr konnte.

»Komm jetzt.«

Ich gehorchte seinem Befehl und fühlte, wie mein Körper zerfiel, als mich die Lust schier zerriss. Unzusammenhängende Schreie entrangen sich meiner Kehle und ich wusste nicht, was ich sagte oder was ich sagen wollte. Nur mit seinen Fingern brachte er mich zum Schmelzen. Ich konnte mir nur vorstellen, was sein großer, dicker Schwanz tun würde.

Er bewunderte den erschöpften Blick auf mein Gesicht und seine Mundwinkel hoben sich zu einem triumphierenden Grinsen. »Ich hoffe, du bist nicht zu müde. Weil ich jetzt dran bin.«

Ich hatte mich noch nie in meinem Leben so sehr nach einem Schwanz in meinem Mund gesehnt, wie gerade jetzt. Und jetzt war es alles, was ich wollte. Seinen Schwanz so tief, dass ich keine Luft mehr bekam, bis meine Augen tränten. »Dafür bin ich nie zu müde.«

Wir lagen in seinem großen Bett, zusammengerollt unter den Laken. Der kalte Frost drückte gegen die Fenster und ließ uns fühlen, wie in einem Winterwunderland. Am Tag zuvor hatte es geschneit und frischer Pulverschnee lag auf den Bürgersteigen.

Wir brauchten keine Zentralheizung, weil ich diesen stattlichen Mann neben mir hatte. Groß und mächtig hielt mich sein Körper warm und beschützte mich vor der Kälte. Mit ihm brauchte ich keine Kleidung oder Schutz. Ich brauchte nur Calloway.

»Darf ich dich etwas fragen?« Ich fuhr mit meiner Hand über seine Brust und auf seine Schulter und fühlte alle Rillen der einzelnen Muskeln.

»Ja.«

»Wann trainierst du?« Er hatte nie erwähnt, ins Fitnessstudio zu gehen, aber mir war klar, dass er trainieren musste. Es gab keinen Weg, dass ein Mann ohne ernsthaftes Training so aussehen könnte. Wenn nicht, dann war er wirklich ein Gott.

»Früh am Morgen vor der Arbeit.«

Das würde erklären, warum er es nie erwähnt hatte. »Ich habe vor, auch zu trainieren ... aber das sage ich schon seit Jahren und habe noch immer nichts getan.« Ich war zu beschäftigt und hatte kein Geld für eine Mitgliedschaft im Fitnessstudio.

»Das kommt davon, weil du immerzu nichts isst«, neckte er.

»Ich esse«, argumentierte ich. »Sonst wäre ich tot.«

»Aber du isst sicher nicht genug.« Seine Hand glitt über meinen flachen Bauch zu meiner Hüfte. »Aber ich denke, dass dein Körper immer noch sexy ist.«

»Wirklich? Ich mag meine Beine nicht.«

»Warum?«

»Sie sind zu dünn. Sie erinnern mich an Hühnerbeine.«

»Mach ein paar Kniebeugen.«

»Ich glaube nicht, dass ich das will.« Heiß und verschwitzt in einem Fitnessstudio trainieren, das war nicht mein Ding. Ich hätte nie den Ehrgeiz, um das durchzuziehen. Außerdem würden mich alle anstarren, weil sie merken würden, dass ich keine Ahnung hatte, was ich tat. »Da würde ich schon lieber auf deinem Gesicht hocken.«

Seine Augen verdunkelten sich sofort bei dieser Bemerkung und wurden dunkler als die Unterwelt. »Das klingt nach perfektem Training.«

»Ich stimme zu.«

Er zog mich näher an sich heran und drückte ein paar Küsse auf mein Ohrläppchen. Ich liebte das Gefühl, wie sein schwerer Atem in meinem Ohr verstärkt wurde. Ich konnte seine sexuelle Lust zusammen mit seiner Zurückhaltung fühlen. Und als seine Zunge über das empfindliche Gebiet wanderte, bekam ich Gänsehaut.

Ich wollte wieder die ganze Nacht in seinem Bett bleiben, aber ich kannte den Ausgang des Abends. Wie in jeder anderen Nacht würde ich gehen müssen. Dieses Mal würde ich keine Fragen deshalb stellen. Er wollte offensichtlich nicht darüber reden und ich wollte ein offenes Gespräch nicht erzwingen. Ich wusste, dass er nicht hinter meinem Rücken beliebig herumfickte. Das war nicht seine Art und ich wusste, dass er mich auf diese Weise nicht verletzen würde. Er musste Probleme damit haben, seine Wohnung zu teilen— und nichts weiter. »Darf ich dich etwas fragen?«

»Frag nicht, ob du fragen kannst. Frag einfach.« Seine Hand ruhte in der Kurve entlang meiner Taille.

»Warst du jemals verliebt?« Vielleicht hatte er ja mal eine ernsthafte Beziehung zu jemandem, aber es hatte dann doch nicht geklappt. Vielleicht hatte er jede Nacht neben ihr geschlafen, bis es zu einer schmerzhaften Trennung gekommen war und seitdem hatte er nie wieder neben jemandem schlafen können. Ich versuchte, nicht neugierig zu sein. Ich wollte wirklich nur mehr über den Mann wissen, in den ich mich verliebt hatte.

»Nein.« Seine Antwort war so kalt und hart, dass es wohl stimmte und er niemals so für jemanden gefühlt hatte.

»Oh ...« Nun, da meine Theorie falsch war, wusste ich wieder nicht, was ich denken sollte. »Hattest du mal eine ernsthafte Beziehung?« Die Antwort musste auch Nein lauten.

»Nein.«

Jetzt wusste ich nicht mehr, was ich sagen sollte.

»Ich war mit jemandem zusammen, kurz bevor ich dich kennen lernte. Aber wir hatten keine Beziehung.

Wir sahen uns eine Weile, aber es gab keine Gefühle ... nicht so, wie wir sie jetzt haben.«

»Wie lang?«

Er zögerte, bevor er antwortete. »Ein Jahr.«

Mein Kiefer klappte herunter. »Ihr wart ein Jahr zusammen, aber es war nie was Ernstes?«

»Ja. Wir waren einfach monogame Fick-Freunde.« Es war keine Reue auf seinem Gesicht zu erkennen für das, was er da gerade gesagt hatte. Und er schien sich nicht um meine Meinung dazu zu kümmern.

»Lag es vielleicht daran, dass du die richtige Person einfach noch nicht gefunden hast?« Calloway war schön, reich und einfühlsam. Er konnte jede haben, die er wollte und es war nicht völlig überraschend, dass er gar so emotional ungebunden war. Er konnte tun und lassen, was er wollte und damit ungeschoren davonkommen.

»Möglicherweise. Aber ehrlich gesagt habe ich noch nie etwas Ernstes gesucht. Ehe und Ähnliches habe ich nicht im Sinn.« Er beobachtete meinen Ausdruck und sah meine Augen vor Aufregung hin- und herwandern. »Ich weiß, das ist nicht das, was du hören willst, aber ich will dich nicht anlügen.«

»Das heißt also, das hier hat ein Verfallsdatum?«

Er presste die Lippen aufeinander. »Nein, nicht unbedingt. Die Vorstellung, dich zu verlieren, jagt mir Angst ein. Ich will nicht morgens aufwachen, ohne zu wissen, dass du Mein bist. Ich weiß, es ist alles noch neu und wir kennen uns noch nicht lange, aber ... ich fühle anders bei dir.«

Alle meine Angst verschwand, als er diese Worte sagte. »Ich fühle auch anders bei dir.«

»Meine Vergangenheit hat nichts mit uns zu tun, das kann man nicht vergleichen.« Der Druck seiner Hand verstärkte sich an meinem unteren Rücken und presste mich an ihn. »Ich weiß nur, dass ich bei dir sein will— und nur bei dir.«

Mein Herz warnte mich, dass ich mich auf etwas Gefährliches einließ. Calloway war unberechenbar und hatte nicht die Art von Vergangenheit, die ich bei einem Mann suchte. Ich hätte lieber von ihm gehört, dass er eine ernsthafte Beziehung gehabt hatte und auf der Suche nach einer Ehefrau und Kindern war ... doch das war nicht der Fall. Aber ich wusste, dass ich nicht von ihm loskommen würde, weil ich so starke Gefühle für ihn hatte. Mein Herz schlug wild in meiner Brust, wann immer er mir nahe war und meine Knie wurden weich, wenn er mich küsste. Ich hatte mein ganzes Leben lang nach jemandem wie ihm gesucht, einem Partner, der den weniger Glücklichen half. Ich hatte nach einem Mann gesucht, der nicht aufgab, wenn die Zeiten rau wurden. Ich hatte nach einem Mann gesucht, der mir dieses wunderbare Gefühl der Glückseligkeit gab, sooft er mich auch küsste. Aus diesen Gründen wollte ich ihn nicht verlassen.

Ich wollte ihn nie verlassen.

Christian ging im Park neben mir her und nippte an seinem Kaffee. Wir waren beide von der Arbeit gekommen und hatten beschlossen, uns zu einem frühen Abendessen zu treffen. Jetzt verbrauchten wir die Kalorien wieder, die wir angesammelt hatten, weil wir unsere Mägen mit zu viel indischem Essen vollgestopft hatten.

Der Herbst im Central Park war schön, weil sich die Blätter in Rot und Gold verfärbten. Der Winter war wie ein leeres weißes Blatt. Die Blätter der Bäume waren wie mit Puderzucker bestäubt und der Teich von einer dicken Eisschicht bedeckt. Aber trotzdem war die Parkanlage immer noch schön.

»Mann, ich hasse die Arbeit gerade.« Sein knielanger grauer Mantel hielt seinen großen Körper warm. »Es hört nie auf. Immer, wenn ich glaube, dass ich alles aufgearbeitet habe, gehe ich am nächsten Morgen hin und der Albtraum geht von vorne an.«

»Ja, aber du liebst das doch.«

»Nein. Ich bräuchte ja nur eine Sugar Mama finden. Du weißt schon, eine heiße kleine Nummer, die Kohle macht. Ich könnte den ganzen Tag zu Hause bleiben und Videospiele spielen und wenn sie nach Hause kommt, könnte sie meinen Schwanz reiten und mir damit ein Geschenk machen.«

Ich verdrehte die Augen. »Das würdest du niemals machen.«

»Hölle ja, das würde ich. Wenn ich eine Ärztin oder eine Anwältin oder so etwas treffen würde.«

»Du würdest dich langweilen.«

Er schüttelte den Kopf. »Da kennst du mich aber nicht gut. Außerdem hätten wir Kinder, also würde ich mich um sie kümmern.«

»Und wenn sie den ganzen Tag in der Schule sind?«

Er zuckte mit den Schultern. »Ich würde auf Amazon einkaufen.«

Dieses Mal schmunzelte ich tatsächlich.

Er nippte an seinem Kaffee und schob seine freie Hand in die Tasche, um sie warm zu halten. »Also, wie geht es mit Mr. Traummann?«

»Nenn ihn nicht so.«

»Was? Er ist es.«

»Vielleicht könnte er ja deine Sugar Mama sein, wenn du ihn so sehr magst.«

Er fand die Idee nicht völlig abwegig und zuckte nur mit den Schultern. »Das wäre nicht die schlechteste Idee. Wir beide mögen die Knicks und er ist ziemlich entspannt.«

Ich wusste nicht, ob er das jetzt ernst meinte. »Es läuft gut. Wir haben uns wieder vertragen und alles Weitere lief reibungslos.«

»Beeindruckend. Ich bin überrascht, dass er dich nicht verlassen hat.«

»Dann sind wir schon zu zweit.« Ich hatte ihn geschlagen— und tief in mir drin hatte es mir gefallen. Ich war eigentlich nicht gewalttätig, aber das hatte mich irgendwie angemacht.

»Er muss dich wirklich mögen. Ich habe das schon beim ersten Mal festgestellt, als ich ihn traf. Er sieht niemanden im Zimmer an, außer dir. Ich bin mir nicht sicher, warum. Ich meine, es ist ja nicht so, als wärst du ein Supermodel oder so.«

»Uh, danke.«

»Was auch immer du an dir hast, er mag es. Sieht so aus, als würdest du etwas richtigmachen.«

Das letzte Gespräch, das wir geführt hatten, handelte von seinem Mangel an Bindungsfähigkeit. Er war nicht auf der Suche nach Frau und Kindern. Er hatte noch nie darüber nachgedacht und selbst jetzt war es ihm nicht wichtig. Ich war mir nicht sicher, ob ich mir deshalb Sorgen machen sollte. Ich musste nicht sofort heiraten, aber ich wollte auch nicht mit ihm meine Zeit verschwenden. »Ich möchte dich etwas fragen und du musst mich ernst nehmen.«

»Ich?« Er gluckste. »Als ob das möglich wäre.«

»Christian«, sagte ich streng.

»In Ordnung.« Er nippte wieder an seinem Kaffee. »Schieß los.«

Ich ordnete den roten Schal um meinem Hals, um die Kälte von meiner Haut abzuhalten. Mein Atem entwich als Dampfwolke und ich fühlte mich schlecht wegen der vielen Obdachlosen auf der Straße. Es gab zwar Übernachtungsmöglichkeiten, aber sie waren überfüllt und unhygienisch. »Wir haben uns gestern Abend unterhalten und er hat mir im Grunde gesagt, dass er niemals in einer ernsthaften Beziehung war und er nicht auf der Suche nach einer ernsthaften Beziehung ist. Er denkt nicht an Ehe und Kinder. Und die letzte Beziehung, die er hatte, war nicht wirklich eine Beziehung, sondern hatte nur mit Ficken zu tun.«

Christian ging weiter, seine breiten Schultern sahen mächtig aus unter seinem Mantel. Bartstoppeln bedeckten sein Gesicht, weil er sich seit Tagen nicht rasiert hatte, und sie schützten wahrscheinlich seine Haut vor dem Kuss des Winters. »Und?«

»Glaubst du, ich sollte darüber besorgt sein?«

Er dachte über meine Frage nach, bevor er den Kopf schüttelte. »Nicht wirklich.«

Ich hob eine Augenbraue, weil das nicht die Antwort war, die ich erwartet hatte.

»Lass mich dich mal über die Männer aufklären,

Schwesterherz. Du weißt, nachdem du keine Freunde hast, muss ich dir alles beibringen.«

Ich machte mir nicht mal die Mühe, mit den Augen zu rollen.

»Kein Mann sucht nach einer Beziehung zu einem bestimmten Zeitpunkt. Wenn du einen Kerl triffst, der das behauptet, dann stimmt irgendwas nicht mit ihm.«

»Äh, wie?«

»Es bedeutet, dass sich entweder niederlassen wollen, weil sie Angst haben, allein zu bleiben. Oder sie sind auf Rache aus, weil sie in einer guten Beziehung waren, bis das Chick sie rausgeworfen hat. Jetzt kommen sie nicht ohne Partnerin zurecht. Vertraue mir.«

Das war ja wohl sehr verallgemeinernd.

»Für durchschnittliche Kerle ist es ganz normal, dass sie sagen, dass sie nicht nach einer Beziehung suchen. Sie müssen zuerst die richtige Frau finden. Dann fällt ihnen auf, dass sie ihren Schwanz in ihrer Hose behalten wollen und sie wollen absolut nicht, dass ein anderer Kerl in die Nähe ihrer Frau kommt. Und das ist der Moment, in dem sie realisieren, dass sie keine andere Möglichkeit haben als eine Beziehung einzugehen.

Machte das Sinn?

Merkwürdigerweise tat es das.

»Der Kerl sagte mir geradeheraus, er sei dein Freund. Er sagte mir, er würde sehr lange da sein. Er hat auch bei mir diese Aussage gemacht— deinem Bruder. Also mach dir keine Sorgen um all diesen Blödsinn, den er über die Ehe gesagt hat. Er ist süchtig nach dir und wenn genug Zeit vergeht, wird er erkennen, dass er nicht mit einer anderen Frau zusammen sein will. Und dann gibt es eine alberne Hochzeit.«

Er sagte, alles sei anders mit mir, er sei mein Freund und unsere Beziehung etwas ganz Besonderes. Wir hatten eine starke Bindung zueinander und verbrachten fast unsere gesamte Freizeit miteinander. Christian hatte wahrscheinlich recht. Ich brauchte mir keine Sorgen zu machen. Denn selbst wenn er falsch lag, würde ich meine Meinung nicht ändern. Ich wollte mit Calloway zusammen sein— auch wenn die Verbindung nicht ewig dauern würde.

»Und du hast nicht mit ihm geschlafen, oder?«

»Das ist eine sehr persönliche Frage.«

»Willst du jetzt meine Hilfe oder nicht? Antworte einfach.«

»Nein.«

»Nein, du willst nicht antworten?«

»Nein, wir haben nicht miteinander geschlafen.« Christian neckte mich dafür, dass ich ihn brauchte, aber er brauchte mich auch. Er sagte das nur nicht so konkret. Er bat mich um Rat bei der Wohnungssuche und ich half ihm dabei und beriet ihn auch ein paarmal, wenn er Mädels aufgabelte. Wir verbrachten jeden

Urlaub zusammen, auch wenn der nur daraus bestand, dass wir beide in meiner winzigen Wohnung bei einer Flasche Wein, aber ohne Abendessen saßen.

»Du triffst ihn seit Wochen.«

Ich zuckte als Antwort nur mit den Schultern.

»Dann ist alles gut, Rome. Er geht nirgendwo hin.«

»Woher weißt du das?«

»Wenn mich ein Mädchen länger als zwei Dates warten ließe, würde ich das Interesse verlieren. Sex ist nicht alles, aber wenn ich mit ihr zusammen wäre und sie immer zum Essen einladen würde ... würde ich eine Gegenleistung erwarten. Also, wenn er so geduldig mit dir ist, dann meint er es verdammt ernst. Ein Kerl wie er kann Sex haben, wann immer er will. Er lässt ihn in seiner Hose, ohne dass er von dir etwas bekommt. Eigentlich verdient dieser Mann eine Medaille vom Präsidenten der Vereinigten Staaten.«

15

CALLOWAY

Ich ging nach Mitternacht in die *Ruine* und begrüßte die laute Musik in meinen Ohren. Heavy Metal war für die meisten Leute nur Lärm, aber für mich war es genauso angenehm wie klassische Musik in einer Kunstgalerie.

Ich schlenderte zur Bar und sagte Hallo zu ein paar Stammgästen. Immer wenn ich in der *Ruine* war, war ich von Freunden umgeben, gleichgesinnten Leuten, die meine Fetische und dunklen Wünsche verstanden. Es gab keine Fragen hier, nur Lösungen.

Jackson saß an der Bar und sprach mit einer Frau, die ganz in Leder gekleidet war. Hautenge Hosen umrahmten ihre kurvigen Hüften und ihre schwarze

Jacke saß eng an ihrer Taille. Der Reißverschluss war bis zum Busen geöffnet, und das Dekolleté war für alle, die in ihre Richtung blickten, gut zu sehen.

»So läuft das: Du bist der Löwe, ich bin der Dompteur. Alles, was fehlt, ist die Peitsche.«

Wir hatten sehr unterschiedliche Ansätze, um Frauen abzuschleppen. Ich suchte nur Blickkontakt und erforschte dann ihren ganzen Körper mit meinem Blick. Ich suchte nach der roten Farbe ihrer Wangen und ob sich ihr Mund leicht öffnete, als würde sie einen Kuss erwarten. Dann ging ich hin und drückte meinen Mund auf ihren. Der Rest ist allgemein bekannt. »Ich denke, du solltest die Rollen umkehren. Das ist meine Meinung.«

Jackson sah mich ärgerlich an. »Vielleicht solltest du auf alle viere gehen. Sie wird dich gerne ein paar Mal peitschen.«

»Nö. Ich will dir dein Mädchen nicht stehlen.« Ich zwinkerte ihm zu und ging weiter.

Jackson verließ die Bar und holte mich ein. »Du hast gute Laune. Hat dich deine Vanilla endlich rangelassen?«

Ich antwortete nicht auf die Frage, weil ihn mein Schwanz zwischen ihren Lippen überhaupt nichts anging.

Er beobachtete meinen harten Gesichtsausdruck. »Schätze nicht.«

Ich wollte das Thema wechseln— und zwar schnell.

»Lass dich nicht von deiner Freundin abhalten.« Ich ging durch die Dunkelheit des Clubs auf mein Büro zu.

»Whoa, stopp. Ich muss dir was sagen.«

»Schreib mir.« Als mein kleiner Bruder hatte er ein Leben lang nur blöde Kommentare von mir bekommen und war inzwischen daran gewöhnt.

Dieses Mal aber packte er mich an der Schulter. »Alter, ich versuche dir zu sagen, dass Isabella heute Abend hierhergekommen ist. Nicht sicher, ob sie noch da ist.«

Die Erwähnung meiner Ex weckte mein Interesse. »Schön für sie. Ich wusste doch, dass sie wieder zurückkommen würde.«

»Sie fragte, ob du hier seist. Also, nein, ich glaube nicht, dass sie darüber hinweg und deshalb zurückgekommen ist.«

Mein Gott, wann würde diese Frau endlich aufgeben?

»Ich habe eigentlich nicht gedacht, dass du heute Nacht herkommst und wollte dir ein Update geben.«

»Gut, danke.«

Er klopfte mir auf die Schulter, bevor er zurück zu seinem Date ging.

Jetzt fühlte ich mich wie auf dem Display, wie die Beute, die versucht, dem Raubtier zu entgehen. Isabella war wahrscheinlich gerade auf der Suche nach mir und nahm an, dass ich während der Dämmerung in der

Ruine erscheinen würde. Ich ging auf mein Büro zu und fühlte, wie sich Augen in meinen Rücken bohrten. Das unheimliche Gefühl, beobachtet zu werden, drang bis zu meinen Knochen durch. Ich wusste, dass sie da war und nur auf ihre Chance wartete.

Ich ging in mein Büro hinein, weil ich diese Konfrontation lieber ohne Öffentlichkeit haben wollte. Jeder wusste, dass sie und ich nicht mehr zusammen waren und ich wollte, dass es so blieb. Nach dem Betreten des Büros ließ die Tür entriegelt, damit ich nicht wieder aufstehen musste.

In dem Moment, in dem ich meinen Schreibtisch erreichte, griff sie an. »Da bist du ja.« Isabella sprach mit einem Triumph in der Stimme, als ob sie mich gerade bei einem Spiel geschlagen hätte.

Ich blickte auf meinen Schreibtisch und bemühte mich, sie zu ignorieren. »Und du bist da.« Ich griff nach einem Ordner aus dem Stapel, den Jackson für mich dagelassen hatte und durchwühlte ihn. »Ich kümmere mich ums Geschäft. Wie kann ich dir helfen?«

Ihre Schritte hallten auf dem schwarzen Parkettboden, als sie sich mir von hinten näherte. »Wollte nur mal Hallo sagen.«

Ich warf den Ordner auf den Schreibtisch und drehte mich langsam zu ihr um. Ich lehnte mich an das Holz und starrte auf ihr heutiges Outfit. Sie trug einen schwarzen BH, der ihre Titten zusammenschob und einen kurzen Rock, in dem die genau wie eine Frau aussah, die auf der verzweifelten Suche nach einem Dom war. Ihr Haar fiel in üppigen Locken, genau so, wie ich es mochte.

Sie wusste genau, was sie tat.

Aber mein Schwanz zuckte nicht einmal. »Hallo.« Ich hatte vermutet, dass Isabella für eine Weile ein Ärgernis sein würde. Anstatt ihr klar zu sagen, sie solle sich verziehen, hatte ich versucht, geduldig mit ihr zu sein. Immerhin hatte sie mir ein Jahr ihres Lebens gewidmet und mir erlaubt, sie zu besitzen und zu kontrollieren. Obwohl ich nichts mehr für sie fühlte, respektierte ich sie noch immer, weil sie mir so lange vertraut hatte. Unsere gemeinsame Vergangenheit hielt mich davon ab, sie zu beleidigen, wie ich es sonst sicherlich tun würde.

»Wie geht es deinem Spielzeug?«

Rome war nicht mein Spielzeug— noch nicht. »Gut. Schon den richtigen Dom gefunden?«

»Nur du bist der richtige Dom, Cal.«

Vielleicht war ein Jahr zu lang gewesen. Ich hätte nicht darauf vertrauen dürfen, dass sie sich in der Zeit nicht so sehr an mich klammerte, dass sie sich nicht in mich verliebte. Es war meine Schuld, dass dies geschehen war. »Nicht für dich.«

Ihre Augen verengten nach dieser Demütigung. »Was ist das Besondere an dieser Frau? Es kann einfach nicht sein, dass sie eine bessere Sub ist, als ich es bin. Ich habe dir alles gegeben, Cal. Ich habe dir ein ganzes Jahr meines Lebens gegeben. Wenn du sie dir aus dem Kopf schlägst, werde ich immer noch hier sein und auf dich warten.«

Das war das Schlimmste, was sie hätte sagen können. »Isabella, ich komme nie mehr zurück. Selbst wenn ich jemals aufhöre, nur diese Frau im Sinn zu haben, würde ich dich niemals mehr bitten, meine Sub zu sein. Wir sind auch nicht anders als Tiere. Wir bleiben für eine Weile mit einem Partner zusammen und dann gehen wir weiter zum Nächsten. Es tut mir leid, dass ich dir wehgetan habe. Glaube mir. Aber du musst loslassen—lass mich gehen.«

Sie öffnete die Tür und trug ein hautenges schwarzes Kleid und rote Pumps. Ihr Haar war aufgebauscht und lockig, umrahmte ihr schönes Gesicht und betonte ihre hohen Wangenknochen. Ihre grünen Augen kontrastierten mit dem dunklen Make-up.

Sie sah so heiß aus.

»Du siehst wunderschön aus.« Ich drückte sie gegen die Tür, unmittelbar nachdem sie sie geschlossen hatte, presste meine beiden Handflächen gegen das Holz und hielt sie fest. Wie ein Tier im Käfig hatte ich sie so in die Enge getrieben und sie hatte keinen Fluchtweg.

Sie atmete tief ein und stellte sich darauf ein, was passieren würde.

Jetzt wollte ich nicht ausgehen und etwas trinken. Ich wollte nur hierbleiben, mich auf ihr schmales Bett legen und sie das ganze Wochenende über ficken. All das Herummachen befriedigte mich vorübergehend, aber es stillte nicht meinen Hunger. Erst wenn ich in ihr kam, ihre Muschi mit meiner Dominanz füllte, würde ich mich endlich vollkommen befriedigt fühlen.

Ich starrte ihr in ihre Augen, ohne zu blinzeln. Meine Hände zitterten praktisch vor Lust. Mein wahres Selbst, der kontrollierende Mann tief in meinem Inneren, wollte aus seiner Haut platzen und seine volle Größe annehmen. Ich würde immer ein Geschöpf der Nacht sein. Ich würde immer ein Dom sein. Es war fast unmöglich für mich, ruhig und gelassen zu bleiben. Es war nahezu unmöglich für mich, ihr irgendwelche Rechte zu gewähren. Aber ich wollte sie so sehr. Ich kämpfte gegen diesen dunklen Aspekt in mir, bis er versteckt war, versteckt tief in einem verschlossenen Käfig ohne Schlüssel.

Ich drückte meinen Mund gegen ihren und küsste sie sanft, genau das Gegenteil von dem, was ich eigentlich tun wollte. Ich wollte meinen Oberkörper hart gegen ihre Titten drücken und ihre Brustwarzen fühlen. Ich wollte sie direkt gegen die Tür ficken und hören, wie sie meinen Namen hauchte.

Sie schmolz unter meiner Berührung, ihre Unterlippe zitterte ein wenig von der Hitze. Ihre Zunge kam in meinen Mund und erreichte meine, spielte leicht mit ihr. Ich wollte eine weiche Umarmung, aber sie nahm sofort die nächste Stufe. Wann immer sie etwas wollte, nahm sie es sich einfach.

Ich liebte das an ihr.

»Lass uns die Drinks vergessen.« Ich senkte meine Hände auf beide Seiten ihrer Taille und drückte wieder meine Brust gegen ihre. Ich hatte noch eine Woche dieser Folter vor mir, bevor mein Schwanz sich endlich nehmen konnte, was mir gehörte. Ein Teil in mir hatte Angst vor dem Augenblick, in dem ich sie endlich haben würde. Ich würde nicht mehr in der Lage sein, meine dominante Seite zu kontrollieren, ruhig und sanft zu bleiben. Ich würde sie an den Haaren packen und ihr sagen, dass sie mein Besitz für immer sei, dass sie nicht einmal Augenkontakt zu einem anderen Mann haben könnte, wenn ich ihr keine Erlaubnis dazu gab.

Und sie würde das nicht hinnehmen.

»Wir können nicht.« Ihre Hände glitten an meinen Armen nach oben und ruhten auf meinem Bizeps. Das war ihr Lieblingsplatz, um mich zu berühren. Ihre Finger gruben sich hinein und ließen nicht wieder los. »Christian wartet auf uns.«

»Er ist ein Typ. Er wird das verstehen.«

»Und er ist mein Bruder«, erinnerte sie mich. »Ich lasse meine Familie nicht sitzen.«

Wenn es um sie ging, kümmerte ich mich ehrlich gesagt gar nichts anderes mehr.

»Ich werde es später wiedergutmachen.« Sie kam mit ihren weichen Lippen an meinen Mundwinkel und drückte einen sanften Kuss darauf. Sie ließ ihren Mund dort verweilen und schickte Wärme meine Wirbelsäule hinunter bis zu meiner Leiste. »Dann kannst du deinen großen Schwanz in meinen Hals stecken und ich werde jeden Tropfen schlucken.«

Meine Hände gruben sich in das Holz und zerstörten fast die Tür.

Sie schenkte mir ein verspieltes Lächeln, da sie das Spielchen liebte, das sie gerade gespielt hatte.

Aber sie sollte dieses Spiel nicht spielen— weil sie es verlieren würde.

Wir trafen uns in einer kleinen Bar ein paar Blocks weiter und saßen an einem Tisch in der Ecke. Christian hatte ein hübsches Mädchen bei sich, eine Blondine mit glattem Haar und großen Titten. Sie wollte unbedingt seine Aufmerksamkeit, packte seinen Arm und küsste ihn, obwohl Rome direkt neben ihrem Bruder saß.

Ich drückte meinen Mund an ihr Ohr. »Ekelhaft?«

»Ich bin daran gewöhnt. Er tut das, seit ich mich erinnern kann.«

Gut, dass sie nicht wirklich verwandt waren.

»Außerdem bittet er mich nicht darum, seine Damen zu unterhalten, also muss ich mich nicht anstrengen.«

»Wie rücksichtsvoll.« Meine Hand griff unter dem Tisch nach ihrem Oberschenkel und glitt nach oben, bis ihr Rocksaum fast ihre Taille erreicht hatte. Meine Finger glitten über die Kurve ihrer inneren Oberschenkel, bis ich den Stoff ihres Slips fühlen konnte.

Sie schob meine Hand nicht weg.

»Wo habt ihr beiden euch getroffen?« Bridget war ihr Name. Sie war ganz nett, aber sie hatte eine so hohe Stimme, dass sie meinen Gehörgang irritierte. Sie fuhr fort, an Christian zu hängen, als ob sie Jungvermählte waren.

Ich hatte Probleme, meine Hände an Romes Körper zu kontrollieren, aber ich hielt mich in Schach, aus Respekt vor ihrem Bruder. Ich mochte diesen Kerl sehr gerne. Er war aufrichtig und natürlich, charismatisch und entspannt. Er behandelte seine Schwester wie eine Erwachsene, anstatt den Part des übervorsichtigen Bruders zu spielen.

»Na ja ...« Rome sah mich an, bevor sie sich wieder an Bridget wandte. »In einer Bar. Ich habe ihn mit einem anderen verwechselt und … ihn geohrfeigt— mehrmals.«

»Oh, wow.« Bridget legte schockiert ihre Hand aufs Herz. »Das ist ja interessant …«

»Ich mag eine Frau, die weiß, wie man zuschlägt.« Ich griff nach meinem Scotch und nahm einen Schluck. »Sie schaffte es, dass meine Wange brannte und ich konnte nicht mehr aufhören, an sie zu denken. Dann liefen wir uns bei einer Wohltätigkeitsveranstaltung wieder über den Weg und der Rest ist bekannt.«

»Das ist so romantisch«, sagte sie. »Christian und ich trafen uns auch in einer Bar.«

»Sie hat mich allerdings nicht geschlagen«, sagte Christian. »Aber sie hat mich in die Damentoilette eingeladen und wir wurden handgreiflich.«

Sie lehnte sich an seine Seite und kicherte.

Rome nahm einen großen Schluck Wein.

Ich drückte sanft ihre Oberschenkel und erinnerte sie so daran, dass wir diesen ganzen Abend hätten sausen lassen können und wie Jugendliche auf ihrem Bett hätten herummachen können. Diese Vorstellung hatte mich zwar immer abgestoßen, aber bei ihr war ich so heiß, dass ich jede Art der Reibung nehmen würde.

Bridget küsste Christians Ohr und zog ihre Zunge über die Ohrmuschel, bevor sie sich zur Toilette entschuldigte und ihm einen Kuss zuhauchte, bevor sie ging wegging. Ihr Körper und die Absätze ließen jeden Mann in der Bar sich nach ihr umdrehen.

Als sie außer Hörweite war, nickte Christian. »Ja, diese Frau ist heiß.«

Blondinen waren nicht mein Fall, aber ich konnte nicht leugnen, dass sie hübsch war. Rome andererseits war eine gottverdammte Göttin. Sie ließ jede Frau in der Bar wie einen Troll aussehen. Sie war eine natürliche Schönheit, weiche Haut mit perfekten Kurven. Sie hatte kleine, aber volle Lippen und lange Beine, die perfekt um meine Taille passten. Wenn sie ihre Haare machte und ihr Make-up auflegte, war sie eine Bombe, die mit ihrem Aussehen jede Frau in ihrer Nähe nervös machte. Aber sie bemerkte das nicht einmal. »Sie ist in Ordnung.«

»Das sagst du nur wegen Rome.«

»Nein, tut er nicht.« Rome schwenkte ihr Glas und nahm dann einen Schluck. »Seine Augen wandern nicht.«

Unerklärlicherweise schoss ein helles, heißes Gefühl durch mich. Stolz, Wärme und eine starke Zuneigung rollten über mich hinweg. Zu hören, wie sie sagte, dass ich nur Augen für sie hatte, turnte mich an wie nichts sonst auf der Welt. Es gab nichts, was in meinem Spielzimmer passierte, das mir die gleiche Zufriedenheit brachte. Das alles war so heiß, so versengend, dass meine Ohren von der Hitze rot wurden. Ich wollte nicht noch eine Woche warten, sie zu haben. Ich wollte das noch heute Abend tun.

Christian diskutierte nicht mit ihr herum. »Du magst sie?«

Rome zuckte mit den Schultern. »Ich weiß nicht. Ich denke schon. Du hast mich das noch nie gefragt.«

»Ich war nur neugierig.« Er bestellte einen Old Fashioned und schlürfte ihn leise. Sein Kiefer wirkte angespannt und seine Augen dunkel.

»Wird sie eine Zeit lang da sein?« fragte Rome.

»Wahrscheinlich«, sagte Christian. »Mindestens einen Monat.«

»Das wäre ein neuer Rekord.« Rome machte keinen Hehl aus ihrem Sarkasmus.

»Sie ist fantastisch im Bett.« Christian schüttelte den Kopf, als ob er es nicht glauben konnte. »Es wird eine Weile dauern, bis ich sie aus meinem System bekomme.«

Rome krümmte sich, griff nach meinem Scotch und nahm einen großen Schluck. »Ich brauche etwas Stärkeres dafür ...«

Ich hatte plötzlich das Bild vor meinem geistigen Auge, wie ich Scotch über ihren perfekten Körper gießen und ihn wegküssen würde. Die Tropfen würden den ganzen Weg über ihren Bauch zu ihrer Muschi hin rinnen und meine Lippen würden jeden einzelnen jagen und die Mischung aus süß und bitter schmecken.

»Du hasst sie also?« fragte Christian.

»Whoa.« Rome hielt ihre Hand hoch. »Wer hat etwas von hassen gesagt? Ich denke nur, sie ist ein wenig schlampig, aber habe ich das Recht, das zu beurteilen? Das ist es doch, was du magst, oder? Und seit wann machst du dir darüber Sorgen, was ich denke?«

»Ich habe mir immer Gedanken darübergemacht, Ro.« Er blickte in Richtung Toiletten und sah sie zurückkehren. »Hier kommt sie.«

Sie rutschte auf die Bank und setzte sich praktisch auf seinen Schoß. »Hast du mich vermisst?«

»Immer.« Er legte seinen Arm um ihre Schulter und küsste sie leidenschaftlicher, als es in der Öffentlichkeit angebracht war.

Rome drehte sich zu mir, lehnte sich näher und sagte leise: »Musst du dich auch jetzt gleich übergeben?«

»Nein. Aber wir können trotzdem auf die Toilette gehen.«

Ihr hübsches Lächeln erstreckte sich über ihre Lippen, als sie meine Andeutung verstand. »Toiletten machen mich nicht an.«

»Was macht dich dann an?«

»Dein Bett. Ich mag die Art, wie sich diese Laken an meiner Haut anfühlen ... so weich.«

Jetzt wollte ich sie genau in dieser Sekunde in meinem Bett haben. »Das können wir machen.« Als ich in Christians Richtung sah, machte er mit Bridget rum. »Ich glaube nicht, dass sie es merken, wenn wir gehen.«

»Wahrscheinlich nicht«, sagte sie mit einem Lachen.

»Oder wir können einfach auch hier herummachen.« Es war mir egal, ob uns jemand beobachtete. Solange sich nicht einer von den Jungs zu Hause zu ihrem Bild einen runterholte, war es in Ordnung. Wenn überhaupt, dann wollte ich das machen — die ganze Nacht lang. Sogar etwas eigentlich nur Mittelmäßiges wie Küssen war außergewöhnlich mit dieser Frau.

»Igitt. Ich mache das nicht vor meinem Bruder.«

»Ehrlich gesagt, ich glaube nicht, dass er es bemerken würde.«

Rome wandte ihre Augen von mir ab und ließ sie ans Ende der Sitzecke schweifen.

Ich beobachtete sie weiter, weil es mir unmöglich war, wegzusehen. Das Licht traf sie aus der perfekten Richtung, hob ihre wunderschönen Züge hervor und ließ ihre Augen wie funkelnde Smaragde erscheinen. Schon als ich sie das erste Mal gesehen hatte, war mir ihre Schönheit aufgefallen, aber im Laufe der Zeit wurde sie irgendwie immer noch atemberaubender.

»Schau an, wen wir hier haben.«

Ich würde diese Stimme überall erkennen. Sie war übermütig und voller Arroganz, genau wie meine eigene. Ich drehte mich zu Jackson um und sah, dass er eine Frau im Arm hatte. »Gerade als mein Abend gut werden wollte.«

Rome blickte hin und her zwischen uns und sie folgerte sofort völlig richtig. »Ist das dein Bruder?«

»Du hast mir nicht gesagt, dass Vanilla schlau ist.« Jackson löste einen Arm von seiner Dame und streckte die Hand aus.

»Was?« Rome hatte einen verständnislosen Ausdruck auf dem Gesicht, weil sie keine Ahnung hatte, was Vanilla bedeutete.

Ich funkelte Jackson an und bedeutete ihm nur mit meinen Augen, dass er den Scheiß lassen sollte. Ich hatte keine Hemmungen, ihm mitten in dieser verdammten Bar in den Arsch zu treten.

Jackson ignorierte die Frage und schüttelte Romes Hand. »Ich bin Cals Bruder. Jackson. Es freut mich, Sie kennenzulernen.«

»Gleichfalls.« Sie schüttelte ihm die Hand und ließ sie dann los.

Eifersucht, wie ich sie nie gekannt hatte, schoss durch mich, als sie meinen Bruder berührte. Die Berührung war unschuldig, absolut unschuldig, aber ich hätte Jackson trotzdem umbringen können. Ich wollte nicht, dass sie irgendjemand außer mir berührte. Der Impuls war so stark, dass ich mehrmals tief durchatmen und darauf warten musste, dass es vorbeiging. Wenn sie meine Sub wäre, würde ich ihr befehlen, meinen Bruder niemals anzusehen oder ihn auch nur zur Kenntnis zu nehmen, wenn er sich in unserer Gegenwart befand. Als ob sie das jemals werden würde.

»Und das ist …« Jackson starrte sein Date an, als er vergeblich versuchte, sich an ihren Namen zu erinnern. »Äh … wir haben uns gerade erst getroffen. Sorry, Hübsche. Ich kann mich nicht an deinen Namen erinnern.«

Sie war zu begeistert von ihm, um beleidigt zu sein. »Cassie.«

Ich schüttelte ihre Hand. »Cal. Es freut mich, Sie kennenzulernen. Das ist meine Freundin, Rome.«

Jackson grinste wie ein Idiot. »Freundin?«

Ich starrte ihn wieder böse an. »Ja. Freundin.« Wenn er jetzt eine Szene machte, würde ich ihn umbringen. Ihn ganz sicher töten.

Rome nahm die Spannungen zwischen meinem Bruder und mir wahr. Ein Blick in ihre Augen genügte. »Wollt ihr euch uns anschließen?«

Himmel, nein, bloß das nicht.

»Das ist doch eine tolle Idee.« Jackson zog Cassie wieder an seine Seite. »Wir holen uns nur schnell was zu trinken.«

Verdammter Albtraum.

Als sie weg waren, sah Rome mich mit einem zweifelnden Gesichtsausdruck an. »Ist das in Ordnung?«

Es spielte keine Rolle mehr, dass es das nicht war. Es war zu spät. »Wird sich zeigen.«

Christian und Bridget gingen, weil sie vom herummachen zum Ficken übergehen wollten.

Ich wünschte, Rome und ich würden dasselbe tun.

Jackson und Cassie setzten sich uns gegenüber. Cassie hatte mehrere Tattoos am rechten Arm und schwarze Kugeln in den Ohrläppchen. Ein kleines Tattoo war direkt hinter ihrem rechten Ohr, ein einfacher, schlichter Kreis. Ohne ihr eine einzige Frage zu stellen, wusste ich, dass sie eine von uns war— eine Frau, die beherrscht werden wollte.

Jackson bestellte einen Scotch, genauso wie ich, wahrscheinlich kopierte er mich, um mich zu ärgern. Jackson hatte immer in meinem Schatten gelebt, so lange ich mich erinnern konnte. Er dachte immer, ich wäre von unseren Eltern bevorzugt worden. Wenn er die Wahrheit wüsste, würde er verstehen, dass eigentlich er der Glückliche war. Aber ich würde es ihm nie sagen.

»Also ...« Jackson beugte sich vor, fasziniert von Rome. Er starrte sie ein wenig zu lange und ein wenig zu durchdringend an. Er war eindeutig von ihr angezogen und verstand meine Verliebtheit in sie, sobald er in ihr schönes Gesicht sah. »Meinen Bruder hat es ganz schön hart erwischt.«

Rome lächelte sofort und wurde rot. »Das ist schmeichelhaft ...«

Wenn sie wüsste, was er eigentlich mit hart meinte. »Lass meine Freundin in Ruhe, Jackson.«

»Ich mache doch gar nichts.« Jackson schwenkte seine Eiswürfel im Glas. »Du redest so viel von ihr und jetzt treffe ich sie endlich mal persönlich. Ich muss sagen, dass sie zu gut für dich ist.

Rome wurde wieder rot.

»Ich mag diese Gesichtsfarbe.« Jackson warf mir einen wissenden Blick zu, denn er wusste, dass ich die Zweideutigkeit verstehen würde.

»Schatz, ich entschuldige mich, dass mein Bruder so ein Idiot ist.«

»Ich bin kein Idiot«, argumentierte Jackson. »Du bist der Depp, der versucht, sie zu verstecken.«

»Ich verstecke sie nicht.« Ich habe nur versucht, sie vor dem dummen Gerede meines Bruders zu beschützen.

»Sehen Sie, das ist eine große Sache.« Jackson wandte seinen Blick von mir ab und konzentrierte sich auf Rome. »Das ist deine erste Freundin. Und jetzt verstehe ich, warum Vanilla dein neuer Lieblingsgeschmack ist.« Er zog die Augenbrauen hoch.

»Vanilla?« fragte Rome. »Das ist schon das zweite Mal, dass Sie mich so nennen.

Ich legte meinen Arm um ihre Schulter. »Ignoriere ihn.«

»Waren Sie in der *Ruine*?« fragte Cassie. »Haben Sie sich dort getroffen?«

Meine Augen weiteten sich vor Schreck.

Jackson sah meinen Gesichtsausdruck und wusste, dass ich nicht bereit war, ihr die Wahrheit zu sagen. Er war zwar ein Arsch, aber er war dann doch kein so großer Arsch. »Nein, Baby. Sie trafen sich in einer Bar. Lass mich dir die Geschichte erzählen ...« Er erzählte ihr, wie Rome mich vor allen Leuten schlug. Sie hatte sich ja auch wirklich ins Zeug gelegt, weil meine Wange fast einen ganzen Tag lang rot gewesen war.

Rome wandte sich mir zu. »Was ist die *Ruine*?«

Ich log nicht, aber ich sagte auch nicht die ganze Wahrheit. »Es ist eine Bar, in der mein Bruder arbeitet.«

Sie akzeptierte meine Antwort.

»Mein Bruder liebt es, so behandelt zu werden, also hat er sich in sie verguckt.« Obwohl er mir den Arsch gerettet hatte, war er immer noch ein Idiot. Er warf mir einen selbstgefälligen Blick zu, als würde er jede Sekunde meines Unbehagens sehr genießen. Jackson hatte mich fürs Erste genug verärgert und jetzt war es Zeit zu gehen. »Rome und ich habe Pläne.« Ich rutschte aus der Sitzecke und zog sie auf die Füße. »Bis bald.«

Jackson nickte mir kurz zu. »Rome, lassen Sie mich wissen, wenn Sie bereit für einen echten Mann sind.«

Rome schlang ihren Arm um meine Taille und kuschelte sich an meine Seite. »Calloway ist der einzige Mann, der gut genug für mich ist.«

Das gleiche wunderbare Gefühl wie schon früher wanderte über meine Wirbelsäule bis in meine Leiste. Ich war bewegt davon, dass sie das von sich aus gesagt hatte— und nicht, weil ich sie danach gefragt hatte. Jetzt wollte ich so schnell wie möglich in meine Wohnung zurückkehren und sie ausziehen. Ich wollte ihre Muschi die ganze Nacht lang verspeisen - sie so sehr zu meinem Eigentum machen wie nur möglich.

»Du siehst ihm wirklich so ähnlich.« Rome schüttelte den Kopf, als sie am Herd in meiner Küche stand. Sie machte sich eine Kanne Tee, etwas, das sie in der Regel tat, nachdem sie zu Abend gegessen hatte. Es war ein Ritual und ich fragte mich, ob sie das gleiche nochmals vor dem Schlafengehen tat.

»Glück für ihn.« Ich wollte nicht unbedingt über meinen Bruder reden, aber ich konnte sie nicht bitten, das Thema zu wechseln. Natürlich durfte sie neugierig sein. Ich konnte es ihr nicht verübeln.

»Ihr seid euch nicht so nah wie Christian und ich ...« Traurigkeit trat in ihre Stimme.

»Nein. Wir sind beide zu eigenwillig, um einander zu tolerieren.« Wir beide wollten jederzeit Verantwortung übernehmen, und das Bedürfnis nach Dominanz führte zu großen Machtkämpfen. Er versuchte immer, meine Autorität zu untergraben und manchmal hätte ich ihm deshalb ins Gesicht schlagen können.

»Willst du lieber Cal oder Calloway genannt werden?«

»Das spielt keine Rolle.«

»Es scheint, als ob die meisten Leute dich Cal nennen.«

Taten sie. Aber ich mochte es, wenn sie meinen vollen Namen verwendete. Niemand sonst tat das. »Ich mag es, wenn du mich Calloway nennst. Oder deinen Freund. Ist beides okay.« *Oder den Mann, den du jeden Abend zwischen deinen Beinen haben willst.* Ehrlich gesagt, würde ich das letzte davon bevorzugen.

Sie kam an den Tisch und stellte ihren dampfenden Becher Tee darauf ab. Dann setzte sie sich auf meinen Schoß, ihre Muschi direkt über meinem Schwanz. Innerhalb von Sekunden fühlte es sich an, als würde ein Ballon aufgeblasen. Ich wusste, dass nur meine Jeans und ihr Höschen zwischen uns waren und das machte mich unheimlich an. Ihr Kleid rutschte bis auf ihre

Hüften hoch, als sie sich setzte und mir ihre wunderschönen Oberschenkel zeigte. »Calloway.« Sie sagte meinen Namen langsam und betonte den Klang jeder einzelnen Silbe. »Was bedeutet Vanilla?«

Ich hätte mich auf diese Frage vorbereiten müssen. Jackson war solch ein Idiot und sagte ihn auch noch zweimal, als ob sie das nicht bemerken würde. »Nichts.«

Sie neigte den Kopf zur Seite und legte ihre Hände an den Bund meiner Jeans. Sie knöpfte sie auf, berührte aber den Reißverschluss nicht. »Calloway, was bedeutet es?« Ihr Gesicht war unmittelbar vor meinem, aber sie küsste mich nicht und ihre sexuelle Ausstrahlung bedrohte mich fast.

Es war verdammt heiß. »Du bist ein gutes Mädchen.«

Sie öffnete meine Jeans, damit mein Schwanz endlich frei sein konnte. »Du denkst, ich sei ein gutes Mädchen?«

Nein, ich wusste, dass sie das war. »Du würdest mich nicht vier Wochen warten lassen, wenn du es nicht wärst.« Ich war an Frauen gewöhnt, die nur ficken wollten. Als Rome mir anfänglich erzählt hatte, sie wolle warten, war ich erst mal genervt. Aber jetzt war das Warten auch irgendwie heiß. Sie war nicht die Art von Frau, die sofort mit jedem Mann schlief. Sie war wählerisch darin, wen sie tief in sich erlaubte. Ich war einer der wenigen Glücklichen, die ihrer würdig waren.

Ich war einer der wenigen, die Manns genug für sie waren.

»Vielleicht wollte ich dich nur quälen.«

Ich schluckte den Kloß in meinem Hals hinunter und stellte mir vor, wie glatt und nass ihre Pussy sein würde. »Mission erfüllt. Ich knie vor dir.«

Sie schlang ihre Arme um meinen Hals und drückte ihr Gesicht an meines. Sie strich mit ihrer Nasenspitze an meiner Wange entlang, bevor sie die Muschel meines Ohres küsste. »Ich dachte eigentlich daran, das Warten abzukürzen, aber da ich so Vanilla bin, werde ich dich bis zum Ende warten lassen.«

Meine Finger gruben sich in ihre Oberschenkel. »Sweetheart ...« Ich biss die Zähne zusammen, weil ich so sehr in ihr sein wollte. Ich war mitten in der Wüste, ohne einen Tropfen Wasser. Es war die längste Trockenperiode, die ich je erlebt hatte. In der Sekunde, in der ich in sie versinken würde, würde sie so hart ficken, dass sie nicht mehr gehen konnte.

»Bettle so viel du willst, aber ich bin ein gutes Mädchen. Und das ist es, was gute Mädchen tun.«

Wir lagen zusammen in meinem Bett, nachdem wir herumgemacht hatten. Sie gab mir einen erstaunlichen Blowjob, viel zu gut für ein gutes Mädchen, und dann massierte sie meine Schultern als wäre ich ihr König. Sie war eine selbstlose Liebhaberin, die mir immer gab, was ich brauchte und dann noch etwas mehr.

Ich wusste, dass sie auch richtigen Sex außergewöhnlich machen würde.

Es war schon spät und Erschöpfung kroch in meine Glieder. Manchmal überlegte ich ernsthaft, mit ihr einzuschlafen, aber ich wusste, was dann passieren würde. Es war ein Weg, den ich nicht mit ihr gehen konnte. Irgendwann musste ich ihr die Wahrheit sagen.

Sie musste es irgendwann wissen.

Aber ich wollte weder irgendwelche Fragen noch Verständnis. Ich war nicht bereit für lange Diskussionen, die sicherlich folgen würden, für die Neugier an meine Vergangenheit, die ich vergessen wollte. Es war einfacher, es hinaus zu zögern.

Sie stand von alleine auf und hob ihr Kleid vom Boden auf. »Ich sollte gehen ...« Sie wollte bleiben. Ein Seufzer voller Sehnsucht in ihrer Stimme offenbarte, dass sie in diesem Bett neben mir schlafen wollte, die Arme um meinen Hals geschlungen, während unsere Atmung sich aneinander anpasste.

Aber ich musste es ihr verwehren. »Du hast wahrscheinlich recht.« Ich zog mich an und fuhr sie zu ihrer Wohnung. Ich hasste es, sie jeden Abend nach Hause zu bringen, weil es bedeutete, dass ich Abschied nehmen musste, bis ich sie wiedersah. Ich hasste die

Stille im Auto auf dem Rückweg, das trostlose Gefühl der Enttäuschung. Wir waren beide müde und sollten miteinander im Bett liegen und nicht wie Teenager an der Haustür Tschüss zueinander sagen müssen.

Ich brachte sie noch zur Haustür und gab ihr einen Kuss. »Gute Nacht, Sweetheart.«

»Gute Nacht. Wir sehen uns später.« Sie sperrte die Tür auf und ging hinein.

Ich wollte mich nicht verabschieden. Ich wollte sie die ganze Nacht in meinen Armen halten. Ich wollte ihre Pussy zum Frühstück verspeisen und sie dabei beobachten, wie sie sich in meinem Bad für die Arbeit zurechtmachte. Ich wollte Kaffee für sie machen, bevor sie zur Arbeit ging.

Aber nichts von all dem würde jemals passieren.

16

Rome

Anscheinend war ich Calloways erste Freundin.

Zumindest war es das, was Jackson behauptete.

Und es passte auch dazu, wie Calloway mich vorstellte, wenn wir jemanden trafen. Seine Erste zu sein bedeutete mir etwas. Es machte es mir leichter, die Tatsache zu akzeptieren, dass er mir nicht erlaubte, bei ihm zu übernachten. Es half mir zu vergessen, dass ich mit manchen Parametern unserer Beziehung nicht ganz zufrieden war.

Und ich verliebte mich immer mehr.

Ich wollte nicht noch eine ganze Woche warten. Ich glaubte nicht, dass ich sieben Tage überleben könnte, ohne ihn in mir zu fühlen. Zuerst äußerte ich meine Bitte nur, um mich zu schützen, aber jetzt wollte ich nicht mehr geschützt werden.

Ich war bereit.

Ich hatte zu lange gewartet, um endlich Nägel mit Köpfen zu machen. Ich hatte zu lange gewartet, um mit dem Kopf zuerst ins Wasser zu springen. Jetzt musste ich es tun und es genießen. Ich musste es mit Calloway machen und das Beste hoffen.

Und es wäre wohl das Beste.

Ich hatte noch ein Treffen mit einem unserer Spender, also verließ ich meinen Arbeitsplatz viel später, als ich es normalerweise getan hätte. Calloway hatte mir geschrieben und mich zu sich zum Abendessen eingeladen. Er führte mich normalerweise nicht zum Abendessen aus, weil er die Privatsphäre seines Hauses mochte.

Und ich zog es auch vor.

Ich konnte zu Abend essen, während ich auf seinen Schoß saß oder er konnte essen, während ich seinen Schwanz unter dem Tisch lutschte. Und, noch wichtiger, wir konnten nackt essen.

Ich war spät dran, also musste ich ziemlich schnell zurück zu meiner Wohnung hetzen. Als ich endlich auf meiner Etage ankam, schwitzte ich und meine Füße brachten mich fast um, da ich Stilettos trug. Als ich die

Tür erreichte, bemerkte ich, dass sie offenstand— und das Schloss geknackt worden war.

Jemand war in meine Wohnung eingebrochen.

»Scheiße«. Das war mir letztes Jahr schon mal passiert und sie hatten alle meine Wertsachen mitgenommen. Mein Computer und TV waren verschwunden und sie hatten sogar meinen signierten Stephen Curry Basketball mitgenommen. Letzteres hatte mich am meisten verärgert. Die Polizei hatte nie herausgefunden, wer es gewesen war und ich war wochenlang wütend gewesen.

Ich stürmte in die Wohnung und sah, dass alles zerstört war. Die Couch war weggeschoben und das Bett nach oben geklappt, damit sie auf das, was unter ihm war, zugreifen konnten. Der Fernseher stand nicht auf dem Tisch, er lag auf dem Boden, das Kabel herumgewickelt.

Und sie waren immer noch hier drin.

Ein Arm schlang sich um meinen Hals und würgte mich. Er zog mit aller Kraft zusammen und quetschte sofort meine Atemwege. »Schrei, Schlampe. Schau was passiert.«

Ich trat ihm mit der Ferse so fest auf den Fuß, dass mein Absatz abbrach.

»Oh Fuck!« Sein Arm löste sich, als er vor Schmerzen aufschrie.

Ich warf meinen Kopf zurück und traf seine Nase.

»Scheiße!«

Ich packte ihn am Arm und zog ihn über meine Schulter, wodurch ich ihn zu Boden schleuderte, wo sein schwerer Körper mit einem lauten Knall landete. Ich hatte nur ein paar Sekunden, bevor er wieder aufstehen würde, also drehte ich ihn um, setzte mich auf seinen Rücken und zog seine Hände nach hinten. »Schrei, Schlampe.« Ich schlug seinen Kopf auf den Boden— nur zum Spaß.

Er befreite einen Arm und warf meinen Körper auf den Boden. Schnell rollte er sich auf mich und schlug mir hart mit der Faust aufs Auge. In rascher Folge schlug er mich wieder, sodass Blut aus mein Mund sickerte.

Nun war ich sauer. »Du verdammtes Arschloch.« Ich stieß meine Handfläche nach oben und traf seine Nase, brach sie ihm. Ich konnte den Knochen knacken hören.

Ich stieß ihn wieder auf den Boden. Diesmal zog ich das Ladekabel meines Computers vom Tisch und wickelte es schnell um seine Handgelenke. Ich sicherte es mit einem Knoten, den ich gelernt hatte, als ich zwölf Jahre alt war.

Er stöhnte unzusammenhängende, unverständliche Worte.

Ich zog mein Handy heraus und rief die 9-1-1. »Genieß die Zeit im Knast, Schlampe.«

Die Polizei führte ihre Untersuchungen durch, aber es gab nicht viel zu notieren. Es war klar, was passiert war.

»Sind Sie sicher, dass Sie nicht ins Krankenhaus wollen?«, fragte Officer Dean immer wieder.

»Wirklich, mir geht's gut.« Mein Auge war zugeschwollen, und meine Lippe blutete. »Mein einziges Problem ist, dass ich für ein paar Tage abscheulich aussehen werde.«

Er lächelte nicht. »Ich würde es immer noch empfehlen.«

»Vertrauen Sie mir, ich habe Schlimmeres erlebt.« Das hier war nichts im Vergleich zu dem, was ich von früher gewohnt war. Meine Rippen waren zweimal gebrochen worden und ich hatte eine Metallplatte im Schädel. Es war so unangenehm, durch die Sicherheitsschleuse am Flughafen zu gehen.

»Das klingt nicht gut.« Er legte seinen Notizblock in die Halterung. »Der Schlosser wird erst morgen hier sein. Können Sie heute Nacht irgendwo bleiben?«

»Ja.« Ich hatte schon zuvor manchmal auf Christians Couch geschlafen. Sie war ziemlich bequem. »Danke, Offizier Dean.«

»Sehr gerne, Frau Moretti.« Er nickte, bevor er wegging.

Als ich Richtung Tür schaute, sah ich Calloway

gerade hereinkommen. Mit großen Augen kam er näher und sah die chaotische Szenerie. Meine Sachen waren völlig durcheinander, der Einbrecher gefesselt und im Begriff, von der Polizei abgeführt zu werden. Schließlich fiel sein Blick auf mein Gesicht und er sah das Blut und die Prellungen. »Was zum Teufel ist hier passiert?« Er kam auf mich zu, als wolle er mich niederschlagen. Er nahm mein Gesicht und starrte auf meine Verletzungen, seine Kiefer zusammengekniffen. »Rome.« Dann legte er die Hände auf meine Schultern und drückte mich so fest, dass es tatsächlich weh tat.

»Mir geht es gut.« Ich beobachtete, wie die Polizei den Einbrecher wegführte, seine schwarze Maske hatte man ihm abgenommen. Man führte ihn hinaus, und ich war dankbar, dass er weg war. Ich hatte keine Angst vor ihm, aber ich hatte Angst vor dem, was Calloway ihm antun könnte. »Dieser Kerl hat versucht, meine Wohnung auszurauben, aber er hat nichts mitgenommen.«

»Hat er dich geschlagen?«

»Als ich ihn drinnen überraschte, haben wir kurz gekämpft. Er schlug mich ein paar Mal, bevor ich ihm die Nase brach und ihn zu Boden stieß. Dann kam die Polizei und verhaftete ihn. Also ist alles in Ordnung. Ehrlich, es sieht schlimmer aus, als es sich anfühlt.«

Er bedeckte sein Gesicht mit den Händen, eine Vene pochte an seiner Stirn. Er sah aus, als ob er im Begriff wäre, gleich aus vollem Halse loszubrüllen. Er holte mehrmals tief Luft, um sich zu beruhigen, aber auch das besänftigte seinen Zorn nicht. »Du wusstest, dass er drinnen ist und bist trotzdem reingegangen?«

»Ich wurde letztes Jahr schon mal ausgeraubt und das war echt Mist. Ich wollte nicht wieder jemanden meine Sachen mitnehmen lassen. Letztes Mal haben sie meinen Michael Jordan—«

»Was zum Teufel ist los mit dir?« Er schrie mich an. »Da geht man nicht hinein. Rome, er hätte dich umbringen können.«

»Ich hatte keine Angst vor ihm.«

»Das ist nicht der Knackpunkt.« Er fuchtelte wütend mit den Armen. »Er hätte eine Pistole oder ein Messer haben können.«

»Nun, ich schütze mein Eigentum.«

»Ist dein Eigentum dein Leben wert?« Seine Hände ballten sich zu Fäusten, bis seine Knöchel weiß wurden.

»Nein. Aber ich lasse niemanden annehmen, dass er mich erschrecken könnte. Wenn du mich belästigst, verfolge ich dich. Das ist der Punkt.«

Er schlug seine Hände wieder vors Gesicht.

»Nichts ist passiert. Ich habe ihn in den Arsch getreten und die Polizei hat ihn mitgenommen.«

»Aber es hätte völlig anders ausgehen können und du weißt das. Warum hast du nicht einfach in der Halle gewartet und die Polizei gerufen.«

»Weil er über die Feuerleiter hätte entkommen können.«

Calloway wandte sich ab und begann, im Zimmer auf und ab zu gehen, wobei die Dielenbretter unter seinen schweren Schritten quietschten. Er war kurz davor, nochmals zu explodieren, mich anzuschreien und eine verdammte Irre zu nennen.

Ich musste zugeben, dass meine Handlungen vielleicht nicht die klügsten waren, aber ich hatte in dem Moment überhaupt nicht nachgedacht. Ich reagierte nur. Ich hatte vor langer Zeit gelernt zu kämpfen und ich hatte kein Problem damit, meine Fähigkeiten einzusetzen, wenn es wichtig war. »Es tut mir leid, wenn ich dich verärgert habe, aber vorbei ist vorbei. Es geht weiter.«

Er drehte sich zu mir um und seine Augen brannten Löcher in meine Haut. »Pack deine Sachen. Du bleibst bei mir.«

»Sie werden morgen die Tür reparieren. Es ist keine große Sache.«

»Du. Bleibst. Bei. Mir.«

Ich war kein Fan von solcher Rechthaberei— nicht so. »Ich bleibe einfach bei Christian. Es ist okay.« Ich wusste ja, dass er nicht wollte, dass ich bei ihm übernachtete und ich wollte wirklich nicht nur deshalb eingeladen werden, weil ich nirgendwo anders bleiben konnte.

»Du kapierst nicht, was ich sage.« Er stieß bei jedem Wort seinen Finger in seine Brust. »Du wohnst nicht mehr hier, Rome. Es ist nicht sicher hier und ich kann nicht mehr damit umgehen. Du wirst bei mir bleiben, bis wir etwas Besseres finden.«

»Es gibt nichts Besseres, Calloway. Glaubst du, ich habe nicht gesucht?«

»Vertrau mir, das gibt es.«

»Aber nichts, was ich mir leisten kann.« Ich wollte jetzt keine Diskussion über Geld führen. Es war ein unangenehmes Thema, zumal er reich war. Ich wollte nicht, dass er Mitleid mit mir hatte, weil ich nicht einmal ein Sparkonto hatte. Glück wurde auf unterschiedliche Weise gemessen. »Wirklich, es ist in Ordnung. Ich kann bei Christian bleiben und die Tür wird morgen repariert. Ich weiß, du bist aufgeregt, aber du brauchst nicht überreagieren.«

»Überreagieren?« Er kam mit dem Gesichtsausdruck eines Wahnsinnigen näher. »Du hast mir gerade gesagt, dass du schon mal beraubt worden bist.«

»Aber das ist kein so großes Pro—«

»Was ist, wenn als nächstes jemand versucht, dich zu vergewaltigen? Oder dich umzubringen?«

Wieder reagierte er über.

»Meine Freundin wird nicht so an einem Ort bleiben. Ende der Diskussion.«

»Entschuldigung?«, zischte ich. »Nein, es ist nicht das Ende der Diskussion, nur weil du es sagst.«

»Du kannst deinen Arsch verwetten, dass es das ist.« Er blickte mit der Überheblichkeit eines Königs auf mich herab. »Du wirst tun, was ich sage. Du wirst nicht nachfragen. Wenn ich dir sage, dass du etwas zu tun hast, dann hast du es einfach zu tun.«

»Ich bin kein Hund, Calloway.«

»Ich habe nie gesagt, dass du das wärst. Aber du musst mir zuhören.«

»Fick dich.« Zur Hölle, nein, ich ließ mich nicht von ihm herumkommandieren, als ob ich ihm gehörte. »Ich bin bereit, auf deine Meinung und Ratschläge zu hören, aber das ist alles. Ich treffe alle meine Entscheidungen selbst. Ich habe noch nie einen Mann gebraucht, um das für mich zu tun.«

»Nun, das wird sich ändern.« Er packte mich am Arm und zog mich an sich. »Du bleibst bei mir. Ende der Diskussion.«

»Du willst mich ja nicht einmal bei dir haben.«

»Ich würde nicht fragen, wenn ich anders fühlen würde.«

»Willst du mich wie einen Hund draußen schlafen lassen?«, zischte ich. »Nachdem ich nicht in deinem Bett bleiben kann?«

Er starrte mich an, sein Blick war heißer als glühende Kohlen. »Hol deine Sachen und du wirst es herausfinden.« Schließlich ließ er meinen Arm los. »Ich gewinne immer, Rome. Bekämpfe mich, soviel du willst, aber ich verspreche dir, das Ergebnis wird sich nicht ändern. Spar dir deine Zeit und Energie und tu, was ich dir sage. Jetzt.«

»Fick. Dich.«

Er packte meine beiden Schultern und schob mich gegen die Wand. Er hielt meine Hände über meinem Kopf und hielt mich mit seiner Kraft an Ort und Stelle fest. Ich konnte mich kein bisschen bewegen. »Ich will mich um dich kümmern. Lass mich das tun.« Sein Gesicht war so nah, dass seine Lippen meine berührten, als er sprach. »Ich bitte dich nicht, bei mir zu bleiben, weil ich mich dazu verpflichtet fühle. Ich tue es, weil ich dich unter meinem Dach haben will, wo ich nach dir sehen kann. Ich möchte, dass du an einem sicheren Ort bist, weil du das Wichtigste in meinem Leben bist. Ich muss dich beschützen. Wenn dir etwas passieren würde, wüsste ich nicht, was aus mir werden sollte.« Er ließ endlich meine Handgelenke los. »Jetzt pack deine Sachen und lass uns gehen.«

17

CALLOWAY

Ich stellte ihre Koffer in den Eingang und nahm ihr Gesicht in beide Hände. Die Schwellung um ihre Augen war heftig und verwandelte sich in Schwarz und Blau wegen der geplatzten Blutgefäße. Der Kerl hatte sie brutal geschlagen, hatte seine Knöchel genau dorthin geknallt, wo es zählte. Ihre Unterlippe war geschwollen, aber die Blutung hatte endlich aufgehört.

Ich fühlte mich ... innerlich tot.

»Ich denke, wir sollten morgen zum Arzt gehen. Ich werde einen Termin vereinbaren.«

»Calloway, ich bin in Ordnung. Man kann nichts machen und die Schwellung vergeht mit der Zeit. Und die Prellungen werden auch von alleine weggehen. Wenn ich ein paar Schmerztabletten nehme, ist alles in Ordnung.«

»Es würde nicht schaden, sie doch untersuchen zu lassen.«

»Ich gehe nicht.« Sie sagte es mit ihrer aggressiven Haltung und hob dann eine ihrer Taschen vom Boden auf. »Ich gehe duschen. Welches Schlafzimmer gehört mir?« Sie warf einen Blick zur Treppe, bevor sie sich wieder zu mir umdrehte. Ihre Augen lagen mit der gleichen Intensität, die sie immer besaßen, auf meinen.

»Meines.« Meine Vergangenheit und meine Alpträume konnten mich doch nicht für immer beherrschen. Wenn ich mich nicht weiterentwickelte, würde ich für immer in dieser Spirale stecken bleiben. Ein wahrer Mann musste sich seinen Ängsten stellen und sie überwinden. Konnte ich mich selbst als Mann bezeichnen, wenn ich mit mir selbst nicht zurechtkam?

Rome wusste, dass ich sie nicht hier drinnen haben wollte. Sie konnte meinen Gesichtsausdruck lesen, sie ihn verstand ihn. Sie hatte ihn jedes Mal genau studiert, wenn wir zusammen waren. Jetzt war sie Profi. »Ich werde ein freies finden.« Sie ging die Treppe hinauf zur nächsten Etage, wo sie verschwand.

Ich beobachtete, wie sie ging, ohne sie zu aufzuhalten. Als sie außer Hörweite war, ging ich in die Küche und machte das Essen für uns, eine einfache

Spaghetti-Mahlzeit. Alles, woran ich denken konnte, war, sie in meinem Schlafzimmer zu haben, und gerade das machte mir so viel Angst, dass ich kaum atmen konnte. Allein die Vorstellung, jemanden im Haus zu haben, während ich bewusstlos war, erschreckte mich.

Konnte ich das tun?

Sie setzte sich neben mich auf die Couch und hakte ihren Arm durch meinen. Sie hatte ihre Haare zu einem Pferdeschwanz gebunden, weil sie gerade ihr Gesicht gewaschen und eingecremt hatte. Es war das erste Mal, dass ich sie ohne Make-up sah.

Und ich dachte nur, dass sie wunderschön aussah.

Ihre Haut war genauso fehlerlos ohne die Grundierung. Manchmal bestand ein farblicher Unterschied zwischen ihrer Wange und der Haut darunter, aber diese kleinen Makel beeinflussten ihre Perfektion überhaupt nicht. Ihre Augen sahen ohne Make-up etwas kleiner, aber auch heller aus. Die natürliche Intensität ihrer Augen ließ sie wie Diamanten im Dunkeln funkeln.

Sie fühlte, dass ich sie anstarrte, also drehte sie sich zu mir um. »Hmm?«

Ich machte kein Hehl aus meinem Blick. Es war mir egal, ob sie wusste, dass ich sie anstarrte. Ich verbarg mein Benehmen nicht vor irgendjemandem und wenn es sie störte, konnte sie gehen. Aber ich wusste, dass sie das niemals tun würde. »Ich mag es, wie du ohne Make-up aussiehst.«

Sie rollte die Augen, als ob mein Kompliment absurd wäre. »Okay.«

»Ich meine es ernst.«

»Der einzige Grund, warum ich es vor dir abgenommen habe, ist der, dass mein Gesicht ohnehin zerstört ist.« Ihre Lippe war noch geschwollen, und ihr linkes Auge würde tagelang dunkelblau umrahmt sein.

Jedes Mal, wenn ich ihre Verletzungen ansah, fühlte ich Wut tief in mir aufsteigen. Ich würde herausfinden, wer der Angreifer gewesen war und selbst wenn er ins Gefängnis kam, würde ich immer noch einen Weg finden, ihn zu quälen. Ich würde durch die Gitterstäbe brechen, nur um ihn zu erwürgen, weil er Hand an mein Mädchen gelegt hatte.

Sie bei mir wohnen zu lassen war nicht die beste Lösung, aber ich wusste, dass sie beleidigt sein würde, wenn ich ihr eine neue Wohnung kaufte. Sie würde niemals mein Geld nehmen, egal wie sehr ich sie dazu drängte. Sie hatte zu viel Stolz und Selbstachtung, als sich auf mich zu verlassen. Während es mich frustrierte, machte es mich gleichzeitig an. Jede andere Frau würde meine Geschenke nehmen, ohne darüber viel nachzudenken. Aber sie war zu selbstbewusst, um Hilfe anzunehmen.

Alles an ihr war widersprüchlich.

»Selbst mit blauen Flecken bist du atemberaubend.« Meine Hand ruhte auf ihrem Nacken und ich massierte sie sanft und spürte die losen Strähnen der weichen Haare, die nicht in ihrem Pferdeschwanz blieben. Mein Daumen ruhte auf ihrem Puls und ich spürte, wie er sich bei meiner Berührung beschleunigte. Ich erregte sie, auch wenn sie es zu verbergen versuchte.

»Du bist nett, Calloway ...«

»Ehrlich. Da gibt es einen Unterschied. Du weißt, dass ich morgen Dinge sagen werde, die dich anpissen.«

Ihre Mundwinkel hoben sich zu einem Lächeln. »Ich weiß das allzu gut.« Sie entzog sich meiner Umarmung und gab mir einen schnellen Kuss auf den rechten Mundwinkel. »Ich geh ins Bett. Bis morgen früh.« Sie sah mich nicht an, als sie die Treppe erreichte, dann verschwand sie.

Der krasse Widerspruch legte sich wie das Gewicht der ganzen Welt auf meine Schultern. Dass meine Freundin nicht in meinem Bett schlief, wenn sie in meinem Haus übernachtete, war das seltsamste Gefühl überhaupt und auch wenn sie es nicht sagte, dachte sie es. Es war seltsam, gelinde gesagt.

Meine Subs übernachteten einfach nicht bei mir, weil ich es nicht wollte. Ich brauche das nicht zu erklären. Es war okay, ein Arschloch zu sein, weil ich der Verantwortliche für alles war.

Aber Rome war anders.

Ich ging in den dritten Stock und fand das Schlafzimmer, in dem sie war. Ich klopfte leicht mit den Fingern an die Tür. »Sweetheart.«

»Komm rein.«

Ich öffnete die Tür und ging hinein. Das Gäste-Schlafzimmer hatte ein eigenes Bad und mehr Platz, als eine einzelne Person jemals brauchen konnte.

Sie lag schon im Bett und ihr zierlicher Körper sah bemerkenswert klein aus in dem großen Bett. Die Farbe der Laken war eine Mischung aus Braun und Gold und die passenden Möbel bestanden aus feinem, dunklem Holz. Ein Fernseher war an der Wand zwischen zwei Fenstern befestigt, die von Vorhängen bedeckt wurden, die mit der Farbe der Bettdecke übereinstimmten.

Ich saß am Rande des Bettes und suchte ihr Gesicht in der Dunkelheit. Auch ohne ein einziges Licht konnte ich die Brillanz ihrer Augen erkennen. Sie besaßen ihr eigenes Licht, das aus seiner eigenen Lebendigkeit heraus glitzerte.

Sie setzte sich auf und lehnte ihren Rücken an das Kopfende. Sie trug ein loses T-Shirt, das alle ihre köstlichen Kurven vor meinem Blick verbarg. Ihren Pferdeschwanz hatte sie aufgelöst und nun umrahmten lange Strähnen ihre Schultern. Es gab einen sichtbaren

Knick, wo das Band ihre Haare zusammengehalten hatte. »Was ist los?«

Ich hatte keine Verpflichtung, ihr irgendetwas über meine Vergangenheit zu erzählen. Meine Geheimnisse für mich zu behalten erleichterte Vieles. Während meiner Zeit mit Isabella hatte ich nichts von mir erzählt. Sie wusste nichts von meinem Vater, meiner Mutter oder den anderen unsäglichen Dingen, die ich in meinem Leben schon gesehen hatte. Es war alles rein geschäftlich mit ihr, nur ficken und verdammt hart ficken. Aber mit Rome ... Ich wollte es ihr sagen. Ich wollte ihr mehr von mir geben, als ich anderen gegeben hatte. Sie hatte mir ihre Geheimnisse anvertraut und gebeten, sie nicht zu bemitleiden. Ich musste dasselbe tun. »Mein Vater hatte eine ungewöhnliche Art der Strafe.«

Als Rome mich sprechen hörte, versteifte sie sich. Ihre Augen blinzelten nicht und sie beobachtete mich konzentriert. Sie atmete nicht einmal, als ob ein einziges Geräusch mich verjagen würde.

»Er sagte mir, der Akt der Strafe ist nicht das, was beim Menschen ankommt. Es ist die Erwartung. Warten und wissen, was kommen wird, das ist schlimmer als der Schmerz selbst. Es tut verrückte Dinge mit deinem Körper, lässt ihn vor Angst verkrampfen. Dein Herz klopft und du schwitzt dein ganzes Körpergewicht aus. Das Gefühl der Erwartung ertränkt dich geradezu.«

Sie zog ihre Hände auf ihren Schoß und behielt mich im Auge.

»Wenn ich etwas tat, mit dem mein Vater nicht einverstanden war, sagte er mir, dass ich bestraft werden würde. Aber er sagte nie, wann oder wie. Ich musste meine Fantasie einsetzen, um es auf eigene Faust herauszufinden.«

Zum ersten Mal blinzelte sie. Sie hatte so lange damit gewartet, dass ihre Augen jetzt begonnen hatten, zu tränen.

»Meine Bestrafungen wurden immer nachts durchgeführt. Er wartete, bis ich schlief und wenn ich im Land der Träume war, schlug er zu. Er zerrte mich zum Beispiel aus dem Bett, schlug mich mit einem Schläger oder tat andere Dinge, über die ich nicht sprechen kann. Die Strafen selbst waren nie das Schlimmste. Es war er Versuch, den Schlaf zu bekämpfen, weil ich wusste, was kommen würde. Es war die Anstrengung, mich selbst wach zu halten, die mich fast umbrachte. Es war das erstickende Gefühl, zu überlegen, wann er mich holen würde. Das war das Schlimmste, bei weitem.«

Ihre Augen tränten weiter, aber jetzt nicht, weil sie nicht geblinzelt hatte.

»Deshalb kann ich mit niemandem zusammen schlafen. Wenn jemand neben mir liegt, kann ich nicht schlafen. Und wenn ich einschlafe, habe ich Alpträume.

Ich muss die Tür absperren, damit ich weiß, dass niemand zu mir hereinkommen kann. Als ich dir sagte, dass es nichts mit dir zu tun hat, habe ich es auch so gemeint.«

»Calloway ...« Sie griff nach mir und legte ihre Hand um mein Handgelenk.

Ich starrte auf ihre Hand, für einen Moment fühlte ich das Glück durch meine Adern fließen. Es war eines der wenigen Male, in denen sie mich berührte und ich nicht sofort daran dachte, sie auf die Matratze zu werfen und Sex mit ihr zu haben. Alles, woran ich dachte, waren ihre Fingerspitzen und wie weich sie sich an meiner Haut anfühlten. Ihre Hand war kalt im Vergleich zu meiner und die Wirkung war seltsam beruhigend.

Aber dann verschwand dieses Gefühl wieder genauso schnell wie es gekommen war. »Fühl dich nicht schlecht wegen mir.« Ich schaute in ihre Augen und gab ihr einen unausgesprochenen Befehl. Sie musste mir gehorchen, nachdem ich ihr denselben Respekt erwiesen hatte.

Sie schloss ihre Augen für dreißig Sekunden und nahm sich meine Worte zu Herzen. Aber als sie sie wieder öffnete, war ihr üblicher Blick des Widerstandes zurückgekehrt. Sie zeigte mir diesen harten Gesichtsausdruck und hielt mit ihren Gedanken hinter dem Berg. »Natürlich.« Meine Bitte war etwas, was sie nur zu gut verstand, und ich musste darüber nicht mit ihr streiten. »Danke, dass du es mir gesagt hast.«

»Nicht sicher, warum ich das getan habe.« Ich schuldete ihr gar nichts. Wir verbrachten Zeit miteinander und lernten uns gegenseitig kennen. Es war aber keine Liebe im Spiel. »Für immer« war auch keineswegs beteiligt. Aber mein Körper sehnte sich ständig nach ihr, und nicht nur nach der Schwellung ihrer Brüste oder ihrer engen Muschi. Ich wollte meine Arme um sie schlingen und sie vor der Welt beschützen.

Außerdem wollte ich ihr die Welt geben.

»Ich weiß…« Sie schlang ihre Finger um meine, verhakte sie ineinander. Ihre Stimme war nur ein Flüstern, weicher als der Wind und fast unhörbar.

Ich verstand es nur, weil ich ihre Lippen anstarrte.

»Wir sind uns sehr ähnlich, Calloway.«

Wir sind uns nicht ähnlich. Ich bin dunkel und sie ist hell. Wenn sie mich erst wirklich kannte, die Art von Vorlieben, die ich hatte, würde sie verstehen, dass wir nicht gleich waren. Vielleicht hatte sie eine ähnliche Vergangenheit. Vielleicht verstand sie etwas von wahrem Leid. Aber selbst dann waren wir nicht auf dem gleichen Niveau.

Und wir würden es nie sein.

Als ich am nächsten Morgen nach unten ging, roch es nach Pfannkuchen und Vanille. Der Duft wehte durch die Küche und den ganzen Weg die Treppe hinauf, sodass das Haus besser roch als es das seit Jahren getan hatte.

Sie stand am Herd und legte Pfannkuchen auf einen Teller, bevor sie die Platte ausschaltete.

Ich wollte sie nicht erschrecken, also entschloss ich mich, sie einfach noch eine Weile anzuschauen. Sie trug einen engen, schwarzen Bleistiftrock zu einer petrolfarbenen Bluse. Ich liebte diese beiden Farben an ihr, weil sie ihrer Haut schmeichelten. Sie war dunkler als Creme, aber heller als sonnengebräunt. Und sie war so weich. Man konnte das schon beim Anschauen erkennen.

Ich fragte mich, wie rot ihre Haut werden konnte.

Sie wandte sich in meine Richtung, vermutlich um aus der Küche zu gehen und mir mitzuteilen, dass das Frühstück fertig sei. Sie hielt an und hob ihre Hand zur Brust, als ob sie im Begriff wäre, einen Herzinfarkt zu bekommen. »Himmel, hast du mich erschreckt.«

Ich liebte es, sie so entsetzt zu sehen, also fuhr ich fort, sie anzuschauen.

»Wie lange bist du schon da?«

»Lange genug, um deinen Arsch zu bewundern.«

»Du kannst meinen Arsch auch bewundern, wenn du weißt, dass ich das mitbekomme.«

Ich zuckte mit den Schultern. »Stimmt.«

Sie stellte den Teller auf den Tisch. »Bist du hungrig?«

»Ich bin immer hungrig auf Pfannkuchen.« Ich schlang meine Arme um ihre Taille und küsste sie. »Und auf dich.« Das Lipgloss auf ihrem Mund schmeckte nach Vanille und ich fragte mich, ob sie das mit Absicht tat. Ihr Parfum hatte den gleichen Duft.

»Nur, ich brauche weniger Vorbereitungszeit als Pfannkuchen.«

»Spart dir auf alle Fälle Zeit.« Ich packte ihre Hüften und zog sie fest an mich, ihre Titten an meine Brust gedrückt. Ich hatte sie nie zwischen ihre Titten gefickt, aber es stand auf meiner To-do-Liste. Aber ich musste sie bald ficken. All das Berühren und Küssen ging geradewegs hinunter zu meinem Schwanz.

Als sie sich zurückzog, drückte sie meine Oberarme, ihre absolute Lieblingsbewegung. »Wie hast du geschlafen?«

Ich wich der Frage nicht aus, weil sie sie so ganz nebenbei fragte. Es schien, als wären wir ein Ehepaar in den Fünfzigern. »Okay.« Ich hatte sichergestellt, dass die Tür zweimal verschlossen war, mein nächtliches Ritual, bevor ich einschlafen konnte. Ein Baseballschläger war unter meinem Bett versteckt, nur für alle Fälle. Ich hatte keine Waffe im Haus, weil das mehr Arbeit bedeutete, als es wert war. Ich hatte keine

Angst vor Rome im Gästezimmer. Ich hatte keine Angst vor irgendetwas speziellem. Mein Vater war seit fast zehn Jahren tot und es gab niemanden auf diesem Planeten, der mir Schaden zufügen konnte. Aber die Angst war wie eine Tätowierung tief in mir verwurzelt. »Und du?«

»Wie ein Stein. Mein Gott, das Bett ist so bequem. Und diese Laken ...« Sie legte den Kopf zurück und schloss die Augen, als wäre sie mitten in einem Orgasmus. »Ich wollte heute früh gar nicht aufstehen. Außerdem ist es hier so still. Ich bin Rap und Autoalarmanlagen im Hintergrund gewöhnt.«

Als sie so den Kopf zurückwarf, dachte ich sofort wieder nur an eines.

»Aber ich muss leider das Büro aufsperren und einen neuen Arbeitstag beginnen.« Sie seufzte, als wäre das die deprimierendste Sache der Welt.

Wenn sie mir gehören würde, würde sie überhaupt nicht arbeiten. Ich stellte mir vor, wie sie bei mir wohnen und mir jeden Tag Frühstück und Abendessen zubereiten würde. Sie würde sich um meine Wäsche kümmern und meine gereinigten Sachen in den Schrank hängen. Und wenn ich nach Hause käme, würde sie mir einen harten Kuss auf den Mund geben und dann auf die Knie fallen, um mich direkt im Eingang zu saugen. Nachdem ich dann geduscht hätte und wir entspannt zu Abend gegessen hätten, würde sie meine Lenden auf der Couch reiten und mich schön langsam ficken, sodass mein Schwanz jeden Zentimeter ihrer nassen Pussy genießen konnte. Sie würde mir sagen, dass sie mein Eigentum war und den ganzen Tag an mich gedacht hatte, während ich auf der Arbeit gewesen war. Und dann würde ich sie fesseln und ihr ihren Arsch mit meinem Gürtel aufwärmen.

Der Gedanke kam aus dem Nichts.

Sie wandte sich ab und schenkte sich eine Tasse Kaffee ein, bevor sie sich an den Tisch setzte und an ihm nippte. Die Zeitung lag auf dem Tisch und sie las die Comics. Ich hatte angenommen, sie würde die Politik oder die lokalen Nachrichten lesen wollen. Unerklärlicherweise fand ich ihre Wahl entzückend.

Ich setzte mich ihr gegenüber und goss Sirup auf meinen Pfannkuchen. Es gab auch Rührei mit Speck. Ich nahm einen Bissen und verbarg meine Überraschung darüber, wie gut alles schmeckte. Bis jetzt hatte sie noch nie für mich gekocht.

Sie las weiter.

Ich nutzte ihre Ablenkung durch die Zeitung, um sie über den Tisch hinweg anzustarren, und wünschte, die Süße in meinem Mund käme nicht vom Sirup, sondern stattdessen von ihren Lippen. Ich wollte nicht zur Arbeit gehen. Ich wollte hierbleiben und sie an meinen Bettpfosten fesseln.

Eines Tages würde ich die Chance bekommen. Aber momentan durfte ich sie nur ansehen.

»Wie geht's Vanilla?« Jackson füllte gerade die Getränke in der Bar auf, als ich hereinkam. Der Club war am frühen Nachmittag geschlossen. Alle unsere Gäste hatten normale Jobs und reale Leben, in denen sie ihre Pflicht erfüllen mussten, bevor sie diesen Ort hier aufsuchen konnten, an dem sie sich am lebendigsten fühlten.

»Nenn sie nicht so.«

»Warum nicht? Es ist nicht beleidigend.« Er war mit einem T-Shirt mit V-Ausschnitt und Jeans bekleidet. Sein selbstgefälliges Lächeln ärgerte mich, weil es dem Meinen so ähnlich war.

»Ist es aber, wenn ein anderer Mann es benutzt.« Vanilla oder nicht, sie gehörte mir. Wenn jemand sie irgendwie nannte, dann war ich es. »Du kannst sie Rome nennen— wie jeder andere auch.«

Jackson grinste hart. »Mein Gott, du bist tief drin.«

»Ich weiß nicht, was das bedeutet und ich will es auch gar nicht herausfinden.«

»Du bist so verknallt in sie und du bist noch nicht mal zum Zug gekommen. Alter, bist du verliebt!«

Ich legte meine beiden Hände auf die Glastheke.

Blaue Lichter brannten darunter, um ihr einen außergewöhnlichen Glanz zu geben. »Halt deinen Mund und sag so etwas ja nicht vor ihr— wenn du sie je wiedersiehst.« Was nicht vorkommen würde.

»Als ob sie sich nicht in dich verliebt hätte.«

»Hat sie nicht.« Viel zu früh für so etwas. Ich brauchte mir keine Sorgen darüber zu machen, dass sie sich in mich verlieben könnte. Sie machte deutlich, dass sie eine schwer zu beeindruckende Frau war. Sie wollte ernsthaft umworben werden. Und ich hatte ihr gesagt, dass ich nicht auf ein Happy End hinarbeiten würde— was sie akzeptierte.

»Ich weiß, was ich gesehen habe, Mann. Sie ist nicht deine Sub. So wie du gesagt hast, ist sie deine Freundin. Deine Wortwahl, nicht meine.«

»Sie wird nicht für immer meine Freundin sein. Irgendwann ist sie meine Sub.«

Er schnaubte mit einem sarkastischen Lachen. »Ich habe dieses Chick gesehen. Glaub mir, sie ist nicht der unterwürfige Typ. Sie ist zu klassisch und konservativ. Hast du das Kleid gesehen, das sie trug? Es ging bis zum Knie und ihr Arsch hing nicht einmal heraus.«

»Woher weißt du das?« Meine Hände ballten sich zu Fäusten, und meine Augen verdunkelten sich. Der einzige Mann, der ihren Arsch ansehen durfte, war ich. Das war es. Punkt.

»Mach dich locker, Mann. Ich versuche nur, dir Zeit zu sparen.«

»Du kennst sie nicht.« Sie war äußerlich ein gutes Mädchen, aber ich wusste, dass sie eine dunkle Seite hatte— wie ich. Sie hatte im Leben viel Missbrauch erlebt und ich erinnerte mich an diesen Blick in ihren Augen, als sie mich schlug. Sie mochte es— beide Male.

»Ich muss sie nicht kennen. Es wird nie passieren, Cal.«

»Ich werde nicht weiter darüber diskutieren.« Ich zog meine Hände weg und entfernte mich von der Bar. Wenn ich blieb, würde ich eine Flasche Skyy Vodka ergreifen und ihm über den Schädel ziehen.

»Langsam, langsam. Warte mal.« Er hörte auf, die neuen Schnapsflaschen einzuräumen und sah mich über die Theke hinweg an. »Ich verstehe deine Faszination. Sie ist total fick—«

Ich drohte ihm nur mit den Augen.

»Sie ist sehr hübsch.« Er räusperte sich, als ob es ihn seine ganze Energie kostete, den letzten Satz zu sagen. »Ich verstehe, warum du willst, dass es mit ihr klappt. Wirklich, ich verstehe es. Ich will einfach nicht, dass du dir falsche Hoffnungen machst. Ich weiß, ich nehme dich die meiste Zeit auf den Arm, aber ich versuche wirklich, dir zu helfen.«

»Ich brauche deine Hilfe nicht.« Ich hatte noch nie eine Frau so gewollt wie ich Rome wollte und etwas in meinem Bauch sagte mir, ich sollte dranbleiben, bis ich sie brechen würde. Wenn ich zu einer anderen ginge, würde ich niemals zufrieden sein. Ich würde an die Frau denken, die ich nicht haben konnte— die, die mich wirklich dazu gebracht hatte, zu kommen.

»In Ordnung.« Er hob beide Hände. »Mach, was du willst.«

»Mache ich.«

»Also, warum warst du letzte Nacht nicht hier?« Sein Versuch, das Thema zu wechseln, brachte nicht wirklich viel.

»Sie hat bei mir geschlafen.« Ich sagte ihm nicht mehr als das. Wenn ich ihm sagte, dass sie eine Weile bei mir bleiben würde, würde er mir nur noch mehr auf die Nerven gehen.

»Sie hat bei dir geschlafen?« Eine seiner Augenbrauen wölbte sich in Richtung Decke. »Ich dachte, du willst das nicht?«

Isabella und ich hatten normalerweise in der *Ruine* gefickt. Es gab Zimmer überall und es wir hatten ein geheimes Spielzimmer nur für uns beide. Sie schlief dort, während ich in einem anderen Raum blieb, sodass wir Distanz zwischen uns hatten, aber ich nahe genug war, wenn sie etwas brauchte.

»In ihrer Wohnung wurde in der letzten Nacht eingebrochen, also brauchte sie einen Schlafplatz.«

»Wie bitte?« Er zeigte sich besorgt, ein Ausdruck,

von dem ich schon dachte, er hätte ihn vergessen. »Ist sie in Ordnung?«

»Ihr geht es gut. Hat ein blaues Auge und eine geschwollene Lippe, aber das wird wieder heilen.«

»Er hat versucht, sie zu verletzen? Was für ein verdammtes Arschloch.«

»Rome hat ihn nach Strich und Faden verprügelt und ihn gefesselt am Boden festgehalten, bis die Polizei eingetroffen ist.« Ich war immer noch sauer auf sie wegen ihrer Dummheit, aber tief in mir drin war ich stolz auf ihre Furchtlosigkeit. Sie hatte keine Angst vor irgendjemandem oder irgendetwas und sie hatte die Widerstandsfähigkeit von Blumen im Winter. Sie hatte diese Art von Mumm und Dynamik, die ich bewunderte, die gleiche, die ich selbst auch hatte.

»Verdammt ... das ist heiß.«

Ich starrte ihn wieder an.

»Tut mir leid, aber es ist wahr und so sage ich es auch. Sie ist eine Hammer-Frau.«

»Ich weiß.«

»Also lässt du sie zurück in ihre Wohnung? Klingt, als ob sie in einer beschissenen Gegend leben würde.«

»Nein.« Niemals würde ich sie bei solchen Nachbarn wohnen lassen. Es spielte keine Rolle, ob sie auf sich selbst aufpassen konnte. Ich wollte mich um sie kümmern. »Sie bleibt bei mir, bis sie eine neue Wohnung gefunden hat.«

Das schräge Grinsen kehrte auf sein Gesicht zurück. »Wirklich?«

»Es ist nur vorübergehend.«

»Uh-huh.«

»Doch. Sie braucht eine bessere Wohnung und Immobilien sind Mangelware.«

»Aber wir wissen beide, dass du ihr jedes verdammte Objekt kaufen kannst, das sie haben will.« Seine Arroganz wuchs noch an.

»Sie nimmt kein Geld von mir an. Sie ist stur.«

»Was du nicht sagst.« Alle seine Zähne waren zu sehen.

»Sag was du willst. Es macht für mich keinen Unterschied.« Ihr Aufenthalt in meinem Haus würde nicht ewig dauern. Wenn wir einen geeigneten Platz für sie gefunden hatten, würde sie gehen. Ich würde sie nicht bitten, zu bleiben. Und sie würde es auch nicht von mir erwarten.

Jackson genoss jede Sekunde, aus unerfindlichen Gründen. »Vielleicht bekomme ich bald eine Schwester. Schwester Vanilla.«

Ich packte das Handtuch, das auf der Theke lag und warf es ihm direkt ins Gesicht. »Fick dich doch selbst.«

Er nahm das Tuch mit einem Lachen von seinem Gesicht. »Es macht dir was aus. Und ich weiß, dass ich recht habe.«

Als ich nach Hause kam, stand das Abendessen bereits auf dem Tisch. »Du hast dich hier ziemlich schnell eingelebt.« Ohne darüber nachzudenken, umarmte ich ihre Taille und küsste sie in dem Moment, in dem ich durch die Tür trat. Die Handlung war zu normal, zu spießig für meinen Geschmack, aber ich tat es trotzdem — und ich genoss es.

»Eigentlich habe ich mich nur in deine Küche verliebt.«

»Wirklich?« Ich mochte einige ausgefallene Sachen, aber ich hatte nie etwas für Herde oder Mikrowellen übrig.

»Sie ist so schön. Schau nur, wie groß sie ist.« Sie ging die fünfzehn Schritte quer vom Kühlschrank zum Geschirrschrank, der auf der anderen Seite des Raumes eingebaut war. »Und dieser Granit ...« Sie fuhr mit ihrem Finger über die Oberfläche. »Ich freue mich darauf, hier während meines Aufenthaltes zu kochen. Das macht mich tatsächlich ein wenig glücklich darüber, dass ich ausgeraubt wurde.«

»Und es hat nichts mit dem sexy Kerl zu tun, mit dem du die Wohnung teilst?« Ich löste meine Krawatte und wickelte sie um ihren Hals, damit ich sie zu mir herziehen konnte. Meine Hand zog sich sofort um den Stoff zusammen, weil es mich so anmachte. Wenn ich sie doch nur auf die Theke stoßen und ficken könnte, während ich sie gleichzeitig würgte. Gott, das wäre der Himmel.

»Nein, gar nichts.« Sie versuchte ihr Lächeln zu verbergen, als sie mich neckte, aber ihre Mundwinkel zogen sich wie von alleine hoch.

Ich zog die Krawatte enger um ihren Hals, engte aber ihre Atemwege nicht ein— obwohl ich es wollte. »Oh, wirklich?« Ich drückte sie langsam gegen den Schrank, während sich mein harter Schwanz gegen meine Hose presste. Ich drückte ihn gegen ihren Bauch, damit sie wusste, wie sehr ich sie ficken wollte.

Die Muskeln ihres Bauches spannten sich an, als sie meinen dicken Schwanz fühlte. »Vielleicht ein bisschen…«

Was auch immer sie auf dem Herd zubereitete, es roch unglaublich, aber mein Magen stellte sich hinter einem anderen Organ an. »Ich will die Nachspeise heute vor dem Abendessen.«

»Böser Junge.«

Die Sehnen an meinem Hals spannten sich wegen ihres Wortspieles an. Sie war so gut im Dirty Talk und sie wusste es nicht einmal. »Dann solltest du mich bestrafen.«

»Und wie soll ich dich bestrafen?« Sie fuhr mit ihren Händen über meinen Oberkörper, bis sie mit ihnen meinen Hals umschlang. Die Krawatte lag immer noch um ihren Hals und ihr Blau kontrastierte mit ihrem weißen Teint.

Ich wusste genau, wie ich bestraft werden wollte. »Schlag mich.«

Das Feuer der Begierde leuchtete in ihren Augen, aber sofort wurde es wieder gelöscht. »Nein. Geh auf die Knie und drück dein Gesicht zwischen meine Beine.«

»Das ist keine Strafe.« Ich packte sie am Handgelenk und hielt es fest. »Schlag mich, Sweetheart.«

Ihre Augen huschten hin und her, als sie mir in die Augen sah und versuchte herauszufinden, ob ich es wirklich ernst meinte.

»Tu es.« Meine Atmung kam unregelmäßig angesichts der Erwartung, dass ihre kleine Handfläche gegen meine Haut prallte. Ich wollte dieses Klatschen fühlen, dieses Brennen beim Aufprall. Ich wollte ihre Wildheit wie beim letzten Mal spüren. »Bestrafe mich.«

Ihre Hand zitterte, als sie an meinem Hals blieb. Dann zog sie sie weg und schlug mich, aber nur ganz leicht.

Es war nicht wie beim letzten Mal. Es fehlte das Feuer. Es fehlte die Absicht.

Schlag mich, als würdest du es ernst meinen. Ich packte ihre Oberschenkel, drückte fest zu und zwang sie, meinen Forderungen nachzukommen. »Jetzt.«

Ihre Lippen öffneten sich leicht, als ihre Atmung

schwerer wurde. Leichtes Erröten stieg auf und färbte ihre Wangen, bis sie rosig waren. Ihre grünen Augen tanzten wie mit Jade-Feuer gefüllt und die Blutergüsse ihrer Haut verschwanden fast ganz. Sie zog ihre Hand zurück und schlug mich— fest.

Fuck, das war gut.

Mein Mund presste sich gegen ihren und gleichzeitig hob ich sie von der Theke. Ich trug sie ins Wohnzimmer und warf sie auf die Couch. Meine Hände packten ihren Rock und zogen ihn bis zu ihrer Taille hoch, bevor ich ihr Höschen herunterzerrte und es fast zerriss.

Mein Mund war wild auf diese Süße, diesen Geschmack von Vanille zwischen ihren Beinen. Jetzt war das alles, woran ich denken konnte, als ich sie ansah, weich und süß wie sie war. Der Spitzname wurde früher als Beleidigung verwendet, aber jetzt war er das schärfste auf der Welt.

Ich drückte meinen Mund an ihren Eingang und saugte, wollte sie komplett in meinen Mund haben. Ich spreizte ihre Knie weit auseinander und dominierte sie, nahm mir genau das, was mir zustand und genoss es.

Rome grub ihre beiden Hände in meine Haare, fasste die Strähnen und drückte mein Gesicht in ihre Muschi. Sie streckte mir ihre Hüften entgegen und wollte meine Zunge tief in sich spüren. Als ich ihre Klitoris aggressiv umkreiste, stöhnte sie so laut, dass ich dachte, meine

Nachbarn auf der anderen Straßenseite könnten sie hören.

Ich packte ihre Hüften, zog ihren Arsch über den Rand der Couch. Nachdem sie mich geschlagen hatte, war ich begierig darauf zu kommen, aber noch begieriger war ich darauf, sie kommen zu lassen. Ich vergrub mein Gesicht zwischen ihren Beinen, absorbierte ihren Geschmack und Geruch und kam fast alleine schon davon, dass ich ihre Süße besuchte.

»Calloway ...« Sie lehnte sich an die Rückenlehne der Couch, beobachtete mich und stieß sich in mein Gesicht. Am Anfang waren ihre Wünsche und Bewegungen subtil. Aber jetzt nahm sie das, was sie von mir wollte und zeigte ihre ungehemmte Seite. Sie lebte nur für diesen Moment und wenn sie mehr wollte, nahm sie es sich einfach.

Ich saugte ihre Klitoris in den Mund und zog fest daran, um ihr die Art von Reibung verschaffen, die sie über den Rand schicken würde.

Und das geschah gleich darauf. Als ob sie im Sterben liegen würde, schrie sie aus vollem Hals und kam um mich herum, ihre Muschi zog sich zusammen, als das Nachbeben übernahm. Sie keuchte, ließ meine Haare los und gönnte meiner Kopfhaut eine sanfte Massage, quasi als Entschuldigung.

Ich weigerte mich, ihr irgendeine Art von Pause zu geben, weil mein Schwanz schon schmerzhaft pochte.

Ich zog Hose und Boxer aus und zerrte Rome dann auf den Boden. Ich positionierte sie auf Händen und Knien, bevor ich den perfekten Halt an ihrem Hinterkopf in ihren Haaren bekam. Ich schob ihr meinen Schwanz in den Mund und presste mich so tief hinein wie es nur ging, bis ich sie fast geknebelt hatte. Speichel tropfte sofort aus ihrem Mund, rann über ihr Kinn und fiel auf den Boden.

»Schau mich an.« Ich stieß meine Hüften rhythmisch nach vorne und vergrub meinen Schwanz tief in ihr, ließ meiner dunklen Seite freien Lauf. So nahe war ich reiner Dominanz noch nie gekommen. Als sie mich schlug, entfesselte sie eine Kraft tief in meiner Brust. Jetzt konnte ich mich nicht verlangsamen oder mich beruhigen. Ich wollte ihren Mund ficken, bis ich ihn mit all meinem Sperma füllte.

Sie sah mich an, ihr Arsch war in der Luft und ihr Rock um ihre Taille geschlungen. Ihr Mund war offen wie bei einer Schlange, als sie immer wieder meine Länge in sich aufnahm. Obwohl sie damit Probleme hatte, ging sie immer tiefer— weil sie ein Profi war.

Ich schaute ihr in die Augen, als ich weiter stieß und genoss es, Tränen dort zu sehen, weil mein Schwanz zu groß für ihren Mund war. Ich packte ihre Haare noch fester, als ich mich tief in ihren Rachen schob und ihre Kehle streckte und mich über die Rillen ihrer Zunge bewegte.

Diese schöne Frau auf Knien vor mir, ihr Mund, der sich für meinen Schwanz öffnete, das alles machte mich so sehr an. Meine Bälle zogen sich eng an meinen Körper und bereiteten sich auf das allumfassende Crescendo der Freude vor. »Ich komme, Sweetheart.« Damit schob ich meine ganze Länge in ihre Kehle und blieb dort.

Sie hielt den Atem an, während sie darauf wartete, da sie sowieso nicht atmen konnte. Speichel tropfte immer noch aus ihrem Mund auf den Boden.

Die reine Lust raste durch meinen Bauch und durch meine Bälle, explodierte aus meinem Schaft, bevor sie die Rückseite ihrer Kehle traf. Ich spritzte gegen ihre Zunge und gab ihr alles, was ich hatte.

Wie die gute Sub, die sie war, würgte sie nicht. Sie hielt den Atem an, bis ich fertig damit war, tief in ihr zu kommen. Tränen liefen aus ihren Augen und ihre Arme zitterte davon, dass sie ihr Gewicht halten mussten.

Ich wollte meinen Schwanz in ihrem Mund lassen, auch wenn er jetzt weich wurde. Das Bild vor mir war absolut erotisch, würde mich in meinen Träumen noch hart werden lassen. Ich wollte die Geborgenheit ihres Mundes nicht verlassen, weil es so ein schöner Ort war. Sie saugte meinen Schwanz, als würde sie es sogar noch mehr lieben, als ich. Sie wollte jeden Tropfen meines Spermas— genauso gerne, wie ich es ihr geben wollte.

Ich zog meinen Schwanz aus ihrem Mund und

wischte dann ihre Lippen mit meinem Ärmel ab. »Du bläst erstaunlich gut, weißt du das?« Ich hasste es mir vorzustellen, dass sie darin viel Übung hatte. Es machte mich eifersüchtig auf ihre Männer vor mir, obwohl diese Vergangenheit waren. Aber sie hatte diese Kunst ja irgendwo gelernt— und wenigstens konnte ich sie jetzt genießen.

»Danke. Genau das, was jede Frau will hören.« Sie setzte sich auf, ein verspieltes Lächeln auf den Lippen.

»Aber ich meine es ernst— und auf eine gute Art und Weise.« Noch auf den Knien zog ich sie an meine Brust, mein Schwanz ruhte an ihrem hochgeschobenen Rock. Meine Hände wanderten zu ihrem Arsch und drückte ihre Backen, die so weich und so fest gleichzeitig waren.

»Nun, du bist ein großartiger Pussy-Lecker.«

»Oh danke. Ich werde das als Kompliment nehmen— mit Stolz.« Ich drückte mein Gesicht an ihres und sah den Glanz in den Augen.

»Ich bin wirklich kein großer Bläser. Aber ich liebe es einfach, dich zu saugen.«

Mein Körper wurde erneut heiß. Sie hatte mir schon ein paar erotische Komplimente gemacht, aber das musste eines der größten sein. Sie sagte damit aus, dass sie es überaus liebte, meinen Schwanz im Mund zu haben— keinen anderen. Und je mehr ich sie besitzen konnte, desto besser. »Ja?«

Sie nickte.

»Ich bin froh, dass du so fühlst. Denn es wird noch viel öfter passieren.«

Sie und ich hatten unsere allabendliche Routine. Nach dem Abendessen räumten wir zusammen auf und setzten uns dann vor den Fernseher. Wenn ein Spiel lief, sahen wir uns das normalerweise an. Sie war kein Fanatiker, aber sie mochte es. Sie wusste immer, was los war und hatte kein Problem damit, die Spieler anzuschreien, wenn sie Mist machten— und die Schiris, wenn sie eine dumme Entscheidung trafen.

Ich liebte es.

»Bekommst du jedes Jahr zwölf Millionen Dollar bezahlt, um keinen einzigen Treffer zu landen?« Sie schüttelte angewidert den Kopf. »Ich hasse es, wenn die Leute mit den Spielern leiden. Es ist ihr Job. Diese Schwanzlutscher.«

»Nicht wie du.«

»Was?«

Sie verstand meinen Witz nicht, also ließ ich es dabei. »Du bist knallhart, mein Schatz.«

»Bin ich nicht. Ich denke, jeder sollte sein Potenzial ausschöpfen. Und dieser Spieler hat es nicht getan.«

»Ich könnte mir dich als Trainer vorstellen. Alle deine Spieler würden dich hassen.«

»Sie würden mich nicht hassen, wenn sie das Finale gewonnen hätten.«

Ich schlang meinen Arm um ihre Schultern und beugte mich zu ihr. »Hast du jemals daran gedacht, von der Wohltätigkeitsarbeit in den Profisport zu wechseln?«

»Oh Gott, nein. Ich weiß, wo ich hingehöre. Ich mache bei meiner jetzigen Klientel einen Unterschied, aber ich würde nie einen Unterschied bei diesen Idioten machen.«

Ich kicherte zum hundertsten Mal in dieser Nacht. Sie war einer der wenigen Menschen, die mich zum Lachen bringen konnten. Ihre Frechheiten waren erfrischend und ihre Haltung war irgendwie sexy. Ich mochte es, wenn sie auf Konfrontation aus war. Ich wollte mit ihr streiten und ich hoffte, sie würde genug Hitze mitbringen, wenn wir es taten. Als ich ihr sagte, dass sie bei mir einziehen würde, widersetzte sie sich standhaft, aber ich konnte es zu der Zeit nicht ausnützen. Aber sobald sie meine Sub wäre, würde ich das tun.

Ich wusste, es war nur eine Frage der Zeit, bevor es passierte. Sie schlug mich und genoss es. Ich konnte das gleiche Feuer und die Dunkelheit in ihren Augen sehen, die ich auch in mir trug. Es war tief in unserem Innern. Und wenn sie mir absolut vertraute, würde ich ihr die Idee nahebringen. Oder ich würde ihr eine Kostprobe geben.

Dieser Blowjob war ein unglaubliches Erlebnis, aber ich wollte, dass sie eine intensivere Erfahrung machte. Ich wollte sie an mein Bett binden, ihr die Augen verbinden und sie meiner Gnade ausliefern. Ich wollte sie aus ihrer Komfortzone holen und sie so weit bringen, dass sie brach— weil sie mir vertraute.

Sie hatte mir Dinge erzählt, die sie noch niemandem erzählt hatte und ich hatte dasselbe bei ihr getan. Es war nur eine Frage der Zeit, bevor der eigentliche Spaß begann. Wir waren nur noch wenige Tage von der Vier-Wochen-Marke entfernt und wenn dieser Tag kam, würde ich mich nicht mehr zurückhalten. Aber ich musste davon Abstand nehmen, sie zu fesseln und nicht mehr gehen zu lassen. Denn in diesem Falle könnte sie denken, dass ich verrückt war.

»Hast du am Freitag etwas vor?«

»Nein. Ich bin ziemlich langweilig.« Sie sah mich an, ihr blaues Auge mit Make-up überdeckt. »Warum?«

»Ich dachte, wir könnten mal essen gehen.«

»Ja, das klingt gut.«

»Und dann könnten wir hierher zurückkommen und feiern.«

Ihre Augen veränderten sich nicht, als sie mich anstarrte— und ich wusste genau, warum.

»Wir machen einen Wein auf und zünden ein paar Kerzen an ...« Ich drückte meine Lippen an ihr Ohr, küsste es sanft und ließ meine Zunge entlang der Ohrmuschel gleiten.

Sie nahm einen tiefen Atemzug und ihre Brustwarzen wurden hart unter ihrem T-Shirt.

»Und dann wirst du Mein sein.« Meine Arme schlangen sich um sie, weil ich wollte, dass jetzt schon Freitag war. Ich wollte tief in sie hineinstoßen und mein Sperma irgendwo anders, als in ihrem Hals oder auf ihren Titten loswerden. Ich war begierig darauf und ich wusste, sie war es auch. Keine Frau saugte so hingebungsvoll, wenn sie nicht mehr davon wollte— an anderen Orten.

»Vielleicht sollten wir das Abendessen überspringen …«

Ich konnte die Hitze ihrer Muschi fühlen, ohne sie zu berühren. Ihre Brust hob und senkte sich mit den Atemzügen, und ich wusste, dass sie erregt war. Sie wollte mich tief in sich fühlen und gedehnt werden, bis ihre Muschi ganz um meine Länge herum gelegt war. Sie wollte kein romantisches Date.

Sie wollte einfach nur ficken.

Und das war für mich in Ordnung. »Kein Abendessen. Nur Sex.«

»Okay.«

»Okay.«

Ich nahm ihr Gesicht, drückte einen kleinen Kuss auf ihre Lippen und hielt mich davon ab, mehr zu tun.

Wenn ich sie zurück in die Kissen legte, würde ich die Kontrolle verlieren und sie hier und jetzt ficken.

Ein leises Stöhnen entkam ihren Lippen, als würde sie das Gleiche denken. Sie strich sich das Haar hinters Ohr, die Augen voller Geilheit. »Ich werde ins Bett gehen …«

»Ja, ich auch.« Wenn ich langer blieb, würde ich mich auf sie stürzen.

Und sie hätte es auch gewollt.

»Gute Nacht.« Sie schlang ihre Arme um meinen Hals und umarmte mich, anstatt mir einen Kuss zu geben. Ich wusste, dass sie es tat, um sich selbst zu beherrschen, aber ihre Zuneigung fühlte sich irgendwie wunderbar an. Ich liebte es, ihre schlanken Arme um meinen Körper zu fühlen. Sie umarmte mich wie einen Teddy, ihre Titten drückten gegen mich, ihre Nippel waren hart.

Das Verlangen verließ meinen Körper, als ich sie hielt und begriff, wie klein sie wirklich war. Mit ihrer Haut, weicher als Seide und Augen, strahlender als die Sterne, war sie nicht einfach nur eine Frau, mit der ich schlafen wollte. Auf seltsame Weise war sie mehr. Ich hatte das Gefühl, dass ich einen Freund umarmte.

Meinen besten Freund.

18

CALLOWAY

Die folgenden zwei Tage waren die reinste Folter.

Die Zeit verging wie Treibsand in der Sanduhr, aber kam niemals wirklich voran. Die Sekunden verstrichen, aber ich dachte immer, dass es viel mehr gewesen sein müsste, als es dann tatsächlich war. Wenn ich auf die Uhr blickte, waren nur fünf Minuten vergangen, aber es fühlte sich wie fünf Stunden an.

Mein Nachmittag bei der Arbeit war nichts Besonderes. Aber ich hatte schon ein paar Sitzungen, viel Papierkram und ein paar Termine in meinem Kalender. Trotzdem wanderten meine Gedanken immer wieder zu dieser jungen Göttin zurück, die im Begriff war, mein Bett zu teilen.

Ich konnte es kaum erwarten, in ihr zu sein.

Als sie mir anfangs mitgeteilt hatte, dass ich vier Wochen warten musste, wäre ich fast gegangen. Leute wie ich warteten nicht passiv ab. Aber ich wollte diese Frau auf eine solche Art und Weise, wie ich keine andere je gewollt hatte, also hielt ich durch.

Und ich war froh darüber, dass ich das geschafft hatte.

Ich hatte diese Art von Erregung in meinem ganzen Leben noch nicht gefühlt. Die Vorfreude, die täglichen Steigerungen, das verursachte bei mir eine Gänsehaut. Die Tatsache, dass diese Frau die Macht hatte, mich warten zu lassen und immer noch meine volle Aufmerksamkeit hatte, das ging über meinen Verstand. Was auch immer sie an sich hatte, es machte mich besessen. Ich teilte mein Haus mit ihr und es störte mich nicht einmal. Isabella hatte nie mein Haus betreten und ich war mit ihr ein Jahr lang zusammen gewesen.

Rome hatte alles verändert.

Als ich von der Arbeit nach Hause kam, war die Spannung zwischen uns schon hoch. Ich wollte sie auf der Couch festhalten und hart in sie stoßen, fühlen, wie meine Bälle gegen ihren Arsch schlugen, während ich sie als die Meine beanspruchte. Wenn wir in der Nähe des Küchentisches waren, wollte ich das gleiche mit ihr tun und mein Abendessen wäre ebenfalls sie.

Sie war angespannt und ging mir aus dem Weg, um mich nicht zu berühren. Sie hielt immer einige Schritte Abstand zu mir. Das Haus fühlte sich an wie ein Gewächshaus, heiß und feucht. Wir brannten beide, waren begierig zu ficken, wie die Tiere, die in uns lauerten.

Jedes Mal, wenn ich ihre Schulter berührte, entfernte sie sich schnell wieder von mir, als hätte sie einen Schlag bekommen. Ihr Atem ging schneller und ihre Wangen waren gerötet. Ihre Lippen waren leicht geöffnet, als ob ihr Mund meinen Kuss brauchte.

Das einzige, das mich noch zurückhielt, war mein Versprechen. Ich hatte ihr mein Wort gegeben und ich hatte bisher immer mein Wort gehalten. Es war das Einzige, das mir irgendeinen Wert gab. Wenn ich mir nicht vertrauen konnte, dann konnte mir eine Frau auch nicht vertrauen. Und wenn sie mir nicht traute ... sie würde mein Spielzimmer nie sehen.

Ich wusste, dass unser erstes Mal Vanilla sein würde. Ich wusste, dass alle Ficks, die wir danach haben würden, auch Vanilla sein würden. Aber sobald die erste Hitze vorbei war und sie sich in meiner Nähe wohlfühlte, würde ich die Handschellen zücken und sie zu einer Spritztour mitnehmen.

Und ich würde sie endlich zu der Sub machen, die sie für mich sein sollte.

In dem Moment, in dem ich sie das erste Mal gesehen hatte, wusste ich, dass es passieren würde. Sie hatte keine Wahl. Die ganze Zeit über hatte ich nach der einen Partnerin gesucht, nach der sich mein Körper sehnte. Ich hatte mir Zeit genommen und auf die perfekte Partnerin gewartet. Während ich nicht an ein »Für Immer« glaubte, glaubte ich doch an Monogamie.

Ich wusste, dass ich niemals einem anderen Mann erlauben würde, sie zu berühren.

Niemals.

In der letzten Nacht vor dem großen Ereignis saßen wir auf den gegenüberliegenden Seiten der Couch. Sie nippte an ihrem Wein und beobachtete das Spiel, eine Decke über ihre Oberschenkel gezogen. Sie trug kein Make-up, ihre Kleider waren außergewöhnlich weit und ihr Haar war zu einem unordentlichen Knoten gebunden.

Ich wusste, was sie damit erreichen wollte.

Sie versuchte, so unattraktiv wie möglich auszusehen.

Aber der Schuss ging nach hinten los. Ich liebte es, ihre natürliche Schönheit zu sehen. Die blauen Flecken waren bereits verblasst und jetzt war ihr linkes Auge wieder genauso wie das rechte. Ihr Haar war aus dem Nacken hochgebunden, sodass ich sehen konnte, wie schlank ihr Hals war. Meine Hand konnte ihn vollständig umfassen und meine Finger auf der anderen Seite meine Handfläche berühren. Ihre Kleider versteckten ihre Kurven, aber das machte nichts. Ich erinnerte mich genau, was darunter war.

Ihre Schlägerei mit dem Einbrecher erschreckte mich einerseits, weil ich mir Sorgen um ihre Sicherheit machte, aber ihre Widerstandsfähigkeit und Kraft turnten mich an— und das aus einem sehr offensichtlichen Grund. Wenn sie mit Verbrechern umgehen konnte, konnte sie auch alles aushalten, was ich ihr antat. Es war fast unmöglich, sie zu brechen. Es würde die größte Herausforderung meines Lebens werden. Je länger ich sie nicht brechen konnte, desto mehr würde ich sie wollen. Und da sie nicht brechen konnte, würde ich sie mein ganzes Leben lang wollen.

Sie leerte ihren Wein und stellte dann das leere Glas auf den Tisch. »Ich gehe ins Bett.«

Ich wollte eigentlich gleich mit ihr gehen, aber ich wartete schon so lange, also konnte ich auch noch etwas länger warten. »In Ordnung.«

Sie sah mich an, als wollte sie mir einen Gute-Nacht-Kuss geben, entschied sich dann aber dagegen. »Ich sehe dich dann morgen.«

»Träum schön, Sweetheart.«

Als ob sie versuchte, so schnell wie möglich von mir

weg zu kommen, eilte sie aus dem Zimmer und verschwand die Treppe hinauf.

Ich blieb auf der Couch sitzen und starrte auf den Fernseher an der Wand. Mein Schwanz war hart in meiner Jeans und gierig danach, befreit zu werden. Gestern hatte es keine Action gegeben und ich wollte ein bisschen Erlösung, aber ich wollte die echte Sache.

Ich wollte Rome.

Also hielt ich meine Hände zurück und ging ins Bett.

Endlich war der Tag gekommen und mein Schwanz war permanent hart. Er wusste, was kommen würde und dass es nur eine Frage der Zeit war, bis ich in ihre glatte, nasse Pussy rutschen konnte. Ihre Beine würden sich um meine Taille schlingen und sie würde betteln, dass sie so hart fickte, wie ich nur konnte.

Und ich würde es tun.

Ich ging viel früher zur Arbeit, um zu vermeiden, sie zu sehen. So hart, wie ich war, glaubte ich nicht, dass ich mein Versprechen länger halten konnte. Theoretisch würde ich es ja nicht brechen. Aber ich wollte nicht ficken und dann sofort zur Arbeit gehen. Ich wollte sie die ganze Nacht und den Rest des Wochenendes haben.

Ich hatte Blumen liefern lassen und stellte sie auf den Eingangstisch. Bevor sie zur Arbeit ging, würde sie sie sehen. Es waren dunkelrote Rosen in einer Kristallvase. Zwei Dutzend davon. Üppig und voller Leben, erinnerten sie mich an sie. So unschuldig und rein, aber gleichzeitig so erotisch.

Ich hinterließ ihr damit eine Nachricht.

Heute Nacht bist du endlich Mein.

Ich war der Erste, der nach Hause kam.

Ich ging ins Schlafzimmer, zog aber nicht wie sonst meinen Anzug aus. Normalerweise würde ich inzwischen duschen und meine Haare waschen. Dann würde ich Jeans und T-Shirt anziehen.

Aber heute behielt ich den Anzug an.

Ich saß auf der Bettkante und stützte meine Ellbogen auf die Knie. Die Tür war weit geöffnet und ich wartete auf das Geräusch der Haustür, wenn sie sich im Erdgeschoss öffnete. Die Vorhänge waren zugezogen, weil ich nicht wollte, dass jemand einen Blick auf sie erhaschte und die perfekt blasse Haut um ihre rosa Nippel sah.

Die Nachttischlampen brannten wegen der Atmosphäre und tauchten das Schlafzimmer in romantisches Licht. Ich hörte, wie die Heizungsanlage sich ein- und ausschaltete, wodurch sie versuchte, die Temperatur im Haus konstant zu halten. Kein einziges ihrer persönlichen Dinge war in diesem Schlafzimmer, aber ich fühlte mich, als ob ich es mit ihr teilte.

Nach zwanzig Minuten des Wartens, während denen mein Schwanz hart war, weil ich ständig darüber nachdachte, was ich gleich mit ihr machen würde, öffnete sich schließlich die Haustür. Ich konnte hören, wie sich die schwere Tür hinter ihr schloss. Es war kaum wahrnehmbar, aber ich hatte so lange hier gelebt, dass ich jedes einzelne Geräusch kannte.

Eine Minute verging, bevor ihre Absätze die Treppe hinaufklapperten. Sie nahm sich Zeit und stählte ihre Nerven, bevor sie herkam. Sie wusste genau, wo ich war, denn ihre Absätze klapperten noch auf dem Parkett, als sie schon an ihrem Schlafzimmer vorbei war.

Ich hatte mich noch nie so auf mein Gehör verlassen. Als ob ich in eine Schlacht ziehen würde, bereitete ich mich auf das bevorstehende Ereignis vor. Mein Herz raste, meine Lungen schmerzten und verlangten nach tieferen Atemzügen. Mein Körper wollte endlich aktiv werden, sodass mir der Schweiß ausbrach. Meine Hände wollten sie greifen, sie an den Hüften packen und unter mich schieben. Meine Hüften wollten hart gegen sie stoßen, bis meine Eichel ihren Gebärmutterhals erreichte, weil ich sie mit jedem Zentimeter meines Schwanzes aufspießte. Sie wusste nicht, was ein echter Fick war, bevor sie mich kennengelernt hatte. Jetzt würde sie wissen, wie es sich anfühlte, mit einem echten Mann zusammen zu sein— fast zwei Meter echter Mann.

Sie bog um die Ecke und blieb in der Tür stehen, sah mich auf der Bettkante sitzen. Ein schwarzer Bleistiftrock umrahmte ihre Hüften und sie trug schwarze Stilettos. Egal wie wenig Geld auch auf ihrem Konto war, sie kleidete sich stilvoll und war stolz auf ihre Eleganz. Das Haar hatte sie an diesem Morgen gelockt und jetzt löste es sich. Es war leicht gewellt und das machte es einfacher für mich, meine Finger hindurch zu schieben. Sie trug ein marineblaues Top und eine Goldkette um den Hals. Sie hatte mehr Make-up aufgelegt war als sonst und, genau wie ich vermutete, waren ihre Wangen leicht gerötet.

Sie starrte mich mit einer Mischung aus Lust und Zögern an, ihre Arme hingen schlaff herunter. Der Puls an ihrem Hals pochte wild, Adrenalin traf sie direkt ins Herz. Sie war nervös und vor allem aufgeregt.

Ich erhob mich, ohne den Blick abzuwenden. Schließlich blickte ich an ihr hinunter, starrte jeden Zentimeter ihrer Perfektion an und genoss den Anblick. Ich wollte in ihr sein, seit ich sie in dieser Bar entdeckt hatte. Jeder Mann in der Bar hatte in jener Nacht dasselbe gewollt.

Aber ich würde sie haben.

Ich hatte sie zum Essen ausgeführt. Ich hatte sie wie

eine Dame behandelt und ihr Respekt gezollt. Wenn sie reden wollte, hörte ich zu. Wenn sie kuscheln wollte, kuschelte ich mit ihr. Aber jetzt war ich an der Reihe, das zu bekommen, was ich wollte.

Meine Augen bohrten sich in ihre Haut und ich fühlte meine dominante Seite um Kontrolle ringen. Ich wollte ihr befehlen, genau das zu tun, was ich ihr sagte. Ich wollte verlangen, dass sie auf die Knie fiel und mich blies, bis ich nass von ihrem Speichel war. Ich hatte niemals so sehr mit meinem wahren Selbst gekämpft.

Ich musste die Kontrolle behalten.

Ich ging durch den Raum, bis ich von Angesicht zu Angesicht vor ihr stand. Ich konnte die Hitze fühlen, die ihr Körper ausstrahlte und wie sie meinen verbrannte. Ihre Augen leuchteten wie die Sterne am dunklen Himmel und funkelten vor Aufregung. Ihre Wangen waren röter als je zuvor, denn ihre Pussy wollte meinen Schwanz so sehr. Ihr Atem war unregelmäßig und aus dem Gleichgewicht geraten. Meine Nähe machte sie nervös, aber sie genoss dieses Gefühl. »Danke für die Blumen.«

Von allen Dingen, die ich erwartet hatte, war dies das Abwegigste. Ich antwortete nicht, weil ich mir nicht nach Reden war. Das Einzige, was ich mit meinen Lippen tun wollte, war, sie zu küssen. Meine Hände konnten nicht mehr an meinen Seiten verweilen. Ich grub eine Hand in ihre Haare und zog ihr Gesicht in einer tiefen Umarmung zu mir her.

Sofort atmete sie tief ein, als hätte ich sie gerade verbrannt. Ihre Lippen erstarrten, als könnten sie die Verbrennungen nicht verarbeiten. Sie zögerte überfordert, mein Kuss warf sie aus der Bahn. Aber dann küsste sie mich mit der gleichen Kraft und Erregung zurück. Ihre Hände fuhren an meinen Armen hoch, bis sie auf ihrem Lieblingsplatz ruhten.

Ich verlor bereits die Kontrolle über mich. Sofort fühlte ich die ungezügelte Lust. Meine Hände glitten über ihren Körper nach unten und genossen die Konturen ihres Körpers und ihrer Sanduhr-Figur. Ich spürte ihre Rippen und wanderte ihre Taille nach unten, fühlte die Rundung ihres unteren Rückens. Meine Finger glitten über ihren Arsch und ich drückte ihre Backen hart und beanspruchte sie als die meinen.

Ihre Hände wanderten an meine Brust und lösten jeden einzelnen Knopf, ohne unseren Kuss zu unterbrechen. Ihr Kuss vertiefte sich, je mehr Knöpfe geöffnet wurden. Als der letzte endlich offen war, zog sie mir das Hemd aus und zerriss es fast dabei.

Mein Hemd lag auf dem Boden und ihre Hände betasteten meinen Oberkörper. Ihre Nägel gruben sich in mein Fleisch, als sie die Muskeln unter meiner Haut spürte. Sie zog ihre Fingerspitzen über die Haut, spürte jeden Zentimeter meiner Haut. Ihre Hände wanderten zurück auf meine Brust und auch dort vergrub sie ihre Fingernägel.

Ich machte mir nicht die Mühe, ihre Bluse aufzuknöpfen. Stattdessen zerrte ich ungestüm daran, und die billigen Knöpfe an der Vorderseite rissen ab. Sie schien es nicht zu kümmern, dass ich gerade ihre Bluse ruinierte, da sie mich noch fester küsste und schon in meinen Mund stöhnte.

Meine Hand löste ihren BH, der ihr über die Arme rutschte, bis er am Boden liegen blieb.

Ich war in ihre Titten verliebt. Sie hatte den schönsten Vorbau, den ich je gesehen hatte. Sie waren nicht riesig, aber sie waren rund und frech, wohlproportioniert im Verhältnis zu ihrer Größe und sexy wie die Hölle. Ich nahm eine und mein Daumen spielte mit ihrem Nippel, fuhr so oft darüber, bis er sich aufrichtete.

Sie stöhnte in meinen Mund.

Ihre Reaktion heizte mich noch mehr an. Sie bog ihren Rücken und drückte ihren Körper gegen meinen, bettelte mich nahezu an, sie zu nehmen. Ich packte ihre Titten härter und drückte ihre Brustwarzen, während ich ihr meine Zunge gab.

Ihre Hände schossen an meine Taille und öffneten in Windeseile meinen Gürtel. Sie löste den Hosenknopf und zog den Reißverschluss nach unten, sodass meine Hose zu Boden fiel. Sie brach unseren

Kuss ab, um auf die Knie zu fallen und zog sie mir ganz aus. Ihr Gesicht war genau an meinem Schritt, wo sich mein Schwanz durch meine Boxershorts abzeichnete. Sie schaute mich mit ihren grünen Augen an, bevor sie durch die Baumwolle einen Kuss auf meinen Schaft drückte.

»Oh Fuck!«

Sie packte den Bund, zog mir meine Boxer aus und ließ meinen pochenden Schwanz frei. Er zuckte sofort, als er merkte, dass er so nah an ihrem Mund war, direkt neben dieser glatten Zunge, über die er so gerne glitt.

Sie umfasste meine Eier und massierte sie sanft, bevor sie ihren Mund um meinen Schwanz schloss und ihren Kopf soweit nach unten bewegte, dass ihre Kehle keinen weiteren Zentimeter schaffte. Sie hielt den Atem an, solange sie konnte, bevor sie sich zurückzog und nach Luft schnappte. Ihre Finger fuhren fort, meine Eier zu massieren, als würde sie sie anbeten.

Das war besser als jede Fantasie, die ich je gehabt hatte.

Ich umfasste ihr Haar und zog sie daran nach oben, befahl ihr schweigend, auf ihre Füße zu kommen.

Als sie wieder vor mir stand, öffnete ich den Reißverschluss auf der Rückseite ihres Rockes und ließ ihn zu Boden fallen. Sie trug einen schwarzen Spitzentanga, ein kleines sexy Ding, das ich nie zuvor gesehen hatte. Sie musste ihn in ihrer Mittagspause gekauft haben, um sich heute Abend besonders sexy zu fühlen.

Ich hätte das auch für sie tun können.

Ich griff nach der Rückseite ihres Tangas und packte ihn genauso, wie ich es mit ihren Haaren tat. Ich drückte mein Gesicht an ihres, aber küsste sie nicht, sondern entschied mich dafür, ihre Lippen anzustarren. Ich liebte das Gefühl ihrer Wangenknochen unter meinen Fingerspitzen. Sie hatte den schönsten Arsch, den ich je gesehen hatte, vermutlich daher, weil sie jeden Tag zehn Stockwerke zu ihrer Wohnung hochstieg. Ich konnte es kaum erwarten, sie in den Arsch zu ficken, aber das musste noch warten.

Ich zog den Tanga über ihren Arsch und über ihre Beine. Sie stand nackt vor mir und wollte, dass ich sie nahm, so wie ich es wollte, seit ich sie zum ersten Mal gesehen hatte. Ich küsste ihren Hals und ihr Schlüsselbein, biss zärtlich die Haut wegen meines Verlangens, sie zu besitzen. Meine Hände führten sie zum Bett und legten sie nieder, bis ihr Kopf auf meinen Kissen ruhte. Sie war die erste Frau, die ich jemals auf meinem Bett gefickt hatte und dieses Wissen war seltsam erotisch. Das Echo ihres Stöhnens würde mein Schlafzimmer für immer füllen und ich würde in diesen Erinnerungen noch länger leben.

Ich hatte es lange nicht mehr in der Missionarsstellung gemacht. Und ich hatte es noch nie

Vanilla gemacht. Aber mein Schwanz war wild darauf, als ob es das aufregendste Gefühl in der Welt wäre. Ich fühlte mich als Gewinner, nur weil diese Frau mich wollte. Sie konnte jeden Mann auf dieser Welt haben, aber sie wollte mich. Sie wollte, dass ich sie jetzt fickte. Sie wollte, dass ich in ihr kam.

Ich konnte meine Atmung kaum unter Kontrolle halten, weil ich so aufgeregt war. Wie ein Teenager, der zum ersten Mal zum Zuge kam, drohte mich die Vorfreude zu verschlucken. Ich packte ihre Hüften und positionierte sie unter mir, bewegte ihre Hüften so, dass jeder Zentimeter meines Schwanzes in die kleine Muschi gleiten konnte.

Ich trennte ihre Oberschenkel mit meinen Unterarmen und stellte sie direkt hinter ihre Knie. Mein Schwanz drückte gegen ihre Spalte, wie schon so viele Male vorher, aber heute war es anders. Ich wusste, dass ich nicht nur über ihre nasse Klitoris gleiten würde. Dieses Mal würde ich in ihr sein und jeden Zentimeter von ihr fühlen. Ich starrte in ihre Augen und sah das gleiche heiße Verlangen auf ihren Wangen.

»Danke fürs Warten.« Sie fuhr mit ihren Händen über meine Brust und meine Schultern, ihre Fingernägel zogen sich über mich.

»Ich würde ewig auf dich warten.« Die Worte kamen einfach so und sie waren zu romantisch für alles, was ich normalerweise sagen würde. Aber in diesem aufgeheizten Moment sagte ich, was mir gerade in den Sinn kam. Rome war gerade mein einziges Lebensziel und nichts anderes war wichtig.

Ich drückte den Kopf meines Schwanzes in ihren schmalen Schlitz und spürte den unmittelbaren Widerstand. Als ich zwei Finger in sie geschoben hatte, konnte ich spüren, wie eng sie war. Ich wusste, dass mein dicker Schwanz kämpfen musste, um hineinzukommen. Aber ich konnte einfach nicht glauben, wie eng sie wirklich war.

Sie war nass, der Saft ihrer Muschi lief nach unten zu ihrem Arschloch. Ihre Erregung war nicht das Problem. Nur mein großer Schwanz und ihre kleine Muschi. Ich drückte mich sanft in sie hinein, meine Augen beobachteten sie. Meine Eichel bewegte sich einen oder zwei Zentimeter und genoss das warme Fleisch ihres Kanals.

Heilige Scheiße.

Ihre Hände bewegten sich auf meinem Oberkörper, bis sie meinen Hals erreicht hatten. Ihr Daumen ruhte direkt über meinem Puls und spürte das Blut, zusammen mit dem Adrenalin, rauschen. Ihr Atem ging wild, unberechenbar, während ich versuchte, in sie hinein zu kommen.

Ich fuhr fort, sanft in sie zu schieben, bekam aber kaum die Hälfte meiner Länge in sie. Aber schon diese wenigen Zentimeter waren genug, um mich zum Zittern zu bringen. Es war alles, wovon mein Schwanz geträumt hatte. Feucht, eng und wunderschön. Wenn ich sie endlich gedehnt hatte und wir uns bewegen konnten, würde es noch besser sein. Aber ich war mir nicht sicher, ob ich mir etwas Besseres vorstellen konnte. »Deine Muschi ist schier unglaublich. Du bist so eng.« Mein Schwanz nahm all ihre Feuchtigkeit auf. Ihr warmes Fleisch war exquisit und ich wollte es niemals verlassen. Natürlich hatte sie die Muschi einer Göttin. Mein Schwanz musste es gewusst haben, als er sie zum ersten Mal bemerkt hatte.

Sie grub ihre Nägel in meinen Nacken und hielt sich fest, als ob sie sonst davongeschoben werden könnte. »Du bist mein Erster ...«

Mein Schwanz glitt einen weiteren Zentimeter und ich fühlte ihre Enge langsam nachgeben. »Erster was?« Ich drückte mein Gesicht in die Nähe des ihren, sah ihr in die Augen und sah das ganze Universum in ihrer Iris. Absolut atemberaubend, sie war Perfektion unter mir. Ihre Brustwarzen waren spitz und ihre Brust war von diesem wunderschönen rosa Farbton. Ihr Mund war geöffnet von ihrem Keuchen und ihr Haar war über mein Kissen ausgebreitet. Sie lag auf dem Rücken, ihre Beine gespreizt, genauso, wie ich sie mir eine Million Mal vorgestellt hatte.

»Der Erste.« Sie krallte sich in meinen Hals und

küsste meine Lippen, ihr süßer Kuss war warm und einladend.

Mehr Blut rauschte bei dieser Berührung zu meinem Schwanz, aber ich verstand ihre Worte immer noch nicht. Ein Hauch des Schicksals kam über mich und brachte Regenwolken mit, die im Begriff waren, sich zu entladen. Ihre Worte und die unerklärliche Enge ihrer Muschi ließen mich schlagartig an eine Sache denken. »Du bist noch Jungfrau?« Ich hörte auf, mich in ihr zu versenken. Die untere Hälfte meines Schwanzes stand draußen und war begierig darauf, alles zu sehen, was meine Spitze fühlte.

Sie hielt die Augen auf meine gerichtet. »Ja.«

Ein weiterer Schuss Adrenalin schoss durch mich und traf mich wie ein Donnerschlag. Ich fickte grundsätzlich keine Jungfrauen wegen der emotionalen Folgen. Und ich hätte Rome nicht verführt, wenn ich das gewusst hätte. Die Chancen, sie zu mir zu unterwerfen, waren jetzt fast null. Aber ich zog meinen Schwanz nicht heraus. Ich hörte nicht auf.

Mein Körper wurde noch heißer. Meine Erregung nahm nochmals um das Zehnfache zu, als ich sie anstarrte und begriff, dass noch niemand in ihr gewesen war. Sie war wirklich Mein, voll und ganz. Ich hätte mich herausziehen und aufhören sollen, bevor es weiterging, aber ich konnte einfach nicht. Ich wollte sie jetzt so sehr— mehr als ich das je getan hatte. »Du willst wirklich, dass es ich bin?«

»Ja.« Sie küsste meine Unterlippe und saugte sie sanft. »Ich habe schon eine Weile darauf gewartet, meine Jungfräulichkeit zu verlieren, aber ich habe nicht den richtigen Mann gefunden, um sie ihm zu geben. Ich will sie nur dir schenken.«

Fuck. Fuck. Fuck.

Wie war das möglich?

Sie musste mindestens vierundzwanzig sein.

Diese Frau hätte jeden Mann haben können, aber sie wollte nur mich. Und sie wollte, dass ich der Erste war, der sie fickte.

Ich war verloren.

Nichts konnte mich davon abhalten, das jetzt zu tun. Nicht einmal eine auf meinen Kopf gerichtete Pistole.

Ich drang langsam weiter in sie und genoss das unerforschte Territorium. Bald würde ich ihr Jungfernhäutchen zerreißen. Der Gedanke an ihr Blut, das meinen Schwanz benetzte, erregte mich noch mehr. Ich war nicht einmal sicher, ob ich mich bewegen könnte, ohne gleich zu kommen.

Ich spürte, wie ihre Nägel sich noch fester in mich gruben, als ob sie wüsste, was gleich passieren würde. Ich küsste sie wieder, bevor ich sie mit einem festen Stoß durchbrach.

Ich schob mich weiter in sie und spürte, wie mein

Schwanz von ihrem kleinen Kanal umhüllt wurde. Mein Umfang dehnte die Wände, brachte sie an Grenzen, die sie nie zuvor erlebt hatte. Je tiefer ich kam, desto mehr verspannte sie sich unter mir und fühlte sich voller als je zuvor. Mein Schwanz bewegte sich vorsichtig, bis ich die dünne Schicht des Hymens fühlte.

Diese dünne kleine Haut zu spüren, ließ mich wie ein König fühlen.

Ich rieb meine Nase gegen ihre, was ich noch nie mit einer Frau gemacht hatte und gab ihr dann einen kleinen Kuss auf den Mund.

Ihre Lippen zitterten, als sie das Reißen spürte. Sie schrie nicht vor Schmerzen, aber sie verspannte sich unter mir, als ob der Schock unerwartet kam. Ihre Nägel schnitten fast in meine Haut, weil sie mich so fest packte.

Ich wollte endlich kommen.

Mein Schwanz bewegte sich jetzt ganz in ihr, meine Eier drückten gegen ihren Eingang. Jeder Zentimeter von ihr war der Himmel. Ich hatte nie eine so gute Pussy gefickt. Ich hatte ein paar Mädchen entjungfert, als ich jünger gewesen war, aber ich war damals nicht erfahren genug gewesen, um wirklich zu verstehen, was ich tat. Ich konnte es für sie angenehm machen, statt dass es ihr Schmerzen bereitete. Ich konnte sie trotz der Schmerzen, die mein großer Schwanz verursachte, kommen lassen.

Sie schlang ihre Beine um meine Taille und hakte ihre Knöchel zusammen. Ihre Augen waren auf meine fixiert und sie atmete gleichzeitig mit mir, ihre Brustwarzen rieben gegen meine Brust, wenn ich mich bewegte. Mein Name lag auf ihren Lippen, aber sie sagte ihn nicht.

Ich stieß noch immer langsam in sie hinein, mein Schwanz gab ihrer Muschi Zeit, sich an meine Größe zu gewöhnen. Sie war unnatürlich eng, aber sie war so nass, dass es funktionieren könnte. Ich musste mich konzentrieren. Ansonsten wäre ich zu früh fertig und würde uns den Spaß verderben, bevor er richtig begonnen hatte. Die Tatsache, dass sie noch Jungfrau war, brachte alles in meinem Kopf und in meinem Schwanz durcheinander. Es sollte mich eigentlich stören, aber es machte mich nur noch mehr an, wie es sonst noch nie geschehen war.

Ich küsste sie, als ich mich bewegte, meine Arme zu beiden Seiten ihres Kopfes abgestützt. Jeder Zentimeter meines Schwanzes war jetzt tief in ihr vergraben, unser beider Feuchtigkeit war mit winzigen Blutstropfen ihrer Jungfräulichkeit vermischt. Ich atmete in ihren Mund, als ich mich vorsichtig bewegte und mich darauf konzentrierte, dass ich nicht zu früh kam.

Als ich plötzlich Salz schmeckte, wusste ich, dass sie weinte. Ich zog mich zurück, sah sie an und sah den dünnen Tränenfilm, der ihre Augen bedeckte. »Soll ich aufhören?« Es würde alle meine Kraft kosten, mich dazu zu zwingen, mich aus ihr herauszuziehen, aber ich würde es tun, wenn sie mich darum bat.

»Nein.« Ihre Finger strichen durch meine Haare. »Es tut nur ein bisschen weh. Aber es fühlt sich so gut an.«

Meine Wirbelsäule spannte sich bei ihrer Antwort an und meine Hüften bewegten sich weiter. Ihre Tränen machten mich an, weil ich ein geisteskranker Hurensohn war. Sie erlebte die richtige Art von Schmerzen, die Schmerzen, die sich gut anfühlten. Ich peitschte oder schlug sie nicht, aber mein Schwanz verursachte ihr genug Schmerzen, um ihr das Gefühl zu vermitteln, nach dem Subs sich sehnten. Der Schmerz war spürbar, aber er war stumpf im Vergleich zur Menge an Lust, die dadurch entstand. Mein Schwanz war zu groß für sie und ihre Muschi war zu klein für mich. Aber unsere gegenseitige Lust machte alles möglich— es war der Wahnsinn.

Ich sah sie an und genoss die Tränen in ihren Augen. Ihre Wangen waren immer noch rosa vor Lust und ihre Pussy war nass. All dieses machte sie zur erotischsten Frau, die jemals unter mir gelegen hatte. »Du bist so verdammt schön.« Mein Schwanz rutschte wieder den ganzen Weg hinein, aber ich zog mich wieder heraus, nur der Kopf verblieb in ihr. Ich schob ihn wieder zurück und mein Schwanz wurde von allen Seiten zusammengedrückt. Es war der intensivste Druck, den ich je gefühlt hatte, besser als jeder Sex, den ich jemals mit einer Frau gehabt hatte. »Es tut weh.« Ich packte ihre Haare am Hinterkopf und zog ihren Kopf zurück, damit ich ihren Hals küssen konnte. Ich überzog den Bereich mit kleinen Küssen und biss sie dann vorsichtig ins Schlüsselbein, nahm sie in Besitz. Ich brandmarkte sie mit meinen Küssen und meinem Schwanz und wollte die ganze Welt wissen lassen, dass sie nur meinen Schwanz zu genießen hatte.

Sie zog ihre Nägel über meinen Rücken, erschuf winzige Kratzer auf der Oberfläche meiner Haut. Ihre Hüften bewegten sich langsam mit mir im gleichen Rhythmus und nahmen meinen Schwanz wieder und wieder auf. Ihre Atmung beschleunigte sich und ihr Stöhnen hallte durch das Zimmer. Der anfängliche Schmerz meines Eindringens begann langsam nachzulassen und sie genoss jetzt die ganze Größe meines Schwanzes. »Ich glaube, ich könnte kommen ...«

Ich richtete mich ein wenig auf und sah ihr in die Augen, befehligte sie mit nur einem Blick. »Nein. Du wirst kommen.« Ich stieß härter in sie, gab ihr schnell mehr von meinem Schwanz. Ihr erstes Mal würde unglaublich sein und sie würde einen Wahnsinnsorgasmus haben, der sie zu mir zurückkommen lassen würde, um mehr zu bekommen. »Komm jetzt für mich.«

»Oh Gott ...« Sie packte meine Schultern, bevor sie

ihren Rücken wölbte und mein Schwanz wütend in sie hämmerte. Die Laken unter ihr waren von unseren Säften eingeweicht, und ich konnte den schweren Duft ihrer Erregung im Schlafzimmer riechen. Mein Schlafzimmer hatte noch nie so gerochen. Niemals mehr wollte ich diesen Geruch verlieren. Ihre Hände schlängelten sich an meinen Arsch und sie zog mehr von meinem Schwanz in sich hinein, wollte mich so tief, dass meine Eier gegen ihren Arsch schlugen. »Ja ... genau da.«

Fuck, sie war wunderschön.

Ihre Pussy wurde nochmal enger, als sie bereit war zu kommen. Sie drückte meinen Schwanz so fest, dass sie ihn praktisch zerquetschte.

»Fuck, ja!« Ihre Nägel hinterließen nahezu Blutspuren, so fest kratzte sie damit über meinen Arsch. Dann bäumte sie sich auf und schrie ihre Lust hinaus. Ihre Augen waren weit geöffnet und starrten mich unverwandt an, ihre Gedanken schwebten hoch in den Wolken. »Fuck, du fühlst dich so gut an ...«

Ich wollte meinen Orgasmus noch hinauszögern, aber das war nach dieser Vorstellung unmöglich. »Ich werde in dich kommen.« Ich fragte nicht um Erlaubnis, denn diese Pussy war jetzt Mein. Ich besaß sie. Ich würde jeden Tag tief in ihr kommen, ob sie es wollte oder nicht. Ich verließ den Bereich des oberflächlichen Vergnügens und fiel in etwas Tieferes, Stärkeres. Nun wollte ich sie ganz besitzen, sie für immer zu meinem Eigentum machen.

»Ja…«

Ich stieß grob in sie hinein, war nicht mehr zart mit ihrer weichen Pussy. Ich stieß so hart in sie, dass das Kopfteil des Bettes rhythmisch an die Wand schlug. Ihre Titten hüpften auf und ab, als ich mit so viel Kraft, die ausgereicht hätte, das Bett zu zerstören, in sie stieß. Innerhalb von Sekunden erreichte ich die Grenze und spürte die heiße Erlösung tief in meinen Eiern. Wie ein wütendes Feuer bewegten sich die Flammen hinein in meinen Schaft, bis sie endlich die Spitze erreichten.

Ich schob mich so tief es nur ging, direkt an ihren Gebärmutterhals, und ließ endlich los. »Himmel.« Ich brummte wie ein Bär stöhnte gleichzeitig auf und entleerte mich tief in ihr. Ich gab ihr so viel Sperma, dass ich nicht glaubte, sie könnte alles in sich behalten. Ich gab mehr, als ich je in meinem Leben gegeben hatte, hatte das Gefühl, sie aufzupumpen. Ich blieb in ihr, bis mein Sperma aus ihrem Eingang tropfte und ihren Hintern hinunterlief.

Fuck, ich bin schon wieder bereit.

Rome fuhr mit den Händen um meinen Hals, bis sie meine Wangen hielt. Sie sah mich mit einem weggetretenen Blick an, als ob ich im Fokus ihres ganzen Universums wäre. Ich konnte den Blick nicht genau entziffern, aber ich wusste, dass er voller

Zufriedenheit und Freude war. Da war kein Bedauern wegen der Entscheidung, die sie getroffen hatte. Sie zweifelte nicht an ihrer Wahl, sich mir hinzugeben. Sie war glücklich. Und selbst wenn der Spaß jetzt vorbei war, war sie immer noch glücklich.

»Jetzt gehörst du mir.« Ich hatte es vorher schon einmal gesagt, aber da meinte ich es anders. Jetzt meinte ich es wörtlich. Alles was ich wusste, war, dass ich sie nicht mit irgendjemandem teilen wollte. Und die Vorstellung, mit jemandem anderem zusammen zu sein, stieß mich ab. Ich war dieser Frau verfallen und verehrte sie wie eine Göttin, die die Macht hatte, mich zu beherrschen. Wenn sie mich bäte, sich vor ihr zu verbeugen, ich täte es. Wenn sie mich um irgendetwas bäte, ich beschaffte es.

»Ich weiß.«

Mein Schwanz wurde schon wieder hart in ihr, ich fühlte die Feuchtigkeit an meiner Spitze in ihrer Muschi. So schnell hatte ich mich noch nie von einem Orgasmus erholt, aber diese Frau brachte meinen Körper zu Höchstleistungen. »Bist du wund?«

»Ein bisschen. Aber ich will es trotzdem noch mal machen.«

Ich zog mich heraus und beobachtete, wie mein Sperma aus ihrer Pussy tropfte. Dieser Anblick war das Erregendste, das ich je gesehen hatte. Ich befühlte es mit den Fingern, bevor ich es wieder hineinschob, da ich wollte, dass ihre Muschi damit gefüllt blieb. Kein Mann war jemals in ihr gekommen und jetzt war sie ein Schrein für mein Sperma. Ich platzierte meinen harten Schwanz wieder an ihrer Öffnung und dehnte sie wieder ganz aus, ihre Muschi musste sich noch einmal an meine Größe anpassen. »Ich will es die ganze Nacht lang tun.«

19

Rome

Vielleicht würde diese Verbindung nicht für immer halten, aber ich bereute meine Entscheidung nicht. Ich hatte lange damit gewartet, diesen besonderen Moment zu erleben, aber kein Mann, den ich bislang getroffen hatte, war der Richtige dafür gewesen. Aber mit Calloway fühlte es sich nicht nur richtig an.

Es fühlte sich perfekt an.

Ich wusste, dass das erste Mal weh tun würde. Ich wusste, es würde schmerzhaft sein. Aber das war kein Problem. Sein Schwanz fühlte sich so gut an, wie ich es gehofft hatte. Mein Körper hatte Probleme damit, ihn aufzunehmen, aber irgendwie schaffte er es.

Und es war die befriedigendste Erfahrung meines Lebens.

Nun lag ich mit ihm im Bett, die Laken getränkt von Sex und die Luft schwer von unserem Duft. Er hielt mich von hinten umschlungen, ich lehnte an seinem mächtigen Oberkörper und seine Atmung ging synchron mit meiner.

Ich spürte, wie meine Gedanken wanderten, als der Schlaf mich überkam. Aber ich wusste, ich konnte mich nicht gehen lassen, solange ich in seinem Bett war. Mein Zimmer lag ein paar Meter den Flur hinunter, es war nicht weit. Ich rutschte aus seinen Armen und setzte mich auf die Bettkante. Sein Hemd lag noch auf dem Boden und ich beugte mich hinunter, um es aufzuheben.

»Was machst du?« Er setzte sich auf, die Haare zerzaust und die Augen schläfrig.

»Ich gehe ins Bett. Ich bin erschöpft.« Mein Körper und mein Geist brauchten dringend eine Nacht erholsamen Schlafes. Ich hatte nichts zu Abend gegessen, aber diese Orgasmen reichten aus, um mich zu sättigen.

Er packte mich am Handgelenk und zog mich zurück ins Bett. »Du schläfst hier.« Mit seinem mächtigen Arm zog er mich zurück ins Bett, wo ich vorher schon gelegen war.

»Es ist wirklich in Ordnung. Ich bin nicht sauer.« Als Calloway mir seine Situation erklärt hatte, verstand ich sein Verhalten. Einige Narben verheilten nie ganz, egal wie viel Zeit verging. Ich empfand sein Bedürfnis nach Einsamkeit nicht als persönliche Beleidigung. Ich wusste ja jetzt, dass das alles nichts mit mir zu tun hatte.

»Ich sagte, du schläfst hier.« Er küsste meine Schulter und legte seinen Arm fester um meinen Bauch.

»Aber du hast gesagt—«

»Ich weiß, was ich gesagt habe. Aber es ist in Ordnung.«

»Die Tür ist nicht einmal verschlossen ...«

Er küsste meinen Nacken und ließ seinen Atem über meine Haut streichen. »Ich vertraue dir. So wie du mir vertraust.« Er vergrub sein Gesicht in meinen Haaren und rührte sich dann nicht mehr, sondern fiel sofort in tiefen Schlaf.

Mein Herz füllte sich mit unerwarteter Wärme. Ich hatte nicht erwartet, dass er so einfach seine Vergangenheit hinter sich lassen könnte. Es war ein Problem, das er viele Jahre lang gehabt hatte, und Ängste wie diese verschwanden nicht über Nacht. Aber ich würde nicht von seiner Seite weichen. Ich genoss seine Wärme und schlief sofort ein— und fühlte mich geborgener, als ich es je in meinem Leben getan hatte.

Als ich am nächsten Morgen aufwachte, lag ich noch

genau in der Haltung, in der ich eingeschlafen war. Calloways muskulöser Arm war immer noch um meine Taille geschlungen, als ob ich mitten in der Nacht versuchen könnte, zu entkommen.

Ich warf einen Blick über die Schulter und sah, dass seine Augen geöffnet waren.

Sie waren verquollen vom Schlaf und sein Haar war noch unordentlicher, als es letzte Nacht gewesen war. Die Bartstoppeln auf seinem Gesicht waren noch länger als am Abend zuvor, aber ich mochte die Art, wie sie über sein Gesicht verteilt waren. »Guten Morgen, Vanilla.« Er küsste mich auf die Wange, dann auf die Lippen.

Ich schmolz sofort bei seiner Berührung, genoss den warmen Gruß als Erstes am Morgen. Ich rieb sanft meinen Arsch an ihm und spürte seinen Ständer direkt zwischen meinen Backen. »Vanilla?«

»Das ist dein Name.«

»Ich dachte, es war Sweetheart.«

Er rieb seinen Schwanz zwischen meinen Backen, und ein Lusttröpfchen erschien an der Spitze. »Vanilla ist besser.«

»Weil ich noch Jungfrau bin?«

Er küsste mich und sog dann meine Unterlippe aggressiv in den Mund. »Du warst Jungfrau. Jetzt bist du nur noch Mein.«

»Ich wollte schon nach unserem ersten Date mit dir

schlafen. Ich habe schwer damit gekämpft, meine Beine beieinander zu lassen und geduldig zu bleiben. Ich wollte nicht mit dem Kopf voran ins Wasser springen, ohne die Tiefe zu kennen. Ich wollte mich nicht blind in etwas hineinstürzen und mich nicht darum kümmern, was eventuell passieren würde. Deshalb habe ich dich darum gebeten zu warten.«

»Ich bin froh, dass ich gewartet habe.« Er küsste meinen Mundwinkel. »Du warst es wert, Vanilla.«

Mein Herz flatterte vor Wärme.

»Wie fühlst du dich?« Er langte mir zwischen die Beine und massierte meinen Eingang. Seine Mundwinkel gingen nach oben und er lächelte, als er merkte, dass ich schon wieder feucht war.

Ich fühlte keine Scham. »Ein bisschen wund.«

»Wir können eine Pause machen. Ich kann das Wundsein wegküssen.«

»Nein.« Ich wollte keine Pause machen. Ich wollte das ganze Wochenende Liebe machen und alles auf der Welt vergessen. Ich wollte ihn in jeder Sekunde in mir spüren, voll sein von seinem Sperma. »Ich will dich.«

Sein Arm presste sich um meinen Bauch, sodass er mich fast zerquetschte. »Du bist ein Traum, weißt du das?«

»Ich?«

»Ja.« Er küsste meine Ohrmuschel. »Als ich dich

zum ersten Mal sah, war es um mich geschehen. Und jetzt ... weiß ich nicht einmal mehr, wer ich bin.«

»Nur, weil ich noch Jungfrau war?« Ich wusste, warum das einige Männer so anmachte. Er war der Erste, der mich hatte, ohne mit jemandem aus meiner Vergangenheit konkurrieren zu müssen. Für mich war es nicht wirklich wichtig. Ich habe nicht aus Prinzip gewartet. Bei meinem Lebenslauf hatte ich keine Zeit für Romantik. Und selbst wenn ich sie gehabt hätte, ich hatte nie gewusst, ob ich jemandem vertrauen konnte. Aus irgendeinem Grund war das bei Calloway anders. Ich entdeckte etwas Besonderes in ihm, eine Verbindung, die wir zueinander hatten.

»Das hat auch etwas damit zu tun. Aber es gibt noch mehr Gründe.« Er küsste meine Lippen und setzte sich dann auf. »So sehr ich wieder anfangen will, muss ich jetzt erst mal etwas essen. Ein Mann braucht Eiweiß.«

»Soll ich dir etwas kochen?«

»Nein.« Er öffnete eine seiner Schubladen und zog sich T-Shirt und Jogginghose an. »Ich mache dir etwas.«

»Das musst du aber nicht tun.« Ich setzte mich auf und zog die Laken um mich, weil mir ohne ihn kalt war.

Er beugte sich über das Bett und küsste mich. »Ich weiß, dass ich das nicht muss. Ich möchte es.«

Der Montag kam schneller, als wir beide dafür bereit gewesen wären. Ich stand auf und machte mich für die Arbeit fertig. Er tat das gleiche, aber beide hatten wir schlechte Laune. Ich wollte nicht ins Büro und dann bis fünf Uhr arbeiten. Was ich viel lieber gemacht hätte, war, mit Calloway zu Hause bleiben— im Bett.

Nach seiner üblen Laune zu urteilen, fühlte er genauso. Er trank seinen Kaffee schweigend und las die Zeitung, nachdem er die Rühreier aufgegessen hatte. Sein Telefon lag auf dem Tisch und sein Anzug ließ ihn noch mehr wie das Kraftwerk aussehen, das er bereits war.

Dann klingelte es an der Tür.

»Wer kommt um diese Zeit vorbei?«

Er legte die Zeitung hin und erhob sich vom Tisch. »Schnapp dir deine Sachen, Vanilla.«

»Warum?«

Er ging zum Eingang, ohne mir zu antworten.

Ich packte meine Handtasche und folgte ihm, unsicher, was hinter der Tür passierte.

Ein Mann in schwarzem Anzug stand da, ein Auto parkte am Bordstein. »Frau Moretti, sind Sie bereit?«

Ich beäugte Calloway, unsicher, worum es ging. »Wohin soll ich gehen?«

»Zur Arbeit«, antwortete der Mann. »Ich werde Sie hinbringen und abholen.«

Meine Augen verschmälerten sich in Richtung Calloway. »Worum geht es hier?«

Er gab keine Erklärung ab. »Ich will nicht, dass du die U-Bahn nimmst.«

»Was ist plötzlich falsch an der U-Bahn?« Ich fuhr seit Jahren mit der Bahn. Ich hatte in der Regel einen Platz neben jemandem bekommen, der relativ normal war und wenn ich meine Zeitung las und mich um mein eigenes Zeug kümmerte, war das ganz okay.

»Nichts. Ich will es einfach nicht.«

Ich fühlte mich unwohl, dieses Gespräch vor einem Fremden zu führen. »Entschuldigen Sie uns für einen Moment.« Ich schloss die Tür vor seiner Nase, obwohl mich das sehr unhöflich aussehen ließ. »Calloway, was zum Teufel soll das?«

»Ich will nicht, dass du mit der U-Bahn fährst.« Er hielt seinen Tonfall gleichmütig, aber seine Augen verdunkelten sich. »Er wird dich zur Arbeit bringen und dich abholen. Auch wenn du woanders hinmusst, fährt er dich.«

»Calloway, ich brauche keinen Butler.«

»Er ist kein Butler. Er ist ein Fahrer.«

»Was auch immer.« Ich war dabei, die Beherrschung zu verlieren— und zwar schnell. »Das brauche ich auch nicht. Ich nehme die U-Bahn, seit ich hier lebe und ich habe kein Problem damit. Ich nehme noch eher ein Taxi, als einen privaten Chauffeur, wenn du deinen Willen wirklich durchsetzen willst.«

»Du nimmst auch kein Taxi.« In Anzug und Krawatte sah er absolut bedrohlich aus. Er hatte Macht und Kontrolle, und er hatte keine Angst, beides zu benutzen. Wie eine Mauer ragte er vor mir hoch und drohte mir mit seinem Schweigen.

»Ich tue, was immer ich will, verdammt noch mal. Du bist nicht mein Chef.«

»Falsch.«

Meine Hände ballten sich sofort zu Fäusten. »Entschuldigung?« Wir hatten gerade ein wunderbares Wochenende, und du ruinierst es mit diesem Krampf?«

»Es ist kein Krampf.« Er trat ein paar Schritte auf mich zu und drückte mich an die Wand, seine Hände hielten mich auf beiden Seiten gefangen. »Die U-Bahn ist nicht sicher genug für eine schöne Frau wie dich. Ein Taxi ist es auch nicht. Du steigst in dieses Auto, egal, ob du selbst einsteigst oder ich deinen Hintern reintrage. Was ist dir lieber?«

Ich verschränkte die Arme über der Brust und warf ihm böse Blicke zu. »Die U-Bahn ist völlig in Ordnung. Ich fahre seit Jahren damit.«

»Diese Zeiten sind lange vorbei.«

»Nein, Calloway.«

Dieses Mal packte er meine beiden Arme und fixierte

sie über meinem Kopf. Ich kämpfte gar nicht mit ihm, aber er hielt mich trotzdem fest. »Das ist ein Kampf, den du nicht gewinnen kannst. Das ist ein Kampf, den du niemals gewinnen wirst. Ich kümmere mich ab jetzt um dich. Ich beschütze dich. Das ist mein Job, also nimm es einfach hin und sei mir dankbar dafür.«

»Dankbar dafür sein, dass ich permanent kontrolliert werde?«

»Nicht kontrolliert. Nur versorgt. Ehrlich gesagt, wenn es nach mir ginge, würdest du nicht einmal einen Job haben.«

Ich hob eine Augenbraue. »Also sollte ich den ganzen Tag zu Hause sitzen und auf dich warten?«

»Genau.«

»Was zum Teufel ist in dich gefahren?«

Seine Augen flackerten hin und her, als er mir in die Augen starrte. Seine Gedanken konnte ich nicht lesen, aber seine Stimmung war unverkennbar. »Ich weiß es nicht, Vanilla. Aber ich weiß, dass ich dich nicht die U-Bahn oder ein Taxi nehmen lasse. Das ist endgültig.«

20

CALLOWAY

»Danke, dass du zurückgerufen hast.« Jackson ging mich schon in dem Moment blöd an, in dem ich die *Ruine* betrat. »Oh, halt, das ist nicht ganz richtig. Du hast es ja nicht getan.« Er folgte mir, als ich zum Büro ging.

»Was willst du?« Ich fiel nicht auf sein Jammern herein. Früher, als wir Kinder waren, passierte das manchmal, aber ich habe schnell gelernt, es nicht mehr zu tun.

»Geschäftssachen, um die ich mich schon gekümmert habe.«

»Sieht so aus, als hättest du mich doch nicht gebraucht.«

»Du hast recht.« Er fuhr fort, mich zu verfolgen, auch mit seiner Stimme belästigte er mich. »Das lässt mich darüber nachdenken, warum du hier eigentlich noch der Verantwortliche bist. Du warst seit einer ganzen Woche nicht hier.«

»Du weißt, dass Rome momentan bei mir wohnt.«

»Wie lange dauert es noch, eine Wohnung zu finden?«

»Verdammt lange in dieser Stadt.« Und es war mir egal, ob sie eine andere Wohnung fand oder nicht. In Wirklichkeit hoffte ich, dass sie es nicht tat. Ich schloss die Tür zum Büro auf und ging dann hinein. Die Lichter gingen automatisch an und beleuchteten den Raum nur ganz schwach. Ich ging zum Schreibtisch und durchwühlte sofort die Schubladen.

»Wonach sucht du?« Jackson beobachtete mich, die Arme vor der Brust verschränkt.

»Geht dich nichts an.« Ich wühlte mich durch Stifte und Notizblöcke und suchte nach der schwarzen Kiste, die ich vor gefühlt einem ganzen Leben hineingeworfen hatte.

»Hast du sie schon gefickt?«

Über meine Beziehung zu Rome mit ihm zu sprechen war mich plötzlich unangenehm. Ich wollte sie niemandem gegenüber erwähnen, besonders nicht meinem perversen Bruder gegenüber. »Anstatt dich in mein Sexualleben einzumischen, solltest du dich besser auf deines konzentrieren.«

»Mein Sexleben ist sehr abwechslungsreich. Deins ist das, welches armselig ist.«

Es hatte sich an diesem Wochenende gar nicht armselig angefühlt.

»Ich denke immer noch, dass sie Jungfrau ist.« Er starrte mich an und es war eher eine Feststellung als eine Frage.

Ich weigerte mich zu antworten. »Du wirst es nie erfahren.« Ich öffnete die letzte Schublade und fand schließlich, was ich suchte. Ich öffnete den Deckel und sah die beiden Ringe in der Schachtel liegen. Einer war breit und aus massivem, schwarzen Obsidian. Der andere war schmaler, mit einem schwarzen Diamanten in der Mitte. Ich nahm den breiteren und steckte ihn an meinen rechten Ringfinger.

Jackson beobachtete mich, beide Augenbrauen erhoben. »Oh, Scheiße.«

Ich schloss die Box und steckte sie in meine Tasche.

»Sie ist jetzt deine Sub?«

»Nein.« Aber ich wollte die Welt wissen lassen, dass ich nicht mehr auf dem Markt war. Denn wenn genügend Zeit vergangen war und die Leute wussten, dass Isabella und ich nicht wieder zusammenkommen würden, würden die Frauen wieder beginnen, sich an mich ranzumachen. Aber dieser Ring wirkte wie ein Insektizid. Er würde die lästigen Fliegen fernhalten.

»Warum trägst du ihn dann?«

»Auch, wenn sie jetzt nicht meine Sub ist, bedeutet das ja nicht, dass sie es niemals sein wird.«

Ich wollte gerade das Büro verlassen, als Bruce mich anrief. Er war Romes persönlicher Fahrer und ich zahlte ihm viel Geld dafür, dass er sie überall dorthin brachte, wo auch immer sie hinwollte, sicher auf dem Rücksitz eines Luxuswagens versteckt, mit Fenstern, die so dunkel getönt waren, dass es sich anfühlte, als würde man in den Weltraum starren.

»Was ist los, Bruce?« Ich schlug die Beine unter dem Tisch übereinander und richtete dabei meine Krawatte mit den Fingerspitzen.

»Entschuldigung, Boss. Wir haben ein Problem.«

Ich erstarrte in meinem Stuhl, wohl ahnend, was das Problem war.

»Sie hat sich aus dem Hinterausgang des Gebäudes geschlichen. Die Eingangstür ist abgesperrt und sie ist weg. Ich vermute, dass sie auf dem Heimweg ist.«

Ich wollte sie erwürgen.

»Es tut mir leid, Chef«, wiederholte er. »Sie war

heute Morgen schlecht gelaunt, aber ich hätte nicht gedacht, dass sie einfach verschwinden würde.«

»Mach dir keine Sorgen, Bruce. Danke.« Ich legte auf und warf das Telefon auf den Tisch. Eine Migräne bahnte sich tief hinter meinen Augen an. Ich liebte Romes Frechheit, ihren starken Drang nach Unabhängigkeit und dass sie sich von niemandem etwas sagen ließ. Ich fand ihre Haltung bewundernswert, sogar charmant. Aber wenn sie meine Befehle ignoriere, pisste es mich an.

Sie musste mir zuhören.

Ich spürte, wie meine Hand angesichts ihres Ungehorsams zitterte. Ich wollte ihren Arsch derart fest versohlen, dass sich ihre Backen so röteten, als wäre meine Hand der Biss eines Ledergürtels. Als ich mit Isabella zusammen gewesen war, hatte ich ihr gesagt, was sie in jedem Augenblick zu tun hatte, in dem wir zusammen waren und sie hatte einfach gehorcht. Es lief ein Jahr lang perfekt mit uns, ein perfekter Dom mit einer perfekten Sub. Jetzt hatte ich eine Frau, die komplett unkontrollierbar für mich war, außergewöhnlich schön und extrem befriedigend, aber zum Verzweifeln.

Ich wollte ihr das alles sagen und ihr meine Bedürfnisse darlegen. Ich wollte sie bitten, meine Sub zu sein, mir zu vertrauen, dass ich uns in eine Welt voll Lust bringen würde, die sie zu schätzen lernen würde.

Aber ich wusste auch, dass es noch viel zu früh dafür war. Sie hatte erst vor ein paar Tagen ihre Jungfräulichkeit verloren und die Wahrscheinlichkeit war sehr gering, dass sie offen für meinen Vorschlag sein würde.

Ich musste mich länger zurückhalten.

Ich musste geduldig sein.

Ich musste sie langsam bekämpfen.

Ich musste sie zurückhalten.

Und ich musste sie kontrollieren.

Als ich nach Hause kam, kochte sie bereits das Abendessen. Das Aroma eines Bratens lag in der Luft, der köstliche Duft von Kartoffeln und Gewürzen bestürmte meine Nase. Dafür, dass sie aus einer Wohnung mit ausschließlich einer Mikrowelle als Küche kam, konnte sie unglaubliche Dinge zaubern.

Aber selbst wenn sie nackt wäre, würde ich es heute nicht schätzen.

Ich warf meinen schweren Mantel auf die Garderobe im Flur und schlug die Tür hinter mir zu. Ich wollte, dass sie hörte, dass ich zu Hause war— und dass ich sauer war. Ich marschierte in die Küche, wollte sie am liebsten an den Haaren packen und sie auf die Knie zwingen. Ich wollte, dass sie mir zur Strafe einen blies, bis ihre Knie auf den Fliesen schmerzten, während sie mich so tief saugte, dass sie würgen musste.

Ich stürmte um die Ecke und starrte sie an, mein Gesichtsausdruck drückte einen gewaltigen Sturm aus.

Sie sah mich an, als würde meine Drohung für sie nichts bedeuten und setzte ungerührt ihre Arbeit am Herd fort. »Das Abendessen ist fast fertig«, sagte sie ruhig, als ob es gar kein Problem gäbe.

Je mehr sie sich mir widersetzte, desto mehr wollte ich sie kontrollieren.

Und das war schlecht für sie. »Hast du die U-Bahn genommen?«

Sie rührte nochmals im Topf, bevor sie das Gas auf dem Herd ausschaltete. Der Inhalt kochte und Blasen blubberten an die Oberfläche. Sie drehte sich zu mir um, eine Hand auf ihrer Hüfte und die Augen stahlhart. Sie hatte keine Angst vor mir.

Hätte sie aber haben sollen.

»Ja.« Sie behielt ihre trotzige Haltung bei, gab nicht nach oder senkte den Blick. »Und ich werde morgen wieder die U-Bahn nehmen.«

Ich atmete tief ein, weil meine Hände zu zittern begannen. Die Vorstellung davon, wie ich sie am Hals packte und an die Wand drückte, kam mir in den Sinn. Ich würde ihr explizit sagen, dass sie mir zu gehorchen hätte und wenn nicht, dann würde das Konsequenzen nach sich ziehen. Dann würde sie sich entschuldigen und mich ihren Meister nennen.

Ich war so verdammt hart.

Aber das konnte ich nicht. Nicht ohne ihre ausdrückliche Zustimmung. »Du nimmst nicht die U-Bahn. Fordere es nicht heraus, Vanilla.«

»Ich fordere dich so sehr heraus, wie ich will.« Sie starrte mich an wie ein General auf dem Schlachtfeld. Leichen, Waffen und Rauch machten ihr nichts aus. Diese Frau war einfach furchtlos.

Aber auch ich hatte keine Angst. Ich war schneller bei ihr, als sie ausweichen konnte und noch bevor sie einen Schritt zurückweichen konnte, fasste ich ihre Handgelenke und drückte sie ihr hinter den Rücken. Dann packte ich sie im Nacken und schob sie ins Wohnzimmer. Als ich die Couch erreichte, warf ich sie auf die Kissen und drückte sie dann mit meinem Körpergewicht nieder. Mein Schwanz drückte direkt in ihren Arsch und ihre Handgelenke waren aneinander an ihren unteren Rücken gepresst. Meine andere Hand war in ihren Haaren vergraben und so zog ich ihren Kopf nach oben.

Sie wehrte sich, konnte sich aber nicht befreien. »Geh von mir runter, verdammt noch mal.«

»Nein.« Ich presste meinen Schwanz noch tiefer in sie und fühlte, wie mein Blut vor Lust brannte. Ich hatte mich lange nicht mehr so high gefühlt. Mein Wille zu herrschen kam hervor, kraftvoll und blendend. Es war eine Droge, nach der ich süchtig war und jetzt, da ich meine Abstinenz brach, fühlte es sich so gut an. »Du nimmst morgen das Auto. Verstehst du mich?«

Sie hob ihre Hüften und versuchte mich abzuwerfen. »Nein.«

Mein Mund suchte ihr Ohr und ich küsste die Muschel und atmete schwer in ihren Gehörgang. Ich war mir nicht sicher, ob ich wollte, dass sie sich unterwarf oder dass sie kämpfte. Ihr Widerstand war erregend, aber der Gedanke, sie zu brechen, machte mich auch scharf. Ich biss in ihr Ohrläppchen und schob dann meine Zunge in die Öffnung. »Verstehst du mich?«

Ihr Körper hörte auf zu kämpfen, aber sie blieb still. Obwohl ihre Hände hinter ihrem Rücken gefangen waren, wirkte sie würdevoll. Sie trug sogar noch ihre Schuhe. Sie atmete schwer, sagte aber kein einziges Wort.

»Vanilla, antworte mir. Und gib mir die richtige Antwort.« Ich öffnete meine Hose und zog meine Boxer herunter, bis mein Schwanz frei war. Tröpfchen kamen aus der Spitze. Ein Tropfen perlte auf ihren schwarzen Rock.

Sie wollte nicht mehr mit mir kämpfen, aber sie wollte sich offensichtlich auch nicht ergeben. Jede Faser ihres Körpers wehrte sich gegen das Verlieren. Aber sie wusste, dass sie sich unterwerfen musste. Sie musste mich gewinnen lassen. Denn wenn sie das nicht tat, würde dieser Kampf immer weitergehen. »Ja.«

Feuer brannte tief in meinem Bauch, bevor es alle Gliedmaßen und jeden Nerv erreichte. Der Sieg schmeckte so gut, und der Ausbruch meiner Dominanz war unglaublich erregend. Ich hatte die Kontrolle. Ich hatte die Autorität. Es war, als wäre ich mit einem sehr engen Freund wieder vereint worden. »Ja, was?«

Ihre Stimme kam als Flüstern. »Ich verstehe.«

Ich zerrte ihren Rock über ihren Bauch und zog den String beiseite. Meine Hand hielt immer noch ihre Handgelenke fest, obwohl sie sich nicht mehr wehrte und mein Schwanz glitt in ihre Öffnung, wo er von Feuchtigkeit begrüßt wurde.

Fuck yeah.

Sie war immer noch eng, trotz des ganzen Fickens am Wochenende und ich musste langsam in sie eindringen, bis mein Schaft vollständig umhüllt war. Meine Hand ließ ihre Handgelenke nicht los. Ich liebte, wie sie so unter mir lag, wie sie sich mir unterwarf, weil sie wusste, dass sie diesen Kampf verloren hatte. Ich war ihr König, und sie musste sich fügen.

Ich drückte abermals meinen Mund an ihr Ohr und stieß in sie hinein und spürte, wie ihre winzige Pussy meinem dicken Schwanz Widerstand leistete. Mit jeder Bewegung fühlte ich mich vertrauter. Das hier war mein

Eigentum, das ich alleine für mich beanspruchte. Kein anderer Mann hatte vor mir das Territorium markiert. Ich hatte es erobert.

Ich besaß es.

»Vanilla.« Ich atmete in ihr Ohr, als ich langsam und vorsichtig in sie drang, da sie nicht bereit war, hart zu ficken— zumindest war es ihre Muschi nicht. »Ich möchte doch nur, dass du sicher bist.« Mein Schwanz wurde von ihrer glatten Muschi angemacht. Er war nie glücklicher, als wenn er tief in ihr steckte. Mein Herz schlug wild und ich konnte meine Erregung kaum zurückhalten. »Lass mich dich doch beschützen.« Ich küsste ihren Mundwinkel.

Sie seufzte, als sie meine Berührung spürte. Dann drehte sie sich um, um mich besser küssen zu können und liebkoste meine Lippen mit ihren und gab mir diese sexy Küsse, die ich so liebte. Ihre Umarmungen waren wie Explosionen. Jede einzelne war eine Explosion. »Ich weiß. Es ist nur schwer für mich, zuzulassen, dass sich jemand um mich kümmert.«

»Ich bin nicht irgendjemand. Also lass es mich bitte tun.« Ich küsste sie fester und saugte ihre Unterlippe in meinen Mund. Einer von uns musste nachgeben, wenn diese Beziehung andauern sollte. Und ich war sicher nicht derjenige, der nachgeben würde. Sie musste ihre Verteidigung aufgeben und sich komplett auf mich einlassen. Sie würde sich mir unterwerfen müssen.

Sie musste es.

Sie drückte ihren Arsch zurück, gegen meinen Schwanz, als ob sie jeden Zentimeter meines dicken Schwanzes lieben würde. Sie nahm ihn auf wie ein Profi, trotz ihrer Unerfahrenheit. Nachdem sie beim erste Mal geweint hatte, hatte sie das nicht noch einmal getan. Jetzt wollte sie mich in sich spüren, sooft es ging.

Ihre Lippen zitterten ein wenig, als sie sprach. »Ich werde es versuchen.«

Ich stöhnte auf, weil das das erste Zeichen ihrer Unterwerfung war. Sie überlegte bereits, mir die Kontrolle zu überlassen. Zum ersten Mal gab sie nach. Sie gab mir, was ich wollte und sie erlaubte mir, sie zu ficken— mit auf den Rücken gefesselten Handgelenken. Sie erlaubte mir, Dinge zu tun, die sie bei niemand anderem zulassen würde.

Ich wusste, dass ich bekommen würde, was ich wollte— bald.

»Danke für das Abendessen.« Ich hatte nie daran gedacht, eine Haushaltshilfe einzustellen, weil ich meine Wohnung nicht mit irgendjemandem teilen wollte. Ich wollte nicht, dass irgendjemand die Requisiten sah, die tief in meinen Schubladen und auf der Rückseite meines Schrankes versteckt waren. Im Bundesstaat New York war ich ein bekanntes Gesicht. Wenn die Leute aber wüssten, dass ich der Besitzer des größten BDSM-Clubs an der Ostküste war, würden sie mir nicht mehr trauen. Ich wäre einfach ein Freak— wie man mich früher auch schon genannt hatte.

Sie saß mir gegenüber und nahm kleine Bissen. Sie kaute immer wie ein Kaninchen, bewegte kaum den Mund und aß so wenig, dass es nicht danach aussah, als äße sie überhaupt etwas. Ihre Einstellung zum Essen hatte sich nicht geändert, und mit jedem Bissen, den sie zu sich nahm, steigerten sich ihre Schuldgefühle noch. »Nichts zu danken. Danke dafür, dass ich hierbleiben darf.«

Ich ließ sie nicht hierbleiben. Sie erlaubte mir, dass ich sie hierbleiben ließ— ein großer Unterschied.

Ihre Augen wanderten zu meiner Hand auf dem Tisch. Sie entdeckte den schwarzen Ring, da er ein scharfer Kontrast zu meiner hellen Haut. Er war breit und klobig und sah eher nach einem Stein aus. Der Ring hatte ein gewisses Gewicht. Ich musste mich erst wieder daran gewöhnen. Aber das Gewicht fühlte sich gut an, weil es etwas Schönes bedeutete. »Interessanter Ring.«

Ich blickte nicht auf. Ich aß ruhig weiter und meine Augen genossen die Schönheit, die mir gegenübersaß.

»Ich habe ihn noch nie an dir gesehen.«

»Ich habe ihn schon immer besessen.«

»Ich mag ihn.«

Gut. Weil sie schon bald auch einen tragen würde.

»Danke.«

»Es ist der mächtigste Ring, den ich je gesehen habe.«

Weil ich auch mächtig bin. »Möchtest du ihn dir anschauen?« Ich zog ihn vom Finger und schob ihn über den Tisch.

Sie betrachtete ihn, ohne ihn hochzuheben.

Der Ring strotzte vor Macht, der Dom-Ring, den jeder in meiner Welt respektierte. Es repräsentierte Stärke und Autorität, und der Ring meiner Sub war genauso mächtig. Er stellte Zustimmung, Schönheit und Vertrauen dar. Die Ringträgerin gab alle Kontrolle an einen anderen Menschen ab. Der gegenseitige Respekt, Freundschaft und Vertrauen mussten für solch ein Arrangement unerschütterlich sein.

Schließlich nahm sie ihn doch und ihre Finger glitten über das kühle Metall. Sie sah ihn genau an, suchte nach einer Markierung im Material. Sie inspizierte ihn fast eine Minute lang, bevor sie ihn mir schließlich zurückgab.

Sie spürte die Macht des Ringes. Sie vibrierte leise in ihren Ohren. Ich konnte es an ihren Augen sehen, ebenso wie an ihren vollen Lippen. Ein Stromstoß raste blitzschnell durch sie hindurch und verbrannte ihre Fingerspitzen, als sie das kühle Metall spürte. Sie wollte dieses Gefühl wieder und wieder spüren.

Ich konnte es kaum erwarten, ihr ihren Ring auf den Finger zu stecken.

Sie kehrte zu ihrem Essen zurück. Ihr Blick war verklärt. Was sie dachte, war ein Rätsel für mich.

Aber ich vermutete, dass sie an etwas dachte, was sie nicht verstand— noch nicht.

Ich zog ihre Hüften an den Rand des Bettes und die Hälfte ihres Arsches hing über dem Holzboden. Ihre Beine waren vor mir gespreizt, sodass ich meinen riesigen Schwanz in diesem engen Schlitz versenken konnte.

Sie war beweglich und konnte ihre Knie bis an ihren Brustkorb hochziehen. Meine Hände lagen oberhalb ihrer Knie und meine Fingerspitzen berührten die Haut an ihren Rippen. Ich konnte fühlen, wie ihr schlagendes Herz wild in ihrer Brust flatterte. Sie war heiß darauf, wieder gefickt zu werden, obwohl wir es gerade erst vor dem Abendessen getan hatten.

Sie hatte den gleichen Appetit wie ich.

Ich bewegte meine Hüfte, bis mein Schwanz ihren Eingang fand. Ich rutschte langsam nach innen und die übliche Feuchtigkeit begrüßte mich. Ich schob mich entlang und dehnte ihre Wände, so wie ich es jedes Mal tat. Mein Schwanz würde sich nie daran gewöhnen, dass sie so eng war. Nachdem ich sie entjungfert und schon ein paar Mal gefickt hatte, war sie immer noch nicht gedehnt.

Ich hoffte, dass sie es nie sein würde.

Sie legte ihren Kopf zurück und atmete tief, während ich eindrang. Ihre schmale Taille verengte sich, als ich mich in sie schob. Die Oberschenkelmuskeln zogen sich zusammen und ihre Brustwarzen waren hart und standen nach oben.

Ich fühlte mich jedes Mal wie ein König, wenn ich in ihr war. Sie legte sich zurück und erlaubte mir, sie auf eine Art und Weise zu nehmen, auf die kein anderer Mann sie jemals gehabt hatte. Das ließ mich mehr wie ein Mann fühlen, als je zuvor in meinem Leben. Diese grünen Augen zu sehen, die nur für mich leuchteten, das machte mich unglaublich an. Sie hatte jeden anderen Mann in ihrem Leben abgelehnt— außer mich.

Ich stieß zu, bis meine Eier ihren Arsch berührten. Sie nahm jedes bisschen meiner dreiundzwanzig Zentimeter Länge in sich auf, grub ihre Finger in die Laken und keuchte durch die Lust und den Schmerz. Ich hatte ein bemerkenswertes Gemächt, etwas, wovon alle Frauen in der *Ruine* sprachen, weil Isabella ihnen erzählte hatte, wie ich gebaut war. Ich wusste, dass einige Frauen mich nur deshalb anmachten, weil sie jeden Zentimeter meiner beeindruckenden Größe fühlen wollten. Aber ich wusste, dass ich zu groß war für einige Frauen— wie zum Beispiel Vanilla. Es würde einige Zeit dauern, bis sie sich daran gewöhnte, aber zumindest genoss sie es.

Ich stieß langsam in sie und schob mein Schwanz durch die Feuchtigkeit zwischen ihren Beinen. Klebrig und dickflüssig, ähnelte ihre Feuchtigkeit meinen Lusttröpfchen. Ich konnte sie jedes Mal riechen, wenn ich mich herauszog, und der Duft ihrer Erregung machte mich noch mehr an. Ich drosselte mein Tempo, denn jede Berührung war angenehm. Ich hatte vor Rome noch nie Vanilla probiert, aber ich merkte, dass ich es genoss— zumindest mit ihr. Wenn es jemand anderes wäre, wäre es fraglich.

Ihre Hände glitten über meine, bis sie ihre kleinen Finger um meine Handgelenke legte. Sie hielt sich fest und ihre Titten vibrierten bei jedem meiner Stöße. Mein Schwanz sank tief in sie ein und traf fast jedes Mal ihren Gebärmutterhals, aber sie fuhr fort, es zu genießen. Sie stöhnte leise, während ich sie am Fußende des Bettes fickte, und so wie sich die Dinge aufheizten, waren diese Geräusche nicht mehr leise. »Calloway ...«

Ich schob meine Hände unter ihren Arsch und packte ihre Backen. Dann stieß ich härter zu und unsere Körper klatschten aneinander, wenn ich in sie stieß. Ihr Pussy-Saft machte die erregendsten Geräusche, als ich meinen Schwanz wieder und wieder in sie schob. »Vanilla.« Ich vergrub mich ganz in ihr und fühlte, wie mein Körper von der intensiven Lust ganz weich wurde. Ich könnte das den ganzen Tag lang machen. Jeden Tag. Ich könnte das Haus nie wieder verlassen und sie bis zum Ende meiner Tage ficken.

»Ich kann es nicht fassen, dass ich so lange gewartet habe.« Schweiß bildete sich auf ihrer Brust, vermischte sich mit dem Erröten durch ihre Erregung. Ihr Mund war geöffnet, weil sie tief aus der Kehle stöhnte. Ihr ganzer Körper wand sich, ihre Hände griffen immer wieder in die Laken, als ob sie Rettungsleinen wären.

»Das sollte so sein.« Ich stieß härter in sie und steckte damit ihre Muschi als mein Territorium ab. Ich hatte nicht gewusst, dass ich mein ganzes Leben lang nach ihr gesucht hatte, bis sie in mein Leben getreten war. Jetzt, wo ich sie endlich gefunden hatte, wusste ich, dass ich niemals eine andere haben wollte. Mit ihr war sogar Blümchensex befriedigend. Was auch immer sie besaß, ich brauchte es. Ihre Jungfräulichkeit war Mein, weil ich dazu bestimmt gewesen war, sie ihr zu nehmen. Alles, was ihr gehört hatte, war jetzt Mein.

Ihr Stöhnen verwandelte sich in Schreie, als sie kam und meinen Schwanz fest packte, weil sie sich um mich herum zusammenzog. »Oh Gott ...« Sie bäumte sich auf und zerrte so fest an den Laken, dass sie sich von der Matratze lösten. »Fuck ... das ist der Hammer.«

Jetzt war ich dran. Einen Orgasmus zu haben war nicht mein vorrangiges Ziel, wenn ich es mit Vanilla tat.

Jeder einzelne Moment war mein Lieblingspart. Der Orgasmus war nur das Sahnehäubchen oben drauf. Ich schob meinen Schwanz nochmals hart in sie hinein und ließ meinen Samen kommen. Ich füllte sie bis zum Rand und gab ihr mehr Sperma, als sie in sich behalten konnte. Ich ließ meinen Schwanz in ihr, bis ich weich wurde. Dann zog ich ihn langsam heraus und die weiße, klebrige Flüssigkeit begann zu tropfen. Ich beobachtete sie beim Heruntertropfen und meine besitzergreifenden Wünsche begannen noch zu wachsen.

Befriedigt und erschöpft, starrte sie mich mit schweren Augen an. Jedes Mal, wenn ich sie kommen ließ, war sie fertig, als hätte sie gerade einen Marathon beendet. Ihre Titten wurden weicher und ihre Atmung normalisierte sich langsam wieder.

Ich hob sie hoch, kroch ins Bett und hielt sie dort an mich gepresst. Ich bettete sie auf das Laken und legte mich dann neben sie, wobei ich die Bettdecke wegließ, weil mir heiß war. Ich machte mir nicht die Mühe, mich zu säubern, weil ich davon ausging, dass wir noch eine Runde machen würden.

Sie war warm und als sie sich in meine Seite kuschelte, wollte ich fast zurückweichen. Schweiß klebte an ihrer Haut und mischte sich mit meinem. Aber ich wollte sie nicht wegschieben. Ich würde lieber ihre Hitze aushalten als die Kälte zu spüren, wenn sie auf der anderen Seite des Bettes läge. Also schlang ich meinen

Arm um sie und schloss meine Augen. Bevor ich es richtig mitbekam, schlief ich ein.

Starke Hände packten mich am Hals und zerrten mich aus dem Bett. Die Adern an seinen Armen traten wie die Fäden eines Spinnennetzes hervor. Er drückte mir die Kehle zu, sodass ich nicht atmen konnte. Wenn ich versuchte einzuatmen, würgte ich stattdessen.

»Das hast du gemacht.« Er behielt einen Arm um meine Kehle, während er mich ins Gesicht schlug. Mein Nasenbein brach und Blut sickerte in meinen Mund. Der metallische Geschmack breitete sich in meinem Mund aus und verbrannte mir die Zunge.

»Du.« Er schlug mich.

»Wertloses.« Er schlug mich wieder und traf mein Auge.

»Stück.« Schlag. Seine Fingerknöchel gegen mein Jochbein. »Scheiße.«

Ich schnellte hoch und hielt mich am Bett fest, um das Gleichgewicht wieder zu finden. Ich riss die Augen auf und sah mich im Schlafzimmer um, suchte den Mann, von dem ich wusste, dass er schon lange tot war. Die Zimmerecken waren dunkel, nur das Licht aus dem Badezimmer erhellte die Dunkelheit ein wenig. Ich atmete hastig durch den Mund und bemerkte den

Schweiß an meinem Hals. Instinktiv berührte ich meine Nase um zu sehen, ob sie gebrochen war.

Es war nur ein Alptraum.

Es war der Erste, den ich hatte, seit Vanilla angefangen hatte, bei mir zu schlafen. Dummerweise hatte ich gedacht, sie wären endgültig verschwunden, als ob sie eine Art von Traumfänger war, der meine Alpträume verjagen konnte.

Es war ein dummer Gedanke.

Ich stieg aus dem Bett, ohne sie zu stören und machte mich auf den Weg in die Küche. Ich hatte ein extra Fach, das dem guten Zeug—Scotch, Gin, Brandy und Bourbon— gewidmet war. Bourbon war meine Wahl in dieser Nacht, so schüttete ich ihn in ein Glas mit großen Eiswürfeln.

Ich saß am Küchentisch und starrte durch die Hintertür, die zum Garten hinausführte. Dort wuchsen Gras, Blumen und ein paar Bäume. Der Mond war an diesem Abend ungewöhnlich hell, besonders in der Stadt und ich konnte sehen, wie er durch die lockeren Wolken leuchtete.

Ich würde nicht wieder einschlafen können. Die Bilder verblassten nicht mehr in meinem Kopf, nachdem ich erst mal aufgewacht war. Nun waren sie in mein Gehirn gebrannt, immer sichtbar, ob meine Lider nun geschlossen waren oder nicht.

Ich trank mehr Bourbon, als ich sollte und ließ

meine Gedanken schweifen. Wenn genug Schnaps in meinen Adern floss, spürte ich den Schmerz meiner Erinnerungen nicht mehr so sehr. Ich konnte dann ohne die Nachbeben an sie denken. Ich erinnerte mich daran, dass ich meiner Mutter die Wahrheit über meinen Vater erzählte. Ich erinnerte mich daran, wie ihr Verstand begann, durch die Krankheit zu zerfallen, von der sie befallen war. Ich erinnerte mich, wie mein Vater mir die Schuld gab, mich einen Verräter nannte und wünschte, ich wäre tot. Ich erinnerte mich an all das— ohne etwas dabei zu fühlen.

Egal wie viel Zeit vergangen war, ich konnte dem nicht entkommen, obwohl es vor Jahren passiert war. Jackson wusste nichts davon, weil ich mich weigerte, ihn einzubeziehen. Er dachte, ich wäre der Lieblingssohn gewesen, und begriff nicht, dass eigentlich er der Glückliche war. Ich beschützte ihn, wie es ein großer Bruder eben tat, und als Ergebnis bekam jedes Mal ich Arsch versohlt.

Ich hasste meinen Vater noch immer.

Er war tot. Beerdigt. Aber ich war immer noch wütend.

Würde das jemals vergehen?

War das der Grund, warum ich war so, wie ich war? Ich verbrachte so viel Zeit mit dem Versuch, nicht zu sein wie er, dass ich mich schon seine jüngere Version verwandelte. Ich brauchte die Kontrolle genauso, wie er sie gebraucht hatte. Ich brauchte es genauso, dass sich andere mir unterwarfen, wie er es gebraucht hatte. Es gab nicht genug Schnaps auf der Welt, um zu verleugnen, was direkt vor mir lag.

Ich war wie mein Vater.

»Calloway?« Vanillas liebevolle Stimme kam von hinten, ihre Sorge echt und ungewohnt.

Ich wollte nicht, dass sie mich so sah. Ich war an einem dunklen Ort, einem Ort, der viel dunkler war, als sie jemals einen gesehen hatte. »Du solltest ins Bett gehen, Vanilla. Es ist spät.« Ich trank meinen Bourbon aus und fuhr fort, aus dem Fenster zu starren. Ich drehte mich nicht zu ihr um.

»Geht es dir gut?« Sie kam näher, bis sie direkt hinter meinem Stuhl stand. Ihre Hand lag auf meiner Schulter.

Ich zwang mich, nicht zurückzuweichen. »Mir geht es gut. Aber ich will alleine sein.« Ich bemühte mich, ruhig zu bleiben, obwohl die Wut kurz davor war, durchzubrechen. »Geh ins Bett. Jetzt.« Ich packte das Glas und spürte die kondensierte Feuchtigkeit an meiner Handfläche.

Sie blieb stehen, ihre Hand immer noch auf meiner Schulter. »Bist du sicher, dass du nicht darüber reden willst? Ich habe auch schlimme Alpträume.«

Der Alkohol war wie Feuer in meinen Adern, und ich war nicht derselbe Mann, den sie so gut kannte.

»Wenn ich darüber reden wollte, würde ich das tun. Aber ich will nicht.« Mein Ton war hart, voller Zorn, ein Ton, der in den Ohren klang. »Lass mich allein.«

Schließlich zog sie ihre Hand weg. »Du willst, dass ich erlaube, dass du auf mich aufpasst. Nun, das ist aber keine Einbahnstraße, Calloway. Lass mich auf dich aufpassen, und ich werde mir überlegen, ob du das Gleiche für mich tun darfst.«

Den ganzen Tag während der Arbeit war ich verkatert.

Glücklicherweise bemerkte es niemand. Und wenn sie es taten, hörte ich nichts davon. Schließlich war ich ihr Chef. Sie wollten es sich nicht mit mir verderben. Denn wenn sie das taten, würden sie das Licht des nächsten Tages nicht mehr sehen.

Vanilla ging früh am Morgen zur Arbeit, sodass ich sie nicht sah. Aber Bruce sagte mir, sie hätte das Auto genommen, also wollte sie mich nicht herausfordern. Nach dem, was sie letzte Nacht mitbekommen hatte, erkannte sie wahrscheinlich, dass ich ein Bär in einer Höhle war. *Provoziere mich und du könntest sterben.*

Ich wollte nicht, dass sie mich so sah. Sie musste aufgewacht sein, als ihr kalt wurde und sie bemerkte, dass mein Körper nicht mehr da war, um sie warmzuhalten. Wenn sie nicht aufgestanden wäre, um mich zu suchen, hätte sie mich nicht in solch schlechter Verfassung gesehen.

Ich hätte mich wahrscheinlich entschuldigen müssen.

Aber ich würde es nicht tun.

Nach der Arbeit ging ich nach Hause und fand sie wie üblich in der Küche. Sie bereitete etwas im Slow Cooker zu und dem Geruch nach zu urteilen, war es eine weitere leckere Kreation. Aber ich hatte keinen Appetit. Alles was ich wirklich wollte, war, ein paar Schmerzmittel einzunehmen und zu schlafen.

Ich ging in die Küche, um sie zu begrüßen. »Etwas riecht gut.«

Sie sah mich über kurz über die Schulter an, richtete dann ihre Aufmerksamkeit aber wieder auf das Essen. Als sie nichts sagte, wusste ich, dass sie mir die kalte Schulter zeigte.

»Wie war dein Tag?«

»Ich will nur alleine sein. Geh weg.« Sie verwandte die Worte, die ich zu ihr am Abend zuvor gesagt hatte.

Und sie taten weh. »Ich war betrunken, Vanilla. Ich wollte nicht, dass du mich so siehst.«

»Dann trink nicht. Problem gelöst.« Sie legte den Deckel auf und schaltete den Topf aus. »Es ist fertig, wenn du Hunger hast.«

Hatte ich nicht. »Ich bin ein Mann. Und Männer trinken.«

Sie verdrehte übertrieben die Augen. »Keine Ausreden wegen deines Benehmens. Das ist uncool.«

»Was würdest du gerne hören? Dass ich mich betrinke, bis ich nichts mehr fühle? Dass ich mich betrinke, damit ich mich am nächsten Morgen nicht mehr an den Alptraum erinnern kann?«

Sie hielt bei ihrer Arbeit inne, die Augen niedergeschlagen.

»Dass, wenn ich nicht trinke, bis ich stockbesoffen bin, ich die Alpträume immer wieder habe? Dass es mich davon abhält, das Haus zu verlassen und etwas zu tun, was ich sicher noch bereuen würde? Dass es mir dabei hilft, meine Vergangenheit zu bewältigen, die ich nicht ändern kann? Wäre es dir lieber, ich würde all das sagen?«

Sie starrte weiter auf den Boden, unfähig, mir in die Augen zu schauen.

»Dachte ich mir.« Ich drehte mich um und ging zur Treppe. Nach einer langen heißen Dusche würde ich in mein Büro gehen, sodass ich nachdenken konnte, ohne ihre vorwurfsvollen Augen auf mir zu spüren.

Ihre Absätze klapperten hinter mir und hielten an, bevor sie mich erreichte. »Tatsächlich, ja.«

Ich drehte mich langsam um und starrte ihren zarten Körper an. Mit nur wenig einen Meter fünfzig war sie eine kleine Frau. Aber sie hatte Kurven und Stil, die sie wie die Größte in jedem Raum aussehen ließen. Ihre schlanke Gestalt ließ sie nicht schwächlich wirken. Das Feuer in ihren Augen und ihre aufrechte Haltung flößten allen Respekt ein.

»Mir wäre ein ehrliches Gespräch darüber, was passiert ist, lieber, als einen betrunkenen Mann vorzufinden, der alleine im Dunkeln sitzt.« Sie warf mir einen feurigen Blick zu, bevor sie sich umdrehte und wieder in der Küche verschwand. Sie musste immer das letzte Wort haben.

Und ich musste immer das letzte Wort haben.

Ich marschierte hinter ihr her und baute mich an der Theke vor ihr auf. Ich berührte sie nicht, aber meine Anwesenheit reichte aus, um sie an den Schrank zurückzudrängen und so viel Abstand wie möglich zwischen uns zu lassen. »Was willst du von mir?«

»Ich habe das klargemacht.«

»Nein. Hast du nicht.«

Ihre Hände stützten sich am Rand der Theke ab, aber ihr Rücken blieb vollkommen gerade. Auch wenn sie Angst vor mir hatte, zeigte sie es nicht. »Zum einen möchte ich eine Entschuldigung.«

»Wofür genau?«

»Dass du gestern ein Arsch warst.«

Mein Mund blieb verschlossen.

»Und zweitens will ich nicht, dass du mich ausschließt.«

Beides war mir unmöglich.

»Calloway, du willst, dass ich Sachen für dich tue, mit denen ich nicht einverstanden bin. Ich mache Kompromisse. Ich mache sie, weil ich dir näherkommen möchte. Aber ich werde keine Abstriche machen, wenn du nicht auch welche machst. Also, was wirst du tun?«

Zeiten wie diese ließen mich Isabella vermissen. Mit ihr konnte ich tun, was ich wollte und musste mich nie mit den Auswirkungen herumschlagen. Wenn ich ihr sagte, sie solle die Klappe halten, dann tat sie das. Wenn ich ihr sagte, sie solle mich allein lassen, gehorchte sie. Wie ein Tier folgte sie meinen Befehlen, ohne sich zu beschweren. Rome war nicht so und würde es wahrscheinlich nie sein. Sie zwang mich, mich mit Dingen auseinanderzusetzen, über die ich lieber nicht nachdenken wollte und immer, wenn ich gerade dachte, dass mein Wunsch in Erfüllung ging, stellte sie meine Welt erneut auf den Kopf.

»Ich habe nichts gehört.« Sie fuhr fort, mich anzustarren und mir diesen eiskalten Ausdruck zu zeigen. Sie definierte die Regeln neu, ohne herrisch zu wirken. Sie war zu intelligent für ihr eigenes Wohlbefinden, zu stark für jeden Gegner. Sie ließ mich mehr als Mann fühlen, weil ich sie bekämpfen musste. Aber sie ließ mich auch weniger als Mann fühlen, weil ich sie nicht kontrollieren konnte. »Hallo?«

Ich zwang mich, es zu sagen. »Du hast recht. Ich sollte ehrlicher zu dir sein.« Wenn ich sie jemals auf den Knien mit hinter ihrem Rücken gefesselten Händen haben wollte, ihr Mund offen und bereit für meinen Schwanz, musste ich Kompromisse machen. Ich wusste in dem Moment, in dem ich sie so sah, dass sie nicht die ideale Sub war. Tatsächlich war sie genau das Gegenteil. Aber das brachte mich nicht dazu, sie weniger intensiv zu wollen. Wie Liebhaber, deren Liebe unter einem schlechten Stern stand, kamen wir aus verschiedenen Welten. Aber ich wollte sie so sehr, dass es weh tat.

»Und?«

Ich wollte mich nicht entschuldigen. Auf keinen Fall. »Und das ist es.«

»Das ist es?« Sie legte eine Hand auf ihre Hüfte und wappnete sich.

»Ich trinke allein. Ich werde mich nicht dafür entschuldigen. Du hättest mich allein lassen sollen, als ich dich darum gebeten habe. Deine Schuld. Nicht meine.«

»Sei kein Arsch, Calloway. Ich bin sicher, dass du es besser weißt.«

Ich sah auf sie nieder, weil das nicht stimmte. »Sieht so aus, als hättest du mein wahres Ich kennengelernt.«

Sie schüttelte enttäuscht den Kopf. »Du kannst diese Maske aufsetzen, wenn du willst, aber ich sehe durch sie hindurch.«

Nein, tat sie nicht.

»Du weißt, dass ich recht habe, aber du kannst es nicht zugeben. Du bist stur und zickig.«

Zickig?

»Aber lass mich dir einen Rat geben, Calloway.« Sie trat näher an mich heran und überkreuzte die Arme vor der Brust. »Ein richtiger Mann gibt zu, wenn er sich irrt. Er erkennt seine Fehler und versteckt sich nicht hinter seinem Stolz. Lass dein Ego fallen und sei ein Mann.« Sie sah mich von oben bis unten an, als ob sie völlig unbeeindruckt davon war, was sie sah und ging weg.

Diesmal ließ ich ihr das letzte Wort— sie hatte es verdient.

Nach ein paar Stunden in der Einsamkeit meines Büros ging ich hinunter, um sie zu suchen. Sie saß auf der Couch, ihre Ordner waren um sie herum verstreut. Sie arbeitet heute Abend von zu Hause aus, mit einem Glas Wein in der Hand. Sie trug immer noch ihre Arbeitskleidung, nur ihre Schuhe lagen auf dem Boden.

Ich ging zur Couch und meine schweren Schritte kündigten meine Ankunft an.

Sie sah nicht auf.

Ich setzte mich neben sie und schaute auf ihren Schoß. Budgetberichte und Fallstudien waren auf viele

Seiten verteilt. Haftnotizen mit unleserlicher Schrift klebten überall. Sie verwaltete das Chaos.

Sie ignorierte mich weiterhin, und das konsequent.

»Leg deine Sachen weg. Ich möchte mit dir reden.«

»Du bekommst nicht immer das, was du willst, nur weil du es verlangst.« Sie ließ sich nicht beim Schreiben stören.

Meine dominante Seite trat in letzter Zeit immer mehr hervor. Ab der Sekunde, in der wir das Ficken angefangen hatten, konnte ich mich nicht mehr beherrschen. Ich wollte ihr befehlen, bestimmte Dinge zu tun. In gewisser Weise behandelte ich sie schon wie meine Sub, obwohl sie für diesen Job noch nicht bereit war. »Ich bin hergekommen, um mich zu entschuldigen. Bitte gib mir die Gelegenheit, es richtig zu machen.« Es tat weh, so zu sprechen, um etwas zu bitten, anstatt nur zu nehmen. Sie stieß mich aus meiner Komfortzone und ließ mich eine Welt erleben, die ich verachtete— eine, in der nicht ich anschaffte.

»Das klingt schon besser.« Sie schloss den Ordner und warf ihre Sachen zur Seite. Dann sah sie mich erwartungsvoll an, die Arme vor der Brust verschränkt und ihre Titten stachen durch diese Haltung besonders weit hervor. Eine Furche bildete sich genau in ihrer Mitte, in die mein Schwanz perfekt hineinpassen würde.

Aber jetzt war nicht die Zeit dafür. »Ich hätte nicht so mit dir reden sollen. Ich hätte mich nicht so betrinken sollen. Es tut mir leid.« Ich zwang mich, meine Zähne nicht zusammenzubeißen. Ich wollte kein Arschloch sein und sie vergraulen, aber ich wollte auch nicht alles aufgeben, woran ich glaubte. Vanilla zu halten war viel komplizierter, als ich erwartet hatte.

»Es ist in Ordnung.« Sie nahm meine Entschuldigung mit Haltung an und sah mich endlich wieder mit den lüsternen Augen an, die ich so verehrte. »Ich hoffe nur, dass du mit mir über diese Dinge reden wirst, anstatt zur Flasche zu greifen. Immer, wenn mich etwas nach unten zieht, rede ich mit Christian darüber. Das lässt mich gleich besser fühlen.«

»Ich glaube, ich könnte es versuchen.«

»Ich meine es so, wie ich es sage. Wir müssen einander vertrauen, wenn das hier funktionieren soll. Also müssen wir ehrlich sein. Ich weiß, das ist schwer, weil du deine Probleme hast und wir beide wissen, dass auch ich meine habe. Aber wir müssen es versuchen.«

Ich war bereit, alles zu tun, um sie zu behalten. Das war etwas, das ich mit unerschütterlicher Gewissheit wusste. »Okay.«

Ihre Augen wurden weich und als ob letzte Nacht nichts vorgefallen wäre, verzieh sie mir. Sie schob es in die Vergangenheit und ließ es mit einem Fingerschippen hinter sich. Ihre Fähigkeit, so leicht zu verzeihen, erstaunte mich. Ich war richtig ehrfürchtig deswegen. Ich würde meinem Vater niemals verzeihen, was er meiner Mutter und mir angetan hatte. Aber da er tot war, konnte er sowieso niemals mehr meine Vergebung erlangen. »Also, willst du jetzt darüber reden?«

Absolut nicht. »Ich bin noch nicht bereit, Vanilla. Aber ich werde es irgendwann sein.«

Sie akzeptierte die Antwort ohne weitere Fragen. »Das ist okay.« Sie rutschte an meine Seite und hakte sich bei mir ein. Ihre Zuneigung erwärmte mich und verjagte die Winterkälte, die in meinen Knochen steckte. »Ich bin immer hier, wenn du mich brauchst.«

»Ich weiß.« Meine Lippen fanden ihre Stirn und ich drückte ihr einen Kuss auf die Haut. »Und du weißt, dass auch ich immer für dich da bin.«

21

ROME

Ich hatte eine Glocke über der Eingangstür installiert, damit ich merkte, wenn jemand ins Büro kam. Nach dem Calloway zum ersten Mal hereingekommen war und mitbekommen hatte, wie ich mit Taylor über ihn tratschte, war ich zutiefst gedemütigt gewesen. Er hatte meine intimsten Geheimnisse mitgehört und ich war nicht imstande gewesen, meine Verlegenheit zu verbergen.

Und ich geriet nicht leicht in Verlegenheit.

Meine Beziehung zu Calloway war weder schwarz noch weiß. Manche Tage waren gut und manche waren schlecht. Aber ich schon trug viel emotionalen

Ballast und ich begann zu verstehen, dass er noch mehr trug. Wir beide waren kaputt und ich glaubte nicht, dass zwei gebrochene Menschen sich gegenseitig reparieren konnten. Aber vielleicht konnten wir es doch schaffen.

Ich wollte wissen, woher seine Alpträume kamen. Ich wollte wissen, was ihn so wütend machte. Ich wollte wissen, warum er mitten in der Nacht fast eine ganze Flasche Bourbon trank— alleine. Ich wusste, dass es etwas mit seinem Vater zu tun hatte, aber ich vermutete, dass noch mehr an der Sache dran war.

Aber ich hatte ihm ja auch nicht alles über mich erzählt. Ich bewachte meine Vergangenheit. Die einzige Person, die jedes noch so kleine Detail kannte, war Christian— und das auch nur, weil er mein Bruder war. Meine beste Freundin war Taylor und sie wusste nur von einem Bruchteil dessen, was ich durchgemacht hatte. Da ich alles für mich behielt, bekam ich auch von niemandem Mitleid. Im Pflegeheim hatten mir diesen Blick so viele Paare zugeworfen, die an mir vorbeigingen und kein Interesse daran hatten, mich zu adoptieren.

Ich hasste diesen Blick.

Aber Calloway schaffte es, dass ich mich mehr öffnete, als ich es jemals bei einem anderem gemacht habe. Ich erzählte ihm von meiner Vergangenheit, meiner Zeit im Pflegeheim und diesen langen Tagen im

Keller. Auch er warf mir diesen mitleidigen Blick zu, aber als ich ihn bat, damit aufzuhören, tat er es.

Mit genügend Zeit und Arbeit an unserer Beziehung, glaubte ich wirklich, dass wir etwas Wunderbares aufbauen könnten.

Ich mochte ihn auf eine Art, wie ich es nie erwartet hatte. Er war tief in meinem Herzen und meine Besessenheit kam nicht von seinem wunderschönen Körper und seinen wahnsinnigen Fähigkeiten im Bett. Das waren nur Boni, wie in der Lotterie zu gewinnen.

Manchmal wurde er zu aggressiv, meinte, er könne mich herumkommandieren. Da erwischte er mich aber auf dem falschen Fuß, wenn er meinte, mich befehligen zu können wie ein Haustier. Aber wenn er die Kontrolle im Schlafzimmer übernahm, schien es mich überhaupt nicht zu stören.

Wenn ich zurückwich, würde er schließlich auch nachgeben und als ich mich gegen ihn erhob, respektierte er das. Auch wenn er schlecht gelaunt war, würde er auf mich hören, wenn ich ihn darum bat. Er war ein komplizierter Mann mit schwierigen Gefühlen. Er war nicht leicht zu verstehen, aber ich ja auch nicht.

Nach all den Ereignissen der vergangenen Wochen mochte ich ihn mehr als je zuvor. Das Gefühl war so stark, dass es mir egal war, dass der Fahrer mich abholte und mich jeden Tag nach Hause brachte. Mich störten seine Probleme nicht, die er damit hatte, mit mir in einem Zimmer zu schlafen. Es war mir egal, dass ich jedes Mal, nachdem wir Sex hatten, ein wenig wund war, weil sein Schwanz so groß war. Ich interessierte mich nicht für irgendetwas negatives, weil er mein Ein und Alles war.

Mir war nicht einmal klar, wie es dazu gekommen war.

Die Glocke läutete über mir und ich schreckte aus meinen Gedanken auf. Ich saß an meinem Schreibtisch und hatte ganz vergessen, was ich tun wollte, weil ich so in Gedanken versunken gewesen war. Calloway begann als kleiner Gedanke und wuchs dann, bis er mein ganzes Gehirn ausfüllte.

Ich warf einen Blick auf meinen Computer und sah, dass ich dabei gewesen war, eine E-Mail an einen unserer Spender zu schreiben. Ich konnte mich nicht erinnern, was ich schon geschrieben hatte, aber ich würde später darauf zurückkommen. Ich sah von meinem Schreibtisch auf, um zu begrüßen, wer auch immer in mein Büro gekommen war.

In einem schweren schwarzen Mantel, mit grauem Anzug darunter stand ein Mann im Raum, den ich zutiefst verachtete. Sein braunes Haar war kürzer als früher, fast bis auf die Kopfhaut abrasiert. Sein Bart war ungepflegt, als hätte er sich über eine Woche lang nicht rasiert. Das gleiche böse Funkeln war in seinen Augen, ein Anflug von Boshaftigkeit. Sein Lächeln war nicht nett. Irgendwie war es erschreckend. Als er einen Blick auf mich warf, wollte ich ihm am liebsten meinen Computer an den Kopf werfen. »Da ist ja mein Mädchen.«

Warum musste Mord nur verboten sein? »Hallo, Hank. Wie geht es dir?«

»Gut. Aber jetzt besser.«

Ich verbannte die Ironie aus meiner Stimme, denn mich von ihm unbeeindruckt zu zeigen, würde ihn vielleicht schneller wieder hier rausbringen.

»Ich bin neulich an deiner Wohnung vorbeigegangen. Sieht aus, als wärest du umgezogen.«

»Ja.« Ich würde meine Wohnungssituation nicht darlegen. Ich wollte nicht, dass er mir folgte, aber wenn er an Calloways Haustür auftauchte, würde ich gerne sehen, was mit ihm passierte. »Also willst du für *For All* eine Spende machen? Wenn nicht, ich habe jede Menge zu tun.«

Er grinste, als hätte ich einen Witz gemacht. »Direkt. Wie immer.«

Ich ließ meine höfliche Maske fallen, weil ich nicht mehr damit umgehen konnte. »Raus, Hank. Ansonsten rufe ich die Polizei.«

»Und was wird die tun?« Er lächelte auf seine typische, grausame Art und Weise. »Mir das Mittagessen bringen?«

Ich hatte vor eineinhalb Jahren eine einstweilige

Verfügung gegen ihn angestrebt, aber der Richter verweigerte sie. Hank hatte so viel Macht in der Regierung, dass ich wehrlos gegen ihn war. Das Justizsystem versagte schrecklich und ich hatte keine Rechte und keinen Schutz vor diesem Mann. Ich war auf mich alleine gestellt— buchstäblich. »Damit ich dir nicht den Schädel einschlage.« Ich packte den Schläger, der unter meinem Schreibtisch deponiert war und reckte mich zu meiner vollen Größe, wobei ich den Griff mit beiden Händen fest umschloss. Er mochte in der Lage sein, mich zu überwältigen, aber ich würde eine Menge guter Schläge platzieren, bevor das passierte. »Du suchst Streit, Arschloch? Gib dein Bestes.«

Sein Lächeln kippte, und er wurde unruhig. Er war im Nachteil, weil er nicht wusste, welche andere Waffen sich noch hier verbergen mochten. »Hab dich eine Weile nicht gesehen. Ich wollte nur mal nachsehen.«

»Wenn du es noch nicht bemerkt hast, mir geht es gut.«

»Wo wohnst du?« Die Frage kam aus dem Nichts. Das musste es gewesen sein, was er schon fragen wollte, als er hereinkam.

»Wie ich schon sagte: Nicht dein Problem.«

»Du bist überhaupt nicht im System. Deine Post geht noch zu deiner alten Adresse.«

Ich hatte noch keine Chance, sie weiterzuleiten. Aber

jetzt würde ich sicherstellen, dass sie an ein Postfach ging. »Verpiss dich, bevor ich dich umbringe.« Ich meinte noch nie eine Drohung ernster, als in diesem Moment. Ich würde eine lebenslange Freiheitsstrafe akzeptieren, wenn dieses Arschloch dafür von der Straße verschwand. Hurensöhne wie er hatten es auf die Schwachen abgesehen— wie ich es früher war. Sie nutzten die Schwäche einer Person und beuteten sie so brutal wie möglich aus. Ich würde nie vergessen, was er mir angetan hatte, wie er mir meinen Arm zweimal gebrochen hatte.

Hank warf mir einen drohenden Blick zu, als er sich zurückzog. Er hatte Angst vor mir - bis zu einem gewissen Grad. Er wusste, dass ich die Wut und Fähigkeit zur meiner Verteidigung hatte und würde ihn in den Arsch zu treten, wenn es nötig war. Der einzige Weg, mir nahezukommen, wäre mit einer Pistole in der Hand. Mit allem anderen konnte ich umgehen. »Ich werde dich wiedersehen, Baby.« Sein Rücken stieß an die Tür, er öffnete sie und trat hinaus. Die Tür schloss sich hinter ihm, wobei die Glocke läutete.

»In der Hölle.«

22

CALLOWAY

Ich ging ins Haus und nahm Rome sofort in meine Arme. Sie war in der Küche wie jeden Abend und dieses Mal war mir das Abendessen völlig egal. Ich drückte sie gegen den Tresen und küsste sie fest auf den Mund. Mein Schwanz war steif und wild darauf, in ihr zu sein. Meine Zunge huschte in ihren Mund und tanzte mit ihrer einen verführerischen Tango.

Sie packte meinen Bizeps und zerknitterte das Material meines Anzuges. Ihre heißen Titten drückten mich durch ihre Bluse hindurch. Als sich ihre Nägel in den Stoff gruben, stöhnte sie auf, ein Geräusch, das heißer war, als alles andere, das ich je gehört hatte.

»Hab dich vermisst.« Ich war letzte Nacht richtig blöd zu ihr gewesen und ich wusste es. Der Kampf, den wir ausfochten, war einfach dumm und wenn ich Manns genug sein wollte, sie zu behalten, musste ich es wieder geradebiegen. Ich war nicht bereit, mich für sie zu brechen, aber ich war bereit, mich ihr zu beugen.

»Ich habe dich auch vermisst.«

Ich schob ihr Kleid hoch und setze sie auf den Tresen. Ihr Höschen wurden zur Seite geschoben und ich zog meinen Schwanz aus meiner Hose und den Boxershorts, um in sie hinein zu gleiten. Wie ich erwartet hatte, war sie schon nass. Ich glitt in sie hinein und fühlte, wie sie sich ausdehnte, fühlte mich jeden Zentimeter lang wie im Himmel. »Jetzt habe ich dich noch mehr vermisst.«

Sie schlang ihre Arme um meinen Hals und küsste mich härter als zuvor, während ihre Muschi die Stöße auffing, die ich ihr gab. Wir fickten seit Wochen und ich fing an, mich daran zu gewöhnen. Ihre Pussy nahm meine Größe besser auf, und sie schien es noch mehr zu genießen. Ich liebte es, sie als jungfräuliches Land zu erobern, als ein unberührtes Paradies, das niemand jemals zuvor genossen hatte. Ich wollte für immer der einzige Mann in ihr bleiben.

Wir aßen in Unterwäsche zusammen zu Abend. Ich trug meine Boxer, meine Brust und die Arme waren nackt. Sie trug ein Hemd und ein Höschen darunter. Mit ihren unordentlichen Haaren und geröteten Lippen sah sie aus wie eine überirdische Fantasiegestalt.

»Wie war die Arbeit?« Ich wollte sie schon wieder ficken, aber ich würde ihr eine Pause geben— eine kurze.

Sie nahm einen Bissen von ihrem Essen und kaute ihn langsam, bevor sie schluckte. »Gut. Ziemlich langweilig.« Sie blickte konzentriert auf ihren Teller, als sie mit ihrer Gabel noch ein Stückchen Fleisch aufspießte.

»Und deine?«

»Das Gleiche. Langweilig.«

»Schade, dass wir uns nicht zusammen langweilen können.« Sie hob spielerisch die Augenbrauen.

Ich mochte es, wenn sie mit mir flirtete. »Ich habe das Gefühl, dass der Arbeitstag dann nicht mehr langweilig wäre.«

»Ich auch.« Sie nahm noch ein paar Bissen von ihrer kleinen Portion, bevor sie den Teller wegschob. »Ich habe eine gute Nachricht.«

Sie ist bereit, Analverkehr auszuprobieren?

»Hmm?«

»Ich habe eine Wohnung gefunden.« Sie nahm ihren

Laptop von der gegenüberliegenden Seite des Tisches und klappte ihn auf.

Ein Klumpen fiel in meinen Magen.

»Sie ist in Chelsea. Sie ist ein wenig näher an der Arbeit als meine alte Wohnung und die Nachbarschaft ist anständig. Sie ist teurer als meine alte Wohnung, aber ich glaube, es geht.« Sie drehte den Computer, damit ich den Bildschirm sehen konnte.

Es war ein einfaches graues Gebäude mit schmutzigen Fenstern. Ich erkannte es, weil es neben einem chinesischen Restaurant lag, in dem ich schon ein paar Mal gegessen hatte. Wenn sie die Nachbarschaft als anständig beschrieb, benutzte sie nicht das passende Wort. Eine schöne Frau wie sie sollte nicht an einem solch gefährlichen Ort leben. In der Sekunde, in der ich sie zum ersten Mal gesehen hatte, war ich besessen von ihr gewesen. Ich konnte mir nur vorstellen, dass es jedem anderen Mann genauso ging, sobald er sie anblickte. Und ich war mir sicher, dass die meisten von ihnen das Wort »Nein« nicht verstehen würden.

»Ich habe mich heute Nachmittag beworben.«

Jetzt war ich sauer. »Ohne mir etwas zu sagen?« Ich hatte schon verloren, bevor ich dieses Argument formuliert hatte und ich wusste es. Ich musste meine Dominanz in Schach halten, mich zurücknehmen, bevor ich ihr zeigen konnte, wer ich wirklich war. Aber wenn ich wütend wurde, konnte ich mich nicht zurückhalten.

»Was meinst du? Ihre Augenbrauen zogen sich fragend zusammen. »Ich habe angenommen, dass ich hier nicht ewig wohnen werde.«

»Aber du hättest mich um Rat fragen können, um die richtige Wohnung zu finden.«

»Calloway, ich bin ein großes Mädchen. Ich kann meine Wohnung selbst aussuchen.«

Ich atmete tief durch die Nase aus und ein, damit ich meine Atmung in Schach halten konnte. »Anscheinend kannst du das nicht. Denn das Gebäude ist ein Rattenloch.« Ihr Unterkiefer klappte nach unten. »Zunächst einmal hast du es nicht von innen gesehen. Und zweitens, fick dich. Nicht jeder ist Millionär.«

»Es geht nicht um Geld. Dieser Ort ist nicht sicher. Ich war schon einmal dort, eine Bushaltestelle ist direkt auf der anderen Straßenseite und ein Obdachlosenheim nur einen Block weiter.«

»Was ist das Problem mit Obdachlosen?«

Ich wollte den Tisch umwerfen. »Nichts. Ich verbringe mein Leben damit, den weniger Glücklichen zu helfen, und das weißt du. Ich will dich nur nicht in einer gefährlichen Situation wissen.«

»Obdachlose sind nicht gefährlich.«

Ich wollte sie schlagen. »Nicht alle von ihnen. Aber einige.«

Sie lehnte sich zurück in ihrem Stuhl, ihre Arme über der Brust überkreuzt. »Ehrlich gesagt, das ist alles, was ich mir leisten kann. Ich habe kein Problem damit, aber du musst von deinem hohen Ross herunterkommen.«

»Es geht nicht ums Geld.« Es ging nie ums Geld und ich wünschte, sie würde das verstehen. »Lass dir von mir eine schöne Wohnung besorgen. Ich habe einen guten Immobilienmakler, der alle Ecken dieser Stadt kennt.«

»Ich will nichts kaufen, das weißt du.«

»Aber ich kann etwas für dich kaufen.«

Jetzt schien es, als käme Rauch aus ihrer Nase. Ihre Augen verengten sich vor Wut und sie sah aus, als wollte sie den Tisch umschmeißen- und ihn dann auf mich werfen. »Ich brauche deine Wohltätigkeit nicht, Calloway. Ich habe dir gesagt, dass ich dein Mitleid nicht will, also hör auf, so zu reden.«

»Ich bemitleide dich nicht.« Manchmal wünschte ich, sie wäre wie die anderen Mädchen. Isabella würde Geschenke von mir annehmen, ohne zu zucken. Wenn Rome wirklich meine Sub wäre, würde sie eine Wohnung ohne ein einziges Gegenargument annehmen. »Ich verstehe deine Gründe. Das tue ich wirklich. Aber du musst auch meine Gründe verstehen.«

»Und die wären?«

»Rome, du gehörst mir.« Sie gehörte mir mehr, als sie begriff. Wenn ich ihr jetzt zeigte, was es bedeutete, würde sie davonrennen. »Ich möchte mich um dich kümmern. Ich möchte, dass du in Sicherheit bist. Das ist alles, was ich möchte. Und ich bin kein schlechter Kerl, weil ich so fühle.«

Ihr Zorn ließ nach, aber nur ein bisschen.

»So bin ich eben, Vanilla. Ich kümmere mich um andere, weder aus Wohltätigkeit, noch aus Mitleid. Du bist sehr wichtig für mich, und meine Lady sollte nicht den Weg von Pennern kreuzen, wenn sie in ihre Wohnung will. Sie soll nicht mitten in der Nacht Pistolenschüsse hören. Sie soll im Luxus leben, wie die Königin, die sie ist. Ich bin der König und ich kümmere mich um meine Königin.«

»Ich will nur dann Königin sein, wenn ich mich selbst zur Königin kröne.«

»Was ist der Unterschied?« Ich bewunderte ihre Unabhängigkeit und Wehrhaftigkeit. Es waren die Gründe, weshalb ich von Anfang an so von ihr angezogen gewesen war. Aber Zeiten wie diese machten mir klar, dass das ein Eigentor gewesen war.

»Das ist ein großer Unterschied.«

Wie sollte ich einen Gegner besiegen, der hartnäckiger war, als ich? Wie sollte ich über jemanden bestimmen, der jedem Befehl widerstand? Wie sollte ich jemanden regieren, der sich nicht an meine Regeln hielt?

»Du weißt, dass ich ein Mann bin, der bekommt, was er will. Und ich weiß, dass du eine Frau bist, die bekommt, was sie will. Ich denke, wir werden hier Kompromisse eingehen müssen.«

Sie schüttelte leicht den Kopf. »Ich lasse dich nicht eine Wohnung für mich kaufen.«

»Okay. Wo ist da der Kompromiss?«

Sie schaute weg, weil sie keinen wusste.

»Wie wäre es, wenn ich sie für dich kaufe und du zahlst mir Miete?«

Sie seufzte verärgert. »Ich werde mir niemals so eine Wohnung leisten können. Verstehst du das denn nicht?«

»Du kannst mir bezahlen, was du früher bezahlt hast. Das ist ein Kompromiss.«

»Ich will keinen Cent von dir, Calloway. Ich bin mit dir zusammen, weil du bist, wer du bist, egal, wie fett deine Brieftasche ist. Es tut mir leid, aber ich respektiere dich zu sehr, um so etwas von dir anzunehmen.«

Ihre Worte waren freundlich, aber ich konnte sie nicht gutheißen. Viele Frauen wollten mich, weil ich mächtig, gutaussehend und wohlhabend war. Sie wollten mit Geschenken überschüttet werden und mit mir in einem Penthouse in Manhattan leben. Ich wusste, dass es einigen Frauen egal war, wer ich unter meinem Schutzpanzer war. Deshalb bevorzugte ich den Lebensstil in der *Ruine*. So war alles viel einfacher, viel simpler. Aber dann war Rome in mein Leben getreten und hatte alles durcheinandergebracht. »Das schätze ich durchaus, Vanilla. Wirklich. Aber ich biete es dir an, also ist es nicht respektlos. Es wird mich beruhigen, wenn ich weiß, dass du sicher bist, wenn ich nicht bei dir bin. Du wirst nie verstehen, wie sehr es mir wehgetan hat, dich mit einem blauen Auge zu sehen. Ich kann nicht zulassen, dass das noch mal passiert.«

»Das war ein dummer Zufall.« Ihr Zorn legte sich, während wir weitersprachen. Nun war ihre Stimme ruhig, wie ein sanftes Flüstern im Wind. »Ich kann auf mich selbst aufpassen, Calloway. Wirklich.«

»Aber du musst es nicht.«

Sie sah mich wieder an, ihre grünen Augen wurden ganz weich.

»Ich weiß, dass du es dein ganzes Leben getan hast, weil du es musstest. Ich weiß, du hast gekämpft und bist stolz darauf, auf deinen eigenen Füßen zu stehen. Ich weiß, wie schwer es für dich ist, deine Verteidigung aufzugeben und jemanden an dich heranzulassen. Aber ich bin nicht irgendjemand, Vanilla. Du musst nicht weiterkämpfen. Es ist nichts Falsches daran, auch mal den einfacheren Weg zu nehmen.«

Sie sah weg. »Du bist ein toller Kerl, Calloway. Du bist nett und freundlich und ich verstehe, dass ich mich glücklich schätzen kann, weil ich jemanden wie dich habe. Was auch immer wir aneinander haben ... ich liebe es. Wenn ich bei dir bin, habe ich Gefühle, von denen ich dachte, ich könnte sie niemals fühlen. Ich fühle mich sicher, gut geschützt und hochgeschätzt. Und manchmal denke ich, dass ich einen Partner gefunden habe, der mich wirklich versteht.«

Die Worte gingen direkt in mein Herz und lösten dort gleichzeitig Schmerz und Lust aus. Ich wusste, dass sie es ernst meinte, da sie mit mir schlief, aber sie gestand mir ihre Gefühle nicht sehr oft mit Worten. Meist gab es nur Blicke und Küsse. Nun schenkte sie mir mehr.

»Und ich glaube, ich habe einen Mann gefunden, der genauso gebrochen ist wie ich— aber auch genauso stark.«

Meine Hand ballte sich zur Faust, um mich selbst daran zu hindern, über den Tisch zu greifen und sie zu packen. Ich wollte sie auf meinem Schoß haben und sie zwingen, darauf sitzen zu bleiben. Ich wollte sie bei mir haben und sie küssen, bis ihre Lippen wund wurden.

»Und deshalb kann ich nichts von dir annehmen. Ich will nicht ruinieren, was wir miteinander haben. Dir zu erlauben, mir etwas zu kaufen, verkompliziert die Dinge nur. Und selbst wenn ich dir Miete zahle, ist mir das immer noch alles zu peinlich. Ich schätze, was du mir anbietest, aber nichts davon kommt für mich in Frage.«

So viel zum Thema Kompromiss. »Dann wohne weiterhin bei mir.« Im Hinterkopf wusste ich, dass das ein dummes Angebot war. Ich genoss es, sie um mich zu haben, aber wenn es zum Dauerzustand würde, bekämen wir Probleme. Wenn sie nicht die gleichen

Vorlieben wie ich hatte, wäre es schmerzhaft, wenn sie am Ende wieder wegging. Aber das hielt mich nicht davon ab, das Angebot zu machen. »Es gibt keinen Austausch von Geld und ich schenke dir nichts. Und du bist sicher. Das ist der beste Kompromiss.«

Sie beobachtete mich mit ihren hübschen Augen, ihre Züge weich, aber undurchdringlich. Als sie fast eine Minute lang nicht antwortete, wusste ich, dass ihre Antwort nicht so ausfallen würde, wie ich sie hören wollte. »Ich kann nicht hier wohnen.«

Die Enttäuschung traf mich härter, als ich es erwartet hatte. Genau genommen, war ich am Boden zerstört. Ich hatte mich daran gewöhnt, sie um mich zu haben. Ich hatte mich daran gewöhnt, mit ihr das Bett zu teilen. Ich hatte mich daran gewöhnt, sie immer zu sehen, wenn ich nicht gerade in der Arbeit war. Ich hätte sie nie gebeten, mit mir zusammen zu leben, wenn sie irgendwo anders hätte hingehen können, aber nachdem es passiert war, hatte ich es nicht bereut. Jetzt bedauerte ich es, dass sie gehen wollte. »Es ist ein großes Haus. Genug Platz für uns beide.«

»Calloway, ich habe es genossen, bei dir zu wohnen. Du weißt, wie ich diese wunderschöne Küche liebe.«

Spontan musste ich lächeln.

»Aber ich kann nicht hierbleiben.«

»Sag mir einen triftigen Grund.«

Sie überlegte, während sie versuchte, die richtige

Antwort zu finden. »Weil ich will, dass das mit uns hier funktioniert. Es ist zu früh, Calloway. Trotz unserer Gefühle füreinander möchte ich nichts dadurch ruinieren, dass wir etwas überstürzen.«

Es war fast zwei Monate her, seit wir uns kennengelernt hatten. Es war nicht zu schnell.

»Also, ich werde diese Wohnung nehmen und ausziehen.« Sie sagte es nicht siegessicher, sondern mit ruhiger Bestimmtheit. »Wenn alles gut geht, kann ich vielleicht irgendwann wieder bei dir einziehen. Aber im Moment, denke ich, ist es das Beste für uns beide.«

Ich konnte akzeptieren, dass sie mein Haus wieder verließ, aber ich konnte nicht akzeptieren, dass sie an einen Ort zog, an dem sie verfolgt und vergewaltigt werden konnte. »Ich akzeptiere das, Vanilla. Aber ich akzeptiere nicht diese Wohnung, die du dir ausgesucht hast. Lass dich hier bitte auf einen Kompromiss mit mir ein.«

»Calloway, ich kann mir nichts Schöneres leisten. Das ist das Entscheidende.«

Und sie würde nicht mehr bei mir wohnen und das war die einzige andere Möglichkeit. Frustriert sah ich weg. Wenn ich jetzt meinen Zorn nicht zügeln könnte, würde ich sicher etwas sagen, das ich später bereuen würde. Meinen Mund zu halten, das war momentan die beste Option.

Sie musste meine Gefühle bemerkt haben, weil sie

nichts mehr über das Thema sagte. Still blieb sie auf ihrer Seite des Tisches sitzen und sah mich an. Ihre Augen waren voller Reue darüber, dass sie mich verärgert hatte.

Aber sie brauchte mich nicht zu bemitleiden.

Denn ich bekam immer meinen Willen.

Christian verließ gerade das Gebäude und mein Fahrer fing ihn auf dem Bürgersteig ab. Durch seinen schwarzen Anzug und den dicken Mantel, den er trug, sah er aus wie jeder andere reiche Mann an der Wall Street. Er passte perfekt dazu, mit seinem gegelten Haar und den glänzenden Schuhen. Er war jung und voller Ehrgeiz, wie so viele junge Menschen in der Stadt.

Mein Fahrer führte ihn zu meinem schwarzen Auto und Christian setzte sich auf den Rücksitz.

Er warf einen Blick auf mich, sein charismatisches Lächeln im Gesicht. »Bist du James Bond?«

Ich gluckste. »Kann sein.«

Er betrachtete das elegante Auto mit den schwarzen Lederbezügen. »Ich hoffe, ich habe auch irgendwann einen Fahrer. Muss cool sein.«

»Wirst du.« Ich fuhr das Trennfenster hoch, sodass wir etwas Privatsphäre hatten.

Christian nickte, als wüsste er, worum es bei diesem

Treffen ging. »Ich verstehe dich. Rome bringt dich zur Weißglut, und du willst, dass ich mich darum kümmere. Das geht in Ordnung. Ich wusste, dass das passieren würde.«

Ganz im Gegenteil. Ich wollte, dass sie niemals mehr ging. »Du liegst richtig bei dem Thema, aber nicht bei dem Problem.«

»Dann sag mir, wie ich euch helfen kann. Ich kann ihr jederzeit eins über die Rübe ziehen. Privilegien des älteren Bruders.«

Ich lächelte wieder, weil es so einfach war, mit Christian zu sprechen. Rome war anders, weil sie die meiste Zeit so ernst war. Sie arbeitete so hart daran, zäh zu sein, dass sie manchmal vergaß, dass es in Ordnung war, hier und da einen Scherz zu machen. »Sie lebt seit einer Weile bei mir, nachdem dieser Kerl in ihre Wohnung eigebrochen ist.«

»Und du hast sie noch nicht getötet. Ich bin überrascht.«

Ich ignorierte den Seitenhieb. »Sie will ausziehen. Sie hat diese heruntergekommene Wohnung gefunden, von der ich Gänsehaut bekomme. Sie ist dort nicht sicher und ich will nicht, dass sie dort hinzieht.«

»Dann sag es ihr. Warum erzählst du das mir?«

»Du weißt, wie stur sie ist.« Das musste ich ihm nicht erklären.

Er verdrehte die Augen. »Ich fühle mit dir.«

»Ich habe ihr angeboten, eine Wohnung zu kaufen, aber natürlich lehnt sie mein Angebot ab. Dann habe ich ihr angeboten, dauerhaft bei mir zu wohnen, aber sie sagte—«

»Verdammt.« Er sah mich mit großen Augen an. »Ich wusste, dass du meine Schwester magst, aber ich wusste nicht, wie weit das geht. Ich kann schon die Hochzeitsglocken läuten hören.«

Ich wich dieser Unterstellung aus. »Ja, ich mag sie wirklich. Ich werde sie nicht bitten, mich zu heiraten, aber ich möchte auf jeden Fall auf sie aufpassen. Aber das ist das Problem. Sie lässt mich nicht.« Diese Antwort war ausreichend.

»Und was hat das mit mir zu tun?«

»Ich möchte, dass du sie bittest, bei dir einzuziehen.«

Er schlug sich an die Brust und lachte wie ein Wahnsinniger. »Guter Witz.«

»Es ist mein voller Ernst.«

Er lachte weiter, weil er es für einen guten Witz hielt. »Ja klar. Ich werde meine lästige Schwester bitten, bei mir einzuziehen ...«

»Ich bin bereit, mich finanziell nicht lumpen zu lassen.«

»Schau, ich mag meine Schwester. Ich würde alles für sie tun— keine Frage.« Endlich wurde er ernst. »Aber sie kann für sich selbst sorgen. Ich brauche meine Privatsphäre, weil ich eine Menge Scheiße am Laufen habe— dreckige Scheiße. Sie soll mir nicht im Weg stehen. Sie würde auch nicht im Weg sein wollen.«

»Aber ich kann dir etwas anbieten.«

Er schüttelte den Kopf. »Ich bin nicht bestechlich.«

»Es ist genau genommen keine Bestechung.«

Er verstummte und hörte sich mein Angebot an.

»Ich kaufe dir eine bessere Wohnung als die, die du jetzt hast— doppelt so viel wert. Du lässt sie bei dir wohnen. Verbuche ihre Miete als Gewinn und bezahle mir, was du jetzt für deine Wohnung bezahlst. Ich kümmere mich um den Rest.«

Christian überlegte schweigend.

»Wenn sie auszieht, was sie irgendwann tun wird, kannst du die Wohnung behalten.« Nun, das war ein Deal, den er nicht ausschlagen konnte.

»Irgendwelche anderen Bedingungen?«

»Nein.«

»Ich muss nicht nett zu ihr sein?«

Ich versuchte, nicht zu lächeln. »Du kannst ganz normal bleiben.«

Er rieb sich das Kinn. »Mein Gott, du musst verliebt in sie sein. Egal wie reich du bist, niemand würde so etwas tun, wenn er nicht seine zukünftige Frau gefunden hätte.« Er fuhr fort, sein Kinn zu reiben, als er über das Angebot nachdachte.

Sie war nicht meine zukünftige Frau, aber sie würde etwas Besseres als das sein. »Was denkst du?«

»Ich bin interessiert. Aber ich bin mir nicht sicher, wie ich sie dazu überrede, bei mir einzuziehen. Ich bin sicher, dass sie genauso wenig bei mir wohnen will, wie ich bei ihr.«

»Sag ihr, du brauchst sie, um einen Teil der Miete zu abzudecken.«

»Aber sie weiß, dass ich ihr Geld nicht brauche.«

»Wenn du eine größere Wohnung nimmst, wird sie es glauben.« Und sie würde in einer schönen Wohnung wohnen, was mich glücklich machen würde. Und wenn jemand sie blöd anmachte, würde Christian da sein und sich darum kümmern.

»Ich glaube, ich könnte es versuchen.«

»Also, gilt der Deal?« Ich streckte meine Hand aus um seine zu schütteln.

Er betrachtete sie. »Dich hat es wirklich erwischt, oder?«

»Absolut.« Noch nie in meinem Leben war mir etwas so ernst.

Er schüttelte meine Hand. »In Ordnung. Der Deal gilt.«

»Danke.« Irgendwann würde er verstehen, wie viel mir das bedeutete. Ohne ihn würde ich jede Nacht wachliegen und mich fragen, ob alles in Ordnung war. »Wenn du jemals etwas brauchst, lass es mich wissen. Ich vergelte Gefallen immer.«

»Du bist derjenige, der mir einen Gefallen

tut, Mann.«

Die Wohnung war ein Klacks für mich. Sie machte sich kaum auf meinem Konto bemerkbar. Aber ich würde ihm das nicht sagen und wie ein Angeber dastehen.

»Meine Schwester hat endlich den richtigen Mann gefunden, der sich um sie kümmert. Also bist du derjenige, der mir mein Leben leichter macht.«

23

Rome

Als wir in den Aufzug stiegen, wusste ich, dass dies ein ausgefallener Ort war. Christian mochte Luxus. Schon als wir noch Kinder gewesen waren, hatte er davon gesprochen, dass er irgendwann reich sein würde. Er hatte sich für Designer-Klamotten, teure Autos und schöne Wohnungen interessiert.

Christian stand neben mir, als der Aufzug in die oberste Etage fuhr. »Ich denke, sie wird dir gefallen.«

»Was war los mit deiner alten Wohnung?« Es hatte sich in meinen Augen um ein ganzes Haus gehandelt. Es hatte ein Schlafzimmer, eine separate Küche und sogar ein Esszimmer.

»Ich wollte nur ein Upgrade.«

Die Türen des Liftes öffneten sich und wir gingen durch den Flur zu seiner Eingangstür. Der Flur sah aus, als ob er zu einem schicken Hotel gehörte. Bilder hingen bei kunstvoller Beleuchtung an den Wänden und Lampen erhellten die Umgebung jeder Tür. Er sperrte leise auf und wir traten ein.

Wie ich erwartet hatte, war die Wohnung wunderschön. Sie erinnerte mich sofort an Calloways Haus. Mit Holzböden und so viel Platz, dass er für mindestens dreißig Leute eine Dinner-Party geben konnte, war sie ein wahr gewordener Traum. »Wow … es ist wunderschön hier.«

»Ich weiß. Ich liebe es.« Er ging umher, die Hände in den Taschen vergraben und sah aus den Fenstern, von welchen aus man den Ausblick auf die unterhalb liegende Stadt hatte.

Ich war so stolz auf meinen Bruder. Er arbeitete so hart und gab nie auf. Wenn er sich etwas vornahm, gelang es ihm. Er hatte Kredite für das College aufgenommen und hatte ein Jahr in absoluter Armut gelebt, um sie zurückzahlen zu können. Jetzt war er ganz oben und niemand verdiente das mehr als er. »Ich freue mich so für dich.«

Er kam zu mir zurück, ich sah den Schalk in seinen Augen. »Es gibt etwas, was ich dich fragen wollte.«

»Hmm?«

»Die Miete ist ein wenig hoch, also suche ich jemanden, mit dem ich mir die Miete teilen kann. Bist du interessiert?«

Ich lachte, weil es lächerlich war. »Meinst du, ich könnte es mir leisten, hier zu leben?«

»Ich brauche nur noch fünfhundert Dollar im Monat. Vor allem für die Nebenkosten. Ich brauche Geld, um Getränke für alle meine Damen kaufen zu können.« Seine Augenbrauen zuckten.

»Du meinst es ernst?« Er wollte tatsächlich mit mir zusammen hier wohnen?

»Ja. Ich weiß, dass du die meiste Zeit bei Calloway sein wirst, und die Schlafzimmer sind weit voneinander entfernt. Es ist genug Platz für uns beide da.«

Es war keine Frage, dass dieser Ort einer Villa entsprach. »Ich bin nur überrascht, warum du keinen anderen Mitbewohner willst, vielleicht einen Kerl, der dir mehr bezahlen kann.«

»Ich hätte lieber jemanden, den ich kenne. Jemand, der mich versteht und mir nicht in die Quere kommt. Also, was sagst du? Wenn du schon nicht bei Calloway bleibst? «

Christian wusste gar nicht, wie sehr mir sein Angebot half. Ich wollte nicht bei Calloway wohnen, aber ich mochte den Appartementkomplex auch nicht, den ich ausgesucht hatte. Ich hatte Calloway gegenüber eine Maske aufgesetzt, aber die Wohnung war tatsächlich klein und schmutzig. Die Wände waren dünn wie Papier und ich konnte jedes Wort der Nachbarn mithören. Er würde glücklich sein, dass ich in einer schönen Nachbarschaft und unter dem Schutz meines Bruders leben würde. So schlug ich zwei Fliegen mit einer Klappe. »Nein, ich bleibe nicht bei ihm.«

»Also, was denkst du?«

»Christian, ich würde so gerne hier einziehen. Aber vielleicht solltest du noch mal darüber nachdenken.« Wir hatten schon lange nicht mehr zusammengelebt. Wir brauchten beide unseren Platz und unsere Unabhängigkeit.

»Ich bin sicher. Bist du also dabei? Du musst es mir jetzt sagen, denn wenn du nicht mitmachst muss ich schnellstens jemand anderen finden.«

Ich zögerte nicht. »Ich würde gerne hier leben.« Es würde ein Kampf werden, sich an einen Mitbewohner zu gewöhnen, besonders an meinen Bruder, aber wir konnten es schaffen. »Ich denke, wir sollten einige Grundregeln festlegen. Aber sonst sollte es gut gehen.«

»Du hast deine Dates bei Calloway und ich werde meine Dates hier haben. Problem gelöst.« Er klatschte triumphierend in die Hände. »Lass uns deine Siebensachen holen.«

Ich ging ins Haus und sah Calloway in der Küche werkeln. »Du kochst?«

»Ja.« Er schaltete den Herd aus und verteilte das fertige Abendessen auf zwei Teller. »Ich dachte, dass wir es heute Abend mal andersrum machen könnten.« Nachdem er die heiße Pfanne abgesetzt hatte, schlang er seinen Arm um meine Taille und küsste mich. »Auf diese Weise wirst du später mehr Energie übrig haben ...«

Energie war nie das Problem, wenn wir zusammen im Bett waren. »Das ist nett von dir. Ich habe übrigens eine gute Nachricht.«

»Ja?« Er schob mich in die Ecke, was er immer tat, wenn er mit mir sprach. Er mochte es, mich gegen irgendetwas zu drücken. Er presste seinen steinharten Schwanz an meinen Bauch und starrte neugierig in meine Augen.

»Ich weiß, es klingt seltsam, aber ich ziehe bei meinem Bruder ein.«

»Wirklich?« Er zog sich etwas zurück und gab mir mehr Raum zum Atmen. »Wie kommt es dazu?«

»Er hat diese neue Wohnung, aber sie ist ihm ein wenig zu teuer. Er braucht Unterstützung bei der Miete und er will nicht mit jemandem leben, den er nicht kennt. Also ... hat er mich gefragt.« Es war die perfekte Lösung für unser Problem. »Sie liegt in einer schönen Gegend, also denke ich, dass du glücklich sein wirst.«

»Ich bin sehr glücklich.« Er lächelte nicht und seine Hände hielten mich noch an der Theke fest. »Ich bin traurig, weil du gehst, aber ich bin froh, dass du irgendwo hingehst, wo du sicher bist. Sieht aus, als ob jetzt alles gut wäre.«

»Ja.«

»Aber ich hoffe, dass wir trotzdem hier unsere Übernachtungspartys haben können.« Er küsste meinen Mundwinkel und ließ seine Zunge sanft über die Haut gleiten.

»Könnte nicht ohne sie leben.« Ich öffnete die Lippen, damit ich seine Zunge besser spüren konnte.

Er drückte seinen Körper an meinen und hob mein Kinn an, damit er vollen Zugang zu allem hatte, was er sich nehmen wollte. »Wie wäre es, wenn wir das Abendessen vergessen?« Er saugte meine Unterlippe in den Mund und biss verspielt in sie hinein.

»Du weißt doch, dass ich Essen ohnehin hasse.«

24

CALLOWAY

Ich trank meinen Scotch in der schwarzen Sitzecke. Ich war gerade erst angekommen, aber mein Glas war schon fast leer. Die Bar war ein Sub-Club, ein kleiner, der ein paar Blöcke von unserem entfernt lag. Jackson und ich mochten diesen Ort. Es war kalt hier, dunkel, und niemand wusste, wer wir waren.

Ein paar Frauen kamen vorbei und ihre Blicke fielen sofort auf den schwarzen Ring, der an meinem Finger steckte. In der Sekunde, in der sie ihn sahen, eilten sie hektisch davon. Der Ring war ein gutes Abwehrmittel und hielt mir alle Interessenten vom Leib. An einem solchen Ort war das auch notwendig. Ich wollte nicht belästigt werden und ich wollte keine harte Ablehnung aussprechen.

Jackson kam endlich nach, holte sein Getränk von der Bar und setzte sich zu mir. »Dieser Ort ist krank. Ich mag das. Viel weicher als unserer.«

Denn unserer war ein Monster. Mit seinen zwei Stockwerken barg er eine Menge Geheimnisse. »Ich mag ihn auch.«

Er betrachtete meinen schwarzen Ring. »Also, Vanilla ist noch da?«

»Warum sollte sie es nicht sein?«

»Dachte, du hättest sie schon aus deinem System bekommen.«

»Nein.« In der Tat war ich besessener denn je. »Also, warum wolltest du mich treffen?« Ich hatte noch andere Dinge zu tun, als das Gesicht meines Bruders zu sehen. Rome war gerade ausgezogen und jetzt war mein Haus leer. Hoffentlich würde ihr Geruch nicht so schnell vergehen.

»Kann denn ein Kerl nicht einfach mal seinen Bruder sehen wollen?«

»Nicht du.«

»Ach, komm.« Er verdrehte die Augen. »Wir sind Freunde, nicht wahr?«

Ich hatte ihn sofort durchschaut. »Du willst wohl etwas von mir?«

»Nein.«

Nun war es an mir, die Augen zu verdrehen.

»Wirklich nicht.«

»Was hat es dann mit dem Treffen auf sich?«

Er schwenkte die Eiswürfel in seinem Glas, bevor er weitersprach. »Es geht um Rome.«

»Was ist mit ihr?«

»Ich bin froh, dass du eine Gespielin gefunden hast, die du magst, aber du musst wirklich darüber nachdenken, was du da tust.«

Wirklich? Wir das eine Standpauke? »Jackson, was zum Teufel sagst du da?«

»Wenn du den Deal mit ihr bis jetzt noch nicht besiegelt hast, dann wirst du es wahrscheinlich niemals tun.«

Dieses Gespräch machte immer noch keinen Sinn. Warum wollte er über Rome reden? Beim letzten Mal, als ich es überprüft hatte, waren wir nicht beide verrückt nach dem gleichen Chick. »Ich habe sie noch nicht gefragt, Jackson. Aber wenn ich es tue, wird es passieren.«

»Sie ist viel zu sehr Vanilla.«

»Aber sie ist stark und abenteuerlustig. Sie weicht niemals vor einem Kampf zurück und sie gibt niemals eine Schwäche zu. Sie wird offen an die Sache herangehen und wenn wir damit anfangen, wird sie es genießen.« Ich wusste, dass sie nicht gern Befehle empfing, aber die Befehle, die ich erteilte, wenn wir miteinander im Bett waren, machten ihr nichts aus. Ich könnte sie vorwärtsbringen— und sie dazu bringen, viele neue Erfahrungen zu machen.

Er schüttelte den Kopf. »Ich meine es ernst. Lass sie gehen.«

»Warum zum Teufel kümmerst du dich überhaupt darum?« Mein Bruder sagte mir, was ich tun sollte, als hätte er das Recht dazu, mir irgendetwas vorzuschreiben. Und er steckte seine Nase gerade dort hinein, wo sie nicht hingehörte.

»Weil ich will, dass du glücklich bist. Seit du dieses Mädchen getroffen hast, hast du die *Ruine* aufgegeben. Und am schlimmsten ist es, dass du kein richtiger Dom mehr bist. Sie verändert dich zu sehr, und das nicht gerade zum Positiven.«

»Sie ändert mich nicht.« Ich war genau die gleiche Person, die ich schon immer gewesen war. Natürlich war ich nicht mehr so oft in die *Ruine* gekommen, aber das war nur, weil ich Vanilla in meinem Bett gefickt hatte. Wenn sie endlich meine Sub war, würde ich wieder öfter viel vorbeikommen. »Und ich denke, du solltest deinen Mund halten, bevor du mich wirklich wütend machst.«

»Sie verändert dich, Mann. Und schon bald wirst du die *Ruine* ganz verlassen. Und ich könnte damit nicht umgehen.«

»Ich gebe zu, dass meine Beziehung zu ihr anders ist,

als die ganzen anderen. Es ist die einzige Beziehung, die traditionell begonnen hat, bevor sie zu einer Dom-Sub wurde. Aber das ändert nichts. Ich werde sie darin unterrichten. Ich habe das schön vorher öfter getan. Und ich verlasse die *Ruine* doch deswegen nicht.«

»Wenn du bei ihr bleibst, wirst du es tun.«

»Das bildest du dir nur ein.« Die *Ruine* war mein Geschäft, etwas, das ich ernst nahm. Es war ein Zuhause für mich, ein Ort, wo ich ganz ich selbst sein konnte.

»Ich weiß, dass du sie nicht brechen wirst, Calloway. Sie wird dich brechen.«

Meine Augen wurden schmal, beleidigt durch diese ungeheure Anschuldigung. »Wie bitte?«

»Du bist ihrer Pussy verfallen und du weißt das. Du warst seit einem Monat nicht mehr während der Arbeitszeit in der *Ruine*. Genau seitdem sie bei dir eingezogen ist. Und wir beide wissen, dass es daran liegt, dass du nicht Manns genug bist, um das Haus zu verlassen und ihr zu sagen, wohin du gehst. «

Ich kippte den Rest meines Glases herunter, um jeden Tropfen— außer dem Eis— heraus zu bekommen. Ich knallte es auf den Tisch. der unter der Wucht schepperte. »Ich werde dieses Glas zerbrechen und es dir ins Auge stoßen, wenn du noch weiterredest.«

»Wenn du mit der Wahrheit nicht umgehen kannst, dann ist das dein Problem. Aber du kannst die *Ruine* nicht verlassen. Ich brauche dich dort.«

»Warum?«

Er antwortete nicht und seinem Blick nach zu urteilen, hatte er es auch nicht vor. »Weil es einfach so ist. Und ich weiß, dass diese Frau dich von dort wegzieht. Sie ist nicht derjenige, die sich unterwerfen wird. Du wirst derjenige sein, der bricht.«

Meine Augen wurden wieder schmal und ich fühlte, wie die Wut mich durchströmte. Jackson und ich hatten unsere Differenzen, aber ich wollte ihn bis jetzt niemals wirklich verletzen. Meine Dominanz anzuzweifeln und zu behaupten, Rome hatte irgendeine Art von Kontrolle über mich, war eine der größten Beleidigungen, die ich je gehört hatte. Ich würde für niemanden brechen— nicht einmal für sie. »Verpiss dich.«

Jackson rutschte aus der Sitzecke und ließ sein leeres Glas zurück. »Ich weiß, dass du sauer auf mich bist. Aber du wirst irgendwann einsehen, dass ich recht habe. « Er deutete auf jemanden an der Bar und winkte die Frau an unseren Tisch.

»Oder ich werde dir die Kehle aufschlitzen.« Wer auch immer es war, ich würde ihr nicht eine Sekunde meiner Zeit opfern.

Isabella erreichte unseren Tisch und rutschte auf den Sitz mir gegenüber. Mit ihrem hautengen Kleid, ihrem braunen Haar, das in losen Locken herabfiel, war sie die schönste Frau in der Bar. Jeder Mann hier betrachtete sie mit offensichtlichem Begehren.

Aber ich fühlte nichts.

Jackson klopfte mit seinen Fingerknöcheln auf den Tisch. »Genieße deinen Abend.« Er ging hinaus und ließ uns alleine in der Sitzecke zurück. Er fühlte sich an einem öffentlichen Ort sicher, weil ich ihn nicht vor aller Augen schlagen würde. Denn das könnte eine meiner Reputationen ruinieren— entweder den als philanthropischen Wohltäter oder den als Clubbesitzer.

»Es tut mir leid, dass Jackson dich hineingezogen hat.« Sie brauchte offensichtlich viel Zeit und Abstand, um über mich hinweg zu kommen. Wenn mein Bruder in ihr immer wieder falsche Hoffnungen erweckte, würde sie nie darüber hinwegkommen. Es war ein verqueres Spiel, das er spielte. »Was auch immer er dir gesagt hat, ich kann dir versichern, dass es nicht stimmt.«

Sie legte ihre Arme auf den Tisch und saß so still, dass sie wie eine Statue aussah. »Eigentlich denke ich, dass er schon recht hat. Und ich mache mir Sorgen um dich.«

»Da gibt es nichts, worüber du dir Sorgen machen müsstest.« Mit Rome war ich glücklich. Auch mit dem Blümchensex war ich zufrieden gewesen. Während sie bei mir wohnte, hatte ich jeden Augenblick ihrer Gegenwart genossen.

Sie neigte den Kopf und sah mich mit ihren großen

Mandelaugen an. »Cal, ich kenne dich. Ich kenne dich besser als jede andere.«

Ich stimmte nicht zu. Rome wusste mehr über meine Vergangenheit als irgendjemand sonst, Jackson eingeschlossen. Aber das würde ich ihr nie sagen.

»Du magst momentan glücklich sein, weil sie hübsch und neu ist ... aber das wird vergehen. Der Mann, den ich kenne, braucht Kontrolle und Dominanz. Er muss Aufträge wie ein Kommandant erteilen und erwartet, dass sie auch befolgt werden. Er muss bei Bedarf Strafen austeilen. Er braucht eine Sub, keine Freundin. Du kannst dich nicht ändern– wegen einer anderen Person. Im Laufe der Zeit wirst du unglücklich werden. Und dann wirst du in etwas eingesperrt sein, aus dem du nicht wieder herauskommst. Du wirst drin stecken bleiben.«

Ich quetschte mein Glas mit den Fingern zusammen und spannte meine Kiefermuskeln an. »Keiner von euch hat eine Ahnung. Sie wird meine Sub sein. Sie braucht nur etwas mehr Zeit als die anderen.«

Isabella schüttelte den Kopf, ihr schlanker Nacken war makellos. »Wir wissen beide, dass das nie passieren wird. Vanilla-Frauen wie sie kommen nie auf die dunkle Seite.«

»Du kennst sie nicht einmal.«

»Eigentlich tue ich das schon.«

Mein Herz sank in meine Magengrube.

»Ich habe einige Nachforschungen angestellt. Und ich kann dir sagen, dass sie sich niemals unterwerfen wird. Frauen wie sie sind viel zu stolz, um vor dir auf die Knie zu fallen. Du kannst mit mir streiten, soviel du willst, aber wir wissen beide, dass das wahr ist. Tief im Innern weißt du, dass Jackson und ich recht haben. Du willst es nicht zugeben, weil du weißt, dass du nicht stark genug bist, um von ihr wegzugehen. Das ist die ganze brutale Wahrheit.«

Ich quetschte wieder mein Glas zusammen und wünschte, es wäre noch voll. »Auch, wenn ich dir recht geben würde, würde ich nie wieder dein Dom sein. Wenn eine Beziehung vorbei ist, ist sie vorbei.«

Sie starrte mich an, als glaubte sie kein Wort. »Willst du wissen, woher ich weiß, dass das Unfug ist?«

Ich blinzelte nicht.

»Weil ich die beste Sub bin, die du je gehabt hast, wie du es mir Dutzende Male gesagt hast. Ich gehorche jedem Befehl, und ich liebe das. Je länger das mit Vanilla noch geht, desto mehr wirst du mich vermissen. Und ich möchte nur, dass du weißt, dass ich für dich da bin— was auch immer du brauchst.« Sie streckte ihre Arme über den Tisch in meine Richtung, berührte aber meine dort ruhende Hand nicht. »Weil ich immer noch deine Sub bin. Es ist immer noch meine Aufgabe, dir zu gehorchen, dich zu verstehen. Eines Tages wirst du überschnappen, weil du nicht bekommst, was du brauchst. Aber ich werde warten—und da sein.«

Ich steckte beide Hände unter den Tisch, damit sie mich nicht berühren konnte. Wenn Romes Ex sie je berühren würde, würde ich vor Eifersucht wahnsinnig werden. Aber ich fühlte die Haare auf meinen Armen zu Berge stehen. Ich spürte, wie mein Magen sich verkrampfte. Mein Puls beschleunigte sich in meiner Halsschlagader, ich konnte die Vibration unter meiner Haut spüren. Ein Dom zu sein, das war das größte Gefühl auf der Welt. Es gab kein höheres Hoch als dieses. Je länger ich mit Rome zusammen war, desto mehr kamen meine wahren Farben ans Licht. Und manchmal nagte der Zweifel tief in meiner Seele und ich machte mir Sorgen, dass ich sie nicht brechen können würde. Dass sie mir nicht die Chance geben würde, der Dom zu sein, zu dem ich geboren wurde. Sie würde Romantik, Liebe und ein Happy End erwarten.

Aber was mir noch mehr Angst machte, war das, was passieren würde, wenn dieser Moment kam. Wenn sie sich weigerte, sich mir zu unterwerfen und mir zu geben, was ich brauchte, hätte ich dann die Kraft, wegzugehen? Ich war besessen von dieser Frau, war es seit dem Moment, in dem ich sie zum ersten Mal gesehen hatte, und ich machte eine Art von Sex mit ihr, wie ich ihn noch nie mit jemand anderem gemacht hatte. Ich hatte ihr ihre Jungfräulichkeit genommen, ich hatte fast jede Nacht Vanilla-Sex mit ihr und ich war ihr komplett verfallen.

Was, wenn Jackson und Isabella recht hatten?

Was, wenn ich mich verändert hatte?

Was, wenn ich mich von ihr verändern ließ?

Die Geschichte geht weiter in Schwarzer Diamant.

BÜCHER VON VICTORIA QUINN

Schwarzer Diamant

Ich weiß, dass ich mich nie ändern werde.

Ich wurde in der Dunkelheit geboren, und dort werde ich bleiben.

Rome ist süß, zärtlich und Vanilla.

Aber das werde ich ändern.

Ich werde ihr zeigen, wer ich wirklich bin.

Und ihr diesen schwarzen Diamanten an den Finger stecken.

Jetzt vorbestellen!

Printed in Poland
by Amazon Fulfillment
Poland Sp. z o.o., Wrocław

63951997R00257